KB056743

절대검감

8

절대검감

8

絶對 劍感

한중월야

장편소설

시공사

등장인물 소개 ―

진운휘

어릴 적 주화입마를 입고 혈교에 납치되어 삼류 첩자의 삶을 살다가 허무한 죽음을 맞았다. 〈검선비록〉과의 기연으로 다시 태어나 검과의 소통 능력으로 새로운 삶을 만들어 나가기 위해 노력한다. 자신의 출생 비밀을 알게 된 후 혈교에서는 진운휘로, 정파 무림연맹에서는 남천검객의 제자 소운휘로 활동한다.

사마영

오대 악인 월악검 사마착의 여식.

송좌백

무림연맹 조항 송가의 자제이자 쌍둥이 형제의 형.

송우현

무림연맹 조항 송가의 자제이자 쌍둥이 형제의 동생.

아송

익양 소가 소운휘의 하인.

열왕패도 진균

중원 팔대 고수 중 일인.

검선 순양자

한때 중원 무림 최고의 검수로 명성을 떨친 전설적 인물로, 육백여 년 전 우화등선한 것으로 알려졌다.

자경정

검선 순양자의 첫 번째 제자.

여양선

검선 순양자의 두 번째 제자.

금상제 주양선   대연제국의 육대 황제. 삼백여 년 전 무림과의 전쟁을 선포, 무림 박해를 시행했다.

파궁귀 초사   천하십이절의 일인이자 특수궁병단의 단장.

설백   북해빙궁 출신. 천하십이절의 일인이자 특별군 부총독.

묘월 양명신   천하십이절의 일인.

월악검 사마착   오대 악인의 일인이자 사마영의 부친.

진각대사   소림사의 방장 스님.

경종대사   소림사의 장경각주. 차기 소림의 방장이다.

경왕   대연제국의 세 황자 중 일인. 궁녀 소생.

차
례
—

83화 | 뜻밖의 제안   9

84화 | 기이한 연   47

85화 | 대리인   95

86화 | 추적   150

87화 | 잠입   188

88화 | 진의   235

89화 | 돌아오다   285

90화 | 방장의 조건   324

91화 | 월악검의 과거   360

92화 | 평왕의 능   388

일러두기

- 무협 자체의 재미와 개성을 살리기 위해 의도적으로 속어, 비속어, 은어 등의 표현이나 일부 한글 맞춤법 규정에 어긋나는 표현도 그대로 실었습니다.

- 검의 대화의 경우 앞에 '─' 표기를 넣었고, 전음은 앞뒤 [ ] 표기, 검선의 말은 앞뒤 [ ]를 표기하되 고딕으로 서체를 달리하여 표기하였습니다. 또한 본문 내 강조나 인용 등으로 들어가는 내용은 고딕체로, 본문에 나오는 대화 중 과거형은 다른 명조체로 구분하여 표기하였습니다.

- 한 장짜리 비서는 홑꺾쇠표《 》, 서책의 경우 겹꺾쇠표《 》로 표기하였습니다.

뜻밖의 제안

열왕패도 진균과의 내력 대결. 벽을 넘어 같은 팔대 고수의 반열에 들었다고 해도 모두가 진균의 우위를 점쳤었다. 수십 년 동안 내공을 단련한 고수이기에 당연히 내가 밀릴 거라는 예상과 달리 반전이 일어났다. 파스스스! 땅을 딛고 있는 진균의 발바닥이 세 보가까이 밀려났다. 주변에서 탄성이 터져 나왔다. 벽의 벽을 넘어선 악심파파 철수련의 내공을 흡수하였기에 어느 정도 밀리지 않을 거라고는 확신했지만 나 역시 이 정도로 상승했을 줄은 몰랐다.

─잘하면 어렵지 않게 이기겠는데.

소담검이 호들갑을 떨었다. 녀석이 이러는 것은 내력 대결이 전부가 아니기 때문이다. 채채채채챙! 허공을 날아다니며 맞부딪쳤던 진균의 패열도가 잠깐이지만 도중에 낙하를 했다. 아마도 밀리는 순간 놀라서 정신이 잠깐 분산됐던 것 같다. 그러나 도는 금방 다시 날아올라 남천철검을 상대하고 있었다.

"…놀랍군."

진균이 상기된 얼굴로 입을 열었다. 내공을 이렇게 끌어올리고도 말을 하는 데 흐트러짐이 없다는 것은 아직 완전히 극성으로 공력을 발휘하진 않았다는 것이다.

—너도 마찬가지잖아.

맞다. 아직까지 팔성의 공력이다. 게다가 하단전만 사용하고 있기에 용량 자체도 다르다. 장기전으로 간다면 절대적으로 진균이 불리할 수밖에 없다. 진균이 다시 입을 열었다.

"솔직히 반신반의했네."

그냥 아무렇지 않게 답할까 했지만 조금은 힘든 기색을 보여주는 게 맞겠지. 생사를 다투는 것도 아닌데, 이목이 집중된 곳에서 이 정도 명성을 떨치는 인사의 체면을 바닥까지 떨어뜨려봐야 좋을 게 없다.

"과…찬…이십니다."

나는 일부러 힘겹다는 듯이 호흡이 거칠어진 것처럼 말했다. 안면에도 힘을 줘서 얼굴을 억지로 상기시켰다. 이런 나의 모습에 진균의 눈빛에서 일말의 안도감이 보였다.

—희망 고문 아니야?

여기서 이겨버리면 그렇겠지?

—그럼 져주기라도 할 거야?

누가 져준대? 그냥 적당히 끝내려는 거지.

—어떻게 끝내려고?

얼굴에 금칠 좀 해주고 이쯤에서 마무리 짓자고 해야지. 명색이 선배인데 자기 입으로 끝내자는 이야기는 하지 못할 테니 말이다.

—눈빛이 전혀 아닌데.

소담검의 말처럼 진균의 눈빛에는 전의가 살아 있었다. 진균의 입꼬리가 올라갔다.

"오랜만이로군, 이렇게 피가 끓는 것은."

끝장을 볼 기세였다. 이에 나는 진균에게 슬쩍 전음을 보냈다.

[…선배님, 보는 이목도 많은데 이쯤에서 끝내시는 것이 어떻겠습니까? 후배의 체면도 살려주시지요.]

[원래는 그러려고 했으나, 이렇게 동등하게 싸워볼 기회가 얼마나 있겠는가.]

'원래는?'

이건 또 무슨 말이지? 의아하게 여기는데, 진균의 공력이 더욱 올라갔다. 구성이나 십성 공력이라고 여겼는데, 아직 그 역시도 여력을 남기고 있었던 모양이다. 역시 팔대 고수라는 위명이 괜히 붙은 것은 아니었다.

파스스스! 공력이 거세지자 두 사람 주위로 모래 알갱이들이 서서히 떠올랐다. 서로 간의 공력이 백중세를 유지하고 있다는 의미였다. 진균의 이마에 비치는 핏줄을 보면 이제 극성까지 내공을 끌어올린 것 같았다. 채채채채채챙! 허공에서 부딪치는 남천철검과 패열도가 화려한 초식을 펼치며 철 소리를 냈다. 모두가 숨을 죽이고는 이 싸움을 지켜보았다. 참으로 놀라웠다. 세수가 근 일흔에 이른 것으로 아는데, 이 나이가 되어서도 이런 고도의 집중력을 가질 수 있다는 게 말이다. 옥형의 힘으로 검이 스스로 자유자재로 움직이는 것과 달리, 그는 지금 내공 대결을 하면서도 패열도를 기로써 다루고 있었다. 전의도 그렇고 모든 것이 천상 무인이었다.

―한데 그리 오래갈 것 같지는 않은데.

극성으로 공력을 끌어올린 상태로 정신마저 분산되다 보니, 진균이 빠르게 체력 소모가 이뤄지는 것이 눈에 띄게 보였다. 이마에 송골송골 맺히는 땀방울을 보면 알 수 있었다. 주르륵! 그렇게 맺힌 땀방울이 그의 얼굴을 타고 흘러내렸다. 스스로 땀을 흘린다는 것을 의식한 진균이 나를 보고서 눈동자가 떨렸다.

'…?!'

아… 이것만큼은 어떻게 할 수 없는 것 같다. 호흡을 거칠게 하거나 얼굴을 상기시키는 것까지는 할 수 있어도, 땀샘을 자유자재로 조정하는 것은 내 의지로 가능한 일이 아니었다.

—들켰네.

전력을 다하지 않고 있음을 알아차렸다. 그래서인지 진균의 떨리는 눈빛에 노기가 서리는 것이 보였다. 마치 농락당한 기분이라는 것 같았다. 진균의 전음이 들려왔다.

[지금 노부를 우습게 여기는 것인가?]

[…아닙니다.]

[이유야 어찌 되었든 겨루기로 하였으면 전력을 다해야 할 것이 아닌가. 이런 식의 어설픈 배려는 노부를 모독하는 행위나 마찬가지일세.]

이렇게까지 말하니 전력을 다하지 않은 게 미안해진다. 한데 진혈금체나 혈마화를 보일 수는 없으니, 현재로서는 공력을 극성으로 끌어올리는 게 최선이었다.

[전력을 다하게. 노부 또한 숨겨진 한 수가 있으니.]

숨겨진 한 수? 공력을 극성으로 끌어올린 상태에서 무엇이 더 있다는 거지? 어쨌거나 별수 없이 전력을 다해야겠다. 그의 체면을 봐서 적당히 끝내려고 했건만, 오히려 이게 더 모독이라니 확실하게 할 수밖에.

[제가 생각이 짧았습니다, 선배님.]

나는 공력을 서서히 구성으로 끌어올렸다. 고오오오오! 그러자 손바닥을 맞대고 있는 진균의 신형이 뒤로 밀려갔다. 공력이 백중세를 이루다 또다시 한쪽이 더 우위로 가자 모래 파편들이 진균이 있는 방향으로 떨어지며 바닥을 파고들었다.

"열왕패도가 다시 밀리고 있어!"

"소검선의 공력이 한 수 위란 말인가!"

주변에서 웅성거리는 소리가 커졌다. 하지만 진균에게는 더 이상 그 소리가 들리지 않나 보다. 오히려 나를 똑바로 응시한 채 물었다.

[이게… 최선…인가?]

뒤로 밀려가는 진균이 힘겹게 전음을 보냈다. 안타깝지만 아니었다. 나는 고개를 살짝 옆으로 저었다.

'…?!'

진균이 어처구니없었는지 황당함을 금치 못했다. 지금 나는 공력만으로 벽의 벽을 넘은 고수들에 거의 근접한 상태였다. 황당해하던 진균이 내게 전음을 보냈다.

[전력을 다하게.]

[위험하실 수도 있습니다.]

이건 진심으로 하는 말이었다. 여기서 극성으로 공력을 가하면 진균은 틀림없이 큰 내상을 입고 만다. 균형이 어느 정도 맞으면 모르겠지만, 공력 대결의 여파를 그가 고스란히 전부 맞게 될 것이다.

[최선을 다하라고 했네!]

의지가 매우 굳건했다. 그렇다면 별수 없을 것 같다. 극성으로 공력을 끌어올리는 수밖에.

[선배님… 긴장하시지 않으면 위험하실 겁니다.]

"뭐?"

나의 경고에 진균이 육성으로 반문했다. 그러거나 말거나 나는 호흡을 가다듬고 하단전에서 발휘할 수 있는 공력을 극성으로 끌어올렸다. 콰지지지직! 그 순간 주변으로 강렬한 풍압이 일어나며, 딛고 있던 발 주변의 땅이 갈라졌다. 극성으로 공력을 발휘하니 외부로 기운이 퍼져가는 것을 막기 힘들었다.

"흐헉! 이게 무슨!"

"물러서게!"

공력의 여파에 구경하던 사람들이 일제히 뒤로 물러났다. 내공이 약한 자들은 가까이 있는 것만으로 숨을 쉬기조차 힘들었는지 토악질을 할 정도였다.

"소, 소검선의 공력이 이 정도라니?"

"저길 보게!"

촤르르르르! 구성까지는 가까스로 버티던 진균의 신형이 속수무책으로 계속 밀려갔다. 이대로라면 승부는 곧 마무리가 될 것이다.

[노부도 숨겨둔 한 수가 있지.]

'숨겨둔 한 수?'

바로 그때였다.

'손바닥이 뜨거워지고 있어.'

맞대고 있는 진균의 손바닥에서 강한 열기가 느껴졌다. 이 정도 뜨거움이라면 열양지기였다. 공력에 열양지기가 섞이자, 한순간에 그의 공력이 갑자기 폭증하듯이 치솟았다. 심지어 뜨거운 열기로 그의 전신에서 아지랑이가 피어올랐다.

"주변의 공기가 뜨거워졌어."

"아! 열염신공이다!"

들어본 적이 있었다. 열왕패도 진균의 독문 신공. 극에 이른 특유의 열양지기는 그가 휘두르는 패열도에 불꽃마저 일으킨다고 알려졌다. 한데 공력에마저 이렇게 열양지기를 일으킬 수 있을지는 몰랐다. 게다가 일시적이지만 공력이 나와 비등해졌다. 치이이이이! 손바닥이 뜨겁다 못해 화상을 입을 것 같았다. 열양지기가 체내로 파고들려고 했다. 왜 숨겨진 한 수가 있다고 했는지 이제야 알 것 같았다.

―밀릴 것 같아?

아니, 그 정도는 아니다. 열양지기로 공력이 일시적으로 올랐다고 해도 여전히 내가 우위였다. 여기서 버틴다면 그 스스로 지쳐서 나가떨어지겠지만 아무래도 그만둬야 할 것 같다.

―왜?

이 정도 열양지기라면 화상을 입을 수밖에 없다. 회복 능력으로 충분히 버틸 수야 있지만 그리된다면 내가 그런 능력이 지녔다는 것을 이 많은 사람들 앞에서 공개하는 꼴이 되겠지. 공력의 여파를 받아내야 하지만 이쯤에서….

"크윽!"

팟! 나는 그와 맞부딪치던 손바닥을 뗐다. 그러자 균형을 맞추던 공력의 여파로 신형이 뒤로 튕겨 나갔다. 촤르르르르! 다섯 보 가까이 밀려나서야 멈출 수 있었다. 아주 절묘한 시점에 나는 혀를 살짝 깨물어서 핏물을 입가로 흘렸다. 열기가 남아 있어 손바닥에서 피어오르는 아지랑이도 그렇고 이 정도 연출이면 충분히 그의 체면을 치켜세워준 것 같았다.

"하아… 하아…."

열왕패도 진균이 거친 호흡을 내뱉으며 나를 쳐다보았다. 입가에 미소가 감돌고 있었다. 마지막에 와서 숨겨둔 비장의 수로 일시적으로나마 나를 압도했다고 여겨 만족한 것 같다. 대결의 승자가 결정되었다고 생각했는지 사람들이 함성을 터뜨렸다.

"와아아아아아!"

"열왕패도가 이겼어!"

"그가 한 수 위다!"

"역시 연륜은 이길 수 없어."

그의 체면을 제대로 세워준 것 같았다.

"역시 조부님이십니다!"

진용 녀석이 자신의 조부가 자랑스럽다는 얼굴로 나를 쳐다보며 웃고 있었다. 모두가 그렇게 열왕패도의 승리를 말하는데, 누군가의 목소리가 그것에 찬물을 끼얹었다.

"이게 열왕패도의 승리일까?"

그는 귀살권마 장문량이었다. 그도 이 대결을 지켜보고 있었구나.

"그게 무슨 소리요?"

"열왕패도의 승리가 아니라면 대체…."

사람들이 의아해하며 쳐다보자 장문량이 손으로 허공을 가리켰다. 모두의 시선이 자연스럽게 그곳으로 향했다. 그런데 이를 본 사람들이 술렁거렸다.

'…!!'

허공에 남천철검만 둥둥 떠 있고, 마당의 창고 지붕 위로 진균의 독문 병기인 패열도가 덩그러니 떨어져 있었기 때문이다. 내력 대결에 집중하느라 미처 이를 놓친 사람들이었다.

"패열도가 떨어져 있어!"

"소검선의 이기어검이 계속 유지되고 있었어."

"잠깐만, 이렇게 되면…."

사람들의 시선이 열왕패도 진균과 나를 번갈아 이동했다. 열왕패도가 이겼다고 설레발을 쳤던 사람들이지만 이것이 무엇을 의미하는지는 잘 알 것이다.

"무승부야!"

"하!"

"대결이 이렇게 되다니."

구경을 한 모든 이들이 감탄을 금치 못했다. 승부는 애초에 두 가지였다. 내공 대결과 이기어술 대결을 동시에 진행했다. 마지막에 와서 열염신공을 펼치며 집중력이 흐트러지고 만 진균이었다.

"하…."

진균조차 이를 잠시 잊었었는지, 허공에 떠 있는 남천철검을 보며 기가 찬다는 듯이 혀를 내둘렀다.

'이러면 서로 체면을 구길 필요가 없지.'

나름 만족스러운 설계였던 것 같다. 무승부로 끝났으니 열왕패도와 애써 척을 질 필요도 없고 말이다. 이렇게 보면 검수가 직접 이기어검을 펼치는 것보다 검이 스스로 움직이는 옥형의 능력이 더 사기적인 것 같다.

'돌아와, 남천.'

나는 손을 내밀어 남천철검을 불러 검을 회수했다. 그리고 공손히 진균에게 포권을 취하며 말했다.

"선배님의 지도에 감사드립니다."

예를 갖춘 나의 인사에 열왕패도 진균이 빤히 나를 쳐다보았다. 그러더니 이내 호탕하게 웃어댔다.

"하하하하하하하하핫!"

한참을 웃어대던 진균이 고개를 절레절레 저으며 말했다.

"장강후랑추전랑이로군. 십 년도 걸리지 않겠어. 나야말로 자네에게 한 수 배웠네."

착! 진균이 내게 포권을 취했다. 그가 혹시나 눈치채서 자존심이 상하지나 않을까 우려했는데, 이렇게 결과를 허심탄회하게 받아들이다니 다행인 것 같았다. 그런데 귓가로 진균의 전음이 들려왔다.

[잠시 시간을 내줄 수 있겠나?]

'응?'

* * *

따로 조용히 대화를 청하는 바람에 나는 진균을 따라 객잔의 빈방으로 들어왔다. 진균과 단둘이 대화를 나누게 되리라 생각했는데, 객잔의 이층 탁자에 같이 앉아 있던 일행들 중 한 사람이 따라왔다. 문을 닫자마자 진균이 가볍게 손을 휘저었다. 그러자 방 전체가 진기로 가득해지며 바깥으로 새어 나가는 소리가 차단되었다.

"앉게."

진균이 원형의 탁자 의자로 손을 내밀었다. 그가 먼저 자리에 앉고 나서 나 역시 따라 앉았다. 갑자기 왜 따로 이렇게 대화를 나누자고 하는지 궁금해졌다.

"선배님, 한데 어째서 이리 사람들을 물리고 저와 은밀히 대화를 나누자고 하시는지 여쭤봐도 괜찮겠습니까?"

"그 전에 먼저 사과를 하겠네."

"그게 무슨 말씀이신지?"

"원래는 자네의 실력을 가늠하는 선에서 끝내려 했네. 하나 노부가 호승심을 이기지 못하고 자네와 결착을 내고 싶어졌지."

아… 그래서 그런 말을 했었구나. 한데 어째서 내 실력을 가늠하려 한 거지? 그 정도 무위라면 기감으로도 어느 정도 가늠할 수 있었을 텐데 말이다.

"기분이 상했다면 풀게나."

"아닙니다. 제가 어찌 선배님께 기분이 상할 수 있겠습니까?"

"전에 보았을 때와 달라진 게 없군. 무공 못지않게 인품도 바르게 성장했어. 남천검객이 제자를 잘 키웠군. 청출어람도 이런 청출어람이 없네그려."

나는 재차 포권을 취하며 예를 표했다.

"과찬이십니다."

예의상 하는 말이 길어지고 있었다. 본론이 무엇이기에 이리 뜸을 들이는 걸까? 진균이 탁자에 같이 앉아 있는 중년의 사내와 눈을 마주쳤다. 중년의 사내가 고개를 끄덕이자 진균이 내게 시선을 돌리며 입을 열었다.

"거두절미하고 이야기하겠네."

"말씀하십시오."

"자네의 도움이 필요하네."

"네? 제 도움이 말입니까?"

"맞네."

"어떤 도움을 말씀하시는 건지?"

그 물음에 진균이 의미심장한 목소리로 내게 말했다.

"노부가 무림연맹의 맹주가 될 수 있게 자네가 지지해줬으면 하네."

'…?!'

이건 대체 무슨 소리야? 순간 내 귀가 잘못되었나 싶었다. 그런데 더 놀라운 이야기가 그의 입에서 흘러나왔다.

"아직 정식으로 공표되지 않았지만 현 맹주인 무한제일검 백향묵이 장로 회의에서 탄핵되었네."

'…!!'

순간 머리를 망치로 한 대 맞은 것처럼 멍해졌다. 전혀 예상하지 못한 소식이자 대사건이었다.

'맹주가 탄핵돼?'

열왕패도 진균이 갑자기 맹주가 될 수 있게 도와달라는 것 이상의 소식이었다.

─왜 그렇게 놀라는 거야?

소담검이 궁금했는지 물었다.

놀라지 않을 수 있겠는가. 회귀 전에도 이런 커다란 사건은 벌어진 적이 없었다.

─없었던 일이야?

그래. 현 무림을 좌지우지한다고 해도 과언이 아닌 무림연맹의 수장 자리가 장로 회의를 통해 강제로 뒤바뀌는 일은 존재하지 않았었다. 내 행동에 따라 앞으로 벌어질 일들이 계속 변화하게 될 거라고는 인지하고 있었지만 이렇게 방향성이 커질 줄은 몰랐다.

'…제갈원명 때문인가.'

무림연맹의 총군사. 정사 대전을 승리로 이끌고 무림연맹을 선도했던 거인. 아무래도 그의 영향이 큰 것 같았다. 자세한 전후 사정을 알지 못하니 일단 열왕패도 진균에게 들어봐야 할 듯했다.

"이걸 뭐라고 해야 할지…."

애써 숨길 필요도 없이 나는 놀라움을 드러냈다. 그러자 열왕패도 진균이 깊게 숨을 들이켰다 내쉬며 내게 말했다.

"정파의 촉망받는 신성이었던 자네에게는 많이 놀랄 만한 일일 것이네."

"이런 일이 벌어졌을 줄은 꿈에도 몰랐습니다."

"당연할 테지. 이것은 무림연맹에서도 특급 기밀에 속하는 이야기일세."

'특급 기밀?'

한데 그런 중요한 기밀을 어찌 열왕패도 진균이 알고 있는 것일까? 그는 여태껏 무림연맹이 아닌 독자 노선을 걸어왔다. 무림에 알려지는 순간 커다란 파장을 일으킬 수 있는 이런 정보를 알 만한 위치가 아니었다.

─그 정도야?

당연하지. 현 무림의 패권을 쥐고 있는 단체의 수장이 바뀐다. 향후 무림의 정세가 바뀌는 것과 다름없는 일이었다. 이 일은 장차 본교에도 영향을 끼칠 것이다.

'맹주이기 이전에 무림연맹의 최대 전력 중 한 사람을 탄핵했다.

그렇다면 그 전력이 어떻게 되느냐에 따라서….'

무림연맹의 약화를 가져올 수도 있다. 아, 잠깐만! 열왕패도 진균이 맹주가 되려 한다고 했다. 게다가 그는 무림에 공표되지 않는 이 정보를 미리 알고 있다. 하면 무한제일검 백향묵의 자리를 그로 대체하려는 것일까?

—그 짧은 정보로 참 많은 걸 유추해내네.

소담검이 혀를 내둘렀다. 첩자 생활만 몇 년인데 이 정도는 기본이지.

진균이 계속 말을 이어갔다.

"지금 당장에는 향후 미칠 영향 때문에 공개가 되지 않을 걸세. 차기 맹주가 정해지면 기정사실화로 공표가 될 예정이지."

역시 너무 자세히 안다. 무림연맹의 중추만 아는 사실을 말이다.

"노부는 원래 어딘가에 구속되는 것을 싫어하기에 무(武)를 갈고 닦는 일을 소업으로 삼았었지. 하나 큰 힘을 가진 자는 그만큼 책임이 뒤따르는 법일세."

좋은 말인데 어디서 들어본 것 같다. 어찌 되었거나 진균이 내게 진지하게 말했다.

"백 형이 자리에서 물러난다면 혈교를 비롯해 수많은 사파인들이 역병처럼 들고 일어날 걸세."

"…."

당사자 앞에서 대놓고 역병이라니. 이거 티를 낼 수도 없고. 내가 혈교의 교주인 것을 알 리 없는 진균이 혀를 차며 말했다.

"그리된다면 무림은 다시 전란에 휘말릴 걸세."

"…그렇군요."

"그만큼 맹주로서 백 형이 가진 책임감과 무게는 매우 막중했네. 해서 노부도 말년에는 무림을 위해서 희생해야겠다고 결심한 거네."

무림을 위한 희생이라. 결의가 담긴 목소리를 들으면 진심처럼 들린다. 하나 그것이 정말 진심인지 아닌지 구분되지 않는다. 어찌 보면 무림맹주의 자리는 한 나라의 왕(王)에 버금간다고 해도 과언이 아니다.

—믿음이 가지 않나 봐.

애초에 열왕패도는 자기희생과는 관련이 먼 인물이다. 무에 대한 열정만큼은 널리 알려졌어도 정사 대전에조차 참여하지 않았던 자가 희생을 입에 담는다는 게 믿음이 갈 리 없지 않겠는가. 차라리 말년에 권력을 쥐어보고 싶은 욕망이 생겼다면 더 이해가 갈 것이다.

—그걸 대놓고 드러내겠어?

하긴 그 말도 맞다. 정파의 사회란 뭐든지 명분을 중시하니 말이다. 일단 열왕패도의 말에 맞장구를 치거나 뭐라도 대응은 해줘야겠지.

"하아… 선배님께서 그런 사명감을 가지고 계실 줄은 미처 몰랐습니다."

나는 탄성을 흘리며 말했다.

"여태껏 하고 싶은 대로 살다가 말년에서야 늙은 몸을 이끌고 무림에 이바지하려는 것이 무에 자랑이겠는가."

"그래도 그런 결심을 하기가 쉽지 않으셨을 터인데."

"자네가 그렇게 이야기해주니, 노부의 결심이 무색해지지 않는군 그래."

'…'

그에게 이런 면모가 있었다니 참 의외였다. 독자적인 노선을 걸으며 홀로 무인의 삶을 살아간다고 여겼는데, 대화를 나눠보니 무림연맹에서 정치를 해도 충분히 살아남을 수 있을 것 같았다.

"하나 노부 한 사람의 힘만으로 할 수 있는 일이 아니네."

"그게 무슨…."

진균이 의자의 방향을 내게 틀어서는 포권을 취하며 말했다.

"부디 노부를 도와주게. 이렇게 부탁함세."

"아아…."

이것 참 난감하기 짝이 없었다. 아직 자세한 정황도 모르는데, 본론부터 밀어붙이고 있었다. 나는 정중하게 포권을 취하며 답했다.

"말씀 거두어주십시오. 제가 무슨 힘이 있다고 선배님을 도울 수 있겠습니까?"

"자네의 힘을 모르는군."

"네?"

"신성으로서 젊은이들의 선망을 받고 있는 자네일세. 이제는 장강 사건으로 정파 무림의 새로운 영웅으로 부각되고 있지."

이거 대놓고 치켜세워주니 낯간지럽다. 이 정도까지인 것은 모르겠지만 분명 내 명성이 높아진 건 확실하다. 진균이 입가에 미소를 지으며 말했다.

"그런 자네가 나를 지지한다면 시답잖은 장로 몇 명이 지원하는 것보다 더 큰 효과를 가져올 걸세."

"너무 과한 평가이십니다."

이렇게 계속 띄우는 것을 보면 이 자리에서 확답을 들을 기세였다. 전후 사정을 완전히 파악하지 않은 이상 여기서 그를 돕는다니 뭐니 확답을 하게 되면 오히려 움직임에 차질이 생긴다.

"과한 평가가 아닐세. 자네가 돕는다면 천군만마를 얻은 것이나 마찬가지겠지."

"말씀 거두어주십시오, 선배님."

"말씀을 거두라니? 그게 무슨 소리인가?"

"저는 부족함이 많습니다."

"허어…."

이렇게까지 금칠을 해줘가며 설득조로 이야기했는데 거절에 가까운 답변을 하자, 진균이 다소 언짢아진 얼굴로 나를 바라보다 고개를 옆에 앉아 있는 중년인에게로 돌렸다. 저자가 누구이기에 천하의 열왕패도가 그 의중을 신경 쓰는 거지?

─고수야?

아니다. 기감으로 느껴지는 기운은 절정의 경지에 불과하다. 그것이 약하다는 뜻은 아니지만 그렇다고 경계할 만한 대상도 아니었다. 그때 중년인이 깊은숨을 내쉬며 말했다.

"자네의 의중을 듣고 싶었으나, 그 전에 먼저 이야기해야 할 것 같군."

'…?!'

그의 입에서 나온 목소리. 분명 들어본 적이 있었다.

"사마 군사?"

얼굴은 달랐지만 분명 무림연맹의 제이군사 사마중현의 목소리였다. 그런 나의 말에 중년인이 가볍게 미소 짓더니, 이내 귀밑 부분의 살점을 잡고서 조심스럽게 피부를 벗겨냈다. 인피면구였다.

"소 소협, 오랜만이로군. 이제는 대협이라 불러야겠네그려."

우군도독부 사건 이후 무림연맹으로 복귀한 줄 알았는데, 인피면구를 쓰고 이곳에 나타나다니. 나의 시선은 제이군사 사마중현에게서 진균에게로 향했다. 그렇다면 이 기밀을 알려준 사람이 그인 건가.

"군사 어른, 오랜만에 뵙습니다."

우선 인사부터 했다. 그리 오래되진 않았는데 많이 초췌해진 얼굴이었다. 게다가 얼굴에는 작은 상처들이 가득했고, 그 짧은 사이 고생을 많이 했는지 눈 아래에 짙은 그림자가 드리웠다.

"군사 어른께서 어찌 이렇게 인피면구를 하고서 이곳까지…."

나의 말이 미처 끝나기도 전에 제이군사 사마중현이 고개를 저으며 말했다.

"소 소협, 무림연맹이 최악의 위기에 처했네."

"네?"

이건 대체 무슨 소리지?

"나 역시 목숨을 잃을 뻔했네. 여기 계신 진 대협의 도움이 없었다면 지금쯤 구천을 떠돌고 있었을 걸세."

"대체 무슨 말씀을 하시는 건지?"

"자네와 헤어지고 나서 노부는 지금껏 무림연맹에 복귀하지 못했다네."

무림연맹에서 온 게 아니란 말인가? 대체 무슨 일이 있었기에 그가 이렇게 심각한 목소리로 말하는지 알 수가 없었다.

"어째서 복귀하지 않으신 겁니까?"

의아해하는 내게 사마중현이 숨을 고르며 말했다.

"자네가 떠난 후에 한 가지 의문이 들었었네."

"의문이라면?"

"철두철미하게 혈마를 제압하기 위해 획책한 책략이 너무 쉽게 노출되었네."

아… 그때를 말하는 거로구나. 나 역시도 그것을 의아하게 여기기는 했다. 무림연맹에서 나를 제거하기 위해 만든 함정을 금안의 조직에서 역으로 이용하려 들었다. 이것은 내부적으로 정보가 유출되지 않고는 불가능한 일이었다. 당연히 무림연맹 내에 간자가 있다고 확신했었다.

'제갈 군사에 비하면 다른 군사들은 부족하다고 여겼는데, 그건 아닌 모양이네.'

이것을 어느 정도 눈치챈 걸 보면 말이다. 단지 적들의 정체는 알지 못하겠지.

제이군사 사마중현이 말을 이어갔다.

"하여 나는 혹시나 하는 마음에 무림연맹으로 가짜 혈마의 시신 이송에 대타를 내세워 보냈었다네."

결과는 안 봐도 뻔했다. 당연히 도중에 시신이 사라졌을 것이다. 대놓고 무림연맹의 행상에 간섭하지 않는 그들이지만, 가짜 혈마를 연기했던 섬뢰검 자균은 그들의 간부급 존재다. 시술을 받아서 회복 능력까지 갖추고 있다. 자신들의 존재가 노출될 수 있는 단서를 남기려 할 리가 없었다.

"한데 도중에 시신이 사라졌네."

역시 예상대로였다.

"해서 어찌하셨습니까?"

"무림연맹으로 돌아가려 했으나, 이번 일로 내부에 의심이 가는 자가 적과 내통하고 있음을 확신할 수 있었기에 돌아갈 수 없었네."

"의심?"

"맹주와 군사들 간에 주고받는 암명 직통 서신이라는 것이 있네."

아, 들어본 적이 있었다. 회귀 전 첩자로 활동할 당시에도 본교에서 어떻게든 확보하라고 지령이 내려온 군사와 맹주 간의 직통 서신이다.

"한데 그 서신은 맹주의 것이 아니었네. 서체를 모필한 가짜였지."

"하면?"

"연맹의 본단, 그것도 심장부에 간자가 있네."

어느 정도 예상하고 있었기에 그리 놀랍지는 않았다. 본교를 비롯해 무쌍성 중심부에도 간자를 심어서 통째로 집어삼키려고 하지 않았던가. 분명 수뇌부들 중에 간자가 있으리라 여겼다. 하지만 놀란 척은 해야겠지.

"어찌 그런 일이!"

"나 역시 본 맹의 심장부에 그런 암적인 존재가 있을 줄은 꿈에도 몰랐네."

"누군지는 파악하신 겁니까?"

"아마도 십중팔구 그라고 생각하네. 그는 암명 직통 서신이 만들어지기 전에 은퇴했다가 다시 복귀했으니 말이네."

은퇴했다가 다시 복귀했다고? 대체 누구를 말하는 거지? 이를 직접 물어보려는데 제이군사 사마중현이 계속 말을 이어갔다.

"하여 나는 그자의 눈을 피하기 위해 만종 진인께 도움을 청하러 갔었다네."

만종 진인은 전진교의 교주이자 무림연맹의 제육장로이다. 우군도독부의 재판 사건 때, 가짜 혈마의 습격으로 제자들 대다수를 잃고서 시신을 수습하여 전진교로 돌아갔었다.

—이거 왠지 안 들어도 그림이 그려지는데.

소담검 네 말에 동의한다. 사마중현뿐만 아니라 나 역시도 가짜 혈마 사건에 휘말렸었기에 장강에서 저들의 습격을 받았었다. 한데 만종 진인이라고 다를 게 있겠나.

"…하나 만종 진인께서도 도중에 습격을 당했네."

"습격을 당했다면 같이 계셨을 때 당하셨다는 겁니까?"

"그렇네. 노부는 다행히 만종 진인께서 시간을 끌어주셨기에 몸을 피할 수 있었네."

"천만다행이로군요. 아! 혹시 습격한 자들의 인상착의를 기억하십니까?"

얼굴을 가렸을 것 같지만 혹시 몰라서 물었다. 그런데 여기서 뜻밖의 말이 나왔다.

"부끄럽지만 나는 밀실로 도망치느라 보지 못했네. 하나 도망치는 와중에 만종 진인께서 마지막으로 하신 말씀이 들렸네."

"뭐라고 하셨습니까?"

"'그 눈'이라는 말을 남기고 적과 싸우는 것 같았네."

'눈?'

눈이라고 하자 머릿속에 한 가지밖에 떠오르지 않았다.

'금안!'

아닐 수도 있지만, 마지막으로 남긴 말이 눈이라는 것이 마음에 걸렸다. 설마 존주가 직접 움직인 것인가? 그렇다면 그의 손에서 벗어나기 힘들었을 텐데.

"마음 같아서는 같이 남아 목숨을 걸고 싸우고 싶었으나, 나까지 죽으면 이 진실이 묻힐 수도 있겠다는 생각에 밀실 안의 수로를 지나 탈출을 감행했네."

'아아…'

밀실에 수로가 있었구나. 정말 운이 좋다고 할 수 있었다. 그렇지 않았다면 존주가 직접 움직였는데 도망친 게 신기한 일이었다. 본인은 어찌 살아났는지도 모를 것이다.

"가까스로 도망쳐서 가장 가까이에 있던 진 대협을 찾아갔네."

참 그사이에 나 못지않게 많은 일을 겪은 제이군사 사마중현이었다. 초췌하고 불안으로 가득한 얼굴이 이해가 갔다.

"해서 이렇게 인피면구로 변장하신 겁니까?"

"그렇네. 지금도 그들이 나를 노리기에 어쩔 수가 없었네. 현 상황에서는 누가 아군인지 적군인지조차 알 수 없으니 말일세."

그의 심경이 이해되었다. 사방이 적이라고 생각되니 조심성을 기하는 것도 당연했다. 사마중현이 나를 보며 말했다.

"하나 확실하게 아군이라고 판단되는 자가 있었지."

"그게 누구입니까?"

"바로 자네일세. 그때 자네도 우리와 같은 일을 겪지 않았나."

"아…."

"장강에서 정체 모를 집단에 습격당했다는 얘길 듣고서 자네 역시도 그 일에 휘말렸다는 사실을 알 수 있었네."

그래서 내게 선뜻 정체를 드러낸 거로구나. 한데 여기서 의문이 하나 생겼다. 이건 아무래도 직접 물어봐야 할 것 같다.

"군사 어른, 송구하지만 한 가지만 여쭤봐도 되겠습니까?"

"말하게."

"군사 어른께서 겪으신 고초를 들어보면 무림연맹에 있을 간자 때문에 몸을 숨기고서 복귀를 못 하고 계십니다."

"…그렇네."

"저는 여기 계신 선배님께서 군사 어른께 무림연맹 내에서 터진 사건을 듣고 나서 신임 맹주 후보로 나서려 한다고 생각했습니다. 한데 지금 상황에서는 선배님께서도 내부의 기밀을 알기 어렵다고 봅니다만."

그런 나의 지적에 제이군사 사마중현이 눈빛에 이채가 띠었다. 나를 빤히 쳐다보던 그가 말했다.

"지난번에도 그랬지만 자네는 무재 못지않게 참으로 영리한 사람이로군."

"…송구합니다. 저로서도 조심스러울 수밖에 없는 일인지라."

"자네의 말이 맞네. 나는 현재 행방불명된 상태이기에 기밀을 접할 수 없지."

"한데 어찌 무림연맹 내에서 벌어진 일을?"

그런 나의 물음에 이번에 답한 것은 열왕패도 진균이었다.

"현 총군사가 노부에게 이 사실을 알렸네."

"현 총군사?"

제갈 군사가 죽고 새로운 후임이 정해진 건가? 하긴 그때 우군도독부의 함정을 판 것을 보고서 색다른 책략의 느낌을 받기는 했었다. 제이군사 사마중현이 이를 갈면서 말했다.

"제갈 군사 이전에 전대 총군사를 맡았던 자이지. 맹주의 초빙으로 다시 총군사직을 맡았네."

한데 왜 이렇게 적의가 느껴지게 말하는 걸까? 이까지 가는 걸 보면 적대적인 관계 같다. 그런데 그 의문이 풀렸다.

"이 방덕현이라는 자가 적과 내통하는 게 틀림없네."

"네?"

무림연맹의 전전대 총군사이자 현 총군사를 맡고 있는 자가 간자라고? 그럼 그자가 존주의 사람이라고 확신하는 건가?

"…확신하시는 겁니까?"

"아까 말하지 않았나. 암명 직통 서신 안에는 맹주와 나만이 알 수 있는 확인 방법들이 있는데 그것이 없었네. 애초에 이 서신은 방덕현 그자가 퇴임하고 나서 제갈 군사에 의해서 생겨났지."

나름 확신하는 이유가 있었다. 사마중현의 말이 확실하다면 이건 굉장히 심각한 일이라 할 수 있었다. 무림연맹의 이인자라 할 수 있는 총군사가 간자인 셈이니 말이다. 그가 최악이라고 말할 만했다.

"한데 그 방덕현이라는 자가 어째서 진 선배님께 연맹에서 벌어진 기밀을 알려준 겁니까?"

그 말에 진균이 콧방귀를 뀌며 말했다.

"알려준 게 아니라 도움을 청했지."

"네?"

"맹주가 탄핵되었으니, 새로운 맹주를 뽑을 거라고 하더군."

"아아… 그자가 선배님을 맹주로 추천한 거군요."

그 말에 진균이 심드렁한 얼굴로 고개를 살짝 저었다. 아니, 그를 맹주로 추천한 것이 아니라면 어째서 알려준 거지? 의아해하고 있는데 사마중현이 답했다.

"무상도 정천 대협을 맹주로 추천했네."

하! 어쩐지 열왕패도 진균이 이런 반응을 보이는 이유가 있었다. 무상도 정천은 팔대 고수의 일인이자 열왕패도 진균의 호적수라 불리는 자였다. 팔대 고수들 중에 그와 더불어 도로써 정점에 이르렀기 때문이다. 두 사람 중에 누가 도의 일인자인지가 무림인들 모두의 화두였다.

　—말 그대로 호적수네.

　그렇기는 한데 우위가 갈렸다. 지금은 무상도 정천을 도의 일인자로 꼽는다.

　—엥?

　무상도 정천은 열두 초인 중에 다섯 손가락에 꼽히는 절세고수이다. 반면 열왕패도 진균은 그 안에 포함되지 않으니 누가 이견을 제기하겠는가. 진균이 심기 불편한 목소리로 말했다.

　"간자로 의심되는 자가 추천한 작자를 어찌 도울 수 있겠는가."

　나는 진균을 슬쩍 쳐다보았다. 이제야 그가 말하지 않은 명분을 알 것 같았다. 평생의 호적수라 할 수 있는 무상도 정천을 맹주로 추천한 것으로도 모자라 그를 도와달라고 하는데 배알이 뒤틀리지 않는 게 이상한 일이었다.

　—아하! 그렇겠네.

　물론 그의 입에서 나온 말처럼 총군사 방덕현이 간자라면 그를 도울 이유가 없었다. 오히려 무조건 막아야 하는 게 맞았다. 어찌 되었든 진균이 맹주가 되려고 하는 것에는 명분이 충분했다.

　"하면 무상도 정천 대협과 맹주 자리를 놓고 경쟁하게 되시는 겁니까?"

　그런 나의 물음에 제이군사 사마중현이 답했다.

"방덕현 그자는 아직까지 진 대협이 맹주 후보로 나서려고 하는 걸 모르고 있네."

"모르다뇨? 하면…."

"그렇다네. 그는 진 대협이 자신이 추천한 후보를 도울 거라고 알고 있지."

제법인데. 괜히 군사라는 직책이 아니었다. 적을 속여서 허를 찌른다면 효과적인 결과를 낳을 수도 있다.

"좋은 수로군요. 그렇다면 방덕현은 정천 대협이 맹주가 되리라고 확신하고 있겠군요."

"…그건 아니네."

"그게 아니라면… 설마 다른 후보가 있는 겁니까?"

"그렇네. 탄핵된 백향묵 맹주께서도 후보를 추천했네."

"아… 혹시?"

"짐작한 대로네. 무당파의 태극검제 종선 진인을 맹주로 추천했다네."

그게 옳은 수순이었다. 백향묵을 제외한다면 오랫동안 무림연맹을 지탱해온 것이 종선 진인이지 않은가. 새로운 맹주를 논한다면 그를 제외할 수 없었다. 그런데 참 이상하다. 차라리 종선 진인이 맹주가 되도록 지원한다면 오히려 가능성이 있을 터인데, 어째서 정천과 마찬가지로 무림연맹에 연고가 없는 열왕패도 진균을 미는 거지? 혹시 내부자의 역할을 하려는 것인가? 나는 조심스럽게 물었다.

"백 맹주께서 혹 방덕현의 음모로 탄핵된 것이라면 그분이 추천한 종선 진인을 지지하는 게 나을 수 있지 않습니까?"

그 물음에 제이군사 사마중현이 심각한 목소리로 말했다.

"백 맹주도 믿을 수가 없게 되었네."

"…어째서입니까?"

"그의 호위대에서 백 맹주가 혈마의 무공을 익혔다는 비리를 폭로했네."

'…!!'

아… 잊고 있었다. 향로의 부러진 검들에게서 천기를 통해 봤었다. 백향묵이 주조하려던 검들은 혈천대라공을 견딜 수 있는 검이었다. 그가 어째서 혈천대라공을 익혔는지 의문을 가지고 있었는데, 그게 폭로되었다면 당연히 탄핵까지 거론될 수밖에 없다.

제이군사 사마중현이 탄식을 흘리며 말했다.

"백 맹주는 어쩌면 혈교와 연관되어 있을지 모르고 총군사인 방덕현은 정체를 알 수 없는 적들과 관련 있을지도 모르는데, 어찌 그들을 믿을 수 있겠는가."

그가 어째서 열왕패도 진균을 지지하는지 이제야 확실하게 알 것 같았다. 한순간에 무림연맹은 소용돌이에 휩싸인 셈이었다. 제이군사 사마중현이 자리에서 일어나 내게 포권을 취하며 말했다.

"사태가 이렇다 보니 진 대협을 도와줄 수 있는 사람은 오직 자네밖에 없네."

이것 참 난감했다. 이건 나더러 무림연맹의 내전에 참여해달라는 것이나 다름없었다. 여러 명분까지 내세우는 바람에 뭐라고 답해야 할지 난처해하고 있는데, 사마중현이 의미심장한 목소리로 말했다.

"그렇지 않아도 무림연맹에서는 맹주 단일 집권 체제에서 권력 이양을 위해 부맹주직을 만들어 선출하려고 하더군."

"부맹주?"

잠깐만 설마….

"젊은이들의 우상인 자네가 부맹주가 되어 진 대협을 도와줬으면 하네."

'…!!'

허 참… 지금 자신들이 무슨 제안을 한 건지 과연 알고 있을까?

─푸하하하핫. 아니, 이건 뭐 고양이한테 생선을 맡기는 것도 아니고.

소담검이 배꼽이 터져라 웃어댔다. 나 역시도 이 상황이 참 기묘할 정도로 우스웠다. 소검선으로서의 명성을 생각한다면 이런 제안이 들어오는 것도 당연한 일이지만 내 정체를 알고 난다면 과연 어떨까?

─난리가 나겠지.

아마도 그렇겠지. 진실을 모르기에 할 수 있는 제안이었다. 한데 기존에 없었던 부맹주직까지 만드는 의제가 통과될 정도면 상당수의 장로들도 단일 집권 체제에 불만을 가지고 있었다는 의미가 된다.

'내부에서 곪은 건가.'

무한제일검 백향묵. 그는 정사 대전을 승리로 이끈 주역이다. 회귀 전만 해도 그는 굳건하게 자리를 지키고 있었는데, 이리될 줄이야.

'단단히 준비했군.'

명분이 있다고 해도 정파의 최고 영웅인 그를 탄핵할 정도면 단시간 준비한 게 아니었다. 오랜 시간에 걸쳐 사전 공작을 감행하고 장로들을 흔들었을 것이다. 새삼 제갈원명의 대단함이 느껴졌다. 어쩌면 그가 있었기에 금안의 조직이 함부로 움직이지 못했을지도 모른다.

―괜히 죽인 것 같아?

그렇진 않다. 총군사 제갈원명이 살아 있었다면 지금쯤 내 정체가 이미 드러났을 수도 있다. 심지어 혈교를 사전에 분쇄하려 들었을 것이다. 하나 그의 죽음으로 가속화된 혼란은 금안의 조직에게만 유리한 게 아니었다. 본교 역시도 이 상황을 이용하여 파고들 여지가 생긴 셈이었다.

―설마 너 이 제의를 받아들일 거야?

나쁘지 않은 제안이었다. 이 판에 끼어들어 부맹주직에 선출만 되면 자연스럽게 무림연맹의 내부 중추로 파고들 수 있으니 말이다. 다만 걸리는 게 몇 가지 있었다.

―그게 뭔데?

이 문제를 단순하게만 볼 수가 없다는 것이다. 제이군사 사마중현의 말대로 정말로 현 총군사 방덕현이라는 자가 존주의 수하라면 무림연맹을 장악하는 것이 목적으로 보인다.

―보이는 게 아니라 맹주직까지 얻게 되면 무림연맹을 손에 넣는 거 아냐?

무상도 정천이 그쪽 사람이라면 확실히 그렇겠지.

―그게 무슨 소리야? 방덕현이 금안인가 뭐시기 쪽에서 맹주로 추천했다면 그쪽 사람인 거 아냐?

그걸 확신할 수가 없다.

―어째서?

방덕현이라는 자의 위치는 총군사의 직책이다. 책략과 지략이 높은 자가 자신의 사람을 맹주로 세우기 위한 것치고는 허술한 부분이 없지 않았다.

─허술하다고?

뭐 허술하기까지는 아니겠지만 빈틈이 있다는 것이다. 가령 나였다면 맹주, 아니 지금은 전 맹주가 된 백향묵을 탄핵하고 나서 구속하거나 하여 어떠한 권한이나 발언권을 주지 않았을 텐데, 지금 얘기를 들어보니 후임으로 태극검제 종선 진인을 추천했다고 한다. 차기 맹주가 되기에 가장 적합한 자가 있다는 걸 알면서 이걸 그냥 내버려뒀다고?

─생각해보니 그도 그렇네?

혈교의 무공을 몰래 익혔으니, 혈교와 관련된 의혹을 강하게 제기만 해도 태극검제 종선 진인과 전 맹주의 친분 관계를 빌미로 후보 발언을 차단할 수 있다. 이것뿐만이 아니다.

─또 있어?

무상도 정천과 열왕패도 진균의 관계다. 이 두 사람은 무림의 모든 이들이 알고 있는 호적수였다. 진균의 반응을 보면 감정적으로도 그리 좋은 관계가 아닐지 모르는데, 그런 그에게 무상도 정천을 지원해달라고?

─어라, 그렇네? 거절할 거라고 예상했을 텐데?

명색이 전전대 무림연맹 총군사이자 현 총군사이다. 사람의 일이란 감정적인 것도 무시할 수가 없다. 그것을 전혀 염두에 두지 않고 제안했다는 것 자체가 지극히 의도적이라는 생각이 들었다.

─아! 그럼 유도한 것일 수도 있네.

그래. 네 말처럼 애초에 열왕패도 진균이 나설 수 있게 판을 짠 것 같다. 무상도 정천을 맹주로 추대하면서 그를 자극한 것이다. 제이군사 사마중현은 그들을 속이고 진균이 또 다른 맹주 후보가 되어 허를 찌른다는 계책을 짠 것 같은데, 이미 저들은 이를 예측하고 유도한 셈이었다. 결국 처음부터 삼파전의 구도를 짠 것이다.

―네 예측대로라면 무상도 정천도 이용당하는 것일 수 있겠네.

그럴 확률도 무시할 수 없다. 무상도 정천 역시도 열왕패도 진균이 맹주 후보로 나선다면 적극적으로 자신의 지지 세력을 확보하기 위해 움직일 것이다. 이파전만 해도 무림연맹 내의 세력이 둘로 나뉘는데, 삼파전이 된다면 더욱 혼란이 야기될 것이다.

―그럼 무림연맹을 차지하는 게 목적이라기보다….

팔대 고수 네 사람이 얽혀 있으니, 어떤 식으로든 내부 싸움이 필연적으로 일어나게 되어 있다. 이들의 목적은 정복이 아니라 무림연맹의 힘을 약화하는 것이었다.

'대체 이들의 목적이 뭐지?'

존주의 진짜 목적을 가늠하기가 어려웠다. 정복도 아니고 그저 무림이 혼란에 빠지기를 원하는 건가? 그때 제이군사 사마중현이 내게 말했다.

"부디 진 대협께 소 소협이 힘을 보태주게."

나는 그를 물끄러미 쳐다보았다.

'정말 모를까?'

군사라는 직책을 가질 정도의 머리라면 방덕현의 제안에 의구심을 제기했을 것이다. 한데도 수에 넘어간다는 것은 둘 중 하나였다. 그걸 감수하고서라도 열왕패도 진균을 끌어내야 할 만큼 아군이 없는 절박한 상태이거나, 내게 숨기는 정보가 있었다.

―후자 같아?

전자이든 후자이든 그의 목적은 확실하다. 열왕패도 진균을 맹주로 만드는 것.

그때 진균이 내게 말했다.

"사정은 전부 들었으니, 이제 결정을 해주게나. 자네가 돕는다면 무림연맹이 혈교나 정체 모를 조직에 의해 흔들리는 것을 막을 수 있네."

계속 생각에 잠긴 것처럼 묵묵부답으로 있으니 답답했나 보다. 어차피 머릿속에 어느 정도 정리는 되었다. 그 전에 하나만 물어볼까?

"선배님이야 워낙 쌓으신 명망이 높으시지만, 저는 무림연맹 소속도 아닌데 부맹주로 쉽게 선출이 되겠습니까?"

내게 부맹주가 되길 권했지만, 그들에게 결정 권한이 있는 게 아니었다. 무림연맹에서 정한 절차에 따라 진행될 것이다. 혈교와 다르게 무림연맹은 무위만이 기준이 되지 않는다. 그 사람의 무위, 명망, 경험, 연륜, 지휘 능력 등 여러 역량이 바탕이 되지 않으면 후보로 등록하는 것조차 쉽지 않다.

"게다가 저는 이제 고작 이십 대 초반에 불과합니다."

가장 불리한 것이 연륜이었다. 무림연맹에서 이십 대, 삼십 대는 보통 많이 올라가도 당주에 그친다. 마흔은 넘어가야 다섯 당 이상을 이끈다는 대당주, 그리고 장로의 자격이 생긴다. 아무리 능력이 있어도 무림연맹은 직위에 있어 경험과 연륜을 중시한다.

"제게 그런 자격이 있을지 모르겠습니다."

이에 사마중현이 웃으며 말했다.

"지금이 몇 년 전처럼 평화로운 시대라면 그렇겠지. 하나 혈교가 다시 일어나고 맹 내부가 혼란스러워진 마당에 연륜을 따질 것 같은가."

"하면?"

"맹주가 연맹을 이끌어가는 역할을 한다면, 부맹주는 좀 더 무림 연맹의 상징적인 존재처럼 될 걸세. 이에 자네만큼 합당한 자가 어디 있단 말인가."

청산유수처럼 이야기한다. 어떻게든 끌어들이려고 애쓰는 게 보일 정도로 말이다.

"틀림없이 자네는 부맹주가 될 수 있을 걸세. 하니 맹의 평화를 위해서라도 부디 진 대협을 도와주게나."

제이군사 사마중현이 다시 한 번 포권을 취하며 말했다. 이렇게까지 말하니 이제 의사를 밝혀야겠다.

"하아… 이것 참 별수 없군요."

"결정을 한 건가!"

사마중현의 얼굴에 화색이 돌았다. 기분이 좋아졌는지 진균 역시도 내게 한층 밝아진 목소리로 말했다.

"자네가 도와준다니 천군만마를 얻은 것만 같군. 앞으로 잘 부탁하….."

"아… 그런 게 아닙니다."

"뭐?"

이에 나는 정중하게 두 사람에게 포권을 취하며 말했다.

"최대한 긍정적으로 검토해보겠습니다."

'…?!'

그 말에 진균과 사마중현의 얼굴이 한순간에 굳었다.

* * *

그로부터 두 시진 후, 나와 일행들은 홍호현 포구 마을에서 북동쪽으로 십 리 정도를 이동해왔다.

"정말로 그리 말씀하셨다고요?"

열왕패도 진균과 나눴던 대화를 알려주자 사마영이 박장대소를 터뜨렸다. 직접 보지 않아도 그들의 반응이 그려졌나 보다. 상상한 느낌 그대로였다. 그렇다고 해도 오래 지속된 것은 아니었다. 대답을 듣는 그 순간에야 당혹스러워하거나 실망하는 기색을 보였지만, 이내 다시 만날 때까지 결정을 내려달라고 하였다. 모호하게 답했다고 밀어붙여봐야 잃는 것이 더 많다는 걸 알기 때문일 것이다.

―밀고 당기기를 제대로 한 거지.

급한 것은 그쪽이니까. 괜히 섣불리 곧바로 도와주겠다고 하면 코가 꿰여서 향후 일정에 지장을 줄 것이다. 지금 당장 먼저 해야 할 일은 평왕의 능으로 향하는 것이다. 어차피 맹주 선출도 그렇고 부맹주 건도 무림연맹에 각 후보가 도착하면 진행된다고 하니 서두를 필요가 없었다. 송좌백이 기가 찬다는 듯이 중얼거렸다.

"하다 하다 이젠 부맹주 제안이라니…"

내가 그런 제안을 받았다는 것에 뭔가 부러웠나 보다. 마치 될 놈은 어떤 식으로든 되는구나 하는 표정이었다.

"허 참."

반면 귀살권마 장문량은 내 정체를 알기에 이런 상황이 벌어진 것에 혀를 내둘렀다. 잘하면 혈교의 교주가 무림연맹의 부맹주가 되는 사태가 벌어질지도 모르니 말이다. 내가 봐도 참 어처구니없는 상황이었다. 사마영이 배시시 웃으며 말했다.

"어찌 되었든 무림연맹에 또 들어가야 한다는 거네요?"

"그런 셈입니다."

"누이동생분도 또 보게 되겠네요."

"아마도요."

부맹주 선출에 나선다는 걸 알게 되면 기겁할지도 모른다.

"이번에는 꼭 인정받겠어요."

사마영은 오히려 잿밥에 더 관심이 있었다. 영영이에게 새언니로 인정받는 게 목표인가 보다. 그때는 남장을 풀지 않고 있었지만, 사마영의 진짜 얼굴을 보게 된다면 영영이의 반응이 어떨지 궁금하긴 했다. 이제는 여자임을 드러내고 다니니 말이다.

"속 깊은 아이니까 친해지면…. 응?"

나는 어딘가를 쳐다보았다. 남서쪽 방향이었다.

"왜 그러세요?"

"누군가 이곳으로 오고 있어요."

빠르게 다가오고 있었는데, 명확하게 이곳으로 향해오고 있었다. 이윽고 말발굽 소리가 들리며 멀리서 말을 타고 오는 죽립인의 모습이 보였다.

"적일까요?"

그러기에는 홀로 왔다. 다만 무위가 절정의 극에 이른 고수였다. 무슨 목적으로 오고 있는 것일까? 말을 타고 온 죽립인이 근방까지 와서 내리더니, 우리에게 다가왔다. 허리춤에 도를 차고 있었는데 그것을 빼지 않고 오는 것을 보면 적의는 없어 보였다.

곧이어 죽립인이 포권을 취하며 말했다.

"혹시 소검선 대협과 일행분들이십니까?"

나는 그에게 포권을 하며 답했다.

"그렇습니다만."

그런 나의 말에 그가 다행이라는 듯이 안도의 숨을 내쉬었다. 그러더니 죽립을 벗었다. 강인한 인상에 눈가에 흉터가 있는 중년인이었다.

"저는 백향묵 맹주님을 보필하는 호위대의 부대주인 가문락이라고 합니다."

'맹주 호위대?'

어쩐지 상당한 무위를 지녔다 싶었다. 사마영을 비롯한 일행들이 의아한 눈빛으로 저자를 쳐다보았다. 그럴 만도 한 것이 탄핵당한 것을 알게 된 백향묵의 사람이 찾아온 것이었으니 말이다. 그때 가문락이라는 부대주가 갑자기 바닥에 한쪽 무릎을 꿇었다. 그러고는 내게 간곡한 목소리로 말했다.

"소검선 대협, 뵙자마자 이런 말씀을 드려서 송구합니다. 열왕패도 진균 대협에게 어떤 제안을 받으셨는지 모르겠으나 부디 맹주님을 도와주셨으면 합니다."

'아아…….'

무엇 때문에 이리 급히 찾아왔나 싶었다. 정말 경탄이 나올 만한 정보력이었다. 아니면 열왕패도 진균의 행보를 계속 살피고 있던 것이었나. 이거 뭐라고 답해야 하지.

"무슨 말을 하는 건지……."

"진균 대협과 따로 대화를 나누신 걸 알고 있습니다."

"……."

아무래도 나에게는 급한 일이 아니나 무림연맹 내에서는 아닌가 보다. 고작 진균에게 그런 제의를 받은 지 두 시진 만에 따라붙어서 이런 소리를 하다니. 부대주 가문락이 계속 말을 이어갔다.

"진 대협에게 어떤 이야기를 들으셨는지는 모르겠지만, 지금 맹주께서는 억울하게 누명을 쓰셨습니다."

누명이라고 하기에는 명백한 증거가 있는데…. 나 역시도 전 맹주 백향묵이 혈천대라공을 익힌 것을 알고 있다.

"이것 참 난감하군요."

"역시 무언가를 들으신 모양이군요."

"그렇다기보다는 왜 다들 저를 찾아와서 이러시는지 모르겠습니다. 제가 뭐라고…."

"어찌 그리 말씀하십니까? 소검선 대협께서 장강에서 떨친 신위는 벌써 무림연맹에까지 퍼졌습니다."

빠르기도 해라. 이제 무림연맹에서도 전부 알고 있다는 거네. 어찌 되었든 저자는 내가 지금 무림연맹의 내전에 관여할 거라고 확신해서 저런 말을 하는 것 같다.

그때 가문락이 내게 육성이 아닌 전음을 보내왔다.

[아마도 들으셨을 거라 생각하지만 조만간에 새로운 맹주를 선출할 것 같습니다. 여기서 무당파의 장문인께서 맹주가 되지 못한다면 맹주님의 누명을 벗길 수가 없습니다.]

[후우… 제가 어찌하길 바라는 겁니까?]

말하는 투를 들어보니 아무래도 열왕패도 진균처럼 지지를 부탁해올 것 같다. 그래, 맹주 쪽은 대체 무슨 말을 하려는지 들어나 보자. 가문락이 숨을 고르더니 다시 전음을 했다.

[소검선께서 나서서 종선 진인을 지지해주셨으면 합니다.]

역시나 예상대로였다. 내가 아무 말도 하지 않자 가문락이 다급히 전음을 보냈다.

[솔직히 말씀드리겠습니다. 진균 대협, 아니 무상도 정천 대협 측에서 어떤 제안을 들으셨는지는 모르겠지만 저희 쪽은 대협께서 만족하실 자리를 약조할 수 있습니다.]

[자리라뇨?]

[무상도 정천 대협이 맹주가 된다면 열왕패도 진균 대협이 이번에 새롭게 신설될 부맹주직을 맡으려고 할 겁니다.]

[한데요?]

[하나 외부 인사인 그분들이 무슨 기반이 있겠습니까? 백향묵 맹주를 비롯하여 종선 진인을 지지하는 수뇌부분들은 소검선 대협을 부맹주로 추대하려 합니다.]

…단체로 짜기라도 했나. 하나같이 부맹주직을 나한테 들이미네.

기이한 연

어두운 밤, 절벽 위에 드리워진 험준한 산길.

산악을 오르는데 익숙한 약초꾼마저도 쉬이 오르지 못할 산자락을 평지 달리듯이 뛰어넘는 이들이 있었다. 어둠 속에서도 선명하게 빛나는 금안을 가진 사내와 반백의 중년인은 가벼운 풀잎이나 나뭇가지를 발판 삼아 달리고 있었다. 이 광경을 보았다면 누구라도 감탄을 금치 못했을 것이다. 하나 정작 이렇게 진귀한 광경을 보이는 두 사람의 얼굴은 평온하지 않았다. 오히려 긴장감으로 가득했다.

쉬이이익! 팍! 나무 꼭대기를 넘나들며 경공을 펼치던 학사의 풍모를 지닌 중년의 사내가 도중에 몸을 회전하며 날아오는 무언가를 쳐냈다. 그것은 보통 화살과는 판이하게 다른 길고 굵다란 화살이었다.

"하아… 하아…."

화살을 쳐낸 사내는 거친 호흡을 내뱉으며 화살이 날아온 방향을 쳐다보았다. 그가 인상을 찡그리며 중얼거렸다.

"지독하구면. 벌써 이곳까지 쫓아오다니."

그런 그에게 금안의 사내가 말했다.

"노닥거릴 시간이 없다, 두공."

화살을 막아낸 사람은 다름 아닌 만박자 두공이었다. 해진 옷과 곳곳에 보이는 상처, 그리고 초췌한 얼굴만 보더라도 그가 얼마나 지쳤는지를 알 수 있었다.

"어서!"

팟! 두공을 다그친 금안의 사내가 먼저 신형을 날렸다. 나뭇가지를 붙잡고 있던 두공이 짜증 섞인 숨을 내쉬며 신형을 날렸다. 그를 따라잡은 두공이 물었다.

"대체 이 괴물은 뭐요? 사십여 년 동안 무림에서 활동했지만 궁귀, 아니 이렇게 궁신의 경지에 이른 자는 처음이오."

화살 하나만으로 팔대 고수 중 한 사람인 그를 이리 몰아붙일 줄은 몰랐다. 비록 자신이 기문과 잡기에 능하여 다른 팔대 고수에 비해 무공이 떨어진다고 할지라도 정말 괴물 같은 궁술 솜씨였다.

이에 앞서 달리고 있는 금안의 사내가 입을 열었다.

"초사다."

"초사?"

그동안 도망만 치느라 한 번도 무언가를 이야기한 적이 없던 그가 처음으로 뭔가를 밝혔다. 같은 신세에 처해 동병상련의 마음이 되기라도 한 것일까? 금안의 사내가 계속 말했다.

"놈을 오랫동안 따른 세 심복 중 한 명이다."

"세 심복?"

"초사 그놈은 삼 리 밖에 있는 새도 맞출 수 있는 궁신의 경지에 이른 자다."

"뭐, 뭐요?"

삼 리라는 말에 두공이 경악을 금치 못했다. 보통 잘 쏜다고 알려진 궁재라 불리는 자들도 기껏해야 최대 사거리가 일 리에 불과하다. 이것도 내공을 실었을 때의 이야기다. 삼 리라 한다면 대체 얼마나 눈이 밝다는 이야기인 건가.

"지금은 그 정도 거리는 아닐 거다."

"그야 당연하지 않소."

밤인 데다가 온통 수풀투성이였다. 그나마 이런 조건이니 망정이지 확 펼쳐진 평야였다면 더욱 곤욕스러웠을 수도 있었다. 혀를 내두르는 두공에게 금안의 사내가 말했다.

"그나마 초사 이놈은 양반이다. 만약 세 심복의 우두머리인 뇌장이 왔다면 이리 도망치는 것도 불가능할 것이다."

"아까부터 세 심복, 세 심복 하는데, 그 한쪽 눈만 금안인 자의 수하들인 것이오?"

"초사, 설백, 뇌장… 놈의 심복들이다."

"아니, 그리 강한 자들이 여태 알려지지 않았다는 게 대체…."

"이미 그대의 고조부 시절, 아니 그보다 훨씬 위인가…. 하여튼 간에 그때부터 팔대 고수니 뭐니 하는 소리를 들었던 자들이다. 잔말 말고 달려라. 네놈의 체력을 보아하니 오래 버티기도 힘들 것 같은데."

'고조부? 그보다 위? 이건 대체 무슨 말인가?'

뭐라고 더 물어보고 싶었지만 사내가 뒤에 덧붙인 말을 부정할 수가 없었다. 벌써 며칠째 쉬지 않고 추적을 피하고 있었다. 적도 마찬가지일 터인데, 이상하게 지치지 않는 느낌이었다.

'이자처럼.'

자신을 앞서가는 금안의 사내처럼 말이다. 체력은 거의 소진되었고 이제는 배고픔을 넘어서 뱃가죽이 붙어 복부가 아플 지경이었다. 아무리 팔대 고수라고 한들 사람인데 한계가 있는 법이었다.

슈숙! 파팍! 날아오는 화살을 금안의 사내와 두공이 동시에 쳐냈다. 화살을 막아낸 두 사람은 날아온 방향을 짐작하여 경로를 살짝 틀었다. 화살을 날리기 힘들도록 말이다.

'이상하다.'

두공이 고개를 갸웃거렸다. 불과 한 시진 전만 하더라도 화살이 대체 얼마큼 있나 싶을 만큼 몰아붙였는데, 아까부터 마치 경로를 유도하듯이 날아오는 느낌이었다. 순간 소름이 돋았다.

'설마 몰이 사냥?'

만약 그런 것이라면 적이 원하는 방향으로 경로를 틀면 안 된다. 위치를 바꿔서 추적을 피해야 한다. 그때 금안의 사내가 의미를 알 수 없는 말을 하며 위로 신형을 날렸다.

"물가를 찾아야 한다."

팟!

"잠깐만!"

그를 만류하기도 전에 벌어진 일이었다. 허공으로 거의 열 장이 넘게 치솟던 금안의 사내가 뭔가를 발견했는지 당혹스러운 기색을 보였다. 금안의 사내가 다급히 전음을 보내왔다.

[근방에 계곡이…]

파아아아아아! 미처 전음이 끝나기도 전에 공간이 우그러져 보일 만큼 엄청난 예기가 허공에 있는 금안의 사내를 뒤덮었다. 금안의 사내가 칼로 난도질을 당한 것처럼 피로 젖어들었다.

'이게 대체?'

생각할 겨를도 없이 두공은 예기에 난자되어 떨어지고 있는 금안의 사내에게로 신형을 날렸다. 그를 놓치게 되면 지금까지의 일이 모두 헛수고가 된다.

'잡아야 해.'

팟! 팟! 경공을 펼쳐 나무 사이를 넘나들며 지상으로 떨어지는 그를 낚아채려는 순간이었다. 촤아아아아아! 흠칫! 날카로운 예기에 몸을 틀며 일장을 날렸다. 방심할 수 없기에 남은 내공은 신경 쓰지 않고 십성 공력으로 장법을 펼친 것이었는데… 파아아아앙!

"크헉!"

예기에 실려 있는 엄청난 공력에 그의 몸이 튕겨 나갔다. 나무를 세 그루 가까이 부러뜨리고서야 그 여파가 떨어져서 멈출 만큼 엄청난 공력이었다.

"쿨럭… 쿨럭…."

내상을 입은 두공의 입에서 피 기침이 튀어나왔다.

'말도 안 되는 위력이다. 이게 예기라고?'

두공이 고개를 들어 부러진 나무들 사이로 보이는 무언가를 쳐다보았다. 그곳에 바닥에 떨어져서 피범벅이 되어 비틀거리는 금안의 사내에게로 걸어오고 있는 죽립의 흑색 무복의 존재가 보였다. 한데 놀라운 광경이 눈에 띄었다.

'상처가?'

온몸에 자상을 입은 금안의 사내의 몸이 빠르게 회복되어갔다.

그 속도가 굉장히 빨라 믿기지 않을 지경이었다. 한데 흑색 무복의 죽립인이 회복되어가는 금안의 사내의 어깨를 발로 짓눌렀다.

"잘도 도망쳤군, 군방."

'그를 알고 있어.'

죽립인은 금안의 사내의 자를 알고 있었다. 그렇다는 것은 뒤에서 화살을 쏘고 있던 그 초사라는 자와 동료인 건가? 그때 죽립인이 자신이 있는 방향으로 고개를 돌렸다. 이를 본 두공이 떨리는 목소리로 중얼거렸다.

"외…눈!"

두공의 두 눈에 뚜렷하게 보였다. 죽립의 틈새로 한쪽 눈동자가 금빛으로 일렁이고 있는 것이 말이다. 두공을 쳐다보고 있는 죽립인이 입을 열었다.

"훼방꾼이 끼어들었군."

'큭.'

낭패였다. 상상한 것 이상으로 괴물인 것 같다. 과연 자신이 저자를 감당할 수 있을지 가늠조차 되지 않았다. 그런데 죽립인의 시선이 묘하게 자신이 아닌 다른 곳을 향하고 있다는 생각이 들었다. 바로 그 순간이었다. 슈슈슈슈슈! 두공의 양옆으로 무언가가 스쳐 지나가는 것이 고막을 울렸다. 금안의 사내를 짓밟고 있는 죽립인이 손을 가볍게 들었다. 그러자 그의 앞쪽에서 뭔가가 찢기는 소리와 함께 공중 한가운데에서 엄청난 속도로 회전하는 쇠구슬 네 개가 보였다.

'…!!'

두공이 황급히 뒤를 쳐다보았다. 뚝! 뚝! 끈적한 무언가가 떨어지고 있었다. 그것은 잘린 팔에서 나오는 핏방울이었다. 어두운 숲에서 기다란 화살을 쥐고 있는 팔 한 짝을 들고 걸어오는 학사의 풍모를 지닌 중년인이 있었다.

"착!"

그는 월악검 사마착이었다. 사마착의 눈동자가 허공의 벽에 막힌 것처럼 회전하고 있는 쇠구슬 너머의 죽립인을 강하게 응시하고 있었다.

* * *

홍호현의 포구 마을을 떠난 지 사흘이 지났다. 벌써 해가 저물고 날이 어두워졌다. 근방에 인기척이 없는 것으로 보아 오늘은 주변에 머물 만한 객잔이나 숙소가 없을 것 같았다.

"야영을 준비해야겠네."

그런 나의 말에 각자가 알아서 준비에 들어갔다. 모두가 경험이 많았기에 무엇을 해야 할지 정도는 잘 알고 있었다. 송좌백과 송우현 쌍둥이 형제는 땔감을 구하러 갔고, 귀살권마 장문량은 근방에 있는 나뭇가지를 모아 불을 피웠다. 아송은 등에 지고 있는 짐 보따리에서 취사도구를 꺼냈다. 유일하게 홍일점이라고 사마영은 자연스럽게 수통을 꺼내 잡아뒀던 털을 전부 뽑은 꿩을 물로 씻으며 요리를 준비했다.

'소담검 네 차례야.'

—야호!

나의 말에 소담검이 신이 나서 검집을 빠져나왔다. 녀석이 허공으로 날아오르자, 다른 검들이 아쉽다는 듯이 중얼거렸다.

　─흐응. 오늘도 내가 불침번을 서도 되는데.

　─천박한 것이 욕심만 많아서.

　─싸우지들 마시구려. 다 차례라는 것이 있잖소.

　혈마검과 사련검이 투닥거리면 남천철검이 달래는 것이 일상이었다. 옥형 덕분에 검들에게 불침번을 시키면 돼서 편했다. 검과 시야를 공유하기에 높은 곳에서 누군가 접근하는 것을 바로 알아차릴 수 있었기 때문이다.

　─인간, 내일은 이 몸의 차례인 것을 잊지 마라.

　네네. 그러시지요.

　녀석들은 자유롭게 나는 것에 맛이 들었다. 나야 옥형의 기운을 연마한다는 생각으로 녀석들에게 자유 시간도 주고 불침번도 세우니 일석이조였다.

　사마영이 꿩을 손질하며 내게 배시시 한쪽 눈을 찡긋했다.

　"흠흠."

　그녀가 저러는 이유는 간단했다. 어제는 객잔에서 머물렀기 때문이다.

　─그 괴물 같은 인간 놈이 알면 네놈을 족치려 들겠군. 그렇게 경고했는데 말이야.

　─원래 남자들이란 짐승이거든. 우리 자기는 점점 기술이 늘어가는….

　나는 녀석들의 소리를 차단했다. 가만히 내버려두면 끊임없이 놀려댄다. 검의 소리를 들으면서 유일하게 불편한 것이 바로 이 점이다. 녀석들과 모든 사생활을 공유하는 것 같다.

—나는 이제 여한이 없소.

…남천철검 너도 입 다물게 해줄까. 은근슬쩍 부담되게 만드는 말을 슬쩍 던지는 녀석이다. 전 주인도 부러워할 거라니 뭐니 그딴 소리를 할 때마다 남천검객에 대한 환상이 점점 이상하게 바뀌어가 잖아.

"휴."

나는 한숨을 내쉬며 품속에서 전도를 꺼냈다. 홍호현에서 구입한 것으로 호북성 쪽의 지도가 그려진 것이었다. 전도를 보아하니 나흘 정도면 평왕의 능에 도착할 것 같았다.

—그곳에 들렀다가 무림연맹으로 가겠군, 운휘.

그래야지.

—마음은 정했나?

글쎄. 모르겠다.

—그 맹주의 호위라는 자의 말대로 백향묵이 함정에 빠져 실각한 것이라면 오히려 그를 돕는 편이 더 내부로 침투하기가 좋지 않겠나?

'흠.'

그것도 맞는 말이기는 한데, 무한제일검 백향묵 쪽은 한 가지 의구심이 드는 게 확실하다. 혈마검 녀석이 한 가지 사실을 알려줬었다. 녀석의 검병 부근에는 혈천대라공의 구결을 새긴 끈이 숨겨져 있었다고 한다. 그것을 백향묵이 알아내고서 누구도 모르게 취했다고 했다.

—그자가 뭔가를 숨기는 것 같나?

우연히 발견해서 취한 것이라면 어쩔 수가 없지만, 명색이 정파의 수장이었던 자이다. 물론 지금도 정파의 지주나 다름없는데, 그런 자가 누구도 모르게 혈교의 무공을 익혔다는 것이 마음에 걸렸다.

'일단은 섣불리 정하기보다 상황에 맞게 어느 쪽에 기울어야 할지 판단해야겠어.'

어차피 누구를 택하든 그들은 나를 부맹주로 추대할 것이다. 내게 가장 득이 될 쪽을 택하면 된다.

바스스! 그때 송좌백과 송우현이 땔감을 한가득 안고서 숲에서 걸어왔다. 덩치들이 있어서 이런 일 하나는 잘하는구면.

"이상하네."

송좌백이 고개를 갸웃거리며 말했다.

"왜 그래요?"

사마영이 묻자 송좌백이 야영지에 땔감을 내려놓고서 위를 가리켰다. 밤하늘에는 반달과 함께 별들이 수놓아져 있었다. 구름 한 점 없어서 날이 맑았다.

"뭘 어쩌라고?"

나의 물음에 송좌백이 이번에는 북쪽을 가리키며 말했다.

"그게 아니라 이렇게 날이 좋은데, 저쪽 숲 너머만 안개로 뒤덮여 있어."

"안개로 뒤덮였다고?"

그게 무슨 소리지? 날씨가 이렇게 좋은데 무슨 안개란 거지? 특별히 습한 기운도 없고 근방의 숲도 깨끗하기 그지없었다.

"헛것을 본 게 아니에요?"

사마영의 물음에 송좌백이 발을 동동 구르며 말했다.

"아니, 제가 왜 거짓말을 합니까? 우현아, 너도 봤지?"

"나… 나도 봤다. 안개로 앞이 잘 보이지… 않았다."

둘 다 봤다면 거짓일 리는 없었다. 나는 정신을 집중해서 옥형으로 소담검에게 말했다.

'소담, 북쪽 방향에 안개가 끼었다고 하는데, 혹시 볼 수 있어?'

—알겠어.

위로 올라가서 헤엄치는 물고기처럼 이리저리 유영하던 소담검이 방향을 북쪽으로 틀었다. 그러자 북쪽 부근 지상의 시야가 머릿속으로 공유되었다.

'응?'

한데 송좌백이 말한 것처럼 북쪽 숲에 안개가 끼어 있진 않았다. 오히려 깨끗하게 숲의 정경이 보였다.

'좌백이 이 녀석이 일부러 놀린 건가?'

아무래도 장난을 친 것 같다. 심지어 멀지 않은 곳에 꽤 넓은 호수가 있었다. 호수 근방에는 정경이 아름다워서 그런지 전각과 객잔으로 보이는 건물도 세워져 있었고, 뱃놀이를 할 수 있도록 작은 나룻배 몇 척도 보였다.

'뭐지?'

객잔이 그리 멀지 않은 곳에 있는데 어째서 인기척이 느껴지지 않았던 거지? 장난으로 치부했었는데 이건 좀 이상했다. 벽을 넘은 후 나의 기감은 꽤나 넓어져서 저 정도 거리라면 평범한 사람들의 인기척을 느껴야 정상이었다.

—호수 한가운데 배도 떠워져 있는데.

소담검의 말대로 호수 정중앙에 배가 떠워져 있었다. 그 배 위에는 심지어 두 명의 인영이 보였다. 한 명은 머리가 굉장히 긴 것이 여자로 보였는데 사내로 보이는 자의 다리 위에 누워 있었고, 그 사내는 배 위에서 유유자적하게 낚시를 하고 있었다.

'뭐지? 어째서 기감으로 느껴지지 않은 걸까?'

참으로 기이한 일이었다. 한데 그것은 둘째치고 가까운 곳에 객잔이 있다면 굳이 찬바람 맞아가며 노숙할 이유가 없었다.

—내가 가서 한번 살펴볼까?

아니야. 안개가 없다면 직접 가면 그만이지.

나는 송좌백을 비롯한 일행들에게 말했다.

"아무래도 좌백이가 안개가 꼈다는 숲에 머물 곳이 있는 것 같은데, 그곳에 가서 쉬는 게 어떨까?"

"아니, 진짜 안개가 꼈다는데 왜 믿질…."

억울해하는 송좌백의 말을 자르고 사마영이 신이 나서 답했다.

"어머, 정말요? 좋아요!"

흠흠. 그렇게 티를 내면 곤란한데.

송좌백이 우리 두 사람을 번갈아 쳐다보고는 투덜거렸다.

"어디 참한 규수 없나. 으이구."

댕그랑! 반면 짐을 전부 풀어서 취사도구와 취침 준비를 거의 다 마친 아송은 청천벽력이라도 떨어진 것처럼 나를 쳐다보았다. 어쩔 수 없다. 다시 짐을 싸렴. 나는 말없이 눈빛으로 그런 의사를 전했다. 아송이 시무룩해져서 다시 짐을 싸는 동안 소담검의 목소리가 머릿속을 울렸다.

—어차피 불침번 서야 하니까 계속 날아다녀도 되지?

네 마음대로 하렴.

—야호! 신난…. 어?

그때 녀석의 당혹스러워하는 목소리가 들렸다.

―이… 이게 왜 이러….

바로 그 순간이었다. 팍!

'…?!'

소담검이 바라보는 시야가 엄청난 속도로 어딘가로 향했다. 녀석이 뭔가 버텨보려고 안간힘을 쓰는 것 같은데, 알 수 없는 힘에 이끌려가는 것 같았다.

'소담! 소담!'

녀석이 흔들거리니 시야도 흔들리며 보였다. 한데 그 시야로도 어디로 날아가는지는 확실하게 알 수 있었다. 호숫가를 향해 끌려가고 있었다. 무슨 현상인지 알 수 없어 하는데, 소담검이 누군가의 손아귀에 잡힌 것이 보였다.

'소담! 무슨 일이야?'

녀석이 아무런 대답도 없었다. 시야는 분명 공유되고 있는데 무슨 현상인지 알 수가 없었다. 처음 겪는 일이었다. 그런데 그 시야마저도 점점 흐릿해져 갔다. 선이 그어지는 것처럼 조금씩 검어져 가는데, 웬 목소리가 들렸다.

"그게 뭐야?"

"글쎄. 이기어검과는 사뭇 다르군."

그 목소리와 함께 흐릿해져 가는 시야 속에서 창백할 정도로 새하얗고 훤칠한 얼굴에 긴 머리카락의 청년이 보였다. 대체 이게 무슨 일이지? 설마 이자가 그 먼 거리에서 소담검을 끌어들였단 말인가? 이윽고 소담검의 시야가 완전히 끊겨버렸다.

"젠장!"

나는 생각할 겨를도 없이 곧바로 북쪽 숲을 향해 신형을 날렸다. 나만 그런 것이 아닌 모양이다. 남천철검 역시도 녀석의 목소리가 들리지 않는 것 같았다. 검선의 지보인 북두칠성의 힘을 얻은 이후 여태껏 이런 적은 한 번도 없었다.

'소담! 소담!'

직접적으로 소리를 차단한 것도 아닌데 녀석의 목소리가 들리지 않았다. 영문을 알 수가 없었다. 하지만 확실한 것은 소담검이 누군가의 손에 붙들렸다. 누군지는 모르겠지만 만약 소담검에 조금이라도 위해를 가한다면 절대로 용서할 수 없을 것 같다.

─운휘, 진정해라.

진정하게 생겼어. 너희들도 마찬가지지만 소담검은 내게 가족이나 다름없다. 그런 녀석을 잃을 수는 없다.

'서둘러야 해.'

나는 풍영보를 펼치며 북쪽 숲으로 진입했다. 그런데 앞으로 나아가던 도중 눈앞에 펼쳐지는 광경에 잠시 멈출 수밖에 없었다. 짙은 안개가 숲의 한 경계면을 두고 자욱하게 펼쳐져 있었다.

'이게 대체….'

이해할 수 없는 현상이었다. 분명 소담검의 시야로 위에서 내려다볼 때는 안개가 전혀 없었다. 오히려 맑다고 할 수 있었다.

'대체 무슨 현상이지?'

나는 안개 가까이로 다가가 보았다. 숲이 거의 보이지 않을 만큼 뿌연 안개가 앞을 완전히 가리고 있었다. 마치 벽처럼 느껴질 정도로 묘한 이질감마저 들었다.

'좌백이 녀석이 봤다는 안개가 바로 이건가?'

어찌 된 영문인지 알 수 없지만 이 안개를 뚫고 가야만 호수에 도착할 수가 있다. 나는 고민할 것도 없이 안개를 향해 신형을 날렸다. 앞이 뿌옇게 흐려 아무것도 보이지 않았으나 직선으로 가다 보면 숲을 통과할 수 있지 않겠나. 그렇게 앞으로 나아가던 차에 어느 순간부터 안개가 보이지 않았다. 전방에서 희미한 불빛이 보였다.

―다 와간다.

나는 신형에 박차를 가했다. 그렇게 수풀을 벗어나는 순간 당혹감을 감출 수가 없었다.

'…?!'

―운휘, 이게 대체….

남천철검마저도 이 기이한 현상에 놀라워했다. 앞쪽에는 모닥불이 일렁이고 있었고 그 주변에 사마영을 비롯해 송좌백, 송우현, 귀살권마 장문량, 아송 등이 북쪽 숲을 바라보고 있었다.

"하!"

나의 입에서 나온 소리에 그들이 시선을 돌렸다. 사마영이 당최 이해할 수 없다는 듯이 놀라며 말했다.

"공자님, 방금 저쪽으로 가지 않으셨어요?"

그녀가 북쪽을 가리켰다. 아송도 신기하다는 듯이 눈이 휘둥그레져서 말했다.

"도련님, 이젠 축지법 같은 것도 익혔습니까?"

그럴 리가 있나. 대체 이게 무슨 현상인지 알 수 없으나, 이러고 있을 시간이 없었다.

"있어봐."

나는 그 말과 함께 다시 북쪽 숲을 향해 신형을 날렸다. 숲으로 진입한 지 얼마 있지 않아 또다시 안개 숲이 모습을 드러냈다. 이번에는 신중을 기해야겠다. 스릉! 남천철검을 뽑은 나는 안개 숲이 펼쳐지는 수풀의 시작부터 앞으로 나아가며 나무들 가지를 베어 표시를 했다. 그렇게 앞으로 베어내며 전진해가니 얼마 있지 않아 안개가 걷히며 또다시 불빛이 보였다.

'…뭐지?'

불안했다. 저 불빛이 굉장히 익숙했다. 숲을 그렇게 지나자 나는 어처구니없는 나머지 기가 찼다. 또다시 모닥불과 그 주위에 일행들이 있었다. 다시 남쪽 숲에서 나타난 내 모습에 이번에는 송좌백이 말했다.

"지금 뭐 하는 거야? 혹시 장난치는 거야?"

"장난? 이게 장난 같아?"

순간 화가 울컥 치밀어 올랐지만 도저히 이 현상을 말로 설명할 길이 없었다. 대체 이 괴이한 현상이 무엇인지 모르겠지만 안개 숲으로 들어가게 되면 반대의 남쪽 숲을 통과하게 된다. 이에 나는 이것을 일행들에게 설명했다.

"것봐! 나랑 우현이가 안개를 봤다고 했잖아."

"그게 중요한 게 아니야. 안개 숲을 통과했더니 이쪽으로 나왔다고 하잖아."

그런 나의 말에 장문량이 자신의 턱을 쓰다듬으며 말했다.

"그것참 기이한 일이구려."

"장 노사는 이게 무슨 일인지 알겠나?"

"아무래도 술법이나 진법의 일종이 아닐까 싶소."

나와 거의 비슷한 결론을 내린 것 같다. 다만 술법의 대가인 악심파파 철수련의 기억에조차 이런 황당무계한 술법은 존재하지 않았다. 좀 더 고차원적이라고 해야 할까? 아니면 장문량의 말대로 진법의 일종일 수도 있다.

"술법이든 진법이든 인간의 손에 의해 만들어진 이상 약점이 있을 거요. 주군, 이번에는 같이 가보는 게 어떻겠소?"

소담검 때문에 마음이 조급하나 아무래도 그래야겠다. 혼자서 해결하는 것보다는 그편이 낫겠지. 그렇게 이번에는 일행들과 함께 북쪽 숲으로 들어와 안개를 맞닥뜨렸다.

"정말이네요?"

"아오. 진짜라고 했잖습니까?"

송좌백이 왜 이렇게 자신을 못 믿냐며 발을 동동 굴렀다. 그런 녀석을 무시하고 나는 안개 숲을 살폈다. 사마영이 내게 물었다.

"공자님, 뭘 찾으세요?"

"안개 숲으로 들어가기 전에 나뭇가지들을 베었었습니다."

그것을 찾고 있는데, 이상하게도 보이지 않았다. 안개가 펼쳐지는 곳을 쭈욱 걸어가도 나뭇가지가 베인 흔적은커녕 아무것도 찾을 수 없었다. 나무들은 멀쩡하기만 했다.

"…전부 멀쩡한데요."

"정말 벤 게 맞아?"

그럼 내가 거짓말하리. 손으로 직접 베었던 감각이 있는데 이게 무슨 일인지 알 수 없었다. 나는 장문량을 쳐다보았다. 존주의 수하로 있는 동안의 경험이 있을 테니, 나보다 더 이런 것을 객관적으로 파악할지도 몰랐다. 장문량이 안개 숲의 진입로 쪽을 쭈욱 살피며 말했다.

"아무래도 술법보다는 진법의 일종인 것 같은데, 안으로 들어가서 출구를 찾지 않으면 통과할 수 없을지도 모르겠군요."

"계속 반복된다는 말이오?"

"저야 안으로 들어가 보질 않았으니 아직 모르지요. 하나 주군께서 여길 통과하고서 남쪽 숲으로 두 번이나 나온 걸 보면 역시 진법 같습니다."

장문량의 말에 사마영이 말했다.

"일단 이번에는 같이 들어가도록 하죠. 그러면 더 잘 알 수 있지 않을까요?"

그 말이 맞는 것 같다. 진법이 맞다면 안에 들어갔을 때 또 다른 기이한 일이 벌어질 수도 있으니, 모두가 이번에는 손을 잡고서 들어가기로 했다. 그렇게 안으로 진입하려다 나는 문득 좋은 생각이 떠올랐다.

"아!"

조급해진 나머지 중요한 능력을 깜빡했다. 굳이 숲 안으로 들어갈 게 아니라 안개를 뛰어넘으면 되지 않겠는가. 괜히 안개를 거칠 필요가 없는 일이었다.

"왜 그러세요?"

사마영의 물음에 나는 남천철검을 뽑아 그 위에 올라탔다.

"아! 위로 가보시게요."

"혹시 모르니 나는 안개를 뛰어넘어볼게요."

"알겠어요. 그럼 저희는 손을 잡고 안개 숲으로 들어가 볼게요."

이렇게 하여 다른 일행들은 전부 숲속으로 들어가고 나는 남천철검을 타고서 어검비행으로 안개 숲 위로 날아올랐다. 높게 날아오르고 나서 얼마 있지 않아 숲이 아래로 내려다보였다. 숲 전체에 안개가 깔려 있는데, 그 범위가 굉장히 넓었다. 그런데 남천철검이 말했다.

─운휘, 안개가 없어졌다.

'그게 무슨 소리야?'

숲 전체가 여전히 안개로 자욱해서 어디에 호수가 있는지조차 보이지 않았다. 내가 의아해하자 남천철검이 말했다.

─내가 보는 시야로 봐라.

녀석의 말에 나는 혹시나 하는 마음으로 머릿속에서 펼쳐지는 남천철검의 시야에 집중했다.

'엇?'

한데 정말이었다. 남천철검의 말대로 녀석의 시야로 보자 숲의 안개가 걷혀서 보였다. 소담검의 시야로 보았을 때와 똑같은 광경이 펼쳐져 있었다. 바로 앞쪽으로 반 리 정도 떨어진 곳에 호수와 전각, 객잔의 건물이 보였다. 유일하게 다른 점이 있다면 호수 한복판에 있던 나룻배가 나루터에 정박해 있었다.

'어째서 남천철검의 시선으로 보면 이런 거지?'

분명 내 눈에는 안개로만 가득했다. 한데 머릿속 남천철검의 시야는 정반대였다. 나는 남천철검의 시야로 안개 숲 안으로 진입한 일행들을 보았다.

'아!'

놀라운 광경이 벌어졌다. 손을 잡고 앞으로 나아가던 일행들이 흐릿해지더니 이내 갑자기 사라져버렸다. 애초에 그곳에 없었던 것처럼 말이다.

'이런 게 진법이라고?'

나는 남쪽 숲을 바라보았다. 얼마 있지 않아 손을 잡고서 숲을 빠져나오는 일행들이 보였다. 그들은 숲을 나오자마자 모닥불이 피워진 것을 보고 이미 내가 겪었던 이 현상에 놀라워하고 있었다.

'정말 모르겠다. 이게 무슨 일이지?'

검의 시야로 위에서 보면 정상적으로 보인다. 한데 안개 숲으로 들어가면 저 호숫가에 닿을 수 없고 남쪽 숲으로 향하게 된다. 이게 정말 진법이라는 것으로 가능한 일인가?

─일단 소담검을 구해야 하니 호숫가로 가보는 게 어떻겠나?

남천철검의 말이 맞았다. 소담검의 구출이 우선이었다.

'들어가 보자.'

─알겠다.

남천철검이 자신이 보는 시야대로 호숫가로 진입했다. 참으로 신기한 것이 여전히 내 눈에는 안개만 가득해서 아무것도 보이지 않았다. 그런데 놀랍게도 어느 순간 갑자기 안개가 걷혀버렸다. 그게 끝이 아니었다.

"…이럴 수가."

갑자기 날이 환하게 밝아졌다. 해시(亥時) 초엽이라 한밤중이어야 하는데, 놀랍게도 해가 중천이었다.

─운휘, 이게 무슨 조화인지 모르겠다.

내가 하고 싶은 말이다. 갑자기 밝아지는 바람에 눈살이 절로 찌푸려졌다. 어느덧 햇빛에 익숙해지자 눈앞으로 호숫가 광경이 들어왔다. 호수 주변으로 복숭아꽃들이 가득 피어 있었고, 화려한 전각, 그리고 객잔으로 보았었는데 마치 성전 같은 웅장한 건물이 우두커니 자리하고 있었다.

'내가 꿈을 꾸는 건가… 아니면 환상인 건가?'

—나도 보고 있으니 그런 건 아닌 것 같다.

게다가 좀 전까지는 분명 아무도 없었다. 한데 날이 밝아지자마자 하얀 도복을 입은 청년들이 웅성거리며 나를 쳐다보고 있었다. 그들의 반응이 나처럼 놀란 듯했다.

'이들은 대체 어디서 튀어나온 거지?'

도무지 이해할 수가 없었다.

'소담검을 가로챈 그자는 어디에 있는 거지?'

그자의 모습이 보이지 않았다. 나는 우선 남천철검에서 뛰어내렸다. 지상으로 뛰어내리자마자 갑자기 도복을 입은 청년들이 우르르 몰려들었다. 그들 중 한 사람이 내게 갑자기 말을 걸었다.

"어느 스승님을 모시는 분입니까?"

어느 스승님? 대체 무슨 소리를 하는 거지? 이들의 도복이나 느껴지는 정순한 기운을 보면 분명 도가 계열의 무인들 같다. 한데 사문이 대체 어딘지 알 수가 없었다. 무당파나 화산파, 종남파 등 문파들마다 특유의 복장이 있다. 그런데 이들 한 사람 한 사람이 적어도 이류에서 일류의 무위를 지닌 듯한데, 도복으로 사문의 연원지를 알 수 없는 게 이상했다. 이에 나는 그들에게 포권을 취하며 말했다.

"저는 남천검객 호종대의 제자 소운휘라고 합니다. 혹시 도사님들께 무엇을 여쭤봐도…."

말이 미처 끝나기도 전에 도사들의 표정이 돌변했다.

방금 전까지만 하더라도 호기심과 호의로 가득했던 표정이 일순간에 바뀌었다. 무슨 영문인지 모를 정도로 극단적이었다.

"속세인이다!"

"속세인이 어떻게 들어온 거지?"

이건 또 대체 무슨 말이야? 불교나 도교의 사람들이 일반 사람들을 부를 때 하는 말 같은데, 속세인이라는 것이 저 정도로 경계심을 보일 일인가? 근방에 있던 도사들이 갑자기 나를 둘러싸더니 무공의 기수식을 취했다.

"대체 왜들 그러시는지 모르겠군요."

"당장 가지고 있는 검을 버리고 무릎을 꿇고 손을 들어라."

무리한 요구를 하고 있었다.

"도사님들, 저는 여러분들께 해를 끼치고자 온 것이 아닙니다. 저도 이게 무슨 영문인지는 모르겠으나 안개 숲을 지나 들어오니 갑자기 날이 밝아…."

"제압해랏!"

한 도사가 외치자 다른 도사들이 갑자기 내게 신형을 날렸다. 장법부터 권법을 펼치는데 난감하기 짝이 없었다.

"도사라는 작자들이…."

이들을 일일이 상대하고 있을 틈이 없었다. 소담검을 찾기도 바쁜 판국에. 딱! 나는 가볍게 손가락을 튕겼다. 그 순간 내게 동시에 신형을 날리던 도사들이 일제히 거품을 물고서 쓰러졌다. 털썩! 털썩!

"아닛!"

"소, 속세인이 술법을 익혔어."

쓰러지지 않은 도사들이 경악을 금치 못했다. 귀찮은 일을 피하려고 이곳에 있는 도사들을 전부 기절시키려 했는데, 네 명가량은 멀쩡하게 서 있었다. 무공이 이들 중에서 뛰어난 편이기는 하지만 절정 초입에 불과한데 이를 버틴 것이 용하다 싶을 정도였다. 아니면 보통 사람들보다 강인한 정신력을 가졌을까? 그래도 이 정도면 쉽사리 덤비지 못할 터이니 한번 물어봐야겠다.

"혹시 이곳에 장발에 얼굴이 창백할 정도로 새하얀 사내가 있지 않습니까? 그자가 제 단검을 가져갔습니다. 그것만 찾으면 물러날 터이니 더 이상…"

바로 그때였다. 어디선가 날카로운 무언가가 내게 쇄도해왔다. 이에 다급히 고개를 뒤로 살짝 젖히며 그것을 피해냈다.

'침?'

그것은 다름 아닌 장침이었다. 이를 피해낸 나는 장침이 날아온 방향으로 고개를 돌렸다. 그곳에 허리까지 내려오는 긴 머리카락에, 여느 도복들과 달리 조금은 화려한 경장에 가까운 옷을 입은 여인이 검을 내게 겨냥하며 서 있었다.

'저 여자…'

멀리서 봤지만 저 복장을 잊을 수가 있겠나. 나룻배에 그 사내와 함께 있던 여자가 틀림없었다. 사마영만큼은 아니더라도 상당한 미인이었는데, 초절정 초입에 이를 만큼 뛰어난 무위를 지니고 있었다.

'강하다. 저렇게 젊은데 이리 뛰어나다니.'

저 정도라면 거의 백혜향을 떠올릴 만큼 뛰어난 무재라고 해도 과언이 아니었다. 꽤 놀라워하고 있는데 여자가 내게 말했다.

"속세인이 그대처럼 술법에 능할 리가 없어. 정체를 밝혀라."

도통 이해할 수가 없었다. 그보다는 내 볼일이 먼저였다.

"그놈의 속세인… 후우. 그대와 같이 있던 사내가 내 단검을 멋대로 가져갔소. 그자는 어디에 있소?"

그 물음에 그녀의 눈에 이채가 띠었다.

"네가 그 단검의 주인?"

역시 알고 있었다. 그렇다면 이야기가 빨라지지.

"그렇소. 당장 그자가 어디에 있는지 말해주시오."

그런 나의 말에 여인이 흥미롭다는 얼굴로 미소를 지으며 말했다.

"너 혹시 스승님이 따로 키우는 제자야?"

이건 또 무슨 소리야?

"대체 무슨 소리요?"

"응? 아닌가? 그런데 어떻게 스승님이 이룬 도(道)를 네가 할 수 있는 거지?"

"소저의 스승님이 누군지 내가 어찌 안단 말이오. 괜히 말 돌리지 말고 같이 있던 그자가 어디 있는지나 말해주시오."

그 말에 여인이 고개를 갸웃거리며 말했다.

"이상하다. 사형이 분명 스승님의 제자일지도 모른다고 했는데."

"소저의 스승님이 누구인지는 모르겠으나, 나는 그와 전혀 관련이 없으…"

"정말 순양자 어른 몰라?"

"순양자?"

잠깐만 어디서 들어본 것 같은데…. 내가 의아해하자 여인이 입꼬리를 올리며 말했다.

"속세에서는 검선이라고 불렸다고 했던가. 무림인들은 별호로 부르는 거 좋아하잖아?"

'…!!'

아아아! 이제야 순양자가 누구인지 알겠다. 검선의 도명이었다.

그렇다면 스승님의 도라고 말한 것이 이기어검이 아닌 옥형의 힘이라는 것을 알아차렸단 말인가? 팔대 고수나 악인들조차 이를 알아보지 못했건만…. 그러고 보니 이 여자 마치 검선이 자신의 스승인 것처럼 말했다. 우화등선한 그를 존경하기라도 하는 걸까?

"…당신은 대체 누구요?"

"나?"

여인이 피식 웃더니 내게 포권을 취하며 당당하게 말했다.

"나는 순양자 어른의 정식 둘째 제자 여양선."

"정식 둘째 제자?"

이게 무슨 말인지 모르겠다. 마치 살아 있는 검선의 제자인 것처럼 이야기한다. 스스로를 여양선이라고 밝힌 이 여인이 정말로 검선의 진전을 이었다면 마지막 세 번째 지보를 얻었을 것이다. 한데 둘째니 뭐니 한다는 것은 그녀 말고도 검선의 진전을 같이 이은 자가 있다는 건가. 의아해하고 있는데 그녀가 말했다.

"여기까지 왔다는 건 부름을 받고 속세를 떠나기 위해 도화선으로 들어왔다는 건데, 이제 슬슬 정체를 밝히지?"

"정체?"

"그래. 동문인지 아닌지를 알아야 족보를 정리할 거 아냐?"

이 여자 생각보다 익살스럽다. 표정 변화가 이렇게 다채로운 여자는 처음 보는 것 같다.

―어떻게 할 건가, 운휘?

한 번도 검선의 진전을 이었다고 밝힌 적이 없다. 만약 무림 최고의 검수라 불리는 검선의 진전을 이었다고 한다면 그것이 낳을 파장이 굉장할 것이라 여겨서였다. 하나 이 여양선이라는 여자도 검선의 진전을 이었다면 굳이 숨기는 것보다 차라리 나 역시도 검선의 계보임을 밝히는 것이 나을 듯하다. 이에 나는 그녀에게 포권을 취하며 말했다.

"검선 어르신의 진전을 이은 소운휘라고 하오."

굳이 진전을 둘씩이나 이었다고 말할 필요는 없겠지? 괜히 긁어 부스럼만 생길 터이니 말이다. 그런 나의 말에 여양선이라 밝힌 여자가 "그럼 그렇지"라는 말과 함께 뽑았던 검을 검집에 다시 집어넣었다. 그러더니 작게 중얼거렸다.

"나 참, 스승님도 참 너무하시네. 다른 제자가 있다면 있다고 말해주면 되지, 괜히 숨겨서는…. 사형이 열을 내는 것도 당연하잖아."

대체 무슨 소리를 하는 거지? 의아해하는데 그녀가 주위 도사들에게 포권을 취하며 공손한 목소리로 말했다.

"동문이 민폐를 끼친 것에 다른 계보의 도사님들께 사죄의 말씀 올립니다."

그런 그녀의 말에 도사들이 쓰러진 이들을 부축하며 투덜거렸다.

"진즉에 말했으면 오죽 좋소."

"어쩐지 괴물 같았던 것이…."

"됐네. 도당으로 갑시다. 하여간 저쪽 계보는 너무 짓궂소이다."

여양선은 철면피처럼 빙그레 웃는 낯으로 연신 포권을 취하며 고개를 숙였다. 도사들이 물러나자 그녀가 내게 다가오며 말했다.

"얼마나 수련했어?"

검선의 지보를 얻고서 얼마나 연마했는지를 묻는 건가? 무공 연마와는 궤를 달리하여 이걸 연마의 기준으로 봐야 할지 모르겠다. 뭐라고 이야기해야 하나 싶은데, 그녀가 말했다.

"나는 스승님 밑에서 얼추 오십여 년 정도 연마했거든. 스승님께 사형조차 배우지 못한 재주를 전수받았다면 적어도 백 년은 넘게 수련했겠네? 또 사형이 생기는 건가? 에휴."

'…?!'

오십 년? 지금 이 여자가 오십 년을 연마했다고 말했나? 아무리 봐도 고작해야 스무 살 남짓으로밖에 보이지 않았다. 그래서 백혜향에 맞먹는 무재라고 여겼던 것이었는데….

"오십 년이라니? 그럼 세수가 예순, 칠순은 되었단 말이오?"

"스승님께 금단(金丹)을 받았다면 네가 나보다 훨씬 연배가 윗줄일 터인데 뭘 그리 놀라고 그래?"

"그게 무슨 소리요? 나는 이제 스물둘…."

"뭐?"

나의 말이 미처 끝나기도 전에 여양선의 눈이 휘둥그레졌다. 그녀가 이해할 수 없다는 듯이 말했다.

"아니, 그럼 고작 몇 년도 채 배우지 않았는데, 네게 그런 엄청난 재주를 전수해줬다는 거야? 이거 진짜 너무한데. 사형이 따질 게 아니라 나도 따져야겠어."

"대체 무슨 말을 하는 거요?"

도통 알아들을 수 없는 말들만 하고 있었다. 나도 내 볼일을 말해야겠다.

"소저…."

"너! 고작 몇 년밖에 익히지 않았으면 사저(師姐)라고 불러야지."

"사저?"

"어머, 그럼 사저지. 사매니? 내가 이렇게 젊고 어여뻐 보여도 너

보다 수십 년을 더 스승님께 배웠는데 소저가 뭐니?"

'…'

이 와중에 족보 정리를 하려는 건가?

그녀가 내게 활짝 웃으며 말했다.

"자, 한번 해봐. 사저."

뭔가 굉장히 즐거워 보였다. 말하는 투가 자기 밑에 사람이 생겨서 즐거워하는 느낌이다.

—그냥 맞춰줘라, 운휘.

나보다 훨씬 먼저 검선의 진전을 이었다면 사저라고 대우해달라는 것도 틀린 말은 아니었다. 나는 한숨을 푹 내쉬며 말했다.

"그렇게 부를 터이니…"

"사저!"

"알겠으니…"

"사저!"

"…사저, 이제 그 새하얀 얼굴…"

꽉!

"윽!"

그때 여양선이 예고도 없이 나를 꽉 끌어안았다.

"꺄아! 나도 밑에 사제가 생겼다. 막내 생활 끝이야."

그녀의 가슴에 얼굴이 압사당할 것 같았다. 경장에 옷이 펄럭여서 몰랐는데 생각보다 가슴이 굉장히 컸다. 그곳에 얼굴이 파묻힌 것이 민망한 나머지 나는 그녀를 다급히 밀쳐냈다.

"그만하시오. 남녀가 유별한데 이리…"

"어머, 쑥스러움도 타는 거야? 우리 사제 귀여운데."

그녀가 히죽거리며 내게 말했다. 꼭 아이 취급을 받는 느낌이라 기분이 오묘했다. 나는 표정을 가다듬고서 그녀에게 말했다.

"됐고, 이제 그 사내가 어디 있는지 말해주시오. 그 단검은 내게 매우 소중한 것이오."

소담검은 내게 가족과도 같은 존재이자 어머니의 유품이다. 그런 녀석을 다른 누군가에게 빼앗길 수는 없었다. 그런 나의 말에 여양선이 웃으며 말했다.

"귀한 단검인가 보네. 그런데 사제, 네가 말하는 그 하얀 얼굴의 사내가 사형인 것은 알고 하는 소리야?"

"사형?"

"그래. 사형이라고. 아니, 이제는 대사형이라고 불러야겠네. 아무튼 대사형이 사제의 단검을 부러뜨리기라도 할까 봐 그러는 거야? 아무려면 그럴까."

여양선은 자신을 둘째 제자라고 칭했다. 하면 그 사형이라는 자는 검선의 세 번째 지보를 먼저 익힌 자인 것 같다. 하긴 옥형으로 날고 있는 소담검을 강제로 허공섭물로 끌어들일 정도라면 보통 사람은 아닐 거라 생각했다. 참으로 공교로운 일이다. 우연히 안개 숲으로 들어왔는데, 세 번째 지보를 익힌 자들과 이렇게 만나다니. 다만 도사들도 그렇고 무릉도원을 보는 듯한 이곳의 풍경부터 갑자기 밤낮이 바뀌는 조화까지 모든 것이 심상치가 않았다. 왜 그런 것인지 호기심이 생겼지만 일단 소담검이 먼저였다.

"일단 그를 만나게 해주시오."

"어지간히 급한가 보네. 뭐 어차피 스승님께 가려던 참이니까."

"스승님을 만나러 가? 검선 어르신의 사당에 있는 것이오?"

그런 나의 물음에 여양선이 입술을 실룩거렸다. 그러더니 갑자기 한바탕 웃음을 터뜨렸다.

"깔깔깔. 사당이라니? 무슨 소리야. 누가 보면 스승님께서 옛적에 등선이라도 하신 줄 알겠다."

"…그게 대체 무슨 말이오?"

아까부터 뭔가 대화에서 느꼈던 미묘한 이질감. 검선은 육백여 년 전에 우화등선했다고 알려졌고, 심지어 그의 넋이라 할 수 있는 백(魄)과 만나서 대화까지 나누지 않았던가. 한데 그녀는 지금 검선이 마치 살아 있는 것처럼 말하고 있었다.

"무슨 말이긴 무슨 말이야. 스승님께선 순양전에 계신데 사당이라는 말이 오히려 불경스러운 말이지."

그녀가 배꼽이 빠지겠다는 듯이 웃어댔다. 당최 영문을 알 수가 없었다. 여양선이 가리킨 곳을 쳐다보니 한 성전으로 보이는 건물의 현각에 '순양전(純陽殿)'이라고 커다랗게 적혀 있었다.

'검선이… 살아 있다고?'

* * *

나는 여양선을 따라서 순양전 건물로 들어섰다. 건물 일층은 대전이었고 커다란 원시천존의 상 앞에서 스무 명 정도 되는 젊은 도사들이 경전을 외우고 있었다. 그 분위기가 자못 엄숙하기 그지없었다. 여양선이 검지를 자신의 입가에 갖다 대며 내게 조용히 하라는 시늉을 했다. 그녀를 따라 대전의 측면을 가로지르자 이층으로 올라가는 계단이 모습을 드러냈다. 계단을 올라 이층을 곧바로 지나쳐서 삼층 꼭대기로 올라갔다. 그러자 문풍지로 벽 전체를 발라놓은 곳이 보였고, 그 앞에 등이 굽은 한 노인이 서기처럼 글을 적고 있었다. 여양선이 허리를 ㄱ자로 숙이며 그에게 인사를 했다.

"사숙."

"양선이가 왔구나. 당과 하나 먹고 가렴."

등이 굽은 노인이 책상 위의 그릇에 놓인 오색 당과를 슬쩍 밀었다. 이에 여양선이 고개를 저으며 말했다.

"아니요. 스승님을 뵈러 왔는데, 사형도 안에 있죠?"

"그렇단다. 하나 지금은 들어가기 좀 힘들 것 같구나."

"아아… 기어코 사달이 났군요."

노인이 고개를 절레절레 흔들며 말했다.

"저 둘을 보면 예전에 사형이 스승님 밑에 있던 시절이 새록새록 떠오르는구나. 한데 순양전에 도복을 입지 않고 들어온 이 젊은 친구는?"

이제야 내게 관심을 보이는 노인이었다. 내가 직접 포권을 취하며 인사하려 하자 여양선이 먼저 말했다.

"아아, 스승님께서 몰래 거두신 제자예요."

"몰래 거두어?"

"네. 스승님의 도까지 익힌 걸 보면 정식 제자가 틀림없어요."

"허어? 그래?"

노인이 흥미롭다는 듯이 나를 쳐다보더니 살짝 고개를 끄덕였다. 이에 나도 포권을 취하며 고개를 가볍게 숙였다.

"어쩐지 네가 신이 난 이유가 있었구나."

여양선이 활짝 웃으며 말했다.

"저 두 분 사제의 지긋지긋한 뒤치다꺼리도 끝이죠, 뭘."

그녀는 내가 정말로 사제가 된 것처럼 굴고 있었다. 모든 궁금증은 이 안으로 들어간다면 풀릴 것 같다. 여양선의 말대로 검선이 살아 있는 것이라면 정말 놀라운 일이었다. 그때 문풍지 바깥으로 호통 소리가 들렸다.

"고얀 놈, 와서 한다는 소리가 또 그런 것이더냐?"

'…?!'

순간 나는 귀를 의심했다. 이 목소리는 정말로 검선의 것이 틀림없었다. 심상의 세계에서 마주쳤을 때나 북두칠성의 새로운 별을 개방할 때마다 들려왔던 목소리와 똑같았다. 다른 게 있다면 목소리에 서려 있는 노기였다. 저리 화를 내고 있는데 여양선은 항상 있는 일인 것처럼 내게 키득거리며 말했다.

"봤지, 사제? 왜 멀쩡히 살아 계신 스승님을 사당으로 모시려고 한 거야?"

이런 그녀의 말보다 나는 문풍지 너머의 목소리에 더욱 귀를 기울였다. 언성이 워낙 높아져서 청력을 가다듬으니 선명하게 들렸다.

"애꿎은 황실 탄압에 불쌍한 백성들의 도탄으로 이어지고 있습니다. 이를 어찌 지켜만 보고 있단 말입니까?"

이 목소리. 그자의 것이 틀림없었다. 소담검을 가져간 자였다.

"하루가 멀다 하고 네 사형도 참 대단하구나."

"스승님의 주름을 늘리는 데 재능이 타고난 거죠."

안으로 들어가고 싶은데 계속 기다려야 하는 건가. 문풍지 안에서 소담검을 들고 간 자의 목소리가 이어서 들려왔다.

"무림인들을 탄압하고 나면 그것으로 끝날 것 같습니까? 아닙니다. 그 야욕 넘치는 자는 저희처럼 숨어든 도인들도 노릴 겁니다."

"허어. 그들이 무슨 수로 우릴 찾아낸다는 게야? 이곳은…."

"모산파를 간과하실 겁니까?"

뭐지? 지금 모산파라고 했나? 멸문한 모산파를 그가 왜 거론한 건지 알 수 없었다. 귀를 더욱 쫑긋 세우게 되었다.

"그들을 왜 거론하느냐?"

"거론해야지요. 죽은 자를 농락한다 하여 여러 스승님들께서 도화선으로 초대하지 않지 않으셨습니까?"

"그들이 추구하는 도는 애초에 우리와 결을 달리한다. 한데 어찌 함께할 수 있겠느냐?"

"그 원망의 화살이 무림과 저희에게로 향한다고 하여도 말입니까? 모산파가 만약 그자와 손을 잡기라도 하면 어쩌실 겁니까?"

대화를 듣는 내내 점점 혼란스러웠다. 마치 오래전 멸문한 모산파가 현존하는 것처럼 이야기하고 있었다. 아니면 모산파가 아직까지 그 명맥을 이어가고 있는 것일까?

"하아. 이제 그만하거라. 어찌 가면 갈수록 심해지느냐? 네 사제를 조금이라도 본받거라. 더욱 수양이 깊어야 할 녀석이 이렇게 세속에 미련이 있어서야."

"스승님이나 사백께서도 예전에는 그러지 않으셨습니까? 저보다 더하면 더했지…."

"허어. 그래서 네 사백이 어찌 되었는지 알고 있지 않느냐? 너도 그리되고 싶은 것이더냐?"

"…."

잠시 정적으로 물들었다. 나와 마찬가지로 안에서 들려오는 목소리에 집중하고 있었는지, 여양선이나 등이 굽은 노인도 입을 쩝쩝 다시고 있었다. 이윽고 다시 목소리가 들려왔다.

"어차피 그러실 생각이 아닙니까? 스승님께선 이미 마음속에서 저를 지우시지 않으셨습니까?"

"네가 어찌 그런…."

"아니면 여 사매와 제 관계를 인정해주지 않으실 리가 없지요."

"도인이 어찌 그런 세속적인 관계에 집착하는 것을 인정한다는 말이더냐? 네가 정녕 정신을 차리지 못했구나. 그만 물러가서 화평 암에서 면벽…."

"아니요. 물러가지 못합니다."

"뭐야?"

점점 두 사람의 대화가 격해지고 있었다. 늘 있는 일이라고 하기 에는 극으로 치닫는 느낌이다. 방금 전까지 웃고 있던 여양선 또한 표정이 어두워졌다.

"스승님께서 정녕 저를 법도의 후계로 생각하셨다면 이렇게 제자 를 들이지 않으셨겠죠. 이게 뭘 것 같습니까?"

"그 단검은 무엇이더냐?"

단검? 설마 소담검을 말하는 건가? 나도 모르게 몸을 움찔하며 앞으로 튀어 나가려 하자, 여양선이 팔을 붙잡았다.

"기다려, 사제."

그녀의 말에 나는 숨을 내쉬며 멈춰 섰다. 계속해서 문풍지 안에 서 목소리가 들려왔다.

"스승님께서 직접 읽으실 수 있지 않습니까?"

"네가 검의 기운을 강제로 압박하고 있는데, 어찌 소통을 한단 말이더냐?"

"…제가 그렇게 미덥지 못했습니까? 도탄에 빠진 백성들과, 도화선의 스승님과 사형제들을 걱정하는 것이 그리 잘못입니까?"

"경정아…."

"어째서 제게 기회를 주시지 않느냐는 말입니다!"

"네게 늘 기회를 주고 있다."

"아니요. 한데 어째서 칠십여 년간 스승님을 모신 제가 아니고, 다른 자에게 스승님의 도를 전수할 수 있단 말입니까?"

"노부가 누구에게 도를 전수해? 대체 무슨 소리를 하는 게야? 사념이 너를 사로잡았구나. 이리 오너라."

"이걸 보고도 그런 소리가 나올까요."

쾅! 그 순간 문풍지의 문이 뜯겨 나가며 열렸다. 앞에 이곳을 향해 손바닥을 내밀고 있는 창백한 얼굴의 청년이 보였다. 청년 뒤쪽으로 새하얀 백의에 선풍도골의 노인이 뒷짐을 지고 인상을 쓰며 이곳을 향해 고개를 돌리고 있었다.

'검선!'

두 눈이 휘둥그레질 수밖에 없었다. 정말로 검선이 안에 있었다. 그것도 심상 속에서 보았을 때보다 조금 더 젊고 정정해 보이는….

'조금 더 젊어?'

내 눈이 잘못된 게 아니라면 지금도 노인이지만 좀 더 젊어 보이는 느낌이다. 머리카락도 완전한 백발이라기보다 검은 머리가 조금씩 섞여 있다. 창백한 얼굴의 청년이 손으로 나를 가리키며 말했다.

"저자는 어찌 설명하실 겁니까? 스승님의 숨겨둔 제자가 아닙니까?"

그런 그의 말에 검선이 인상을 찌푸리며 말했다.

"…노부는 네가 대체 무슨 말을 하는지 알 수 없구나. 저자는 누구이기에 도화선에 들어온 것이냐?"

검선의 표정을 보면 나를 정말로 모르는 듯한 얼굴이었다. 심상 속에서 그리 보았는데 나를 모르는 건가? 아니면 대체 지금 내가 보고 있는 저 검선은 뭐지?

"사형, 이제 그만해요. 이건 사형답지 않아요."

여양선이 앞으로 한 발짝 나서며 창백한 얼굴의 청년에게 말했다. 그럼에도 청년은 꿈적도 하지 않았다. 오히려 기가 찬다는 듯이 검선에게 시선을 돌리며 말했다.

"하! 끝까지 시치미를 떼시는군요. 제자가 아닌데 어찌하여 이 단검으로…."

콱! 놈의 말이 끝나기도 전이었다. 어느새 청년에게 신형을 좁힌 나는 소담검을 쥐고 있는 그의 손목을 움켜잡았다. 청년이 무섭게 일그러진 얼굴로 내게 고개를 돌렸다.

"이게 무슨 짓이지?"

나는 놈에게 싸늘하게 식은 목소리로 말했다.

"남의 것을 훔친 주제에 당당하군."

"훔쳐? 하!"

놈의 손에서 점점 공력이 올라갔다. 공력으로 반발력을 일으켜 튕겨내려는 것 같은데 그리 쉬울까? 나 역시도 공력을 끌어올렸다. 파르르르르! 놈과 나의 손이 동시에 떨려왔다.

'…?!'

반발은커녕 붙잡힌 손이 계속 빠져나오지 않자, 나를 쳐다보는 녀석의 눈매가 점차 가늘어져 갔다.

나는 청년에게 낮은 어조로 경고했다.

"젓가락질이라도 하고 싶으면 소담검을 그 손에서 놓는 게 좋을 거야."

"불구로 만들겠다? 하!"

창백한 얼굴의 청년이 내 말에 어처구니없어했다. 그러나 그런 반응과 달리 쉽게 손이 빠져나오지 않자 표정은 갈수록 굳어졌다. 다른 것은 몰라도 현재의 나는 공력만큼은 벽의 벽을 넘은 고수들과 비교해도 절대 떨어지지 않는다고 자부한다. 그때 여양선이 나서며 소리쳤다.

"사제! 그만해! 대사형한테 그게 무슨 무례야."

"무례는 이쪽이 먼저 했소. 모두에게는 그저 단검에 불과할지 모르지만 내게는 어머니께서 유일하게 남기신 유품이나 다름없소."

그런 나의 말에 여양선의 말문이 막혔다. 그저 소중히 여긴다는 것만 알았지 사정을 알게 되자 납득이 되었나 보다. 그렇다고 말리는 것을 그만둔 건 아니었다.

"어휴. 그럼 그냥 사정을 얘기했으면 됐잖아. 아무리 스승님께 도를 배웠어도 사형은 수련만 칠십여 년이 넘게 했어. 계속 그러다간 위험해. 사형도 멈춰요. 이제 갓 약관을 넘어선 막내 사제를 상대로 그러실 거예요!"

그런 그녀의 말에 검선이 인상을 찌푸리며 반문했다.

"막내 사제? 아니, 대체 무슨 이야기를 하는 게야."

파스스스! 그때 나와 창백한 얼굴의 청년이 서 있는 바닥에 균열이 일어났다. 갈수록 올라가는 공력에 목판으로 만들어진 바닥이 버티지 못하고 있었다. 창백한 얼굴의 청년이 나를 노려보며 입을 열었다.

"나는 끝내고 싶어도 스승님의 새 제자 녀석은 아닌 모양이구나."

"단검을 놓으라고 했다."

"같은 동문이 하극상을 벌이는데 그걸 내버려두는 것도 우습지 않느냐."

그 말이 끝나기가 무섭게 청년이 내 가슴에 일장을 날렸다.

"사형!"

여양선이 놀라서 외쳤다. 그러나 바로 코앞에서 벌어진 일에 대응하지 못할 리가 없었다. 나 역시도 일장을 날리며 우리 두 사람의 장이 격돌했다. 파아아아! 장력이 부딪치자 방 안에 풍압이 몰아쳤다. 순간 여양선의 신형이 뒤로 다섯 보가량 밀려날 정도였다. 그녀가 놀라움을 금치 못했다.

"사형과 맞먹는 위력이라니."

내가 이 창백한 얼굴의 청년과 겨루면 당연히 밀릴 거라고 여겼나 보다. 청년 역시도 표정이 심상치 않았다. 자신과 비교해도 전혀 떨어지지 않는 공력에 내심 당혹스러운 듯했다. 하나 이쪽은 아직 공력을 전력으로 끌어올리지 않았다.

"계속 놓지 않는다면 별수 없지."

파아아악! 나는 소담검을 잡고 있는 놈의 손목을 악력으로 세게 잡았다. 이대로 꺾어버릴 참이었다. 그때 놈이 내게 언성을 높였다.

"스승님께서 네게 얼마나 심혈을 기울였는지 알겠구나. 좋다. 하면 누가 순양전 법도의 후계자로 어울리는지 가려보자!"

고오오오오! 갑자기 청년에게서 기이한 일이 벌어졌다. 공력으로는 내가 한 수 위였는데, 몸에서 정순한 기운이 더해지며 폭증이라고 해도 과언이 아닐 만큼 기운이 치솟았다.

'이건…'

콰스스스! 바닥에 있던 발이 목판을 일그러뜨리며 뒤로 밀려났다. 심지어 놈의 손목을 붙잡고 있던 손이 반발력에 의해 떼어지려고 했다. 내 짐작이 맞다면 이건 불가능한 일이었다. 놈의 입꼬리가 올라갔다.

"이건 배우지 못했나 보구나. 그럼 그 건방진 손을 떼!"

놈이 반발력을 일으켰다. 그 순간 나는 왼쪽 눈을 감고서 하단전에서 중단전으로 전환하며 진혈금체를 펼쳤다. 슈우우우우! 몸이 붉게 달아오르며 피의 격렬한 순환에 수증기가 뿜어져 나왔다. 혈마화까지 한다면 더욱 기운을 증강시킬 수 있겠지만 이곳은 도교의 성전이나 다름없기에 그런 무리수는 둘 수는 없었다.

파르르르르르!

"너!"

내 손이 반발력에 튕겨 나가려던 것이 멈췄다. 이 현상에 놈의 눈동자가 흔들렸다.

"네놈 대체 뭐야? 몸의 혈액을 어찌 이렇게…"

수증기가 피어오르는 것만으로 그걸 파악한 건가? 검선의 제자라고 하더니 그냥 호칭만이 아니라 통찰력도 보통이 아니었다.

"한 수 숨긴 것이 있었군. 좋다! 한번 버텨보거라!"

하단전보다 공력이 더 강한 선천진기와 외공을 극한으로 끌어올려주는 진혈금체의 혼용에 놈이 잠시 당황하는 듯하더니 이내 기운을 더욱 끌어올렸다.

'우읍.'

치솟는 기운에 오장육부가 들끓는 것 같았다. 역시 이것도 임시 방편에 불과한 건가. 하면 내게도 비장의 수가 있지.

'남천!'

—알겠다.

나의 목소리에 남천철검이 검집에서 저절로 **빠**져나오려 했다. 바로 그 순간이었다.

"갈!"

쩌렁쩌렁한 사자후와 같은 외침에 나와 창백한 얼굴의 청년이 동시에 귀를 틀어막고서 튕겨 나가고 말았다.

"큭!"

"으윽!"

엄청난 공력이었다. 소리만으로 이런 것이 가능하다니, 나는 혀를 내두르며 외침의 진원지를 쳐다보았다. 그는 다름 아닌 검선이었다. 뒷짐을 지고 걸어오는 검선에게서 풍기는 위압감은 여태껏 만났던 어떤 고수들과도 비교할 수 없을 만큼 강렬했다. 그렇다고 그것이 포악하거나 강압적인 것도 아니었다. 포근하면서도 정순한 것이 정도로 극을 이뤘다고 해도 과언이 아니었다.

'내상을 입지 않았어.'

더욱 놀라운 것은 공력 대결 중이었는데, 사자후에 튕겨 나갔는데도 전혀 내상을 입지 않았다. 청년 역시도 마찬가지인 것 같았다. 심상에서도 겨뤄본 적이 있었지만, 실제의 그는 차원이 달랐다.

—운휘야!

'소담!'

그때 소담검의 목소리가 들려왔다. 방금 전의 사자후로 인해 튕겨 나가면서 놈이 소담검을 떨어뜨린 모양이다. 손을 뻗자 바닥에 떨어져 있던 소담검이 옥형의 능력으로 내게 부리나케 날아왔다. 착! 검을 손에 잡자 소담검이 우는 목소리로 말했다.

―엉엉! 운휘, 너랑 영영 헤어질까 봐 무서웠어.

어지간히 두려웠나 보다.

나도 너를 절대로 잃을 생각이 없어. 그러니까 이렇게 되찾기 위해 이 알 수 없는 곳까지 왔잖아.

"허어."

가까워지는 발걸음 소리와 탄식 소리에 고개를 들어 올렸다. 검선이 나를 바라보며 이해할 수 없다는 표정을 짓고 있었다.

"젊은이가 어찌…."

그의 말이 끝나기도 전에 창백한 얼굴의 청년이 소리쳤다.

"이러고도 아니라고 부정하시는 겁니까? 스승님의 도를 익히지 않은 자가 어찌 검과 교감할 수 있단 말입니까?"

청년의 외침에 검선이 그에게 고개를 돌리며 말했다.

"그건 노부가 묻고 싶은…."

"또 시치미를 떼시는군요. 더 이상 스승님의 궤변 따윈 듣기 싫습니다. 그렇게 저를 지우시고 싶다면 그렇게 하십쇼. 아니, 제가 사문을 나가겠습니다!"

팟! 그 말과 함께 창백한 얼굴의 청년이 방을 뛰쳐나갔다. 검선이 그 모습에 자신의 이마를 손등으로 매만지며 어처구니없다는 얼굴로 탄식을 흘렸다.

"도가 부족하구나. 도가 부족해. 노부도 어찌할 수 없단 말인가."

스스로를 탓하는 검선이었다.

그런 검선에게 여양선이 곁으로 달려가 바닥에 넙죽 엎드리며 말했다.

"스승님, 사형을 제발 파문하지 말아주세요. 그간의 섭섭함이 터져 나와 저러는 거예요."

애원하는 그녀를 검선이 착잡한 눈빛으로 내려다보았다. 그러다 손바닥을 아래로 향했다가 반대로 뒤집었다. 그러자 엎드려 있던 여양선의 몸이 저절로 일으켜 세워졌다.

"네가 고생이구나."

부드러운 검선의 목소리에 여양선이 말했다.

"제가 당장 이 망할 사형을 데려와서 스승님께 사죄드리게 할게요. 제발 사형을 미워하지 말아주세요. 스승님도 아시잖아요. 그 사람이 얼마나 순수한지…."

순수하다라…. 내가 볼 때는 순수한 아집만큼 무서운 것도 없다. 잘못된 길을 걸어간다고 해도 스스로의 정의를 무조건 옳다고 여길 테니 말이다. 탄식을 흘리던 검선이 그녀에게 말했다.

"노부가 어찌 그 아이를 미워할 수 있겠느냐. 어서 가서 네 사형을 달래보거라."

그런 검선의 말에 그녀의 화색이 밝아졌다. 저런 모습을 보면 여양선이 자신의 사형을 얼마나 좋아하는지 알 수 있었다. 그것이 사형으로서인지 남자로서인지 헷갈렸지만 말이다.

"사제는 여기 있어. 사형이 네 얼굴을 보면 또 난리 칠 게 뻔해. 그럼 스승님 조금만 기다려주세요."

그 말과 함께 그녀는 부리나케 방을 나갔다. 검선과 나만 덩그러니 남게 되었다. 어차피 그와 따로 대화하고 싶던 차였는데 오히려 잘됐다. 소담검도 찾았고 이곳이 어디인지, 그리고 그가 어째서 살아 있는지도 궁금했다. 그때 검선이 내게 다가오며 먼저 말을 걸었다.

"그대는 대체 누구이기에 노부가 가르치지도 않은 칠성현문을 터득한 것인가?"

"칠성현문?"

반문하자 검선이 눈짓으로 내 오른 손등을 가리켰다. 검선이 말하는 칠성현문은 내 오른 손등에 있는 북두칠성의 점인 것 같았다. 다른 사람들은 손등에 있는 점을 보지 못했는데, 그의 시선을 보면 정확하게 이것을 보고 있는 듯했다. 이에 나는 그에게 포권을 취하며 말했다.

"검선 어르신, 이렇게 살아 계신 줄은 꿈에도 몰랐습니다."

"대체 무슨 말을 하는 겐가? 노부는 오늘 자네와 처음 인연을 갖게 되었네."

"네?"

순간 나는 말문이 막혔다. 나를 처음 보게 되었다니 이게 무슨 말이지? 그럼 지보를 남겨서 백으로 소통했던 것은 무엇이란 말인가?

—이게 어찌 된 영문이야? 저 노인네가 운휘 네가 그렇게 입이 닳도록 말한 검선 아니야?

맞아.

그런데 정말 나를 처음 본 사람처럼 대하고 있었다.

"입이 닳도록 말했다고?"

검선이 소담검을 쳐다보며 말했다.

—…어라.

"하!"

그리 놀랄 일도 아니지만 나 이외에 누군가가 검의 목소리를 듣는 것을 처음 보았기에 순간 탄성이 절로 흘러나왔다.

―지금 내 말 들은 거 맞지, 운휘야?

"그렇단다, 아이야. 검심이 강한 것을 보니 네 동반자와의 교감이 참으로 깊구나."

―진짜로 내 말을 듣고 있어! 운휘 너 말고도 내 목소리를 듣는 사람이 있다니!

호들갑을 떠는 녀석의 목소리에 검선이 허허거리며 웃었다. 남천철검도 신기했는지 물었다.

―검선이라고 하셨소? 혹시 내 목소리도 들을 수 있는 것이오?

"허허허, 참으로 심지가 강인한 검이구나."

―정말이구려!

그때 검선이 내가 지고 있는 목갑을 쳐다보더니 인상을 찡그렸다. 목갑 안에는 혈마검과 사련검이 들어 있었다. 녀석들이 하도 이상한 소리를 해대서 차단하고 있었던 것을 깜빡했다. 나는 듣지 못하더라도 검선은 검의 소리를 차단한 것이 아닐 터이니, 녀석들의 목소리를 들을 수 있을 것이다.

그때 검선의 인상이 무섭게 바뀌었다. 왜 그러는가 싶었는데, 그의 입에서 튀어나온 말에 나는 순간 사색이 될 수밖에 없었다.

"혈마?"

'…!!'

도인인 그에게 혈교나 혈마는 사이한 것일 수도 있다. 검의 목소리를 들을 수 있는 원조 격인 그를 어떠한 것으로도 속일 수 없다는 사실을 제대로 간과했다.

"검선 어르신, 일단 제 말을⋯."

그때 몸이 움직여지지 않았다. 보이지 않는 무형의 기운이 전신을 밧줄로 동여맨 것처럼 압박했다. 심지어 공력을 끌어올려도 꿈쩍도 하지 않았다.

"큭!"

무림 사상 최고의 검객이라 불린 것은 알고 있지만 완전 괴물이었다. 벽을 넘어선 나를 아이처럼 다뤘다.

—운휘!

—운휘를 놔줘!

소담검이 옥형의 능력으로 움직여 검선에게 쇄도하려 했다. 그러나 검선이 가볍게 아래로 눈짓하자 날아오르려던 소담검이 이내 바닥으로 떨어졌다. 챙그랑!

"소담!"

—우, 운휘야. 갑자기 움직일 수가 없어.

손등을 쳐다보니 여전히 옥형의 점이 빛나고 있었다. 한데 그 기운을 강제로 억누른 것 같았다.

"가만히 있거라."

검선이 손가락을 들어 살짝 휘젓자, 매고 있던 목갑이 저절로 분해되며 혈마검과 사련검이 모습을 드러냈다.

"한으로 가득한 요검들이로다."

검선이 녀석들을 보며 혀를 내둘렀다. 요검이 만들어지는 방식은 보통 검과는 확연히 다르다. 검선은 이것을 보는 것만으로 곧바로 알아차렸다.

착! 검선의 두 손으로 사련검과 혈마검이 빨려 들어갔다. 검을 쥔 검선이 갑자기 두 눈을 감았다.

'설마 천기?'

아무래도 북두칠성의 능력 중 하나인 천기인 것 같다. 그 말은 검의 기억을 읽고 있다는 의미였다. 그리 오래 걸리지 않았다. 이윽고 검선이 눈을 뜨더니 인상을 찡그리며 혈마검을 쳐다보았다.

"어찌 이런 일이…."

그가 왜 놀라는지 알 수 없었다. 검선이 혈마검에서 시선을 돌려 나를 쳐다보았다.

"너도 백가(白家)의 후인이느냐?"

백가의 후인? 성이 백씨 가문인지 물어보는 게 혈마의 계보냐고 묻는 것 같았다. 잠시 고민되었다. 여태껏 누구에게도 밝히지 않은 사실을 검선에게 말해야 할지 말이다. 하나 나처럼 교감하지 않고도 이렇게 자유자재로 검의 기억을 읽을 수 있다면 얼마든지 진실을 알아낼 수 있을 것이다. 어차피 그를 속이기 힘들다면 내 입으로 사실을 말하는 편이 나았다.

"피를 이어받았으나, 외가 쪽입니다. 친가는 진가입니다."

"외가? 허어."

그런 나의 말에 검선이 혀를 내두르며 말했다.

"기이한 일이로다, 기이한 일이야. 외가라 하여도 백가의 피를 물려받은 이가 이곳 도화선으로 들어오다니."

"대체 무슨 말씀을 하시는 겁니까?"

"이곳 도화선에는 허락되지 않은 자는 들어올 수 없을 터인데, 어찌 들어올 수 있었는지 모르겠구나."

알 수 없는 말만 하니 답답했다. 이에 나도 말했다.

"…저야말로 묻고 싶은 말입니다. 어르신께선 육백여 년 전에 우화등선하였다고 알려졌는데, 이런 무릉도원 같은 곳에 멀쩡히 살아 계실 줄은 몰랐습니다."

"노부가 우화등선을 해?"

검선이 어리둥절한 표정을 지었다. 표정을 보아 하니, 멀쩡한 사람을 왜 죽은 사람 취급하느냐는 얼굴이었다. 고개를 갸웃거리던 검선이 사련검과 혈마검을 바닥에 내려놓고서 내게 다가왔다. 슥! 그러고는 손바닥을 내밀자, 꼼짝할 수 없던 오른팔이 저절로 위로 움직이더니 그의 손바닥 위로 내 오른손이 얹어졌다.

"네가 어찌 칠성현문을 터득했는지 보면 진실을 알게 되겠구나."

"네?"

꽉! 검선이 나의 손바닥을 강하게 쥐었다. 그러고는 혈마검과 사련검을 쥐었을 때처럼 두 눈을 감았다. 혹시 검의 기억을 읽는 능력인 천기(天璣)를 내게 행하려고 하는 것인가? 의아해하고 있는데 갑자기 검선이 눈을 부릅떴다. 그러고는 놀란 목소리로 내게 말했다.

"너… 이곳에 있어야 할 자가 아니로구나!"

그 목소리가 자못 심각했다. 이에 나는 물었다.

"이곳에 있어야 할 자가 아니라니 대체 무슨 말씀을 하시는 겁니까? 제가 이곳에 들어온 게 잘못되기라도 했다는 말씀입니까?"

그런 나의 물음에 검선이 어처구니없어했다.

"어찌 이런 일이…."

"대체 무슨 영문인지 제발 말씀해주십쇼!"

아무것도 모르니, 무슨 일이 벌어진 건지 알 수가 없었다. 내가 이곳 무릉도원 같은 숨겨진 장소에 들어온 게 큰일이라도 된단 말인가?

그때 검선이 나를 쳐다보며 의미심장한 목소리로 말했다.

"이상하게 들릴지 모르지만, 자네가 알고 있는 검선은 지금의 노부가 아닐세."

"네? 그게 무슨?"

"그것은 먼 훗날의 백이네."

'…!!'

대리인

먼 훗날의 백이라니? 검선의 말에 나는 순간 혼란스러웠다. 말을 그대로 받아들이면 지금의 검선은 내가 만났던 백이 아니고, 그 백은 먼 훗날의 일이라는 게 된다. 그 말인즉 지금 내가 만나고 있는 검선은….

―과거의 검선?

소담검의 말에 검선이 여전히 미간을 찌푸린 채 고개를 끄덕였다. 정말로 내 앞에 있는 검선이 과거의 사람이라고?

"하…."

만약 내가 회귀라는 것을 겪지 않았다면 이 사실을 절대로 믿지 못할 것이다. 그저 안개 숲을 통과했을 뿐인데 과거의 검선을 만나다니. 심상 속에서 만났을 때보다 젊어 보이는 모습이 이상하다고 생각했다.

―과거의 검선이 어떻게 현재에 있는 거야?

소담검의 말에 나도 의아했다. 안개 숲속의 신비한 진법 속에 검선을 비롯한 사람들이 숨겨져 있었다. 이게 어찌 된 영문인지 알 수 없었다. 그 연유가 궁금해지려는데 순간 머릿속에 모산파가 스쳐 지나갔다.

'검선의 첫째 제자가 모산파라고 했어.'

잠깐만, 그렇다는 건….

"…어르신, 제가 있던 곳에서 모산파는 멸문한 지 오래입니다. 한데 마치 모산파가 아직 건재하는 것처럼 말씀하시더군요. 혹시 이곳은 과거, 아니 제게 있어서 과거인 겁니까?"

말하는 내내 목소리가 떨렸다. 만약 정말로 이곳이 내가 생각하는 그 과거가 맞다면 이건 마냥 신기할 만한 일이 아니었다. 내가 과거로 왔다는 것을 의미하니 말이다.

그런 나의 물음에 검선이 눈에 이채를 띠며 반문했다.

"모산파가 멸문해?"

"그렇습니다."

"허어… 결국 그리되었단 말인가."

"…어르신, 제 기억을 직접 보신 게 아닙니까?"

천기로 기억을 읽었는데, 어째서 모르는 것처럼 이야기하지?

그런 나의 말에 검선이 고개를 저었다.

"자네 안에 있는 또 다른 나와 접촉한 것뿐이네."

"네? 어르신의 백과 접촉했다는 겁니까?"

그러고 보니 천권으로 두 번째 지보에서 얻은 검선의 백을 흡수하였다. 그 백은 내게 녹아들었다고 여겼는데, 여전히 의지를 가지고 존재한단 말인가?

검선이 내 손을 놓지 않은 채 탄식을 흘리며 말했다.

"자네가 어찌 이곳에 들어올 수 있었는지 알겠군. 노부의 백을 가지고 있으니 가능한 일이었어."

"어르신의 백을 가지고 있어서요?"

"이곳 도화선은 초대된 자들만 들어올 수 있네. 그렇지 않으면 애초에 발을 들이는 것조차 허락되지 않지."

그래서 안개 숲으로 들어오려고 하면 반대편 숲에서 빠져나왔던 것 같다. 그런데 나 역시도 두어 번은 반대편 숲으로 나왔었다. 그러다 위로 진입하면서 들어올 수 있었는데….

'아! 옥형.'

북두칠성 중 옥형을 개방하면서 들어오게 된 것 같다. 참으로 공교롭다고 할 수 있었다. 한데 여전히 의문이 풀리지 않았다.

"솔직히 저는 여전히 이해되지 않습니다. 안개 숲 안인 이곳에 들어온 것이야 어르신의 말대로 그렇다 치더라도 어째서 제가 과거로 온 것인지…."

그 말에 검선이 턱수염을 쓰다듬으며 내게 말했다.

"노부라는 사람은 분명 자네에게 있어 오래전의 사람일 수 있네. 하나 이곳 도화선은 그런 개념이 아니네."

"네?"

이건 또 무슨 말이지? 의아해하자 검선이 대답했다.

"도화선은 과거, 현재, 미래, 그런 것으로 정의할 수 있는 곳이 아니네."

"그게 대체 무슨 말씀입니까?"

"도화선은 속세와 연을 끊기 위해 모든 것에서 완전히 단절시킨 곳이네. 도화선은 어떠한 곳에도 없으며 어떠한 곳에도 있네. 그리고 어떠한 때도 있으면서 어떠한 때도 없는 것이나 다름없지."

"…."

굉장히 모순적인 말이다. 어떠한 곳에도 있는데 없고, 어떠한 때에도 있는데 없다는 게 대체 무슨 말인가. 그게 성립 가능한 말인지부터 의문인 소리였다.

"아직 아는 것이 부족하여 어르신이 무슨 말씀을 하시는지 알아듣기 힘듭니다. 조금만 쉽게 풀어서 말씀해주실 수 있을지?"

"허허, 도를 닦지 않았으니 알아듣지 못하는 것도 당연하지."

도를 배우면 알아들을 수 있는 건가?

"이곳 도화선은 바깥에서 흐르는 세월과 그 변화에 무관하게 완전히 독립된 곳일세. 그렇기에 자네가 있던 훗날에서 이곳으로 올수 있었던 거지."

어렵다 어려워. 하지만 대략적으로 이해한 게 맞다면 이곳만 시간 개념이 완전히 다른 것 같다. 어차피 검선의 말대로 나는 도를 익히는 도인이 아니니, 이를 어렵게 받아들일 필요는 없겠지.

검선이 혀를 차며 말했다.

"참으로 공교롭군. 내가 남기게 될 백을 얻은 후인이 수많은 확률을 꿰뚫고서 도화선이 열리는 시기와 장소를 맞추다니."

들어보면 우연과 우연을 넘어서는 무언가가 있는 듯하다. 어쩌면 내가 이곳에 들어와서 과거의 검선과 만나게 된 것도 운명일 수 있다. 참으로 신기한 일이다. 하나 이제 의문이 풀렸으니, 그보다 더 중요한 게 있었다.

"어르신, 이곳 도화선 밖으로 나가게 되면 다시 제가 있던 시기로 돌아갈 수 있겠지요?"

그런 나의 물음에 검선이 잡고 있던 손을 뗐다. 그러더니 다급한 목소리로 말했다.

"하마터면 큰일 날 뻔했군."

"네?"

"가세나."

"지금 말입니까?"

"서둘러야 하네. 도화선의 입구는 끊임없이 변화하네. 자칫 잘못하면 자네는 원래 있던 시기와 장소를 놓칠 수도 있네."

"그게 정말입니까?"

그런 것이라면 이러고 있을 시간이 없다. 검선이 손을 휘젓자 그의 기운에 묶여 있던 몸이 자유로워졌다.

"검들은 다시 돌려주겠네."

신기하게도 검선이 손을 들어 올리자 분해되었던 목갑이 다시 합쳐지며 원래 형태로 돌아왔다. 그리고 바닥에 놓여 있던 혈마검과 사련검이 둥둥 떠올라 목갑 안으로 들어왔다.

"노부를 따라오게."

슉! 검선이 눈짓하자 벽면에 걸려 있던 검 한 자루가 날아왔다. 그가 뒷짐을 지고 검 위에 올라탔다. 그러고는 내게 말했다.

"옥형을 깨달았으니 자네도 할 수 있을 걸세."

네. 당연히 할 줄 알죠. 단지 어검비행의 원조의 자태를 보니 눈을 뗄 수 없을 뿐이다.

'남천.'

—알겠다!

남천철검이 내가 올라탈 수 있도록 옆으로 누웠다. 나 역시도 검에 올라탔다. 그러자 검선이 기다렸다는 듯이 먼저 창문 바깥으로 빠져나갔다. 나도 그 뒤를 따라서 날아갔다. 슈우우우우! 검선은 곧바로 내가 날아왔던 남쪽 방향의 하늘로 뻗어갔다. 나 역시도 이를 따라 올라가니, 이윽고 중천에 떠 있던 해가 사라지며 하늘이 어둠으로 뒤덮였다. 참으로 신기한 현상이었다. 도화선에서의 따스했던 공기도 아주 차갑게 바뀌었다.

'차가워?'

그때 입김이 흘러나왔다.

'…?!'

지금은 겨울이 아닌데 이게 대체 무슨 현상이지? 아래를 내려다본 순간 나는 멍해지고 말았다.

―운휘야… 숲이 눈으로 뒤덮였어.

소담검의 말처럼 지상에 있는 숲 전체가 흰 설백으로 덮여 있었는데, 장소 역시도 내가 원래 있던 그 숲과는 지형 자체가 완전히 달라져 있었다. 검선이 검을 타고 날아와 내게 말했다.

"자네가 왔던 곳이 맞나?"

이에 나는 당혹스러운 목소리로 답했다.

"아닙니다. 제가 있을 때는 겨울이 아니었습니다."

"이런…."

그 말에 검선 역시도 난처함을 감추지 못했다. 설마 했는데 이런 사태가 벌어질 거라고는 누구도 예상하지 못한 상황이었다.

'사마영… 아송… 좌백….'

머릿속에 가장 먼저 그들이 스쳐 지나갔다. 여기가 어디고 지금이 언제인지 알 수 없으나 일행들 입장에서는 안개 숲 위로 날아간 내가 사라졌다고 여길 것이다.

"어르신! 제가 있던 곳으로 갈 수 있는 다른 방법이 없습니까?"

검선이 내게 심각한 목소리로 말했다.

"이렇게 짧은 시간 안에 변화가 생길 리가 없네."

"그게 무슨 말씀입니까?"

"따라오게."

검선이 방향을 틀어 어검비행으로 다시 도화선이 있는 곳으로 들어갔다. 답답한 마음이었지만 일단 나로서는 어찌해볼 수 있는 것이 아니기에 그를 따라갔다. 도화선으로 들어오자 다시 햇살이 밝게 비추며 무릉도원이 드러났다. 검선은 성전 같은 건물들과 호수를 지나쳐, 이곳에서 가장 높은 언덕 위로 향했다. 그곳에 동굴 같은 곳이 보였다. 검에서 내린 그가 따라오라고 고갯짓을 했다.

"여긴 어딥니까?"

"도화선의 중심부이네."

"중심부?"

"아무 말 말고 따라오게."

"알겠습니다."

나는 검선을 따라 동굴로 들어갔다. 보통 동굴 안으로 들어가면 습한 기운이 느껴지기 마련일 텐데, 이 동굴은 마치 인공적으로 생겨나기라도 한 것처럼 그런 것이 없었다. 오히려 따스한 느낌마저 들었다. 동굴 안쪽에서는 더욱 뜨거운 열기마저 느껴지는 기분은 뭘까? 그런데 검선이 인상을 찡그리더니 심각한 얼굴이 되어서 동굴 안쪽으로 신형을 날렸다. 그를 따라 속도를 높였는데 얼마 지나지 않아 커다란 공동이 드러났다. 화르르르륵!

"이게 대체…."

커다란 공동 전체가 불타오르고 있었다.

공동 안의 벽면에는 붉은 글씨로 쓴 경문 종이들이 부적처럼 가득 붙여져 있었는데, 그것들로 빠르게 불이 번져갔다.

"하아!"

검선이 깊은 탄식과 함께 불길을 향해 소매를 휘저었다. 그러자 화마처럼 동굴 전체로 번지고 있던 불길이 강렬한 풍압에 의해서 꺼졌다. 휘이이이잉! 심후한 공력으로 단숨에 불길을 제압한 것이다. 공력이 얼마나 깊으면 고작 손짓 한 번으로 이 커다란 공동 내의 불을 순식간에 꺼버리나. 괜히 선인이라 불리는 게 아닌 듯하다.

"어째서 변화가 이리 빨리 일어났나 했더니…."

"어르신, 대체 이게 어찌 된 일입니까?"

"…누군가 도화선 중심부에 있는 삼십육선천위방경문(參十六仙天位方經文)에 불을 지른 것 같네."

"일부러 방화를 했단 말입니까?"

검선이 확신하는지 고개를 끄덕였다.

나는 불안한 목소리로 물었다.

"이게 혹시 제가 원래 있던 곳으로 돌아가는 문제와 관련이 있습니까?"

검선이 위를 가리켰다. 미처 몰랐는데 위를 보니 공동 위쪽에 작게 구멍이 뚫려 있었다. 주먹만 한 크기에 불과했는데, 그곳으로 빛이 새어 들어와 동굴의 한 방향에 길게 늘어져 있었다.

"이것으로 삼십육선천위방경문을 살피면 자네가 어느 시점에 오게 된 것인지 역으로 살필 수 있는데, 그것이 타버렸네."

"그럼 저는 어떻게 합니까?"

불길함이 엄습했다. 이러다 정말 원래 있던 시기로 돌아가지 못하는 게 아닐까?

그런 나의 말에 검선이 깊은 한숨을 내쉬며 말했다.

"솔직히 말하겠네. 이미 자네는 시기를 놓쳤네."

"그게 무슨 말씀입니까?"

"원래 왔던 시기와 장소를 맞추는 것은 불가능하네."

'…!!'

검선의 말에 나는 말문을 잃고 말았다. 그럼 다시 원래 있던 시기로 돌아갈 수 없다는 것인가? 순간 가슴이 답답해졌다. 이걸 어찌해야 할지 막막했다. 그럼 나는 언젠지도 모를 시기에 갇혀야 한단 말인가? 최악도 이런 최악이 있을 수 없었다.

그때 검선이 내게 말했다.

"하나 그림자가 비치는 방향을 알고 있으니, 그것을 미루어 짐작해서 경문을 복구한다면 비슷한 시기로 갈 수 있을 듯하네."

그 말에 나는 어안이 벙벙했다. 순간 절망감에 답답해했던 것이 바보같이 느껴졌다.

"진즉에 말씀해주지 그러셨습니까? 괜히 돌아가지 못할까 봐… 어르신?"

한데 검선의 표정이 그리 밝지는 않았다. 검선이 안타깝다는 듯이 말했다.

"이보게. 이 공동 안에 있는 경문이 몇 장이었던 것 같나?"

나는 주위를 둘러보았다. 경문의 종이만 봐도 그 숫자가 가늠되지 않았다. 타지 않은 종이와 글씨의 크기를 미루어 짐작건대 적어도 수

천 장은 되어 보였다. 한데 검선의 입에서 충격적인 말이 나왔다.

"총 삼십팔만 육천칠백육십삼 장일세."

"…."

"속세로부터 도화선을 독립시키기 위해 준비한 기간만 십 년이 넘네."

그 말에 나도 모르게 침이 꿀꺽 넘어갔다. 벽면을 보면 거의 삼분의 일 이상이 불에 타서 훼손되었다. 그럼 검선의 말대로 전부 만드는 데 십 년이 걸렸다면 적어도 삼사 년가량은 지나야 복구할 수 있다는 말이 아닌가.

"그럼 저는….'

"선택권이 없이 이곳에서 경문이 복구될 동안 지내야 하네."

'…!!'

아… 정말 미치겠다. 소담검을 찾으러 왔다가 이게 무슨 봉변인지 모르겠다. 그나마 다행인 것은 설사 내가 그 시간 동안 이곳에서 보낸다고 하여도 나가게 될 때 같은 시간대를 맞출 수 있다는 것을 위안 삼아야 하는 건가. 그런데 여기서 검선이 더 충격적인 소식을 알려주었다.

"…그리고 경문의 복구가 완료된다고 해도 빛이 가리킨 곳의 경문 오차 범위를 생각하면 적어도 일부 시간의 오차가 있을 걸세."

"그게 어느 정도죠?"

하루 이틀, 아니 최대 열흘까지도 괜찮다. 단지 그리 길어지면 일행들이 힘들겠지만 말이다. 하나 그런 바람이 무참히 무너졌다.

"적어도 몇 달에서 최대 한 해의 오차가 있을 거네."

'…아.'

순간 욕이 튀어나올 뻔했다.

─진짜 어떡해? 다들 너 죽은 줄 알겠다.

내가 하고 싶은 말이다. 검선의 첫째 제자라는 그놈이 너를 강제로 데려가지만 않았어도 이런 일은 없었을 거다. 물론 무림 역사상 최고의 검객이라 불린 검선을 실제로 만나게 되어 영광이긴 하지만, 아무런 소식도 없이 일 년 가까이 내가 부재한다면 어떤 사태가 벌어질지 알 수가 없었다.

검선이 내게 위로하듯이 말했다.

"두세 달의 오차로 끝날 수도 있네."

"…"

예, 감사합니다. 큰 위로가 되진 않지만.

"그 창백한 얼굴의 남자가 어르신의 첫째 제자라고 했던가요?"

"후우. 노부가 제자를 잘못 키웠군. 그 아이가 아니었다면 자네가 이런 일을 겪지 않았을 터인데."

"…"

괜찮다고 말하기에는 절대로 가볍지 않은 일이었다. 검선이 내게 달래듯이 말했다.

"순수한 친구일세. 그러다 보니 그것이 독이 되어 이리저리 부딪치고 사고도 많이 쳤지. 하나 적어도 악의에서 비롯된 것은 없네. 순수함과 공명심에 의한 것이지. 그저 이 모든 게 노부의 가르침이 부족하여 벌어진 것이니 그 아이를 너무 원망하지 말…."

타다다다닥!

"사형!"

검선의 말이 끝나기도 전에 누군가 공동 안으로 뛰어 들어왔다.

한 중년의 도복을 입은 자였는데, 풍기는 기세부터 모든 것이 범상치 않았다. 한데 중년 도인의 표정이 매우 심각했다. 검선이 의아했는지 그를 보며 말했다.

"무슨 일인가, 사제?"

"여 사형, 큰일… 아아!"

"사제?"

"경문을 이리 만들다니! 자경정 이노오오오옴!"

중년의 도인이 공동 안에 훼손된 부적 경문을 보며 분노를 금치 못했다. 자경정이라는 말에 검선이 당혹스러운 기색을 감추지 못하고 물었다.

"그게 무슨 소리인가? 경정이라니?"

그러고 보니 검선이 자신의 첫 번째 제자더러 경정이라고 했던 것이 기억났다. 아무래도 그의 이름인 것 같다. 그런데 왜 훼손된 경문을 보고서 그의 이름을 외치며 분노하는 거지? 설마 여기에 불을 지른 게 놈의 짓인 건가? 나는 검선을 쳐다보았다.

"…"

검선의 표정이 말로 형용할 수 없을 만큼 어두워져 있었다. 이걸 어떤 감정이라고 표현해야 할지 모르겠지만 적어도 극도의 실망감에 가까워 보였다. 검선이 천천히 입술을 뗐다.

"무슨 일인가, 사제?"

"자경정 그놈이 도화선의 여덟 법구 중 절반이나 가지고 도망쳤습니다."

"뭐?"

"법구를 지키는 도인들 중 두 명이 목숨을 잃었습니다. 그리고 부상당한 도인들 말에 의하면 만류하던 사형의 둘째 제자인 양선이도 강제로 끌려간 것 같습니다."

"어찌!"

그 말에 검선이 큰 충격을 받았는지 비틀거렸다. 수양이 깊은 그가 저런 모습을 보일 정도면 얼마나 심적인 타격을 받았는지 짐작할 수 있었다. 믿었던 이에게 당한 배신감만큼 큰 것도 없다. 하물며 그것이 아끼던 제자라면….

파아아아아아! 검선의 주변에서 강렬한 풍압이 일어났다. 공력이 얼마나 심후하면 분노하는 기운만으로 이렇게 풍압을 일으킨단 말인가. 소름이 끼칠 정도였다. 단언컨대 그를 상대할 수 있는 자는 팔대 고수나 사대 악인을 통틀어도 존재하지 않을 것이다.

검선이 공동 안의 타버린 경문을 바라보며 말했다.

"하면 녀석이 추적을 막으려고 이런 짓을 벌였단 말인가?"

"…아무래도 그런 것 같습니다, 사형. 하아….'

도인이 탄식을 흘렸다.

아, 정말 화가 날 것 같다. 그럼 내가 이곳 도화선에 갇힌 것도 놈이 저지른 짓 때문이라는 말이다. 검선이 언성을 높이며 소리쳤다.

"노부가 나가서 녀석을 잡아오겠네."

"사형, 저도 당장에라도 그러고 싶지만… 대선 정양 진인께 한 맹세를 잊으셨습니까? 이백여 년 전에 저희 일곱 모두 속세를 떠나 더이상 관여치 않기로 하지 않았습니까?"

그 말에 당장에라도 뛰쳐나갈 것 같던 검선이 멈칫했다. 얼굴이 붉어졌다가 파래지는데 분노를 억지로 가라앉히는 것 같았다. 아무리 수양이 깊다고 해도 이를 참는다는 게 어디 쉽겠는가. 나 역시도 놈에게 분노했지만 끼어들기도 뭐해서 조용히 지켜보았다. 그때 검선이 눈매가 가늘어지더니 중년의 도인에게 말했다.

"사제… 우리가 아니기만 하면 되지 않는가."

"그게 무슨 말씀입니까?"

검선이 천천히 고개를 돌려서 나를 쳐다보았다.

'…?!'

검선을 따라 중년의 도인도 내게 시선을 돌렸다. 지금 대체 무슨 소리를 하는 거지? 의아해하고 있는데 중년의 도인이 한쪽 눈썹을 치켜올리며 말했다.

"그렇지 않아도 여쭤보려고 했는데, 이자는 대체 누구입니까? 도복도 입지 아니하고 처음 보는 얼굴 같은데."

중년의 도인의 말투에서 경계심이 느껴졌다. 이곳에 있는 도인들 대다수는 자신들과 같이 도를 익히는 자가 아니면 대개가 이런 반응을 보이는 것 같다. 검선이 중년의 도인에게 말했다.

"이자는 속세의 사람일세."

"네? 속세인이라고요?"

검선의 그 말에 중년의 도인이 화들짝 놀라며 뒤쪽 허리춤에서 무언가를 빼 들었다. 병장기인가 싶어 나 역시 남천철검의 검집으로 손을 가져갔는데, 그것은 다름 아닌 통소였다. 옥색 빛으로 윤기가 흐르는데 범상치 않아 보였다. 검선이 우리 두 사람 사이로 손을 집어넣으며 달래듯이 말했다.

"한 사제, 진정하게."

"대체 이게 무슨 일입니까? 도화선에 속세인을 들이시다니요. 정양 진인께서 아시면 난리가 날 겁니다."

"노부가 들인 것이 아닐세."

"사형이 들인 것이 아니라고요? 그럼 이 속세인이 제 발로 들어오기라도 했단 말입니까? 허락받지도 않은 자가 무슨 수로…."

그때 검선의 목젖이 작게 떨려왔다. 전음입밀의 수법으로 그에게 사정을 이야기하는 것 같았다. 고개를 끄덕거리던 중년의 도인이 화들짝 놀라 나를 쳐다보았다.

"그게 정말입니까?"

"그렇네."

"허어. 어찌 그런 일이…."

반응을 보아하니 내가 지금 시기에 있을 사람이 아님을 이야기한 것 같다. 그러지 않고서야 이런 반응을 보일 리가 없었다. 중년의 도인이 통소를 다시 허리춤으로 차며 말했다.

"하면 여 사형의 진전을 물려받은 것이나 마찬가지이니, 저희와 완전히 무관한 것도 아니군요."

"그런 셈이지."

그런 검선의 말에 중년의 도인이 내게 포권을 취하며 부드러워진 목소리로 말했다.

"미안하네. 본의 아니게 실례를 범했네."

살짝 기분이 불쾌했지만 굳이 얼굴 붉힐 일을 만들고 싶지 않았기에 나 역시도 그에게 포권을 취하며 답했다.

"아닙니다. 오해가 풀렸다니 다행입니다."

"사형의 도를 물려받았다면 동문이나 다름없는데 사숙이라고 불러도…."

"한 사제."

검선이 그를 부르며 고개를 저었다. 이에 중년의 도인이 아!, 하고 는 고개를 끄덕거렸다. 서로만 알아들을 수 있는 말을 하여 무슨 의 미인지 추측하기 어려웠다. 나는 검선에게 물었다.

"방금 전에 어르신께서 하신 말씀의 의미가 무엇입니까? 우리가 아니기만 하면 된다고 하시면서 왜 저를 쳐다보신 것인지요?"

그냥 대놓고 물었다. 본인들끼리 벌어진 사건을 상의한다면 모를 까 나를 거론했다면 이제 더 이상 남의 일이 아니었다. 이에 검선이 미안하다는 듯이 말했다.

"자네의 의견도 묻지 않고 그런 말을 해서 미안하네."

"그건 괜찮습니다. 대체 그게 무슨 의미인지만 말씀해주신다면 말이죠."

그 물음에 검선이 탄식을 내뱉었다. 그러고는 훼손된 경문들을 손으로 가리키며 말했다.

"자네도 알다시피 이 모든 것이 노부의 부덕함에서 벌어졌네. 제 자를 잘못 키운 업보일세."

"…그게 어찌 어르신의 탓이겠습니까?"

전적으로 그 미친놈의 잘못이지. 검선과 대화하면서 느낀 건데 그만큼 인격을 갖춘 자도 드물었다. 이렇게 수양 깊은 자의 밑에서 이런 짓을 저지를 정도면 그놈에게 문제가 있는 것이었다. 아니면 애초에 그런 그릇이었을 수도 있고.

"그 아이의 인성을 바로잡지 못한 것에 어찌 책임을 회피할 수 있 겠는가."

"하면 어르신께서 직접 그를 잡아와 가르치시는 것이 옳지 않겠 습니까?"

도인이기 이전에 최고의 무인이라 불리는 검선이었다. 나와 그자를 고작 호통만으로 제압하기마저 하지 않았던가.

"어르신이 나선다면 그를 잡는 것도 그리 어려운 일이 아니라고 생각합니다."

그런 나의 말에 검선이 탄식을 내뱉으며 말했다.

"노부라고 그러고 싶지 않겠는가."

"무엇이 문제이기에 그러는 것입니까? 이곳 도화선을 나가면 안되는 이유라도 있는 것입니까?"

그 물음에 답한 것은 검선이 아니었다. 그가 한 사제라고 불렀던 중년의 도인이었다.

"우리는 속세의 일에 관여할 수도 나갈 수도 없는 몸이라네."

"그게 무슨 말씀입니까?"

"오래전 우리는 삼청(三淸)을 두고 속세에 다시 나타나지도 관여하지도 않기로 맹세를 했네. 이를 어기게 된다면 삼십육천(三十六天)으로 가지 못하고 원영신마저 잃게 될 걸세."

'삼청? 삼십육천?'

도통 무슨 말을 하는지 알 수가 없었다. 《도경》이나 그런 것에 나오는 말 같은데 결론은 자신들은 이곳 도화선을 벗어날 수 없는 몸이라고 하는 듯하다. 한데 이 정도로 심각한 일이면 그것을 감수해야 하지 않나? 내가 의아해하는 것을 알아차렸는지 검선이 말했다.

"원영신을 잃게 된다는 것은 인과의 순례를 벗어나 혼도 백도 잃게 된다는 말일세. 결국 그 존재 자체가 사라지는 것을 의미하네."

'…!!'

그 정도로 엄청난 제약이 걸려 있었나. 다른 것은 모르겠지만 혼과 백을 잃는다는 말에 놀랄 수밖에 없었다. 죽어서 혼마저 사라진다면 정말 존재의 소멸이 아니던가.

"하면 그자는 대체 어찌 나간 것입니까?"

자경정이라는 자도 이곳 도화선의 일원이다. 한데 이곳 밖으로 나갔다는 것은 그 역시도 그런 제약을 감수했다는 말이 된다. 이에 검선이 고개를 저었다.

"그 맹세를 한 자는 우리 여덟 도인뿐이네."

여덟 도인? 검선을 비롯하여 이곳 도화선에서 가장 높은 도인들을 말하는 건가? 그럼 맹세를 하지 않은 제자들이 힘을 합쳐서 그자를 잡는 방안도 있을 터인데, 그것은 힘든 것일까? 그런 의문을 검선이 풀어주었다.

"하나 도화선의 모든 제자들도 속세에 관여치 않기로 맹세를 했지. 설사 원영신을 걸지 않았다고 해도 도인이 어찌 스스로의 맹세를 어길 수 있겠는가."

"…그자는 그런 맹세를 어겼군요."

"스스로가 삼십육천으로 가는 길을 버린 셈이지."

중년의 도인이 혀를 찼다. 결국 도화선의 도인들 중에는 밖으로 나가서 놈을 잡아올 자가 없다는 소리였다. 아까 전에 본인이 나가겠다고 하던 것은 존재의 소멸마저 감수하고 책임지겠다는 의지를 보인 것이었다.

―분위기를 보니까 너한테 도와달라는 것 같은데.

나라고 그걸 모르겠나. 그 정도는 당연히 알아차렸다. 단지 나 역시도 검선을 도울 수 있는 처지가 아닌 것 같아서 그렇다.

―왜?

생각해봐라. 나는 이곳의 경문이 복구되는 동안 기다렸다가 다시 내가 있는 곳으로 돌아가야 한다. 한데 만약 그자를 잡기 위해서 도화선을 덜컥 나갔다가 무슨 일이라도 생기거나 혹은 이곳에 돌아오지 못하면 어떡하나? 그렇게 되면 모든 것이 꼬인다. 심지어 지금 도화선 밖이 언제 어느 시기인지조차 모른다.

─그럼 그냥 거절해.

그것도 사실 힘들다. 어찌 보면 나는 검선이 남긴 지보 때문에 두 번째 인생을 살고 있다. 그의 은혜를 입은 것이나 다름없는데 무작정 내 안위를 위해 거절하는 것도 마음에 걸렸다.

─그것도 그렇네. 너도 참 난감하겠다.

이렇게 곤란해하고 있는데 검선이 말했다.

"자네도 어렴풋이 눈치챘을 터이니, 솔직히 말하겠네. 노부는 자네에게 이를 부탁하고 싶네."

어렴풋이 눈치챈 게 아니라 소담검과 나의 대화를 들어서 알아차린 것일 테지. 그러나 이 부탁은 정말 들어주기 힘들었다. 나는 선뜻 검선의 말에 답하지 못했다. 그러자 검선이 자신이 들고 있던 검을 하늘 위로 들어 올렸다. 뭘 하려나 싶었는데, 검에서 영롱한 빛이 일렁이더니 이내 그것이 하늘로 치솟았다. 바로 그 순간이었다. 콰르르르릉! 쾅쾅! 갑자기 우렛소리가 공동 안을 울렸다. 동굴의 천장에서 보이는 구멍으로 먹구름이 몰려든 것이 보였다. 그때 구멍에서 번쩍이는 빛과 함께 푸른 빛줄기 같은 것이 그 사이로 교묘하게 통과하여 공동 안으로 떨어졌다. 쾅! 그것은 다름 아닌 번개였다. 푸른 불꽃이 튀며 번개가 떨어진 바닥이 새까맣게 타들어갔다.

나는 검선이 들고 있는 검을 넋을 놓고 쳐다보았다. 이게 무슨 조화인지 알 수가 없었다. 검선이 놀라워하고 있는 내게 말했다.

"이것은 도화선의 여덟 법구 중 하나인 천둔(天遁)일세."

"아…."

"마(魔)를 물리치고 천둥 번개를 일으킬 수 있는 귀물이지. 노부가 수행하던 시절에 여산(廬山)의 귀인에게서 받은 것일세."

"이게… 법구란 말씀입니까?"

정말 무시무시한 검이었다. 천둥 번개는 천지조화의 영역이지 않은가. 한데 검의 힘으로 이것을 일으킨다는 것은 그야말로 기물이나 다름없었다. 괜히 법구라 부르는 것이 아니었다.

"이런 법구를 그 못난 녀석이 절반이나 훔쳐서 달아났네."

"…굉장히 심각한 일이군요."

왜 이 중년의 도인이 그 난리를 쳤는지 알 것 같았다. 이런 기물을 가지고 도망쳤다면 밖에서 무슨 짓을 벌일지 짐작하기조차 힘들었다. 중년의 도인이 혀를 차며 말했다.

"그나마 여 사형의 천둔이나 정양 진인의 영보필법이 아닌 것이 다행입니다. 그걸 가져갔다면 정말…."

생각만 해도 끔찍하다는 듯이 고개를 절레절레 흔들었다. 검선도 이에 동의하는지 고개를 끄덕였다. 중년의 도인이 내게 설득조로 말했다.

"이보게. 이런 위험한 법구들을 가지고 그자가 세상을 어지럽힌다고 생각해보게. 정말 끔찍하지 않나?"

"한 사제, 아무리 그래도 도를 수양했는데 법구를 함부로 악용하겠는가. 노부는 그저 그것이 혹여 범인의 손에 쥐어질까 하는 노파심으로…."

"법구를 훔치기 위해 도인들을 둘이나 죽였는데 악용하지 못할 것은 무엇이겠습니까?"

"…"

그 말에 검선이 입을 다물었다. 그리고 답답했는지 크게 숨을 내쉬었다. 도인의 말대로 그자가 법구로 세상을 어지럽힌다면 그를 막을 자가 세상에 몇이나 될까 하는 의문마저 들었다.

"…다른 건 다 배제하고 그자의 손에 이런 법구가 여러 개 있다면 제가 무슨 수로 그를 잡는단 말입니까?"

게다가 가장 큰 문제는 바로 이것이었다. 실제로 겨뤘을 때도 그자의 무위는 나에게 전혀 떨어지지 않았다. 혈마화를 하고 모든 전력을 다해도 과연 이길 수 있을지조차 가늠되지 않는데, 무슨 수로 그를 잡는단 말인가?

"혹시 어르신의 그 법구라도 빌려주시려고 그랬습니까?"

나는 검선이 들고 있는 천둔검을 가리켰다. 어쩐지 범상치 않다고 생각했다. 소담검이나 다른 검들은 의사를 가지고 있는데, 천둔이라 부른 저 검은 목소리조차 들리지 않았다.

검선이 내게 고개를 저으며 말했다.

"그건 안 되네."

"네?"

"이미 도화선 밖으로 나간 네 개의 법구만으로도 어떤 혼란이 벌어질지 모르네. 만약 자네가 가져갔다가 지기라도 하면 천둔마저 빼앗기는 꼴이 되네."

"…그럼 대체 무슨 수로 그자를 잡는단 말입니까?"

나더러 목숨을 걸고 맨손으로 법구를 탈환하기라도 하라는 건가? 그런 거라면 당연히 거절할 수밖에 없다. 은혜를 갚는 것과 목숨을 던지는 것은 별개의 문제이니까.

"이보게. 너무 성급하게 생각하지 말게. 사형이라고 아무런 대책도 없이 자네에게 그런 부탁을 하려 했겠나. 안 그렇습니까?"

중년의 도인의 물음에 검선이 입을 다물었다. 이에 중년의 도인이 눈살을 찌푸리며 '설마 그런 것도 생각하지 않았습니까?' 하는 표정으로 쳐다보았다. 이에 검선이 고개를 저었다.

"그게 아닐세. 노부 한 사람이 결정지을 수 없는 문제이기 때문이네. 이것은…."

그때 검선이 몸을 파르르 떨며 어딘가를 쳐다보았다. 그만 그런 것이 아니었다. 중년의 도인 역시도 같은 방향을 쳐다보았다. 두 사람이 동시에 한쪽 무릎을 꿇고서 그곳을 향해 포권을 취했다. 대체무슨 영문인지 알 수 없었다. 그러다 이내 두 사람이 자리에서 일어났다. 중년의 도인이 검선에게 말했다.

"역시 정양 진인께서도 지켜보고 계셨군요."

"일이 이렇게 커졌으니 모를 리가 있겠는가."

뭘 지켜보고 있다는 거지? 내가 의아해하며 쳐다보자 검선이 내게 말했다.

"일단 정양전으로 가세."

'…정양전?'

* * *

나는 검선과 중년의 도인을 따라 공동을 벗어나 호숫가 근처에 있는 가장 커다란 성전으로 갔다. 유일하게 여덟 층이나 되는 곳이었다. 일층으로 들어가니 순양전과는 비교도 안 될 만큼 많은 도인들이 경전을 외우고 있었다. 심지어 이곳 대전에는 도교의 최고신이라 불리는 원시천존, 영보천존, 태상노군의 세 상이 전부 자리하고 있었다.

―검선 노인네가 여기 대표가 아닌가 봐.

"허허허."

소담검의 그 말에 앞서가던 검선이 너털웃음을 터뜨렸다. 녀석의 말에 대답하지 않았지만 나 역시도 비슷한 생각을 하고 있었다. 검선이나 중년의 도인이 취한 태도를 보면 이곳에 도화선에서 가장 높은 자가 있는 것 같았다. 제일 높은 층으로 올라가니 대전보다는 작지만 작은 청이 있었다.

'아!'

그곳에는 여덟 좌가 있었는데, 두 자리를 제외하고 남은 여섯 자리에 범상치 않은 모습을 한 도인들이 자리하고 있었다. 한 사람, 한 사람이 눈에 띌 수밖에 없는 자들이었다.

―저 여자들은 대체 뭐야?

소담검의 말에 그곳을 보니 하얀 면사를 쓰고 연꽃을 들고 있는 여인과 옆에 꽃 광주리를 놓고 한쪽 신발만 신고 있는 여인이 나란히 앉아 있었다. 그리고 그들 양옆에 누더기 도복에 호리병을 쥐고 있는 도인과 뒤쪽에 흰 노새가 얌전히 앉아 있는 도인이 있었다.

'기이하다, 기이해.'

중년의 도인이 도인들에게 인사한 후 비어 있는 자리에 앉았다. 비어 있는 한 좌석의 맞은편에는 유일하게 도복이 아닌 관료복으로 보이는 옷을 입은 자가 있었다.

"여 모가 정양 진인의 부름을 받고 왔습니다."

검선이 가장 상석에 있는 자에게 고개 숙여 인사했다. 배가 임신한 여인만큼 불렀는데, 그것을 옷으로 감추지 않고 드러낸 한 노인이 손에 커다란 부채를 들고 있었다.

—배 좀 봐. 털이 한가득….

그만해. 네가 그러면 눈이 계속 그곳으로 가잖아.

나는 최대한 석좌에 앉아 있는 노인의 배를 쳐다보지 않으려 시선을 다른 곳으로 향했다. 한데 노인의 눈동자는 정확히 나의 눈을 향하고 있었다. 마치 모든 것을 꿰뚫어보는 현묘함을 가진 듯했다. 그때 정양 진인이라 불린 노인이 입을 열었다.

"간략한 사정은 여기 있는 소선들에게 이미 이야기했느니라."

아무것도 보지도 듣지도 않았는데, 무슨 일이 벌어진 건지 알고 있다는 건가? 그런 노인의 말에 검선이 죄스럽다는 듯이 말했다.

"빈도의 부족함으로 벌어진 일에 진인과 모든 분들께 사죄를 드립니다."

그런 검선의 말에 노인이 고개를 저었다.

"일찍이 너를 가르칠 때 말하지 않았느냐. 모든 것은 이치대로 흘러가는 것이라고."

"그렇습니다."

"노부 또한 제자를 기르는 데 실패하였으니, 이로 인해 나무랄 생각은 없느니라."

"…."

"하나 이는 손 놓고 있을 수도 없는 일이니, 순양자 네게 무슨 방안이 있는지 듣고 싶구나."

그 말과 함께 노인이 나를 쳐다보았다. 청에 있는 모든 도인들의 시선도 내게로 향하고 있었다. 검선이 숨을 깊게 들이쉬었다 내쉬며 입을 열었다.

"불민한 제자가 법구를 가지고 도망쳤기에 평범한 범인들로서는 어찌할 수 없을지도 모릅니다."

그때 흰 노새 앞에 앉아 있는 도인이 말했다.

"설마 다른 법구들마저 밖으로 내보내자고 하진 않겠지?"

"그럴 리야 있겠습니까, 장 사형?"

검선이 고개를 저으며 부정했다. 그러자 연꽃을 들고 있는 여인이 입을 열었다.

"하면 사형, 무슨 수로 법구를 회수하고 자경정 그 아이를 잡을 수 있겠습니까?"

그녀의 말이 끝나기가 무섭게 옆에 있던 한쪽 신발만 신고 있는 여인이 말했다.

"사제, 설마 저 젊은이에게 부탁하려는 것은 아니겠지. 저자는 이곳에 있어야 할 자가 아니네. 저자가 이곳에 있는 것만으로 이미 순리가 흐트러지고 있어."

…아니, 내가 여기 있고 싶어서 있는 건가. 지금 논의하고 있는 그놈이 소담검만 빼앗아가지 않았다면 이런 일도 없었을 것이다. 불쾌해지려고 하는데, 퉁소를 차고 있는 중년의 도인이 말했다.

"사저, 저자도 자신의 의지로 이곳에 온 것이 아닙니다. 설사 내보내고 싶어도 훼손된 경문이 복구되기 전까지는 불가능합니다."

그래도 안면이 있다고 나를 변호해줬다. 고마움의 눈빛을 보냈다.

그때 누더기 도복에 호리병을 들고 있는 도인이 말했다.

"일단 여 사형의 이야기를 들어봅시다. 그리고 무언가를 결정해도 늦지 않소이다."

"고맙네, 이 사제."

이들의 대화를 들어보면 전부 사형제 지간인 것 같았다. 도를 닦은 이들이라고 해도 생각하는 바는 전부 각양각색이다. 이 틈바구니에 껴서 내가 뭘 하는 건지 모르겠다.

검선이 다시 입을 열었다.

"모두가 아시다시피 우리 도화선의 도인들은 속세에 관여할 수 없습니다. 하나 그렇다고 해도 법구가 세상에 번민을 일으키도록 내버려둘 순 없습니다. 하여 제안합니다."

검선이 그 말과 함께 나를 가리키며 말했다.

"이 젊은이가 저희들의 대리인이 되어 제 불민한 제자를 잡도록 해주십시오."

'대리인?'

그 말에 나는 마냥 듣고 있을 수만은 없었다.

"어르신, 송구스럽지만 아직 저는…."

"잠시만 기다려주게. 노부의 말을 전부 듣고 자네도 결정을 내려주게."

"…."

나는 길게 숨을 내쉬며 입을 닫았다. 그래, 일단 검선이 무슨 말을 하는지부터 들어보자. 정말 아니다 싶을 때 거절해도 늦진 않다.

"이 젊은이는 훗날의 제가 남긴 지보를 얻은 연으로 이곳에 오게 되었습니다. 그것이 그저 우연이라고 생각하십니까?"

그런 검선의 말에 도인들이 웅성거렸다. 그중 호리병을 들고 있는 도인이 직접적으로 물었다.

"그렇다면 이 모든 것이 정해진 순리라고 말씀하시는 겁니까?"

"그렇네."

"어찌 그리 단언하십니까?"

"하고 많은 자들 중에 이 젊은이가 지보를 얻었고, 하필이면 불민한 제자가 이런 짓을 벌였을 때 이 안으로 들어온 것이 단순히 우연이라고만 보는가?"

"그건…."

"도화선의 모두가 나설 수 없는 상황인데 이 젊은이가 나타난 것이 그저 공교롭게 일어난 일처럼 보이는가?"

'…?!'

그 말에 호리병을 들고 있는 도인이 인상을 찡그리며 입을 닫았다. 다른 도인들 역시도 반응이 비슷했다.

'…우연이 아니라고?'

검선의 말에 나 역시 혼란스러웠다. 그러고 보면 이상할 정도로 상황이 맞물리는 느낌이었다. 그때 상석에 앉아 있는 정양 진인이 나섰다.

"이 모든 것이 세상의 이치라고 말하는 게냐?"

"진인께서도 말씀하시지 않았습니까? 모든 일은 이치의 순리대로 일어난다고 말입니다."

"흐음."

그 말에 정양 진인이 고민에 빠진 것처럼 신음성을 흘렸다. 그러다 이내 다시 입을 열었다.

"그렇다 해도 법구도 없이 저 젊은이가 무슨 수로 도를 수양하고 법구마저 가진 자경정을 상대할 수 있단 말인가?"

이에 동의하는지 한쪽 신발만 신은 여인 또한 고개를 끄덕이며 말했다.

"저도 진인과 생각이 같습니다. 저 젊은이의 무위가 제법 뛰어나다고는 하나, 이건 맨몸으로 불길에 뛰어드는 것과 별반 다를 바가 없습니다."

"해서 송구하게도 대선과 여기 계신 소선들께 부탁을 드리려고 합니다."

"부탁?"

"여기 이 젊은이가 도화선에서 머무는 사 년여 동안 여러분들의 재주 한 가지씩을 전수해주시길 바랍니다."

'…!!'

그 말에 청 안의 모두가 놀란 표정이 되었다. 노새 앞에 있는 도인이 어처구니없다는 듯이 말했다.

"이보게, 여 사제. 설마 이자를 제자로 받으라는 건가? 그리된다면 이자 역시도 도화선에 속하게…."

"말씀드린 대로 대리인의 신분으로 전수해주기를 요청드리는 겁니다, 장 사형."

"하…."

노새 앞의 도인이 기가 찬다는 듯이 콧방귀를 뀌었다. 다른 도인들의 반응 역시도 이와 다를 바가 없었다. 가당치도 않다는 듯이 나를 쳐다보았다.

'대체 어쩌자고?'

나 또한 갑작스러운 그의 제안에 어안이 벙벙했다. 설마 이 범상치 않은 도인들에게 자신들의 재주를 내놓으라고 할 줄 누가 알았겠는가. 모두가 이런 반응을 보이는데, 이들의 우두머리인 정양 진인이 갑자기 웃어댔다.

"하하하하하하하하핫!"

호탕하게 웃는 그의 모습에 도인들이 의아해하며 바라보았다. 한참을 웃어대던 정양 진인이 이내 고개를 절레절레 흔들며 검선에게 말했다.

"여전히 예나 지금이나 요행을 바라는구나."

"…송구스럽습니다."

"네 말대로 이것이 순리라면 이 또한 답이겠지."

그의 말에 연꽃을 들고 있는 여인이 화들짝 놀라더니 언성을 높였다.

"진인! 설마 사형의 요구를 들어주자는 것입니까?"

"하면 이보다 나은 해결책이 있느냐?"

"차라리 제자들에게…."

"삼십육천의 도를 포기하고 이곳을 나가라고 말이더냐?"

그 말에 연꽃을 들고 있는 여자 도인이 입을 다물었다. 정양 진인이 너털웃음을 짓다가 이내 검선에게 고개를 돌리며 말했다.

"너는 저 젊은이에게 이미 재주를 가르친 것이나 다름없으니, 다른 자들만 가르치면 되겠구나."

이에 검선이 고개를 저으며 말했다.

"이 일의 모든 원인은 저에게서 비롯되었으니, 그 책임이 어찌 재주 하나로 넘어갈 수 있겠습니까?"

"하면 너 또한 가르치겠다는 것이더냐?"

"그렇습니다. 허락해주신다면 이 젊은이에게 대도천둔검법을 전수할 생각입니다."

"대도천둔검법을? 하!"

"그렇습니다."

정양 진인이 혀를 내두르더니 이내 다른 도인들을 쳐다보며 말을 이었다.

"순양자가 이 정도 재주를 전수한다니, 너희들도 그에 버금가는 무언가를 내놓지 않으면 체면이 서지 않겠구나."

도인들의 표정이 다들 아주 가관이었다.

'대도천둔검법?'

그러고 보니 검선에 관한 전설적인 일화가 하나 있다. 검선이 천하를 주유하던 시절, 여산에서 깨우친 천둔검법으로 교룡(蛟龍)을 죽였다는 설이었다. 워낙 터무니없는 이야기이기에 그만큼 사람들이 검선을 신격화하고 있구나 생각했었는데, 그게 실재하는 검술이었구나.

─배웠던 거 아냐?

'아니야.'

심상에서 만났던 더 연로했던 검선은 검술의 형태를 잃었다고 하여 오히려 성명검법을 더욱 발전시켜줬었다.

'아…'

검선의 형태가 존재하는 검법이라니. 검을 연마하는 자로서 흔들릴 수밖에 없는 유혹이었다.

"제자도 아닌 대리인에게 대도천둔검법이라니. 정말 눈에 보이는 수이군, 사제."

한쪽 신발만 신은 여인이 고개를 절레절레 흔들며 말했다. 이에 검선이 아무렇지 않게 답했다.

"법구의 힘도 없이 법구 네 개를 가진 수양 깊은 도인을 상대하는 데, 그 정도 재주를 가르치지 않으면 어찌한단 말입니까."

"그렇다 하여도 과하네."

"부족한 것보다는 낫습니다. 적어도 이 젊은이가 노부의 업으로 인해 죽는 일은 없어야 하니 말입니다."

검선의 태도는 단호했다. 그런 그의 모습에 여인이 탄식을 내쉬었다. 그때 퉁소를 허리춤에 차고 있는 중년의 도인이 입을 열었다.

"여 사형이 대도천둔검법까지 전수한다니 저 역시 재주를 아낄 처지가 아닌 것 같습니다. 법구의 관리를 책임졌던 사람으로서 이 젊은이에게 목원화송곡을 전수하겠습니다."

"아니! 한 사제 자네 정말…."

연꽃을 들고 있는 여인이 어처구니없어했다. 그녀는 애초에 재주를 전수할 생각이 없는지 침묵으로 일관하려 했나 보다. 이런 그녀에게 중년의 도인이 빙그레 웃으며 말했다.

"마땅히 전수할 재주가 없으시다면 사저께서는 무리하시지 않아도 됩니다."

그런 그의 말에 여인의 미간에 내 천 자의 주름이 잡혔다. 자존심을 건드려서 그런 모양이다. 이에 그녀가 심기 불편한 목소리로 말했다.

"마땅히 전수할 재주가 없다니?"

"사저께서는 길흉을 보실 수 있는 재주가 있사오나 그것은 서너

125

해를 연마하여 익힐 수 있는 것이 아니지 않습니까? 해서 무리하시지 말라는 겁니다."

이것이 결정타로 작용했다. 연꽃을 들고 있는 그녀의 손이 파르르 떨리더니 이내 힘이 들어간 목소리로 말했다.

"선도를 취해 도의 길을 걷는 것을 재주가 없음으로 치부하는구나. 좋다. 하면 나는 이 젊은이에게 정요환의안을 전수해주겠다."

'정요환의안?'

나는 그녀의 말에 순간 놀랐다. 앞에 두 글자가 더 붙기는 했으나 설마 내가 알고 있는 그 환의안일까? 의아해하고 있는데 누더기 옷에 호리병을 들고 있는 도인이 호탕하게 웃으며 말했다.

"하하하. 한 사제가 세 치 혀로 사저를 도발하여 기어코 재주를 받아내는구나."

"저는 그저 무리하시지 말라고 드린 말씀입니다."

"어찌 되었든 큰 재주를 가르치게 만들었군. 보자, 그렇다면 빈도는 저 젊은이에게 어떤 재주를 전수해주어야 할까?"

고민하는 듯이 턱을 괴는 호리병의 도인에게 연꽃을 든 도인이 퉁명스러운 어조로 말했다.

"대도천둔검법에 정요환의안까지 가르치는 마당에 설마 재주를 아낄 생각은 아니겠지. 사제도 그리 자랑하던 구운만화장을 전수하는 게 어때?"

"그건…."

"왜? 하찮은 재주라도 주려고 했어?"

"허참."

그녀의 말에 호리병의 도인이 자신의 이마를 손바닥으로 쳤다.

"괜히 한마디 했다가 된통 당했구려. 좋소이다."

그런 그에게 검선이 포권을 취하며 감사를 표했다. 호리병의 도인이 좌중에 아직까지 입을 다물고 있는 도인들에게 말했다.

"다른 사형, 사제 들은 어쩌실 요량이시오? 이렇게 되었는데 시원하게 재주들을 풀어보시지요."

"허어. 별수 없구먼."

흰 노새 앞에 앉아 있던 도인이 고개를 절레절레 흔들었다. 그러더니 대뜸 나를 쳐다보며 말했다.

"노부가 전수해준 재주를 다른 누군가에게 가르친다면 훗날 용서치 않을 것이다."

…이보세요. 저 아직 도와준다는 말도 안 했습니다. 자기들끼리 북 치고 장구 치는데 이걸 어찌해야 하나.

"흥. 고마운 줄도 모르는구나."

도인이 콧방귀를 뀌며 혀를 차더니 내게 말했다.

"내 창술의 정수를 담은 금창진경을 전수해주마. 호되게 전수할 터이니 각오하거라."

그런 그의 말에 통소를 들고 있는 도인이 호탕하게 웃어댔다.

"하하하하하핫. 그리 달갑지 않은 것처럼 이야기해놓고는 속세에서 창왕으로 위명을 날렸다던 재주를 넘기시는군요."

"검만이 다가 아님을 알려주기 위함이다."

통명스럽게 답하는 도인의 시선이 검선에게로 향했다. 이제 됐느냐고 확인하는 것 같았다. 검선이 그에게 감사의 뜻으로 고개를 꾸벅 숙였다. 그러고는 도인들 중에 남아 있는 두 사람을 번갈아 쳐다보았다.

음양판을 들고 있는 도인이 피식 웃더니 말했다.

"설음화양선무를 전수하겠습니다. 저 젊은이가 음양의 이치를 이 해하는 데 많은 도움이 될 것입니다."

"고맙네, 조 사제."

자연스레 검선의 시선이 누군가에게로 향했다. 상석의 정양 진인을 제외한다면 도인들 중에 유일하게 남은 이였다.

"후우."

한쪽 신만을 신고 있는 여인이 한숨을 내쉬었다. 여인이 나를 바라보며 복잡한 눈빛을 보내더니 이내 입을 열었다.

"모두가 대의를 위해 전수하는데, 저만 아무 재주를 전수하지 않으면 꼴이 우습게 되겠군요."

그 말과 함께 그녀에게 놀라운 변화가 일어났다. 얼굴의 근육이 울렁거리더니 이내 주름이 생겨나며 검선과 똑같은 얼굴이 되었다. 검선의 얼굴과 같아진 그녀가 입을 열었다.

"네게 체화만변술을 가르쳐주마."

심지어 목소리마저도 검선과 똑같았다. 자세히 보니 체형도 부풀어 올라서 거의 비슷해졌다. 무림의 기인들 중에는 예전에 자신의 얼굴 근육을 변화시켜 인피면구를 쓴 것처럼 타인을 따라 하는 자들도 있다고 들었는데, 그보다 더 심오한 기술로 보였다. 심지어 성별 자체도 바뀌어 보이니 말이다.

스르르르! 여인이 다시 원래의 모습으로 돌아오며 말했다.

"자경정 그자에게 접근할 때 유용하게 쓰일 게다. 하나 나 역시도 네게 경고하마. 이것을 누구에게도 전수해서는 안 된다. 그 맹세를 한다면 가르쳐주마."

그녀 역시도 흰 노새 앞에 앉아 있는 도인과 같은 경고를 하였다. 그런 그녀의 말에 누군가 덧붙였다.

"그뿐만이 아니라 도화선에서 배운 재주들은 어느 누구에게도 가르쳐선 안 된다. 그것이 재주를 전수하는 전제 조건이니라."

상석에 앉아 있는 정양 진인의 말이었다. 이에 검선이 대신 답하였다.

"여부가 있겠습니까?"

"노부는 저 젊은이가 여기 있는 소선들의 재주를 전부 배우고도 부족한 것이 있다면 그것을 채워주겠다."

그런 그의 말에 도인들이 묘하게 부러운 듯한 눈빛을 내게 보내왔다. 아무래도 그가 이곳에 있는 도인들의 우두머리이기에 그런 걸지도 몰랐다. 운이 좋다고 해야 할까?

―엄청 좋은 거 아냐? 이런 기회가 세상에 어디 있겠어? 인간 같지도 않은 도인들한테 배우는 거잖아.

여기 있는 도인들 중에 평범한 자는 없었다. 그렇기에 지금 말한 재주들 또한 하나같이 범상치가 않았다. 그 의미는 이런 대단한 재주들을 배워야만 그자를 상대할 수 있다는 말이기도 했다. 한데 만약에 실패하면 어쩌지? 그렇게 되면 나는 다시 원래 있던 곳으로 돌아가지 못할지도 모른다.

그때 검선이 앉아 있는 모든 도인에게 차례로 포권을 취하며 인사한 뒤에 말했다.

"노부의 어려운 부탁을 들어주셔서 감사합니다."

"모든 것을 바로잡기 위함인데 어찌 거절하겠느냐. 하면 이제 저 젊은이의 선택에 달려 있구나."

정양 진인의 시선이 내게로 향했다. 다른 도인들 역시 마찬가지였다. 검선이 내게 가까이 다가오며 입을 열었다.

"훼손된 경문이 다시 복구되는 동안 자네는 이들의 재주를 배우면 되네."

"…저도 같이 들어서 알고 있습니다. 하나 제가 만약 실패하기라도 한다면 원래 있던 곳으로 돌아갈 수 있겠습니까?"

"그것은…."

검선이 말하기도 전에 연꽃잎을 들고 있는 여자 도인이 말을 잘랐다.

"사형께서 계획한 대로 한다면 돌아올 수 없지 않나요?"

'…?!'

순간 나는 당혹스러운 마음에 검선을 쳐다보았다.

검선이 숨을 길게 내쉬며 말했다.

"반드시 돌아갈 수 있도록 해주겠네."

"어떻게 말입니까?"

그저 확답이 아닌 확실한 방안이 필요했다. 그때 흰 노새 앞에 앉아 있는 도인이 끼어들었다.

"법구를 추적하여 그자를 잡는 데 소요되는 시일을 생각한다면 도화선으로 다시 돌아오기 힘들 터인데 무슨 수로 그런 약조를 하는 겐가?"

그 말에 호리병을 가지고 있는 도인도 덧붙였다.

"저 또한 그것이 의문이었습니다. 사형의 그 어리석은 제자가 도망친 시기에 붙잡지 않는다면 후에는 더 감당키 어려울 텐데, 설마 이 젊은이가 원래 있던 곳으로 돌아가서 붙잡으라고 하시는 건 아니겠지요?"

순간 나는 기가 막혔다. 만약 그런 것이라면 나더러 그자를 잡기 위해 그동안 살아왔던 삶 자체를 포기하라는 것과 무슨 차이가 있는가.

"이분들의 말씀이 맞습니까?"

이런 나의 물음에 검선이 말없이 창밖을 손으로 가리켰다. 그가 가리킨 곳은 도화선의 가장 중심부라 할 수 있는 공동이 있는 언덕이었다.

"경문이 훼손되면서 도화선은 흐름의 한가운데에 갇혀 있네. 하나 경문이 복원되는 순간 다시 그것이 움직일 걸세."

"그래서요?"

"그리된다면 노부의 불민한 제자가 도화선을 빠져나갔던 시기에서 멀지 않은 시점일 걸세. 그때 자네가 자경정을 제압하고 법구를 회수해오면 되네."

"무슨 수로 말입니까? 그자를 잡으려는 동안 도화선의 입구가 닫히게 되면 어찌 이곳에 돌아올 수 있겠습니까?"

도화선은 끊임없이 흐름을 따라 움직이기에 언제 어디서 다시 나타날지 밖에서는 알 수 없다고 공동에서 내게 얘기했던 검선이었다. 그렇기에 만약 입구가 닫히게 되면 나는 이 알 수 없는 시기에 갇히게 될 것이다. 그것이 만약 내가 원래 있던 시기보다 훗날이라면 최악의 상황이 된다.

검선이 내게 결의에 찬 목소리로 말했다.

"반드시 자네를 원래 있던 곳으로 돌려보낼 걸세."

"어찌 말입니까?"

"노부가 모든 원기를 바쳐서라도 삼십육선천위방경문의 흐름을 붙잡고 있을 걸세."

그 말에 퉁소를 가진 도인이 놀라서 소리쳤다.

"사형! 어찌 그런 무모한 짓을!"

다른 도인들도 반응이 별반 다르지 않았다. 그들 또한 뭔가 만류하는 듯한 말을 하고 있었다. 대체 왜 그러는지 알 수 없었다. 하나 이윽고 정양 진인이 하는 말에 그 연유를 알 수 있었다.

"원기를 전부 소진하면 육신도 쇠하는 것을 알 터인데, 정녕 그것을 감수하겠다는 건가?"

"저와 불민한 제자로 인하여 이 젊은이가 희생하게 될 수도 있는데, 그조차 감수하지 않는다면 어찌한단 말입니까?"

나는 그런 검선의 말에 순간 말문이 막혔다. 그 역시도 희생을 각오하고 있다는 말이기 때문이었다. 검선이 내게 말했다.

"노부는 이 모든 것이 절대 우연이라고 생각지 않네. 모든 것은 순리이면서 운명일세. 만약 자네가 내 불민한 제자를 잡지 못한다면 자네가 있던 시기도 위험에 처할 수 있네."

"…."

나는 두 눈을 감고 탄식을 내뱉었다. 정말 이 모든 게 운명인 걸까? 이곳 도화선에 있는 자들은 법구를 가지고 도망친 자경정을 잡을 수가 없다. 만약 잡지 못한다면 그 엄청난 힘을 가지고 도를 수양하여 오랜 세월을 살아가는 자경정이 무슨 짓을 벌일지 알 수 없게 된다.

―그런데 네가 있던 시기에는 아무 일도 없었잖아.

소담검의 말에 검선이 빙그레 웃으며 말했다.

"그것이 답일 수도 있네."

"네?"

"자네가 노부의 불민한 제자를 잡았기에 아무 일도 벌어지지 않은 것일 수도 있네."

검선의 목소리는 확신에 차 있었다. 그의 그런 목소리를 듣자 이상하게 마음이 평안해졌다. 어쩌면 정말로 그런 것일지도 몰랐다. 내가 이들의 대리인이 되어 소명을 다해서 향후 그런 일이 벌어지지 않는 것일지도….

'어?'

순간 나의 머릿속에 무언가가 스쳐 지나갔다. 그것은 악심파파 철수련이 했던 말이었다.

"웃기는 일이지. 검선도 아닌 검선의 진전을 이은 후예 따위에게 패하다니."

잠깐만. 검선의 진짜 후예는 두 사람이다. 자경정과 여양선. 여양선이야 납치당한 당사자니까 배제한다면 설마 도망친 자경정이 그 존주라는 자를 쓰러뜨린 것일까? 만약 그런 것이라면 자경정이 도망친 지금 시기는 존주가 직접적으로 모습을 드러내고 활동하는 시기일 수도 있다.

─어? 정말이네!

만약 자경정을 잡게 되면 존주의 정체를 알 수 있을지도 모른다. 이것이 절호의 기회가 될 수도 있다. 차라리 자경정을 이용해서 존주와 함께 일망타진하는 것은 어떨까?

─좋은 방법인데!

소담검이 동의했다. 그때 남천철검의 목소리가 머릿속을 울렸다.

—한데 운휘, 만약 지금이 과거가 맞다면 존주를 잡으면 그것대로 큰일 나는 거 아닌가?

'응?'

—너는 회귀를 했다고 했다. 그런데 네가 무언가를 하면 할수록 원래 알고 있던 미래와 달라진다고 하지 않았나.

'아!'

나는 남천철검이 무슨 말을 하는지 알 수 있었다. 녀석의 말이 맞다. 만약 여기서 존주를 죽이게 되면 앞으로의 미래도 완전히 뒤바뀌게 된다. 가령 존주로 인해서 남천검객이 절체절명의 상태가 되어 남천철검을 그 절벽의 동굴 안에 남기게 되는데, 그가 죽는다면 이 일 또한 벌어지지 않게 된다. 그렇게 되면 내가 남천철검과 만날 일도 생기지 않을 것이고, 다시 무공을 익힐 수 있는 기회조차 사라지게 될 것이다.

'…결국 놈을 알게 되어도 죽일 수가 없구나.'

앞으로 벌어질 일을 위해서라도 살릴 수밖에 없다. 결국 내가 할 수 있는 것은 이자가 누구인지 알아내는 것 외에는 어떤 다른 일도 할 수가 없다.

—그것만 알아도 다시 원래 있던 시기로 돌아가서 놈을 찾는 데 도움이 되지 않겠나?

그 말에 동의한다. 그러기 위해서는 자경정을 잡아야 한다. 적어도 곧바로 잡아서는 안 되고 자경정이 존주라는 자를 노리길 기다렸다가 말이다. 그렇게 되면 꽤 시간이 소요될 터인데 괜찮을까?

나는 검선을 쳐다보았다. 그가 도화선을 붙잡는 시간이 길어질수록 그의 원기도 소진된다. 걱정스럽게 바라보는데 통소를 가진 도인이 말했다.

"어찌 사형 혼자 책임지도록 내버려둘 수 있겠습니까? 하면 저 또한 같이하도록 하겠습니다."

이에 검선이 다그쳤다.

"사제가 나설 일이 아니네."

"나설 일이 아니라니요. 사형 혼자서 도화선을 얼마나 붙잡고 있겠습니까? 아무리 원기가 깊다 해도 고작해야 하루 이틀에 불과할 겁니다."

"그건…."

"저도 돕는다면 적어도 사흘에서 나흘은 버틸 수 있을 겁니다."

"사제…."

검선과 퉁소를 가진 도인이 서로를 애틋하게 바라보았다. 그때 호리병을 들고 있는 누더기 옷의 도인이 손을 들고서 말했다.

"저도 돕겠습니다. 그리한다면 적어도 닷새에서 엿새는 버틸 수 있겠지요."

그것이 시발점이 되었을까? 연꽃을 들고 있는 여자 도인도 새침하게 손을 들며 말했다.

"괜한 객기 부리다가 사형제들을 잃을 수야 있나요. 그럼 저도 거들겠어요."

"사제가 나서는데 가만히 있을 수 있나."

한쪽 신만 신고 있는 여자 도인도 결의에 찬 목소리로 말했다. 이런 그들을 정양 진인이 흡족한 얼굴로 바라보았다. 그때 음양판을 들고 있는 도인이 말했다.

"저… 여기서 초를 치기 송구스럽지만 도화선으로 돌아올 수 있는 방법이 있습니다만?"

그 말에 검선이 인상을 찡그리며 그를 바라보았다.

"그게 무엇인가?"

이에 도인이 말했다.

"편법이기는 하지만 이 젊은이가 잠시 도화선의 일원이 된다면 세월이 흘러도 언제 어디서 도화선이 나타날지 알 수 있지 않겠습니까? 그럼 여유 있게 자경정을 잡아올 수도 있고 말이죠."

'…!!'

그 말에 모두가 머쓱함을 감추지 못했다. 서로 결의에 차서 같이 희생하자고 했는데, 이런 편법이 존재했던 것이다. 정양 진인도 이를 생각지 못했는지 너털웃음을 터뜨렸다.

검선이 안도의 숨을 내쉬며 내게 물었다.

"그런 방법이 있었군. 이제 자네를 돌려보낼 방법도 해결되었는데 어찌하겠는가?"

그렇다면 거절할 이유가 있겠는가. 나는 검선을 비롯한 여러 도인을 향해 포권을 취하며 말했다.

"진운휘가 여러 스승님들께 인사 올립니다."

그렇게 삼 년 하고도 여덟 달이 흘렀다.

도화선의 정양전.

배불뚝이 정양 진인 앞에 네 명의 도인들이 앉아 있었다. 그들 중 한 손에 음양판을 쥐고 있는 관복의 도인이 입을 열었다.

"이제 사흘 정도면 경문의 복구가 마무리될 겁니다. 그리되면 다시 도화선이 흐름대로 움직이게 될 것입니다."

그런 그의 말에 정양 진인이 손에 들고 있는 커다란 부채를 부치며 말했다.

"벌써 그리되었군. 흘러가는 시간은 순리만큼이나 정직한 법이지. 여기 있는 자네들이 밤낮으로 쉬지 않고 고생해주었기에 가능했던 일일세."

"제자들도 나서서 고생했는데 어찌 그 모든 것이 저희만의 노고이겠습니까?"

정양 진인의 칭찬에 허리춤에 통소를 차고 있는 도인이 겸양으로 답했다. 그런 그에게 정양 진인이 빙그레 웃으며 물었다.

"모두가 덕이 있음이네. 그러고 보니 어제까지 자네가 운휘 그 아이에게 재주를 가르쳤을 터인데, 전수는 전부 끝난 겐가?"

삼 년 하고도 여덟 달. 도화선의 여덟 도인이 진운휘를 가르친 시간이다. 그들은 경문을 복구하거나 쉬는 시간을 제외하면 성심성의껏 그에게 자신들의 재주를 전수하는 일에 몰두하였다. 처음에는 못마땅하게 여겼지만 어느 순간 재주를 전수하는 일은 도인들에게 알게 모르게 작은 경쟁 같은 것이 되어버렸다. 그도 모두가 동등한 입장에서 재주를 가르치는데, 누구의 것이 부족하다고 하면 그 면이 서지 않기 때문이었다.

"삼 년 하고도 여덟 달 동안 여덟 스승이 시간을 나누어 가르쳤습니다. 어찌 그 깊이마저 전수할 수 있겠습니까? 다만 그 아이의 재능이 무서울 정도로 탁월하여 목원화송곡의 기본 음율은 전부 익혔습니다."

"허허허. 음을 배운 적이 없다 하여 그리도 걱정하더니 다행이로구나."

"마음 같아서는 정식 제자로 받고 싶더군요."

그 말에 음양판을 들고 있는 도인이 동의한다는 듯이 고개를 끄덕이며 말했다.

"사형도 저와 같군요."

"자네도 그랬나?"

"그리 길지 않은 기간이기에 음양의 기초를 다져줄 겸 설음화양선무의 기본만 떼어주려고 했는데, 워낙 무재가 뛰어나서 저도 모르게 별별 것을 다 가르치게 되더군요."

그런 도인의 말에 한쪽 발에만 신을 신고 있는 여인이 화들짝 놀라 말했다.

"하나의 재주만 가르치기로 한 거 아닌가요?"

"가르치는 사람의 마음이란 게 배우는 자가 잘 받아들이다 보면 욕심이 생기는 게 당연한 일이 아닙니까? 남 사저는 그저 체화만변술만 가르친 것입니까?"

"흠흠."

그 물음에 한쪽 신발만 신은 여인이 괜히 헛기침을 해댔다. 그녀 역시도 그것만을 가르친 게 아닌 모양이었다. 도인 몇몇이 웃음을 터뜨리자 변명하듯이 급히 해명했다.

"…체화만변술은 다른 재주들보다 익히는 데 그리 오랜 시간이 소요되지 않기에 몇 가지 훈수를 뒀을 뿐이네."

"듣자 하니 경신법을 손봐줬다고 하던데요."

통소를 가지고 있는 도인의 말에 그녀가 새초롬한 목소리로 말을 이었다.

"배운 경신법들 중에서 가장 빠르게 달릴 수 있는 것이 불안해

보여서 그저 훈수만 둔 것이네, 사제."

"어쨌든 가르친 게 아닌가요."

"그거야⋯."

"좋은 게 좋은 거죠. 하하하핫."

호탕하게 웃는 퉁소의 도인의 모습에 그녀가 괜히 얼굴을 붉혔다. 음양판을 들고 있는 도인이 연꽃을 들고 있는 여인에게 말했다.

"그러고 보니 사저가 가장 빨리 재주를 전수하지 않았습니까? 한데 여태껏 그 아이에 관한 이야기를 한 번도 하지 않으시다니 여전히 불만스러운 것입니까?"

그런 그의 물음에 연꽃을 들고 있는 여인이 퉁명스럽게 답했다.

"가르침을 준 것이 뭐가 자랑이라고 일일이 나열한단 말이더냐."

"괜히 또 그러십니다. 듣자 하니 여 사형 못지않게 연이 깊은 아이 같은데."

"나와 연이 깊어?"

"속세에서 하 사저가 남긴 지보를 익혔다면 사실 후인이나 다름 없지 않습니까? 좀 더 신경 써주시지 그랬습니까?"

"신경을 써주라고? 하! 몰라서 하는 소리."

"네?"

"속세를 떠나기 전에 마지막 단계를 일부러 찢어서 태워버렸는데, 그것을 저 스스로 익힌 녀석이야. 애초에 가르칠 게 거의 없었는데 무엇을 더 신경 쓰란 말인가?"

"그 정도입니까?"

'⋯?!'

도인들의 반응에 그녀가 아차 싶었는지 입을 다물었다. 상황이 여의치 않아 그를 가르치기는 했지만 여전히 못마땅하게 생각했던 그녀였다. 그래서 자신의 입으로 칭찬하는 것을 지양하고 있었는데, 본의 아니게 진운휘를 띄워준 셈이 되어버렸다. 이를 듣고만 있던 정양 진인이 너털웃음을 터뜨렸다.

"허허허, 그 아이의 재능이 뛰어나다니 다행스러운 일이로구나. 사흘이면 이제 멀지 않았는데 지금 그 아이를 가르치는 것은 누구이더냐?"

"오늘 내로 장 사형이 마무리를 짓는다고 하였으니, 남은 기간은 여 사형이 직접 그 아이를 가르칠 겁니다."

"허어, 그래?"

"고생이 눈에 훤하군요."

도인들의 시선이 하나같이 창밖의 어딘가로 향했다.

* * *

쾅!

"크윽!"

튕겨 나가 부딪친 암벽이 함몰되다시피 할 만큼 위력이 어마어마했다. 흔들리는 창끝을 정확히 막았는데도 위력을 감당키 어려웠다. 등뼈가 부서질 것만 같았다. 피어오르는 먼지를 지나쳐서 붉은 천으로 감싼 창을 들고 온 도인. 그는 장 스승님이라 부르고 있는 도인이다. 삼 년 하고도 여덟 달 동안이나 그의 이름을 알지 못했다. 속세를 떠났다고 하여 자신을 그저 장 소선 내지 장 스승님이라고 부르라고 하여, 후자로 부르고 있었다.

"엄살이 심하구나."

장 스승님이 한심하다는 듯이 말했다. 대련에 있어서 일절 봐주지 않고 전력을 다하면서 이런 말을 하다니. 속으로 혀를 내둘렀다. 어차피 변명이 통하지 않는 상대이니 뭐라고 하겠는가. 나는 함몰된 벽에서 기어 나오다시피 하였다. 옷의 일부가 벽에 걸려 찢어지면서 가슴 쪽이 살짝 드러났다.

"크흠."

이에 장 스승님이 고개를 옆으로 돌리며 말했다.

"옷을 여미든지 체화만변술을 풀든지 해라. 대체 언제까지 그 꼴로 있을 참인지. 쯧쯧."

그가 혀를 찼다.

—다 늙어서 쑥스러워하기는.

소담검이 키득거렸다.

그 이유는 다름 아닌 지금 내 모습 때문이었다. 나의 가슴은 남성의 근육이 아닌 여성의 봉긋한 형태를 하고 있었다. 체화만변술을 전수해준 남 스승님의 명대로 이것을 무의식 상태로도 계속 유지하는 훈련을 위해서 계속 변화된 모습을 하고 있었다. 그저께는 사마영의 모습을, 어제는 아버지 무정풍신 진성백의 모습이었다. 지금은 백혜향의 모습을 하고 있었다. 체화만변술의 역용은 매우 오묘하여 성별마저도 바꿀 수 있을 정도다. 물론 체내의 장기에 변화가 있는 것은 아니기에 여자의 모습이 된다고 하여 아이를 가질 수 있다거나 그런 것은 아니었다.

"송구합니다."

나는 가슴 부위를 여미면서 말했다. 처음에는 체화만변술에 적응이 되지 않아 나 스스로도 꽤 민망했었는데, 이제는 익숙해져서 괜찮아졌다.

슉! 손을 내밀자 바닥에 떨어져 있던 창 한 자루가 손바닥으로 빨려 들어왔다. 진기를 다루는 것이 호흡을 하는 것과 별반 차이가 없어져 허공섭물을 하는 것이 그리 어려운 일이 아니었다. 창을 손에 쥐자 장 스승님이 내게 자신의 창을 겨냥했다. 그리고 말했다.

"내게 조금이라도 창이 닿지 못한다면 대련은 끝나지 않는다. 알겠느냐?"

"명심하겠습니다, 스승님."

이런 나의 말에 소담검이 경기를 일으켰다.

—그 모습에 그 목소리로 그런 말투를 할 때마다 진짜 적응 안 된다.

백혜향을 그리 좋아하지 않는 소담검이다. 그래서인지 그녀의 목소리와 내 말투가 섞인 것을 두고 늘 투덜거렸다.

—내면에서 우러나오는 연기를 하라고. 불여우 같은 개 모습을 하고 있으면 말투도 비슷하게 해야지. 콧방귀도 뀌어주고 말이야.

'저 불같은 성격의 스승님한테 백혜향처럼 오만하게 대하라고 말하는 거냐?'

말 같은 소리를 해야지. 그건 밖에 가서 해도 늦지 않다. 첩자 시절에 다른 사람인 척 흉내를 얼마나 많이 냈던가. 이렇게 모습마저 자유자재로 변화시킬 수 있다면 그것은 일도 아니었다.

"무슨 생각을 하는 게야!"

슉! 장 스승님이 호통과 함께 창을 내게 뻗었다. 그러자 창끝이 살아 있는 뱀처럼 휘어지며 요혈로 파고들었다. 단순한 찌르기에 이런 변화를 준다는 것 자체가 정말 대단한 일이었다.

슉! 나 역시 이에 맞춰 창을 찔렀다. 그만큼 창끝에 생동감을 줄수는 없지만 적어도 오랫동안 대련하며 봐온 것이 있기에 대응은할 수 있었다.

차차차차창! 창끝과 창끝이 짧은 찰나에 여섯 식 가까이 부딪쳤다. 창을 쥐고 있는 손바닥이 찢길 것 같았다. 여덟 도인은 기본적으로 수양 기간이 길어서 내공이 나와 비교할 수가 없었다. 물론 그것이 무공이 뛰어나다는 기준은 될 수 없었다. 가령 한 스승님이나 하스승님, 남 스승님의 경우 순수하게 무위 자체만 놓고 본다면 삼 년전에도 오히려 내가 더 우위였다고 할 수 있었다. 다만 이들이 쌓은수양은 그런 무로만 평가할 수 있는 것이 아니었다.

'큭!'

나는 얼굴로 뻗어오는 창에 고개를 옆으로 숙였다. 그리고 재빨리 다른 손으로 뻗어오는 창대를 위로 튕겨내려 했다. 그 순간, 창대가 휘어지며 교묘하게 내 가슴을 노려왔다. 파아아아앙! 나도 모르게 생각할 겨를도 없이 익숙해진 새로운 풍영보의 경신법을 펼치며창을 피하려고 했는데, 장 스승님의 호통 소리가 들려왔다.

"창끝에 모든 걸 실으라고 했다!"

이에 뒤로 경신법을 펼치려던 나는 쥐고 있던 창의 경로를 틀었다. 그리고 어깨부터 팔목, 손목에 곡선처럼 탄력을 가하자, 내가 쥐고 있던 창이 뱀처럼 휘어지며 장 스승님의 창대를 감아 그대로 아래로 내쳐버렸다.

휘리리릭! 그 기회를 놓치지 않고 나는 장 스승님의 창대를 밟고서 창끝을 그의 목에 겨냥했다. 처음으로 금창진경의 정수라 할 수 있는 생창격일에 성공했다. 자신의 목에 닿을 듯이 떨리고 있는 나의 창끝을 보며 장 스승님이 피식 웃으며 말했다.

"이제야 겨우 쓸모 있어졌군."

"가르침 덕분입니다."

"쓸데없는 소리. 검술뿐만 아니라 창술도 수련을 게을리하면 지금의 그 감각을 금방 잊게 될 게다."

"명심하겠…?!"

대답하던 나는 놀라움을 금치 못했다. 그의 일 보가 안쪽으로 파고들어 있었는데, 왼손의 수도가 내 가슴 앞에서 멈춰 있었기 때문이다. 보폭을 보면 더 파고들 수 있었는데 멈췄던 것으로 보였다. 결국 이것도 봐준 것이라고 할 수 있었다.

─다른 이유로 멈춘 것 같은데.

무슨 소리를 하고 싶은 거냐? 어떤 걸 갖다 붙여도 마지막에 와서 손속에 사정을 둔 건 사실이다.

"발 치우거라. 아니면 더 해볼 테냐?"

"아!"

나는 밟고 있던 장 스승님의 창대에서 얼른 발을 치웠다. 그러자 그가 창대를 세우고서 고개를 돌려 어딘가를 쳐다보며 말했다.

"노부의 가르침은 오늘부로 끝났다. 이제 거기서 숨어 있지 않아도 된다, 여 사제."

수풀로 뒤덮인 작은 언덕 부근이었다. 그곳에서 누군가 모습을 드러냈다.

"그러셨군요, 장 사형."

그는 검선 순양자였다. 삼 년이 넘었는데도 그가 작정하고 기운을 갈무리하면 찾을 수가 없었다. 그런 그를 단번에 찾아낸 장 스승님도 참 대단했다. 장 스승님이 손짓을 몇 번 하자 쥐고 있던 창대의 길이가 줄어들었다. 다시 창대를 허리춤에 찬 그가 검선에게 말했다.

"시일이 있어 좀 더 가르쳤다면 검술보다 더 뛰어나게 만들 수 있었느니라."

"이를 말씀이겠습니까."

"쯧쯧."

검선의 겸양에 장 스승님이 혀를 차고는 내게 눈빛을 한 번 주고서 사라졌다. 지축이 살짝 흔들리며 사라지는데 저것은 경신법이 아니었다. 흔히 축지(縮地)라고 불리는 수법이었다. 저것을 배우고 싶었지만 도의 수양을 적어도 수백 년간 쌓지 않으면 할 수 없는 것이라고 하였다.

검선이 내게 빙그레 웃으며 말했다.

"창을 다루는 것이 많이 늘었구나."

"아직 멀었습니다."

적어도 매 초식에 금창진경의 정수인 생창격일을 담을 수 있어야 제대로 창을 다룬다고 말할 수 있을 것이다. 그것은 당장에 어찌할 수 있는 게 아니라 오랜 수련과 시간이 답이었다.

검선이 내게 물었다.

"어찌하겠느냐? 막 수련을 마쳤으니 두어 시진 정도 휴식을 취하고 하겠느냐?"

"아닙니다. 아직 대도천둔검법을 제대로 익히지 못했는데, 어찌 남은 기간을 쉬이 허비할 수 있겠습니까?"

그런 나의 말에 검선이 흡족한 듯이 미소를 지었다. 사실 이 말은 그저 겸양으로 한 게 아니었다. 이제 사흘 남았다. 경문의 복원이 완료되는 순간 도화선은 다시 흐름을 타게 된다. 그런데 아직 대도천둔검법의 최고의 진수라 할 수 있는 뇌벽천둔(雷霹天遁)을 익히지 못했다.

"노부의 뇌검천둔을 익힌 것만으로 이미 너는 경정보다 한 단계 높은 경지에 이르렀다고 할 수 있다."

"상대는 법구를 다룹니다. 그 정도로 어찌 안심할 수 있겠습니까?"

자경정이란 놈이 들고 간 네 가지 법구에 대해서 귀가 따갑도록 숙지했다. 그것들을 상대하려면 뇌검천둔만으로 부족했다. 먼 옛날 검선이 교룡을 물리쳤다고 하는 뇌벽천둔을 익히게 된다면 확실하게 승산을 점칠 수 있다고 본다. 검선이 내게 졌다는 듯이 고개를 절레절레 흔들며 말했다.

"도를 수양하지 않는 인간의 몸으로 뇌벽천둔을 익히는 것은 쉬운 일이 아니다. 얼마 전에도 죽을 뻔한 것을 잊지 않았겠지?"

"…잊지 않았습니다."

진심으로 이승과 안녕할 뻔했다. 애초에 익히는 과정 자체가 죽지 않는 게 용하다고 할 수 있었다. 회복이 빠른 몸이 아니었다면 엄두도 못 냈을 것이다.

"네 뜻이 정녕 그렇다면 별수 없구나. 도저히 안 된다 싶으면 언제든 그만두어도 좋다."

"알겠습니다."

스릉! 검선이 손을 내밀자 등에 차고 있던 검집에서 법구 천둔이 모습을 드러냈다. 천둥, 벼락을 다룰 수 있는 법구 천둔의 힘이 필요했다.

—너 진짜 괜찮겠어?

—운휘, 무리하지 마라.

할 거면 확실하게 해야지. 괜히 어설프게 배워서 밀리는 것보단 낫다. 나는 놈을 완벽하게 제압하여 원래 있던 곳으로 돌아갈 거다.

"우선 체화만변술을 풀겠습니다."

"그리하거라."

체화만변술을 하게 되면 근골을 변화시켰기에 원래의 무위를 발휘할 수가 없었다. 수치로 따지자면 칠 할 정도밖에 역량을 내기 어려웠다. 두드드득! 두드드드득! 골격에 변화가 생겨나며 몸이 조금씩 커졌다. 어깨가 넓어지면서 헐렁했던 옷이 맞았다. 다시 원래 모습으로 돌아오자 검선이 법구 천둔을 위로 들어 올렸다. 쿠르르르! 맑았던 하늘이 검게 물들며 먹구름이 끼었다.

매번 봐도 신비하다. 법구의 힘은 천지조화마저 다룰 수 있다. 여덟 법구 중에서 가장 뛰어난 두 법구가 검선 스승님의 천둔과 영보필법이라 하는데, 위력만 치면 천둔을 최고로 여긴다고 하였다.

"안 된다 싶으면 포기하거라."

"알겠습니다."

그 말과 함께 나는 남천철검을 뽑고서 위로 들어 올렸다. 그리고 이를 꽉 깨물었다.

그 순간 먹구름에 뿌리 형태의 뇌전과 함께 푸른 빛줄기가 내게 내리쳤다. 파치치치치칙! 남천철검을 타고서 몸으로 파고든 벼락에 절로 비명이 터져 나왔다.

"끄가가가가가가각!"

온몸의 핏줄이 전부 타들어가는 것 같았다. 뇌검천둔을 터득했을 때보다 수백, 아니 수천 배의 고통이었다. 벌써 백여 번 정도 행했는데도 이 고통만큼은 도저히 익숙해지지 않았다. 벼락의 뇌기(雷氣)를 견뎌내야 하는데 죽을 것만 같았다.

"순응하여라. 뇌기를 견뎌내는 것이 아니라 조화로 받아들여야 한다."

검선의 조언이 귓가를 울렸다. 그러나 그것이 쉽지 않았다. 뇌기에 순응하려고 해도 그 전에 모든 신경이 다 타버릴 것 같았다.

"안 되겠다. 멈추도록 하겠다."

검선의 말에 나는 소리쳤다.

"안 됩니다!"

그만큼이나 실패했는데 또 포기할 순 없었다. 기절하면 기절했지 도중에 멈출 수는 없었다. 한데 눈꺼풀이 자꾸만 무거워졌다.

―운휘야!

눈이 점점 감기려고 한다. 또 실패인가. 애초에 뇌벽천둔은 인간이 익힐 수 없는 영역인가. 그때 머릿속에 남천철검이나 소담검이 아닌 다른 목소리가 들렸다.

―그 핏줄이 아니랄까 봐 고집이 센 녀석이로군.

이게 누구의 목소리인지 알 수가 없다. 머릿속을 울리는 걸 보면 분명 검의 소리 같은데….

바로 그때였다. 머릿속으로 무언가가 관통하듯이 알 수 없는 것이 흘러들어왔다. 기억이나 그런 개념과는 차원이 다른 무언가였다. 파치치치칙! 그 순간 온몸에 푸른 빛줄기가 튀며 환한 뇌전으로 가득해졌다.

'…!!'

이를 보는 검선 스승님의 두 눈동자가 떨려왔다. 그 모습에 나는 깨달을 수 있었다. 스승님이 말했던 뇌기의 순응 상태에 이르렀음을 말이다.

추적

전신에 푸른 빛줄기가 튀어 오르는 환한 뇌전의 상태. 이것이 뇌기의 순응이었다. 뇌검천둔의 경우 검과 뇌기의 합일이라고 할 수 있는데, 뇌벽천둔은 내 자신이 뇌기를 받아들이는 것을 기본으로 하기에 육신이 버티지 못하면 익히는 것 자체가 불가능하다. 하나 머릿속으로 들어온 무언가로 인해 그것이 가능해졌다. 나의 시선이 절로 검선이 들고 있는 천둔에게로 향했다. 머릿속에 울렸던 그 목소리. 아무리 생각해도 천둔 이외에는 없었다. 그런데 검선 스승님의 시선 역시도 내가 아닌 천둔에게로 향해 있었다. 그를 부르려고 했는데….

"역시 아직도 과거에 머물러 있었나."

"무슨 말씀을 하시는 건지?"

그런 나의 물음에 검선 스승님이 고개를 저었다.

"아무것도 아니다."

무슨 말을 한 건지 의아했지만 더 이상 묻지 않았다. 확실한 것은 그 목소리의 주인은 분명 천둔이 틀림없다는 것이다. 법구라 불리는 존재라 그런지 평범한 검들과는 확연히 달랐다.

—무시하냐? 섭섭해지려 하네.

그런 의미로 한 말이 아닌 거 알잖아.

요검들과 마찬가지로 검 자체가 가진 힘을 가늠할 수 없다는 뜻이다. 직접 검병을 쥐고서 접촉한 것이 아니었는데, 그 목소리를 들은 후부터 뇌기를 다룰 수 있게 되었다. 마치 힘을 허락하기라도 한 것처럼 말이다. 기회가 된다면 천둔이 어째서 지금까지 침묵을 지키다가 이제야 말을 한 건지 알고 싶다. 그러나 지금은 아닌 듯했다. 검선 스승님이 내게 다가오며 담담한 목소리로 말했다.

"이제 드디어 뇌벽천둔을 배울 준비가 되었구나."

스승님이 법구 천둔의 검병을 거꾸로 잡고서 이내 바닥을 향해 검을 꽂았다. 그 순간 바닥을 타고서 사방으로 뇌기가 푸른 불꽃을 튀며 퍼져 나갔다. 파치치치치칙! 그와 동시에 바닥이 타들어가며 거꾸로 벼락이 솟구쳤다. 마치 벼락을 다루는 용이 하늘로 승천하는 듯했다.

"아아!"

그 광경은 그야말로 장관이었다.

"이게 뇌벽천둔의 일식이다. 그럼 시작해볼까."

나도 모르게 침을 꿀꺽 삼켰다. 앞으로 남은 기간은 사흘. 과연 그 안에 이것을 익힐 수 있을까?

* * *

벌써 사흘이 지났다. 뇌벽천둔을 익히기 위해 거의 이틀 동안 자지도 못했다. 이제 겨우 한 시진 하고도 반 정도 숙면을 취했다. 그리 긴 시간은 아니었지만 운기를 하고 체력을 보충할 수는 있었다.

이곳은 정양전의 꼭대기 층이었다. 일곱 좌석은 비어 있었고 오직 석좌 한 곳에 정양 진인만이 앉아 있었다. 정양 진인이 커다란 부채를 선선히 부치며 입을 열었다.

"참으로 시간이 빠르구나. 엊그제 이곳으로 온 것 같은데 말이다."

그 말에 공감이 갔다. 처음에는 시간이 정말 가지 않을 것만 같았다. 하나 막상 여러 스승님께 가르침을 받으면서 삼 년 하고도 여덟 달이라는 시간이 훌쩍 지나갔다. 벽을 넘어서도 뭔가를 배운다는 건 정말 즐거운 일이다. 그래서인지 은근히 아쉬울 지경이었다. 여유만 있다면 더 많은 것을 공부하고 싶다는 생각마저 들었다.

─너도 도인이 천성인가 보다. 이참에 출가하지 그래.

그 정도까진 아니고. 나같이 물욕에 명예욕까지 강하고 속세에 대한 집착도 심하면 그건 힘들지. 적어도 도화선의 도인들은 속세의 모든 것을 내려놓은 자들이잖아. 나는 그렇게는 못 한다. 어찌 되었든 돌아가야 하니까.

"짧으면서도 길게 느껴지는 것도 있었습니다. 무엇보다 여러 스승님들도 그렇고 정양 진인께도 진심으로 감사드립니다."

내게 새로운 세상을 개안하게 해주었으니 말이다. 도화선에서 수련하는 동안 배운 것 이상으로 부족한 점을 많이 깨달았다. 그동안 수많은 일들을 겪으며 바쁘게 지내오느라 그것을 간과하고 있었는데, 이번이 좋은 기회가 되었다.

"정신적으로도 많은 수양을 하였구나. 허허허."

"…그리 말씀하시니 부끄럽습니다."

사람 좋은 소리를 하면서도 가끔씩 무서울 만큼 속을 훤히 들여다보는 것 같다. 정양 진인은 이곳 여덟 도인의 수장이자 일곱 도인의 스승이라 하였다. 그래서인지 다른 도인들보다 무서울 때가 있었다.

"하면 도화선을 떠나기 전에 마지막으로 확인해야겠구나."

"알겠습니다."

정양 진인의 말에 나는 기운을 가다듬었다. 그리고 천천히 중단전을 개방하여 선천진기를 전신으로 운기하였다. 서서히 공력을 끌어올리자 정양 진인이 내 얼굴에 집중했다. 정확히는 내 눈을 보고 있었다.

─아직까지는 변화가 없어.

소담검이 내게 말했다. 녀석의 말이 맞다면 중단전을 개방했는데 아직까지 왼쪽 눈에 아무런 변화가 없다는 것이다. 원래대로라면 개방하는 순간 왼쪽 눈이 금안으로 빛나게 된다. 한데 이제는 그렇지 않았다. 삼여 년 동안 정양 진인이 체내에 복잡하게 꼬여 있던 내기를 바로잡고, 신비로운 약재로 몸을 다스렸기 때문이었다. 도화선에서 가장 연단법에 능한 그였기에 가능한 일이었다.

정양 진인이 내게 말했다.

"더 기운을 끌어올려보거라."

육성까지는 아직 안정적이다. 칠성까지 공력을 증강해도 될 것 같다. 공력을 조금 더 끌어올리자 정양 진인이 유심히 지켜보았다. 아직 괜찮은 것 같았다. 나는 곧바로 팔성 공력으로 이어갔다. 그러자….

─변했어. 그래도 뭐….

"좀 더 시간이 있다면 좋았겠지만 이 정도로 만족해야겠구나."

정양 진인이 내게 웃으며 말했다. 사실 이것만으로도 감사할 일이었다. 중단전을 개방만 해도 한쪽 눈을 감고 싸워야 했는데, 이제는 칠성 공력까지도 변화가 없기에 안심하고 선천진기를 활용할 수 있게 되었다. 나는 정양 진인에게 포권을 취하며 감사를 표했다.

"그래도 이 모든 것이 진인 덕분입니다."

"불안정한 것을 완전히 잡으면 좋겠지만 어쩔 수 없지. 지금이라도 마음을 바꾼다면 용호금단을 줄 수도 있느니라."

그 말에 나는 손사래를 치며 말했다.

"아닙니다. 제가 어찌 그것을 받을 수 있겠습니까?"

정양 진인이 준다는 용호금단(龍虎金丹). 그것은 온갖 영험한 재료들로 만들어져서, 인간의 수명을 한없이 늘려준다고 한다. 다른 말로는 장생의 묘약이라고 불린다. 그런 것을 받는다는 건 도를 수양해야 하는 도인의 길을 가겠다는 말과도 같았다.

"허허허."

역시 내가 거절할 걸 알기에 농담으로 던진 말이었다. 그도 그렇고 다른 도인들도 한 번씩 내게 속세를 등지고 제자가 되라는 둥의 말을 해댔는데 그때마다 난감하기 그지없었다.

"제 길이 아님을 양해 부탁드립니다."

"알고 있느니라. 하나 언제든 생각이 바뀌면 이야기하거라."

"알겠습니다."

"그렇다면 이제 슬슬 가도록 하자꾸나. 이리 오너라."

"네?"

정양 진인이 내게 가까이 오라고 손짓했다. 마지막으로 뭔가 할 말이 있나 싶어서 일단 그에게 다가갔다. 그러자 정양 진인이 내 어깨에 살포시 손을 얹었다. 그 순간 주변이 흐릿해졌다가 어느 순간 여러 도인들이 자리하고 있었다. 그들이 나타난 것이 아니라 장소가 바뀌어 있었다.

'아!'

축지였다. 도인들을 통틀어 가장 도가 깊다고 하더니, 혼자서만 이동할 수 있는 다른 도인들과 달리 정양 진인은 손을 얹는 것만으로 나를 이곳으로 옮겼다.

이곳은 도화선의 남쪽 입구였다. 정양 진인이 도인들을 바라보며 말했다.

"과로가 오지 않았구나."

그 말에 음양판을 들고 있는 조 스승님이 답했다.

"원래 제가 마지막 경문을 붙인다고 하였는데, 장 사형께서 하신다고 하였습니다."

"마지막까지 가르침에 열중하기에 정을 붙였다 싶었는데, 의외로구나."

"대신 운휘에게 이 말을 전해달라고 하시더군요."

"제게 말입니까?"

의아해하는 내게 조 스승님이 웃으며 말했다.

"돌아오거든 창술 수련을 게을리하지 않았는지 확인해볼 거라고 하더구나. 참 솔직하지 못한 사람이지 않느냐."

그 말에 피식 웃음이 나왔다. 퉁명스럽게 굴면서 은근히 챙겨주는 유형의 사람이었다. 이곳 여덟 스승님은 속세에 있는 사람들과 달리 대부분이 순수했다. 그래서 감정 표현에 솔직한 이들이 많았다. 저렇게 나와 눈을 마주치지 않으려고 하는 연꽃을 들고 있는 하스승님만 봐도 알 수 있다.

—저 여자 도인은 진짜 네가 그냥 싫은 것 같은데.

싫으면 애초에 가르쳐주질 않지. 그냥 자존심이 센 거다. 곁눈질로 쳐다보는 것만 봐도 알 수 있지 않나. 자신이 던진 말이 있어서 그냥 정을 주지 않는 척하는 것뿐이다.

검선 스승님이 내게 다가오며 말했다.

"이제 시간이 되었구나."

"뭔가 아쉽습니다."

"노부도 그렇구나. 하나 네가 그 아이를 도화선으로 데려온다면 다시 보게 될 터이니, 영원한 이별은 아니지 않느냐."

"그건 그렇군요."

"속세로 가게 된다면 노부가 한 당부를 잊지 말거라."

"명심하고 있습니다."

수련을 마치면서 검선 스승님이 내게 한 당부는 바로 대도천둔검법이었다. 생명의 위협을 받는 피치 못할 경우가 아니라면 대도천둔검법을 사용하는 것은 자제하라고 당부했다. 특히 평범한 사람들에게는 검법을 절대로 사용하지 말라고 하였다. 나 역시 그 말에 동의한다. 내가 이곳 도화선에서 배운 것들 대다수가 그랬지만 대도천둔검법은 그 궤를 달리했다. 함부로 사용할 수 없는 힘임은 확실했다.

"그거면 됐다."

"그럼 당장 스승님의 뜻을 저버린 자경정을 잡아오겠습니다."

"잠깐 기다리거라."

모두에게 포권을 취하며 인사하고 출발하려는데, 퉁소를 가지고 있는 한 스승님이 나를 불렀다.

"어찌?"

"가기 전에 운휘 네게 줄 게 있구나."

"네?"

한 스승님이 품속에서 푸른색 복주머니 같은 것을 꺼냈다. 뭔가 싶어 의아해하는데 그것을 내게 넘겼다. 복주머니를 받아 들자 살짝 찌릿했다.

"술법으로 너를 주인으로 각인시킨 거란다. 귀한 물건이라 네가 잃어버리면 안 되기에 조치를 취해놓았지."

'주인으로 각인시켜?'

"이게 무엇입니까?"

"무엇이든 보관할 수 있는 주머니란다."

나는 한쪽 눈썹을 치켜올리며 반문했다.

"…이게 말입니까?"

고작 손바닥만 한 크기의 복주머니에 뭘 넣을 수 있다고 그런 말을 할까?

그때 한 스승님이 복주머니에 손을 집어넣었다. 그러자 그의 손이 팔꿈치까지 안으로 들어갔다. 나는 눈이 휘둥그레졌다.

"하하하하하핫. 말하지 않았느냐. 무엇이든 보관할 수 있는 주머니라고."

쑤욱! 한 스승님이 복주머니에서 손을 빼자 허리춤에 차고 있는 것과 똑 닮은 통소가 모습을 드러냈다.

"선물이란다. 법구는 아니지만 선옥으로 만들어서 웬만한 보검으로도 자를 수 없을 만큼 단단하단다."

"아!"

"안에 이것 외에도 여기 있는 스승님들이 하나씩 선물을 넣어뒀으니 유용하게 쓰길 바란다."

"어찌 이런 걸…."

"우리들의 대리인이 되어 고생하게 되었는데, 이런 것밖에 해주지 못하는 게 더 미안하구나."

그 말에 나는 감격스러운 마음으로 스승님들을 쳐다보았다. 일곱 도인들이 나를 바라보며 빙그레 웃어주었다.

―정확히는 여섯이지.

소담검의 말대로 연꽃을 들고 있는 하 스승님은 눈이 마주치자, 콧방귀를 뀌며 새침하게 고개를 돌렸다. 괜히 저러니까 안에 뭘 넣었는지 궁금해지는데.

"안에 손을 집어넣으면 어찌 물건을 빼는지는 자연스럽게 알게 될 거다. 아! 그리고 네가 등에 지고 있는 목갑도 이 안에 집어넣어도 된단다."

"크기가 맞지 않아서…."

"한번 해보렴."

이게 되려나. 나는 목갑을 벗어 복주머니를 활짝 열어서 갖다 댔다. 그 순간 놀랍게도 복주머니를 갖다 댄 부위부터 목갑이 휘어지더니, 이내 안으로 빨려들다시피 사라졌다.

―히야. 완전 신기한데?

놀라운 것은 그것뿐만이 아니었다. 목갑이 들어갔는데 복주머니의 무게가 여전히 가벼웠다.

―진짜?

참 신기했다. 도인들에게 재주를 전수받았지만 이런 신비한 술법은 배우지 못했다. 도를 수양하지 않으면 배울 수 없다고 하여서였다. 이런 것을 보면 참 대단한 이들이다.

'쓸 만한데.'

이게 있으면 굳이 검을 목갑에 넣어서 누군가에게 맡길 필요도 없겠다. 필요할 때마다 여기에다 숨기면 될 테니 말이다.

"저기 보이는 작은 창고 정도의 크기는 되니 적절히 활용하면 될 게다."

"감사합니다. 소중히 쓰겠습니다."

주머니에 이런저런 옷 같은 것도 넣어두면 체화만변술을 써먹기도 좋을 것 같다. 이거 정말 쓸 만한 선물을 받은 것 같다.

—어째 사기 칠 궁리만 하는 것 같냐?

사기라니. 적을 속이기 위한 전략이지. 아무튼 간에 유용한 선물을 받으니 기분이 좋아졌다.

"이제 가거라. 우리 도화선의 대리인이 되어 여 사형의 불민한 제자를 잡아서 법구를 가지고 돌아오너라."

"알겠습니다. 그럼 다녀오겠습니다."

슥! 나는 다시 한 번 스승님들께 포권을 취하고서 옥형으로 남천철검을 띄운 후에 검신 위로 올라탔다. 정양 진인이 어딘가를 쳐다보며 고개를 끄덕이자, 이윽고 땅이 흔들거리더니 이내 도화선 남쪽 입구 숲에 안개가 일렁였다. 스멀스멀! 안개는 빠르게 남쪽 숲 전체를 뒤덮었다. 장 스승님이 도화선의 중심부 공동에 마지막 경문 종이를 붙여서 생긴 현상일 것이다. 다시 도화선이 흐름에 올라선 것이다. 서둘러 나가야겠다. 자경정이 막 도화선을 나갔을 때에서 머지않은 시간대라고 했다. 많이 차이가 없어야 할 텐데.

숙! 나는 허공으로 날아올라 안개 숲을 곧바로 빠져나갔다. 숲을 지나는 순간 뒤에 보이던 도화선의 모습이 곧바로 사라졌다.

'아!'

한데 도화선을 벗어난 나는 주위에 펼쳐지는 풍경에 입술을 깨물었다. 온통 설원에 가까울 만큼 눈으로 뒤덮여 있던 곳이 어느새 눈이 녹아 따뜻한 바람이 불고 있었다. 앙상했던 가지에도 새싹들이 돋아나고 있었다. 한겨울에서 봄이 되려 한다는 것은 적어도 한두 달의 오차가 있다는 의미였다.

—…이 정도면 제대로 숨었겠는걸.

그러면 곤란해지는데. 웬만하면 빨리 잡아서 돌아가고 싶었다. 나는 품속에서 작은 원판 같은 것을 꺼내 들었다. 침이 돌아가도록 해놓은 이것은 법구를 추적하는 추침판이다. 무작정 자경정을 추적할 수는 없기에 법구의 기운을 찾아낼 수 있는 이것을 받았다.

—이거 법구를 써야만 추적할 수 있다고 하지 않았어?

그래. 문제는 법구를 써야 이 추침판이 반응한다. 고로 이게 움직일 때까지 계속 지켜보는 수밖에 없….

—운휘야!

드르르르! 그때 추침판의 바늘이 빠르게 움직였다. 법구를 사용하고 있는 게 틀림없었다. 게다가 이렇게 격렬하게 움직이는 것으로 봐서는 그리 멀지 않은 곳이었다.

'남천! 북동쪽으로 가자!'

—알겠다!

남천철검이 빠르게 북동쪽을 향해 날아갔다. 그리 오래 걸리지 않아 자경정 놈을 잡을 수 있을지도 모른다. 긴장되었다. 도화선에서 죽을 등 살 등 수련했지만 상대는 법구를 네 개나 가지고 있다. 이를 제압하려면 각오를 단단히 다져야 한다.

파르르르! 추침판의 바늘이 굉장히 빠르게 떨리고 있었다. 머지않아 도착할 것 같았다. 나는 고개를 들어 올려 정면을 쳐다보았다. 그 순간 눈앞으로 펼쳐진 광경에 입을 다물 수밖에 없었다.

―뭐야? 저거 혹시 군대 아냐?

약 이 리 정도 떨어진 곳에 얼핏 보아도 수만 명은 되어 보이는 군대가 천천히 행렬하듯이 이곳으로 진군해오고 있었다. 그저 우연이라고 하기에는, 추침판의 바늘이 정확히 군대를 향하고 있었다. 파르르르르!

'이게 대체?'

문제는 그냥 군대가 아니었다. 선두에서 높이 들어 올린 장대의 황금빛 깃발에 적혀 있는 글자는 다름 아닌 '황(皇)' 자였다.

'…황제의 군대야.'

도화선의 남쪽 입구.

진운휘가 밖으로 나간 지 얼마 되지 않았을 때였다. 정양 진인이 너털웃음을 터뜨리더니 진운휘가 사라진 곳을 바라보며 말했다.

"허허허. 모든 것이 순리대로 풀렸으면 좋겠구먼."

그런 그의 말에 음양판을 들고 있는 도인이 빙그레 웃음 짓고는 답했다.

"그리될 것입니다. 적은 재주라고 하나, 저희 모두가 처음으로 한 사람에게 전수를 했습니다. 대리인이기 이전에 공동 제자나 다름없습니다."

"공동 제자라."

그의 말에 도인들이 하나같이 옅은 미소를 지었다. 도를 수양하고 있으나 언젠가부터 문하의 도인들을 두고 경쟁했던 그들이었다. 한데 처음으로 공동의 목표를 위하여 뜻을 모은 것이었다. 짧지만 그 기간이 의미 있게 느껴졌다. 추억에 젖어드는 듯이 서로를 쳐다보던 차에 정양 진인이 말했다.

"이제 돌아가서 각자 제자들을 가르치도록 하여라."

"알겠습니다."

도인들이 두 손을 가지런히 모아 고개를 숙였다. 그러자 정양 진인의 신형이 흐릿해지며 사라졌다. 이를 따라 다른 도인들도 하나둘씩 축지의 수법으로 떠나갔다. 검선도 순양전으로 돌아가려 할 때였다.

"한데 사형, 밖으로 내보낼 지보를 만드신다고 하더니, 그것은 완성하신 겁니까?"

퉁소를 허리춤에 차고 있는 도인이 그에게 물었다. 이에 검선이 웃으며 답했다.

"순리대로라면 남겨둬야 하지 않겠나."

그것을 남겨둬야만 지금의 인연이 닿을 수 있으니 말이다.

"그렇지 않아도 저 역시 속세에 아무것도 남기지 않은 것이 마음에 걸려, 미련을 두지 않기 위해 음곡에 대한 작은 깨달음을 적어서 보내려 하는데, 제 제자들이 순례 길을 돌 때 같이 맡기시죠."

"허허. 그리하면 되겠군."

"알겠습니다. 때가 되면 말씀해주시…."

그의 말이 미처 끝나기도 전이었다. 도화선 남쪽 입구의 안개가 일렁이며 누군가 모습을 드러냈다. 이를 본 검선과 통소의 도인이 놀라움을 금치 못했다.

"양선아!"

안개를 뚫고 나타난 이는 다름 아닌 검선의 둘째 제자인 여양선 이었다. 비틀거리며 걸어오는 그녀의 상태는 그리 좋지 않았다. 온몸에 검상으로 보이는 상처들과 초췌해 보이는 얼굴만 보더라도 얼마나 고생을 했는지 알 수 있었다. 통소의 도인이 넘어지려 하는 그녀를 붙들었다.

"괜찮느냐?"

"하아… 스… 스승님은….'

힘겹게 내뱉는 그녀의 말에 통소의 도인이 검선에게 시선을 돌렸다. 검선이 가까이 다가와 그녀에게 말했다.

"이게 어찌 된 일이냐?"

"스승님! 아아아아."

검선의 얼굴을 본 그녀가 뜨거운 눈물을 흘렸다. 자신을 배신한 제자 자경정에게 납치당했던 그녀가 이런 모습으로 돌아오자 검선은 마음이 찢어지는 듯했다. 검선이 그 감정을 겨우 억누르고서 그녀에게 말했다.

"녀석에게서 어찌 벗어난 게냐?"

"하아… 하아….'

그의 물음에 호흡조차 가다듬지 못하던 여양선이 힘겹게 말했다.

"스승님… 사형을… 사형을 막아주세요."

"녀석을 막으라니? 그게 무슨 소리인 게야?"

"사형이… 황제를….”

"황제?"

그녀의 입에서 나온 뜻밖의 말에 검선과 통소의 도인이 심각해진
얼굴로 서로를 마주 보았다.

* * *

군대의 가장 선두 열에 곳곳이 보이는 장대 깃발. 그것에 적혀 있
는 '황(皇)'이라는 커다란 글씨는 오직 황제의 군대만이 쓸 수 있다.
기이한 일이었다. 황제가 군을 이끈다는 것은 친정이나 다름없다.
설사 황제가 직접적으로 군을 이끌지 않는다고 해도 저렇게 대놓고
깃발을 올리지 않는다. 오히려 황제를 보호하기 위해 군을 실질적으
로 이끄는 장군의 깃발을 올린다. 한데 이 군대는 보란 듯이 황제의
깃발을 올렸다. 그 뒤에 나란히 있는 깃발에는 나라의 명이 적혀 있
었다.

─연(沇)이라 적힌 거 맞지?

연? 그럼 이게 연나라 군대라고? 연나라가 세워진 것을 감안한다
면 적어도 내가 있던 시기와 비교해 그리 멀지 않다. 적어도 수백 년
이내임을 알 수 있다. 그럼 지금이 어느 황조인지만 알아도 저 군대
를 직접 이끄는 자가 누구인지 알 수 있다.

'저기인가.'

확실히 군에 황제가 있는 게 틀림없는 것 같았다. 보통 장수나 장
군 들은 선두에서 진군하는데, 한가운데에 집채를 통째로 옮겨놓
은 듯한 마차가 석 대 정도 있고 그 주변으로 경비가 삼엄했다. 선천

진기를 안력에 집중해서 군을 전체적으로 살피니 얼핏 아는 얼굴은 없는 것 같았다.

'흠.'

저리 커다란 마차들을 끌고 다니다니. 황제의 군대답게 뭔가 상상 이상이었다.

'남천, 더 위로 올라가.'

─알겠다.

남천철검이 고도를 높였다.

우두둑! 우두둑! 나는 서둘러 체화만변술로 얼굴 형태를 바꾸었다. 고도도 훨씬 높였고 거리가 있어서 군에서 나를 발견할 확률은 없을 테지만 만약의 상황에 대비할 필요는 있었다.

─일단 수가 많으니 가까이 다가가진 않을 테지?

'그래.'

남천철검의 말대로 섣불리 접근하긴 어려웠다. 약 이 리 정도 떨어져 있다고 해도 여기서 고도를 낮추면 눈치챌 확률이 높았다.

─어떻게 할까, 운휘?

잠깐만, 생각을 좀 하자.

파르르르! 격렬하게 흔들리는 추침판의 바늘을 보면 분명 법구가 저 황군 안에 있다. 게다가 지금 대놓고 법구를 사용하고 있는 듯하다. 그 말인즉, 황제의 군대 안에 검선을 배신한 제자인 자경정이 있다는 의미였다.

─대체 저기에 왜 있는 거야?

나라고 그걸 알 도리가 있나. 다만 자경정을 잡아오기 위해 검선이 알고 있는 그에 관한 모든 정보를 숙지하긴 했다.

―뭐? 민생을 생각하고 성품이 나쁘지 않다는 그거?

그래. 문제는 거의 칭찬에 가까운 정보들이었다. 검선에게 자경정에 대해 들으면 들을수록 오히려 명문 정파인들보다도 훌륭했다. 백성의 안위를 걱정하고 도인들이 이렇게 도화선에 갇혀서 살게 된 현실을 안타까워하는 인물이었다.

―그런 놈이 왜 그렇게 삐뚤어졌대?

인간의 심성을 나라고 어찌 다 알겠는가.

―그럼 황제의 밑으로 들어갔을까?

황제의 밑으로? 그러기에는 뭔가 이상하다. 왜냐하면 검선과 자주 부딪쳤던 것은, 자경정이 황실에서 도인들과 무림인들을 탄압하는 것을 도화선에서 적극적으로 나서 도와야 한다고 주장했기 때문이다. 그런데 대뜸 황제의 산하에서 벼슬자리를 차지한다고? 완전히 어불성설이었다.

―…그럼 혹시 황제를 죽이려고 저기 잠입한 거 아냐?

'황제를 죽여?'

나는 눈을 가늘게 뜨고 황군의 진군을 바라보았다. 확실히 황실에 붙어서 벼슬을 하는 것보다는 좀 더 아귀가 들어맞았다. 그 정도 무위에 법구라면 황제를 죽이는 것도 고려했을 수 있다. 다만 황실이 그리 만만하지 않다. 황실이 아무런 힘도 없었다면 무림인들이 절대로 눈치를 보는 일도 없었을 것이다.

―그냥 수로 밀어붙이는 거 아냐?

황실의 백만 대군도 무섭지만 그 안에 숨겨진 힘이 있다고 들었다. 무림인들의 무위를 상대할 수 있는 무언가가 있으니 시도 때도 없이 관에서 무림을 복속시키려고 하지 않았겠나.

─그럼 그것 때문에 잠입해서 기회를 엿보고 있다는 거야?

아무래도 그럴 확률이 높아 보인다. 이제 어느 정도 윤곽이 잡혀 간다. 내 짐작이 맞다면 자경정 역시도 법구만으로 무작정 황실을 상대할 수 없다는 것을 알기에 어떤 식으로든 황실에 잠입한 것 같다. 그래서 황제의 신임을 얻어 뭔가를 도모하려는 것일지도 모른다.

─그럴 수도 있겠네? 그럼 너도 저기 잠입할 거야?

그게 문제다. 황군 안에 잠입을 해야 놈을 잡든지 할 수 있는데, 그냥 무작정 끼어들 수가 없었다. 차라리 저 군대가 차출되는 과정이었다면 모를까, 한참 진군하는 도중에 무슨 수로 들어가나.

─야, 너한텐 체화만변술이 있잖아.

지금 당장에는 무리야. 저들 중 한 사람으로 변장하려고 해도 밤이 돼서 주둔이라도 해야 몰래 들어가 한 사람을 흉내라도 내겠지만 지금은 진군 중이었다.

─그럼 어쩌려고?

하늘의 태양을 보니 적어도 한 시진가량 지나면 해가 질 것 같았다. 차라리 밑으로 내려가서 거리를 두고 주변을 맴돌면서 저들이 주둔하길 기다려야겠다. 그때를 노려도 늦지 않을 테니까. 밤이 되면 아무리 군율이 삼엄해도 어느 정도 빈틈이 생길 것이다.

─그럼 일단 이곳을 벗어나겠다.

당장에 고도를 낮추면 저들에게 보일 테니 그래야지.

그나저나 참 공교롭다. 이대로 계속 진군한다면 도화선이 있는 안개 숲에 도달하게 된다. 물론 도화선이야 얼마 있지 않으면 사라질 터이니 저들이 접촉할 일은 없겠지만 우연치고는 뭔가 시점이 교묘했다. 뭐 우연일 수도 있겠지. 도화선이 저 자리에 머무는 것과 군대의 진군 속도를 감안하면 절대로 안개 숲과 마주칠 수가 없을 것이다. 어찌 되었든 저 안에 잠입하는 것만 우선적으로….

슉! 그 순간 나는 빠르게 날아오는 무언가를 낚아챘다. 그것은 다름 아닌 장대처럼 긴 화살이었다.

'화살?'

이 정도로 대의 두께가 두껍고 길이가 긴 것을 쏘려면 평범한 궁사들로서는 불가능하다. 게다가 이것이 날아온 방향은 다름 아닌 황군이 진군해오는 쪽이었다.

'설마….'

이 리나 떨어진 곳에서 화살을 날렸다고? 게다가 고도까지 계산하면 거리가 훨씬 늘어나게 된다. 타고난 신력을 가졌다고 해도 이건 너무 멀었다. 이 정도 되는 거리에 이 정도 고도에 있는 자를 정확하게 겨냥하는 것은 설령 벽을 넘은 고수라고 해도 쉽지 않았다. 흐릿한 점처럼 보이는 것을 보고서 쏠 수 있는 자라면 궁술 솜씨가 가히 궁신이라고 불려도 과언이 아니었다.

'정말 저기서 날아온 게 맞는 건가?'

좀 더 가까이서 날아온 것일 수도 있지만 바로 근방에는 아무도 없었다. 의아해하고 있던 찰나였다.

슈슈슈슉!! 정확하게 황군이 있는 방향에서 화살이 연달아 날아오는 것이 보였다. 군대의 중심부 쪽에서 날아오고 있었다. 파퐉! 나는 가볍게 손을 휘저어 날아오는 화살들을 전부 잡아냈다.

'설마 자경정이 쏜 건가?'

놈의 무위나 수양이라면 나를 발견했을 수도 있다. 한데 분명 놈의 모습은 보이지 않았다. 나는 안력을 집중하여 화살이 날아온 방향을 정확하게 뚫어져라 쳐다보았다. 집채만 한 마차 앞쪽에서 점처럼 희미하게 보이는 누군가가 내게 시위를 겨냥하고 있는 것이 보였다. 워낙 작게 보여서 흐릿했지만 절대로 자경정은 아니었다.

'저자가 날 보았다고?'

하면 절대로 평범한 자가 아니었다. 거리가 너무 떨어져서 무위를 판별할 수 없지만 적어도 안력이나 공력만큼은 벽을 넘어선 고수에 버금가는 궁사임이 틀림없었다.

'남천, 빨리 벗어나자.'

궁사의 주변 사람들이 뭔가 싶어 다들 이곳을 쳐다봤다. 저들에게 눈에 띌 리야 없겠지만 소란이 커지면 자경정에게 들킬 수도 있다. 어검비행으로 나는 서둘러 군대에서 멀어졌다. 거리가 멀어지자 나조차도 진군하는 황군이 보이지 않게 되었다.

'젠장.'

―어떡하냐?

이래서야 저들이 과연 주둔해서 편히 쉴지 의문이었다. 저런 말도 안 되는 안력을 가진 자가 있을 거라고는 예상하지 못했다. 어느 정도 눈에 띄는 각도였다면 모를까, 그리 높은 고도에 있는 것을 우연이라고 해도 발견했다는 게 놀라울 지경이다.

―네가 검을 타고 나는 것도 본 거 아냐?

그건 불가능하다. 도화선에서 수련을 쌓고 더욱 강해진 나조차고도를 높인 그곳에선 선천진기로 안력을 드높여도 그 궁사가 점처럼 흐릿하게 보였다. 아무리 안력이 좋다고 해도 검처럼 얇은 것이 보일 수가 없었다. 봐도 하늘을 날고 있는 것으로 보였을 것이다.

―그렇다 해도 이걸 계기로 경계심이 엄청 높아졌겠는데.

난감했다. 이렇게 되면 주둔하길 기다리는 것은 무리였다. 다른 방법을 찾아야 하는데 어쩌지?

—운휘야, 저길 봐.

'어디?'

—남동쪽!

소담검의 말에 그곳을 내려다보았다.

서른여 명 정도 되는 무리의 사람들이 보였다. 스무 명 정도가 말을 타고 있었는데, 앞서 발견했던 황군들과 비슷한 갑주를 입고 있었다.

'군복?'

보아하니 아무래도 정찰병들인 것 같았다. 그러지 않고서야 정확하게 황군들이 있는 방향으로 돌아갈 리가 없었다.

'아!'

잘됐다. 저들을 이용하면 황군에 잠입할 수 있을 것 같다.

—어쩌려고?

'남천, 저들 가까이로 가줘.'

—알겠다.

남천철검이 고도를 낮춰서 그들이 있는 방향으로 다가갔다. 멀리서 볼 때는 희미해서 몰랐는데, 가까이 가니 말을 탄 정찰병으로 보이는 자들이 밧줄로 열 명 정도 되는 이들을 끌고 가고 있었다. 아무리 봐도 포로처럼 보였다. 더 흥미로운 것은 평범한 정찰병인 줄 알았는데, 저들 중 한 사람은 절정의 고수였고 나머지는 일류 고수들이었다.

—저놈들 완전 잔인한데.

말을 탄 황군들은 포로들이 넘어져서 바닥에 끌려가는 것을 전혀 개의치 않고 나아가고 있었다. 개중에는 십 대 중반 정도로 보이는 소년까지 있었다. 어른들보다 다리도 짧고 느린 소년이 피범벅이 되어 끌려가는데 눈살이 찌푸려질 정도였다.

팟! 나는 망설이지 않고 남천철검에서 뛰어내렸다. 그리고 말을 타고 가는 놈들의 바로 앞에 착지했다. 쿵! 갑자기 하늘에서 떨어진 나를 보고 황군들이 당혹감을 감추지 못했다. 그들이 허리춤에서 병장기를 뽑아 들었다. 챙!

"누구냐!"

우두머리로 보이는 절정의 고수가 내게 소리쳤다. 나는 그들을 향해 씨익 웃으며 말했다.

"그건 알 거 없고, 뒤에 그자들을 풀어줘야겠다."

"뭐얏!"

그런 나의 말에 상체가 밧줄로 포박되어 달리느라 지친 사람들의 얼굴이 환해졌다. 그런데 또 이렇게 내려와서 보니 저들의 복부 쪽이 피로 물들어 있었다. 정확하게는 단전 쪽이었다. 아무래도 무공을 익혔던 자들인 것 같은데, 단전을 파훼한 것으로 보였다.

"이놈들을 구하러 왔구나. 놈을 잡아랏!"

"네, 천인장!"

정찰병은 아니라고 생각했는데, 천인장씩이나 됐어? 천인장이라 하면 휘하 병사들을 천 명이나 다루는 장수를 말한다. 어쩐지 무공이 제법이라고 했다. 천인장의 명에 휘하 일류 고수들로 이루어진 황군이 말을 타고서 내게 돌진해왔다. 이에 나는 슬며시 뒷짐을 지었다. 선두에서 창을 쥐고서 돌진해오는 황군이 어처구니없어했다.

"이놈이 겁을 상실했….”

쾅! 그때 나는 바닥을 향해 진각을 세게 밟았다.

파앙!

"흐흑!”

"억!”

그 순간 강렬한 풍압과 함께 동시에 돌진해오던 앞 열에 있던 열 명가량의 황군이 말 위에서 이내 튕겨 나갔다. 그 광경에 황군을 비롯한 포로들의 눈이 휘둥그레졌다. 설마 이 정도로 엄청난 고수가 나타날 거라고는 상상도 하지 못했다는 표정이었다.

"도, 도망가랏!”

워낙 대단한 신위를 보여줘서일까? 천인장이라 불린 자의 판단력이 매우 빨랐다. 그 외침이 떨어지기가 무섭게 황군들이 포로를 잡고 있는 밧줄을 놓고 도망치려 했는데…. 딱! 손가락을 튕기는 순간 천인장을 비롯한 남은 열 명의 황군들이 그대로 기절해서는 말 아래로 굴러떨어졌다. 몇 명은 운이 없게도 머리부터 떨어져 목이 꺾이고 말았다.

'이크.'

이렇게 죽일 생각은 없었는데 어쩔 수 없지.

고개를 돌리니 밧줄에 묶여 있던 포로들이 어안이 벙벙해져서 나를 쳐다보고 있었다. 어찌나 놀랐는지 말조차 못 하고 있었다. 그들에게 가까이 다가가자 몇몇 사람들이 내게 물었다.

"대체 어떤 고인(高人)이시기에 저희를….”

촥!

"헛?”

나는 이에 답하지 않고 검결지를 쥐고 휘둘러 예기로 그들의 밧줄을 잘랐다. 밧줄에서 풀려난 그들이 의아해하기에 말했다.

"됐고, 지금 이곳으로 수만의 황군이 오고 있으니 서둘러 도망치시오."

"히익!"

수만의 황군이라는 말에 그들이 경기를 일으켰다. 어찌나 당한 게 많으면 이런 반응을 보이는지 절로 혀를 내두르게 했다.

"구해주셔서 감사합니다."

"존성대명이라도 알려주십시오."

남은 밧줄들을 풀며 포로들이 내게 물었다. 하나 나는 고개를 저었다. 어차피 이들과 나는 이것으로 인연이 끝이었고, 이곳에 머물러 있지 않을 것이기에 알려줄 가치를 느끼지 못했다. 몇 차례 묻던 그들은 이내 그것을 포기하고서 감사의 인사와 함께 반대편으로 도망쳤다.

한데 단 한 명이 남아 있었다. 열다섯 살 정도로 보이는 가장 어린 소년이었다. 말에 끌려오느라 상처투성이가 된 소년의 몰골은 참혹하기 그지없었다.

"왜 가지 않고 있느냐?"

그런 나의 물음에 소년이 힘겹게 몸을 일으켰다. 그러고는 내게 갑자기 절을 했다.

"은공의 도움에 감사드립니다. 하나 무가의 자손으로 무공을 익힐 수 없는 몸이 되었으니 어찌 산 것이라 할 수 있겠습니까?"

'흠.'

단전이 파훼된 것 때문에 그런 것 같았다. 이 소년도 다른 포로들과 마찬가지로 복부 단전 쪽이 피로 물들어 있었다. 정말 피도 눈물도 없는 자들이었다. 이래서 자경정이 황군을 증오했는지도 모른다는 생각도 들었다. 나는 소년에게 한숨을 내쉬며 말했다.

"단전이 파훼되었다고 방법이 없는 게 아니다. 목숨을 부지했다면 운명이라 생각하여 어떻게든 살아볼 생각을 해라."

그런 나의 말에 소년이 말없이 자리에서 일어났다. 그러더니 황군이 바닥에 떨어뜨린 검 자루를 대뜸 주워 들었다. 그러고는 검으로 자신의 목을 베려는 것이 아닌가.

"이 녀석!"

나는 신형을 날려 녀석의 검을 잡아내려 했다. 한순간에 거리를 좁히자 놈이 놀랐는지 내게 소리치며 자신도 모르게 검을 휘둘렀다.

"말리지 마십쇼!"

그런데 놈이 발을 움직이며 휘두르는 검에 나는 순간 멈칫할 수밖에 없었다.

'이건?'

나는 베어 들어오는 소년의 검을 두 손가락으로 잡아냈다. 아무리 공력이 없다지만 너무도 쉽게 막힌 검에 소년의 입에서 탄성이 흘러나왔다.

"아아…."

나는 그런 소년에게 물었다.

"지금 이 검 누구에게 배웠느냐?"

그런 나의 물음에 소년이 당황해하며 말을 더듬었다.

"그, 그건 왜 물으시는 겁니까?"

"대답이나 해라."

174

이에 소년이 죽상을 하고서 내게 말했다.

"저희 가문의 검법입니다."

"가문의 검법?"

"그건 대체 왜 물으시는 겁니까?"

"너 어디 출신이지?"

"…운남성입니다."

내가 이것을 묻는 이유는 단 하나였다. 녀석이 무의식적으로 휘두른 이 검식은 투박하다고는 하나 성명검법의 기본 식이었다. 나는 녀석에게 다시 물었다.

"이름이 뭐지?"

"아니, 대체 왜 그러시는 겁니까? 아무리 은공이시지만 제 손으로 제가 죽는 것을 어찌 이리…."

"묻는 말에나 답해라."

위압감을 실은 목소리에 소년이 화들짝 놀랐다. 그러다 눈치를 보면서 기어들어가는 목소리로 입을 열었다.

"호… 호종원입니다."

'…!!'

삼 년 하고도 여덟 달 전. 가장 먼저 내게 가르침을 내렸던 스승님은 다름 아닌 연꽃을 들고 있는 여자 도인이었다. 스승님들 중에서 유독 두 분이 내게 퉁명스러우면서 까다롭게 대했는데, 그중 한 사람이 바로 이 하 스승님이었다. 그런 스승님이었지만 나를 가르치면서 놀라움을 금치 못했다.

"네가 어찌 선원운기법을 알고 있는 거지?"

어떻게 중단전에 선천진기를 쌓았냐는 물음에 나는 남천검객이 남긴 선천심법을 익혔다는 것을 이야기했었다. 한데 선천심법의 운기법을 간략하게 들은 그녀는 그것을 선원운기법이라고 불렀다. 실제로 그녀가 말한 운용 구결을 듣고 나서 나는 깜짝 놀랐다.

"보아하니 네게 구결을 남겼다는 그 남자는 내가 속세에 남긴 정요환의안의 전반부를 발견한 것 같구나."

"전반부?"

그녀의 말에 의하면 정요환의안은 암시의 최고봉이라 한다. 속세에 대한 미련을 털어내기 위해 이것을 남기기는 했지만 이 힘이 워낙 위험하다고 여긴 그녀는 정요환의안의 비급을 전반부와 후반부로 나눴다고 했다.

"흠흠. 나와 연이 없는 것은 아닌가 보구나."

통명스럽게 얘기하면서도 흥미로워하는 눈빛을 보내는 그녀였다. 어쨌거나 선원운기법을 이미 알고 있고 중단전에 선천진기도 충분하다고 하여 그녀는 정요환의안을 본격적으로 가르치려 했다. 그러나 나는 정요환의안의 후반부 구결 또한 알고 있었다. 그것은 혈수마녀 한백하에게 전수받은 환의안과 똑같은 구결이었기 때문이다.

"너… 대체?"

그때 하 스승님이 황당해하며 나를 쳐다보던 기억이 아직도 생생하다.

스쳐 지나가는 짧은 회상과 함께 나는 다시 현실로 돌아왔다.

'호종원?'

어떻게 이런 일이 있을 수 있지. 참으로 공교로웠다. 다듬어지지 않았지만 성명검법의 기본 검식에 운남성 출신이라는 이 소년의 이름은 호종원이었다.

숙! 그때 허공에서 남천철검이 날아와 내 검집으로 돌아왔다. 그 광경에 내게 검날이 잡혀 있는 호종원이라는 소년이 두 눈이 휘둥그레졌다.

"거, 검이 저절로?"

무림인이라고 해도 이기어검을 볼 일은 매우 드물다. 아니, 평생 볼까 말까 한 일이다. 물론 이것은 옥형이라고는 하나 녀석의 눈에는 이기어검으로밖에 보이지 않을 것이다.

—운휘, 이 소년은 누군가?

'…운남성 출신의 호종원이라고 했어.'

—뭣?

그 말에 남천철검이 놀라움을 금치 못했다. 역시 녀석도 알고 있는 이름인 것 같았다.

'어설프긴 해도 성명검법의 기본 검식조차 알고 있는 녀석이야. 너 이 이름 알고 있어?'

—아아아!

그런 나의 물음에 탄성을 흘리던 남천철검이 답했다.

—전 주인의 본가 사당에 있는 위패들 중에 호종원이라는 위패가 있었다. 성명신공의 창시자라 불리는 선조로 알고 있다.

성명신공의 창시자? 호종원이라는 이 소년이 성명신공의 시초란 말인가? 겉으로는 내색하지 않았지만 나는 속으로 놀라워할 수밖에 없었다. 중단전의 선천진기를 운용하는 방법을 창안한 희대의 대종사라 불리는 자를 이리 만나게 될 줄이야 누가 알았겠는가.

—그럼 네게 사조(師祖)나 다름없잖아.

소담검의 말처럼 사조라고 할 수 있었다. 참 인연이라는 것이 무섭다. 이런 식으로 과거와 닿을 줄 누가 알았겠는가.

―아는 척이라도 해봐.

'…그건 무리야.'

직접적으로 인연도 닿고 속세에 초탈한 선인이나 다름없는 검선 스승님과 달리, 옛 사조는 당장에는 평범한 소년에 불과했다. 그런 그에게 어르신 대접을 하면서 먼 훗날에서 온 제자라고 할 수는 없는 노릇이었다.

바로 그때였다. 호종원이 갑자기 검병을 놓고서 번개처럼 넙죽 엎드렸다.

"뭐 하는 거냐?"

"대협! 부디 제게 길을 알려주십쇼!"

"길을 알려달라고?"

"대협께서 말씀하시지 않았습니까? 단전이 없어도 길이 있다고."

'…?!'

나더러 지금 중단전을 쌓을 수 있는 방법을 알려달란 말인가? 순간 나는 멍해졌다. 설마 내가 남천검객의 선조에게 선천심법의 원류라 할 수 있는 선원운기법을 가르친 사람이란 말인가? 하 스승님도 말했었다. 선원운기법은 절대로 속세의 사람이 만들 수 있는 운기법이 아니라고 말이다. 그 당시에는 남천검객의 선대조가 대종사라고만 여겼었다.

'…설마 내가 알려주는 거였어?'

모든 것이 공교롭게도 아귀가 맞아떨어졌다. 포로로 끌려가는 것을 우연히 구한 것부터 시작하여 단전을 잃고 절망하는 그를 만나기까지 마치 이것이 운명인 것처럼 말이다.

"부디 길을 열어주십쇼, 대협!"

쿵! 호종원이 바닥에 이마를 강하게 찧으며 내게 말했다. 그 목소리에서 절실함이 느껴졌다. 나 역시도 단전을 잃고서 무공을 익힐 수 없었던 현실에 얼마나 절망했던가. 그래서인지 호종원의 모습에 마음이 동할 수밖에 없었다.

'…정말 운명인가.'

기분이 묘했다. 훗날 내 무공의 원류라 할 수 있는 남천검객의 선조를 가르친다니. 한데 생각해보면 이게 맞는 걸지도 모른다. 내가 그를 구하지 않았더라면 포로로 끌려가서 목숨을 잃게 될지도 모를 처지였다. 어쩌면 이 또한 순리일지도.

나는 긴 숨을 내쉬며 호종원에게 말했다.

"좋다. 네게 길을 열어주마."

"정말입니까?"

이런 나의 말에 호종원이 밝아진 얼굴로 고개를 들었다. 찢어진 이마에서 피가 흘러내리고 있었다. 얼마나 절실했으면 저랬을까. 나는 북서쪽을 쳐다보며 녀석에게 말했다.

"하나 내게 그리 시간이 많지 않으니 네게 단전을 대신해서 기운을 쌓을 수 있는 방법을 알려주도록 하겠다."

황군이 계속 진군해오고 기절한 놈들을 깨워서 잠입할 방법을 강구해야 했기에 너무 많은 것을 알려줄 수가 없었다. 이 소년이 중단전을 이용하는 성명신공을 창안할 대종사라면 선원운기법의 구결만 알아도 스스로 헤쳐 나갈 수 있으리라 믿었다.

"감사합니다! 대협을 …님으로 모시겠습니다!"

기뻐서 녀석이 하는 말에 나는 인상을 찡그렸다. 이상했다. 방금 전에 녀석이 한 말의 일부가 잘 들리지 않았다. 하나 대충 무슨 말을 하려 했는지는 알 것 같았다.

"구결을 알려줄 터이니, 자리에서 일어나서 숙지하도록 해라."

"알겠습니다, …님."

'…?!'

뭐지? 또 마지막 말이 들리지 않았다. 녀석이 뭐라고 말하는 입술 모양도 이상하게 인식되지 않았다. 눈으로 보고 있는데도 말이다.

—왜 그래?

아니야. 일단 시간이 많지 않으니 구결을 이야기해야겠다.

"세 번 연달아 불러줄 터이니, 잘 숙지하거라. 자폐내공(自斃內攻) 경원맥현…"

선천심법은 스스로 내공을 폐해야만 익힐 수 있다. 애초에 내공이 아닌 원기를 쌓기 위한 것이기 때문이다. 그런데 녀석의 표정이 이상하다.

"왜 그러지?"

"저 …님 송구한데, 무슨 말씀을 하시는지 아예 들리지가 않습니다. 다시 말씀해주실 수 없겠습니까?"

"뭐?"

나는 한쪽 눈썹을 치켜올리며 녀석에게 물었다.

"들리지 않았다고?"

"네, 그렇습니다."

호종원을 빤히 쳐다보다가, 이내 나는 다시 선천심법의 구결을 말했다.

"자폐내공 경원맥현 무중지역…."

한데 호종원이 인상을 찡그리며 이해할 수 없다는 표정으로 나를 바라보았다. 구결을 계속 말하고 있는데 녀석이 못 참겠다는 듯이 끼어들었다.

"…님 계속 입을 벙긋거리시는데 대체 무슨 말씀을 하시는지 알 수가 없습니다."

"입을 벙긋거리기만 한다고?"

순간 나는 녀석의 말에 말문이 막혔다. 나 역시 호종원이 나를 부를 때마다 그 호칭이 들리지 않았다. 그것과 같은 현상인 것 같았다.

'설마….'

나는 혹시나 하는 마음에 바닥에 떨어진 황군의 검을 허공섭물로 빨아들였다. 그리고 검을 들고서 땅바닥에 검 끝으로 글씨를 새겨 넣으려 했다. 목소리가 들리지 않는다면 눈으로 보게 하는 방법을 써야 하지 않겠는가. 슥! 바닥에 '자'를 쓰고 그다음으로 '폐'를 쓰려는 순간이었다.

팡! 그 순간 손이 저절로 위로 팅겨 올라갔다.

'…?!'

이게 어찌 된 영문인지 알 수 없었다. 뭔가 강한 반발력에 의해 손이 위로 올라갔는데 공력이나 그런 힘과는 완전히 다른 느낌이었다.

"…님, 왜 그러시는지?"

"기다려."

나는 다시 한 번 바닥에 '폐' 자를 새겨보려 했다. 그런데 또다시 글을 새기기도 전에 손이 위로 팅겨 나가듯이 올라갔다.

"하!"

순간 어처구니가 없었다. 마치 알 수 없는 무언가가 내가 호종원에게 선천심법의 구결을 알려주는 것 자체를 강제로 막는 것 같았다. 소리가 들리지 않는 것부터 시작해 글을 새길 수조차 없었다. 심지어 십성 공력으로 힘을 주는데, 손이 부들부들 떨리며 바닥에 닿지 못했다.

으득! 이를 악물고 쓰려 하는데 손이 위로 튕겨 올라갔다. 인력과는 완전히 달랐다. 애초에 성립 자체가 안 되는 일인 것처럼 어떠한 방법으로도 알릴 수가 없었다.

'이게 대체⋯.'

왜 그런 것인지 알 수가 없었다. 어째서 뭔가를 전달하려고 할 때마다 그것을 할 수 없는지 말이다. 그때 남천철검의 목소리가 머릿속을 울렸다.

─애초에 말이 안 되는 일이었던 것 같다, 운휘.

그게 무슨 소리야?

─사실 아까도 이야기하려 했지만 전 주인이 남긴 무공을 배웠던 네가 전 주인의 선조에게 무공을 가르친다는 게 이상하지 않나?

그건⋯.

─이건 마치 닭이 먼저인지 알이 먼저인지와 같은 느낌이다. 아니, 그보다 더 이상하다. 그럼 대체 운휘 네가 알려주려 하는 선천심법이나 배운 선천심법은 어디서 생겨났단 말인가?

'아아⋯.'

순간 나는 남천철검의 말을 이해했다. 녀석의 말대로 이것은 애초에 있을 수가 없는 일이었다. 무공의 발원지가 없는데, 그것을 훗날의 사람인 내가 과거의 사람에게 가르친다는 게 말이다. 이것은

182

결국 모순 그 자체…?! 그때 머릿속에 뭔가가 스쳐 지나갔다. 언젠지는 모르겠으나 검선 스승님께 물은 적이 있었다.

"심상 속에서 봤던 스승님의 백에게 어째서 저를 과거의 어릴 적으로 돌려보낸 것인지 여쭤보니 아무런 답을 해주시지 않았습니다. 스승님께선 그 연유를 아십니까?"

"어릴 적으로 돌려보냈다고?"

"네."

그 물음에 스승님이 탄성을 흘리더니 이렇게 말했다.

"허어. 존재의 모순이로다."

"그게 무슨 말씀입니까?"

"도가 높은 정양 진인이라고 해도 누군가를 어릴 적의 시절로 돌려보내는 것은 불가능한 일이니라."

"네? 그럼 어떻게 제가 회귀를…."

"회귀가 아니라 존재의 모순이니라."

그때는 이해하지 못했다. 스승님은 그저 내게 이렇게 말했다.

"너라는 하나의 존재가 어찌 동시에 성립할 수 있겠느냐? 그것은 모순으로 벌어진 부산물이다."

이제야 알 것 같았다. 확신할 수는 없지만 검선 스승님의 지보는 나를 과거로 돌려보냈다.

─그게 무슨 소리야?

어린 시절로 회귀를 시킨 게 아니었다. 애초에 과거의 나와 훗날의 내가 동시에 같은 시점에 존재하는 것 자체가 모순이다. 존재할 수 없는 사실을 성립시키기 위해 나의 정신만이 과거로 오게 된 것이다.

—회귀가 아니라고?

맞아. 시간의 모순을 막기 위해 나의 정신만 과거로 왔다는 게 진실이다. 그 당시에 나의 육신은 어려야 하니까 말이다.

"하…."

알면 알수록 참으로 오묘하다. 모든 것을 거슬러 과거, 지금, 훗날을 오갈 수 있더라도 이 세상은 그것이 어떻게든 성립하고 모순이 벌어지지 않도록 조정을 하는 것이다. 세상에는 인간의 좁은 식견과 지식으로는 알 수 없는 흐름과 진리가 존재하는 것 같다. 알 듯하면서도 잘 모르겠다.

"…님, 왜 그러시는 겁니까?"

나는 호종원을 물끄러미 쳐다보았다. 닭이 먼저인지 알이 먼저인지가 되듯이 애초에 누가 만들었는지 발원지가 없는 선천심법을 나는 그에게 가르칠 수 없다. 성립될 수가 없는 일은 존재할 수 없기에 존재적 모순이 된다.

'존재하는 것에 직접 닿게 해야 하는구나.'

나는 숨을 가다듬고서 호종원에게 말했다.

"나를 그리 부르지 마라."

"네?"

녀석에게 나는 스승이 될 수가 없었다. 그렇기에 녀석이 내게 스승이라고 부르는 것 자체가 들리지 않았던 것이다.

"…하면 저를…."

호종원이 실망하는 기색을 보였다. 내가 가르침을 내리는 것을 포기했다고 생각한 모양이었다. 이에 나는 남서쪽 방향을 쳐다보며 말했다.

"운남성 서남쪽의 어딘가 깊은 산중의 사당에 한 고명한 귀인께서 깨달음을 남기셨다. 그것을 얻게 된다면 무인으로서의 삶을 다시 찾을 수 있을지도 모르겠지."

"아!"

그 말에 어두워졌던 호종원의 얼굴이 다시 밝아졌다.

"그게 정말입니까?"

"그래."

이것이 내가 할 수 있는 최선이었다. 아니, 내게 부여된 정해진 운명일지도 모른다. 애초에 선천심법, 아니 선원운기법을 호종원이 무에서 창조할 수는 없을 터이니 말이다.

"가거라. 네 무인으로서의 길이 끊기지 않았다면 귀인이 남긴 것을 찾을 수 있을 것이다."

"…님."

"그리 부르지 말라 하였다."

"하면 은공이라고 부르겠습니다. 금수가 아닌 이상 은혜를 갚으라 하였습니다."

"됐다."

네가 살아 있는 것만으로도 충분하다. 그래야 훗날 내가 성명신공과 성명검법, 선천심법을 배울 테니 말이다.

"괜찮으니 살고 싶다면 도망치도록 해라. 황군이 머지않아 도착한다."

그런 나의 말에 호종원이 내게 말했다.

"제게 도망치라고 하시고 이곳에 남는 것은 혹시 은공께서 황군과 싸우려고 하시기에 그런 것이 아닙니까?"

"그건 네가 신경 쓸 바가…."

"은공께서 무공이 강하다고 하나 천하십이절의 네 명을 어찌 상대하실 수 있겠습니까?"

"천하십이절?"

뭔가 거창한 칭호다. 혹시 팔대 고수나 오대 악인같이 이 시절에 정점의 고수들을 칭하는 표현인가? 의아해하자 호종원이 분하다는 듯이 말했다.

"소문을 듣지 못하셨나 보군요."

모순이고 자시고 나는 지금 이 시대를 거의 모른다. 굳이 알고 있는 것은 연나라라는 것 정도? 호종원이 말을 이어갔다.

"얼마 전에 파궁귀 초사, 북해빙궁의 설백, 묘월 양명신, 복산서생 뇌장이 궁에 입궐했다는 소문이 파다하게 퍼졌습니다."

별호나 이름만으로는 알 수가 없다. 적어도 내가 있던 곳에서 오십 년 이내의 고수들이라면 모를까. 이렇게 전혀 알 수 없는 걸 보면 확실히 연나라에서도 초기일지도 몰랐다. 그때 호종원이 분통을 터뜨리며 말했다.

"젠장! 그분들이 망할 황제 놈의 밑으로 들어갈 줄 누가 알았겠습니까? 명색이 천하십이절이라 불리는 자들이 무림 박해에 앞장서다니…."

"뭐? 지금 무림 박해라고 했나?"

순간 나는 놀라움을 금치 못했다. 무림과 관은 오랜 세월 동안 늘 부딪치는 관계였다. 그러나 가장 크게 부딪쳤던 시기가 있었다. 무림의 씨를 말리려고 했다던 최악의 시기, 그것이 바로 무림 박해다.

"은공, 왜 놀라시는 건지?"

"…혹시 지금 황제를 뭐라고 부르는지 알 수 있나?"

"그걸 어찌 물으십…."

"그냥 묻는 말에 답해라."

녀석이 의아해하다가 결국 답했다.

"금상제이지 않습니까?"

'금상제!'

87화

잠입

　금상제(金上帝) 주양선. 연나라 육대 황제다. 연나라를 세운 태조 이래로 무림과의 전쟁을 선포한 황제이다. 무림과 관이 최악으로 치달았던 시기라 할 수 있다. 금상제 시절에는 조금이라도 무림과 관련된 단체들은 삼족까지 멸하려던 분위기였는데, 그때 최초로 정사가 손을 잡았었다. 그리고 이 시기에 황실에서 오랫동안 관직을 해오던 비학월가가 쫓겨나 무쌍성으로 들어가 비월영종이 되었다. 어찌 보면 모가(母家) 쪽에 있어 원수나 다름없는 황조였다. 하고많은 시기 중에 이때였다니.

　'…그래서 자경정이 황실을 증오했구나.'

　무림에 있어서 최악이라 일컬어지는 시대였다. 내가 있던 시절의 최악의 전쟁이라 불렸던 정사 대전은 그나마 무림인들끼리의 싸움이었지만 이때는 중원 전체가 전쟁의 소용돌이에 휘말렸었다고 들었다.

　ㅡ그럼 그 자경정이란 녀석이 금상제를 죽이려고 하는 거네.

현재로서는 그렇게밖에 추측되지 않았다. 다만 그게 쉬운 일은 아닌 것 같았다. 호종원에게 듣기로 금상제의 곁을 지키는 친위군만 칠만여 명에 이르고 그중 팔천여 명이 무공을 익힌 자들이라고 한다. 게다가 이 시대의 정점이라 불리는 천하십이절의 열두 고수 중에 네 명이 금상제의 산하로 들어갔다.

―괜히 신중하게 구는 게 아니네.

솔직히 그들의 무공 수위는 정확하게 파악할 수 없다. 파궁귀 초사라는 자는 알 것도 같다. 이 리를 훌쩍 넘기는 엄청난 거리에서 점으로 보이는 대상을 정확하게 겨냥해서 쐈다. 이 시대의 고수들도 만만치 않은 것만은 확실했다.

―어떻게 할 거야?

일단 잠입부터 해야지. 내 목적은 금상제를 죽이는 것이 아니다. 비록 그가 모계 쪽에 있어 악연이고 이 시대의 폭군이라 불리는 자라고 해도 관여할 부분이 아니었다.

―자경정을 잡는 게 최우선이네.

그래. 녀석을 잡고 법구를 회수해야 한다. 그래야 다시 원래 내가 있을 곳으로 돌아갈 수 있으니 말이다. 그럼 이제 이들을 깨워볼까? 나는 바닥에 쓰러져 있는 황군들에게 다가가 말했다.

"이봐! 정신 차려라!"

내 입에서 나온 목소리는 나의 것이 아니었다. 가장 빠르게 정신을 차린 한 황군이 나를 보며 화들짝 놀라 말했다.

"처, 천인장, 이게 어찌 된 일인지?"

지금 나는 천인장과 같은 모습을 하고 있었다. 녀석의 갑주를 빼앗아서 입고 있었고 목소리 또한 같기에 의심할 여지가 없었다. 이제 이들을 이끌고 황군에 잠입해야겠다.

* * *

멀지 않은 곳에서 진군해오는 황군이 보였다. 위에서 볼 때도 그랬지만 정면에서 보니 그야말로 장관이었다. 기마병과 수만의 황군이 오열을 맞춰 걸을 때마다 대지가 진동하는 듯했다. 그런데 내 뒤를 따르는 군사들 표정이 좋지 않았다. 잔뜩 겁에 질린 얼굴이었다. 포로들을 정체 모를 고수의 습격으로 빼앗겼다는 이야기를 듣고 난 후로 계속 이랬다. 군으로 복귀했을 때 처벌을 두려워하는 것 같았다. 이것만 봐도 군율이 얼마나 엄중한지를 짐작하게 만들었다.

─이러다 접근하기도 전에 일이 꼬이는 거 아냐?

글쎄. 그건 알 수 없다. 군율로 따지면 임무에 실패한 군인들에게는 징계가 따른다. 하지만 그 전에 분명 보고가 있을 것이다. 실패했다고 아무런 보고도 없이 무조건 징계부터 내린다면 군이 유지되겠는가. 그렇기에 다소 위험성이 따르더라도 천인장으로 분장한 것이었다.

─윗선까지 가길 바라야겠네.

천인장급이면 오천장이나 장군급의 휘하다. 적어도 윗선과 접촉하기는 좋을 것이다. 말 수십 마리가 끌고 있는 그 집채만 한 마차에 곧바로 접근할 수 있다면 좋을 텐데, 어쨌거나 기회를 노려봐야지.

─첩자 경력의 진가가 드러나겠네.

의심만 받지 않아도 반은 먹고 들어간다.

─다 왔다. 누가 나오는데.

소담검의 말대로 진군해오는 군 앞에 다 와가자 화려한 황색 갑주에 미염공처럼 수염을 멋들어지게 기른 중년인이 말을 몰고 나오고 있었다. 그 양옆에 부관으로 보이는 장수들도 호위무사처럼 따랐다.

"아아… 염 장군께서 직접 나오셨습니다."

옆에 있는 군사가 큰일 났다는 듯이 내게 말했다. 역시 누군가로 분장하려면 직위가 있는 사람으로 골라야 한다. 알아서 정보를 옆에서 나불나불하거든.

"모두 말에서 내려라."

나는 자연스럽게 군사들에게 명했다. 내가 먼저 내리자 군사들도 죽상을 하고 말에서 내렸다. 마중이라도 나온 사람처럼 앞으로 다가오던 염 장군이 내가 말에서 내리자 인상을 찌푸렸다.

"장군!"

나는 바닥에 빛의 속도로 엎드렸다. 그리고 이마를 찧는 시늉을 하며 적당한 목소리로 외쳤다.

"적의 습격을 받아 붙잡은 포로들을 전부 놓쳤습니다."

"아니, 그게 정말인가?"

염 장군이 난처하다는 목소리로 내게 말했다. 그의 시선이 슬며시 뒤쪽으로 향하는 것을 보니 그도 장군이기는 하나 최고 윗선은 아닌 모양이었다. 아니면 황제인 금상제의 눈치를 보는 것일 수도 있었다.

"송구하옵니다. 폐하의 명예를 더럽혔기에 그 자리에서 자결하고 싶었으나, 군문의 장수로서 보고를 마쳐야 하기에 이렇게 추태를 무릅쓰고 돌아왔습니다."

물 흐르듯이 나오는 나의 말에 소담검이 혀를 내둘렀다.

—아니, 누가 보면 정말 군에서 십 년 이상 구른 줄 알겠다.

나 정도 첩자 경력이면 이 정도 연기는 기본에 불과하다. 어떠한 단체든 잠입할 수 있도록 훈련을 받았으니 말이다. 게다가 다행인 것은 지금 시기가 내가 있던 곳보다는 과거이지만 같은 연나라라 어느 정도 직급 체제나 관례 정도는 잘 알고 있었다.

"허어. 이것 참."

연신 탄식을 흘리는 염 장군이라는 자에게 말했다.

"휘하 이들에게는 잘못이 없습니다. 모든 것은 지휘를 잘못한 소관의 잘못이므로 이들은 가벼운 징계로 넘어가 주시기 바랍니다."

"강 천인장!"

"어찌 그런 말씀을…."

징계를 두려워하던 군사들이 감격스러운 얼굴로 나를 쳐다보았다. 의외라는 듯한 반응도 있는 걸 보면 내가 분장한 이 천인장은 평소 신망이 그리 두터운 자가 아닌 모양이었다. 어쨌거나 이들에게 잘 보이기 위한 것이 아니라 윗사람을 의식한 것이었다. 아랫사람의 과실로 넘기는 것보다 훨씬 책임감이 강해 보일 테니 말이다.

"그건 본장이 결정할 일이 아닐세. 대장군께서 폐하께 아뢰어 결정할 일이지."

"주제넘은 청을 드렸습니다."

쿵! 나는 다시 이마를 바닥에 찧었다. 사실 투구를 쓰고 있어서 소리만 컸다. 하나 이런 행동 하나하나가 윗사람들에게는 효과가 좋은 법이다.

"크흠. 일어나게. 어찌 된 일인지 보고부터 하게."

이에 나는 마치 이 일을 겪은 당사자인 것처럼 이야기했다.

"저희의 이동 경로를 미리 알고 있었던 것처럼 한 고수가 습격했습니다."

"한 고수? 한 명이 말인가?"

"네! 그렇습니다."

한 명이라는 말에 염 장군의 표정이 사뭇 진지해졌다. 그가 내게 계속 이야기하라고 손짓했다.

"갑자기 나타난 그자는 처음 보는 얼굴이었는데, 진각을 밟는 것만으로 풍압을 일으켜 제 휘하 군사들을 쓰러뜨리고 심지어 손가락을 가볍게 튕기는 것만으로 저희 모두를 기절시켰습니다."

"손가락을 튕겼는데 모두 기절을 해?"

염 장군의 눈이 휘둥그레졌다. 대체 어느 정도 수준의 고수인가 싶었는데, 들어보니 절대로 평범한 수준이 아니기에 많이 놀란 듯했다. 염 장군이 긴 턱수염을 쓰다듬으며 중얼거렸다.

"혹시 파궁귀가 보았다는 자인 건가?"

"그게 무슨 말씀이신지?"

"아닐세. 계속 진군 중이니 휘하 군사들은 좌군 후미로 붙고, 자네는 본 장과 함께 중앙군에 있는 대장군께 아뢰러 가세."

—오!

생각보다 빠르게 진행되었다. 관이라는 것이 절차가 복잡하고 군역시도 그러해서 대기 절차를 밟을 줄 알았다. 한데 아무래도 진군의 영향을 받은 것 같았다.

'주둔할 생각이 없는 건가?'

하늘을 보면 노을로 붉게 물들어 있었다. 보통 이렇게 되기 전부터 야영을 위해 주둔지를 준비한다. 한데 아직도 진군한다는 것은 밤에도 쉬지 않고 이동하겠다는 것으로 보였다.

'…경각심을 줬나?'

그 파궁사로 짐작되는 절세궁사의 눈에 띈 게 원인일까? 한데 아무리 그렇다고 해도 밤중에도 진군한다는 것은 뚜렷한 목적이 없으면 군 전체의 피로를 누적시킬 뿐이었다.

―뚜렷한 목적이 뭔데?

군이 밤에도 움직일 목적이 뭐겠어?

―설마 전쟁? 그런데 계속 진군하면 그냥 숲이 나오잖아. 그것도 수십 리가 계속 그렇던데.

나도 그게 이상했다. 이곳으로 오면서 휘하 군사들을 떠보았다. 그들 역시도 황제가 직접 친정을 나온 이유를 전혀 모르고 있었다. 하나 계속 전군이 남하하는 것을 보면 광서성 쪽 사파 문파들이나 혈교가 목적일지도 모른다고 추측만 할 뿐이었다.

"뭐 하는 겐가? 강 천인장, 따라오게."

"네, 장군."

어찌 되었든 중앙군이라면 집채만 한 마차들로 접근할 수 있다. 이곳에 도착하기 전까지도 추침판의 바늘이 떨렸었다. 가까이로 가면 놈을 찾을 수 있을 것이다.

다그닥! 다그닥! 염 장군을 따라 진군해오는 군을 거슬러 올라가니 거대한 마차 세 대가 보였다. 위에서 볼 때도 커 보였지만 저 정도면 이동하는 작은 궁전이나 다름없었다. 수십 마리의 말이 이끌고 있는 커다란 판목 위에 금수를 놓은 천막이 쳐져 있었는데, 그 위로 연기가 피어올라왔다.

―저 안에 그 금상제와 자경정이 있을까?

모르지. 일단 저 안에 들어갈 방법을 강구해봐야지.

대장군 정도 되는 직위면 자연스럽게 출입할 수 있을 것 같긴 한데, 이 주변의 경비는 다른 곳과는 비교도 할 수가 없었다.

'…절정의 고수들이 이리 많다니.'

천막 주변에 있는 자들은 하나같이 장수의 갑주를 입었는데, 전부 절정의 고수들이었다. 그 수가 거의 백오십여 명에 달했다.

'이러니 무림 정벌을 밀어붙일 만하구나.'

괜히 정사의 모든 문파가 힘을 합친 게 아니었다. 가운데 이동 천막 입구 쪽에서 말을 몰고 있는 두 사람은 심지어 초절정의 고수였다. 한 문파의 장로에서 장문인급이 문지기를 하고 있는 것이다. 이를 보면 가운데 천막에 황제가 있을 것 같았다.

―안에 기운이 느껴져?

'아니, 심후한 진기로 막이 쳐져 있어.'

가운데와 좌측 천막의 내부는 진기로 팽배했다. 안에서 목소리가 새어 나가는 것을 막기 위함인 듯했는데, 그 기운이 상당해서 기감으로 내부를 가늠할 수 없었다. 천막 안에 벽을 넘은 고수가 있었다. 좀 더 기운을 끌어올리면 가늠할 수 있을지도 모르나, 그렇게 되면 애써 기운을 갈무리한 것이 금방 들통날 것이다.

"잠시 말을 몰면서 기다리게."

염 장군이 기막이 쳐져 있지 않은 우측 천막으로 들어갔다. 그 안에도 상당수의 인원이 있었는데, 고수들의 기운이 느껴졌다. 심지어 초절정의 고수가 둘이나 있었다.

'이게 정녕 관이 맞나.'

황실에도 무공의 고수들이 있다는 사실은 알고 있었다. 오히려 그들은 무림인들 못지않게 무공을 익힌 고수들을 양성하기가 좋다. 영약이나 뛰어난 재야의 고수들을 초빙하면 되니까 말이다. 이렇게 직접 내부에 들어오니 그 실체를 보는 듯했다.

'…벽을 넘은 고수도 도망치기 힘들겠어.'

—그 정도야?

적진의 한복판이라는 게 새삼 느껴졌다. 긴장감이 피어올랐다. 만약 자경정이 당장에는 황제인 금상제의 신임을 받고 있다면, 여기서 놈을 잡는 것은 꽤 힘들 것 같았다. 오히려 밖으로 나가도록 유도해야 할지도 모르겠다. 그런데 좌측 천막에서 팽배했던 진기가 사라졌다. 곁눈질로 눈을 돌려보았다. 그때 천막 안에서 두 사람이 밖으로 나왔다.

—어? 저 녀석?

소담검이 왜 놀라는지 알 것 같았다. 먼저 나오는 자는 상당한 거구에 근육질의 중년인이었는데, 등에 보통 궁과는 비교도 안 되는 커다란 궁과 길고 굵다란 화살이 빽빽하게 꽂혀 있는 통을 메고 있었다.

—저 녀석 맞지? 그 파궁귀인가 뭐시기?

아무래도 그런 것 같다. 느껴지는 기운이 확실히 벽을 넘어선 것은 틀림없었다. 특이한 게 안공을 수련했는지 좌우의 눈이 다르게 움직이고 있었다.

—징그러워.

파충류처럼 눈이 움직여서 보는 이로 하여금 거리낌을 줬다. 그 뒤로 한 여인이 걸어 나오고 있었다. 찰랑거리는 은발이 허리까지 내려오는 굉장한 미녀였다. 아직까지 추운 날씨인데, 혼자 더운 것처럼 속살이 보일 만큼 얇고 하늘거리는 경장을 입고 있었다. 겉모습만 본다면 이십 대 중반 정도로밖에 보이지 않는데, 풍기는 기운은 오히려 저 파궁귀로 짐작되는 자보다도 강했다.

'여자였군.'

이건 의외였다. 북해빙궁의 설백이라고만 들었을 때는 남자인 줄 알았다. 어쨌거나 악심파파 이후로 여자 고수들 중에 저리 강한 자는 처음 봤다.

─되게 이국적이게 생겼다.

소담검의 말처럼 중원인들과는 다르게 생겼다. 북방 민족에 더 가까운 새외 북해빙궁 출신이라고 하더니 정말인 것 같다. 곁눈질로 그녀의 손을 보니 백옥처럼 새하얗다.

'한기를 발산하고 있어.'

기운을 나름 갈무리하는데도 소매에 서리가 내려앉은 것처럼 하얀 가루가 묻어 있는 것을 보면 한기를 다루는 무공이 극성이 이른 듯했다.

─어, 운휘야, 저 여자가 너 쳐다보는데?

나를? 그럴 리가. 기운을 완벽하게 갈무리했다. 지금의 나는 벽의 벽을 넘은 고수가 아니고는 기운을 알아차리기가 힘들다.

파궁귀 초사라는 자가 고개를 절레절레 흔들며 말했다.

"적당히 하시게."

"제 일에 관여치 마세요."

그 말과 함께 그녀가 우측 천막 근처에서 말을 몰고 있는 내게 다가왔다. 그러자 파궁귀 초사라는 자는 한숨을 내쉬며 황제가 있을 것으로 추측되는 가운데 천막 안으로 들어갔다. 말 몇 마디에 바로 통과되는 걸 보면 꽤나 신임받는 것 같았다.

—너한테 오는 것 같은데?

그리 말하지 않아도 나도 안다. 어떻게 해야 하지? 설마 내가 변장하고 있는 강 천인장이라는 자가 이 여자와 안면이라도 있는 건가? 천천히 다가오는 것을 보면 내 무위를 알아차린 건 아닌 듯하다. 이거 어쩌지? 완전히 변수 상황이었다. 인사를 해야 할지 아닐지도 모르겠다. 그녀와의 거리가 거의 열 보 정도 남았을 때였다.

"크흠."

옆에서 기침 소리가 들렸다. 우측 천막 안에서 반백의 노장이 걸어 나왔다. 그 뒤를 염 장군이 보좌하듯이 조심스럽게 따르고 있었다. 본능적으로 그가 누구인지 눈치챘다.

"대장군을 뵙습니다!"

나는 말에서 내리지 않은 상태로 상체만 돌려 두 손을 모아 고개를 숙였다. 반백의 노장이 고개를 가볍게 끄덕였다.

'맞구나.'

운이 좋은 것 같다. 기가 막힌 시점에 대장군이 나왔다. 무공을 거의 익히지 않은 염 장군과 달리 대장군은 초절정의 고수였다. 손에 보이는 굳은살이나 곳곳에 난 상처들만 봐도 경험도 굉장히 많은 백전노장이었다. 대장군이 내게 말했다.

"고작 두 수만으로 일류 고수들을 쓰러뜨렸다고?"

염 장군이 사정을 보고한 것 같았다. 이에 나는 고개를 숙인 채로 답했다.

"그렇습니다, 대장군."

"자네 정도 노련한 천인장과 휘하 백장들을 죽이지 않고 포로만 데려가다니, 이 일은 그냥 넘어갈 일이 아니군."

대장군이라고 하더니 통찰력이 상당했다. 변장한 내가 살아남은 것이 어떤 책략에 의해서라고 여기는 듯했다.

"대장군."

그때 뒤에서 그 여자의 목소리가 들렸다. 북풍한설이라도 몰아치는 것처럼 무감정한 목소리였다. 대장군이 내 뒤에 있는 그녀를 보며 말했다.

"마침 잘됐구려. 노부보다 무공이 뛰어난 귀공이라면 더 잘 알 것 같소."

"무슨 말씀이지요?"

"여기 강 천인장이 포로를 압송해오던 도중에 습격을 받았다고 하오."

"습격이요?"

그녀의 목소리에 묘한 감정이 느껴졌다. 방금 전까지는 냉랭했다면 뭔가 걱정스러운 듯한 말투였다. 뒤로 슬쩍 고개를 돌리니, 그녀가 걱정스러운 눈초리로 나를 쳐다보고 있었다.

뭐지? 의아해하고 있는데 대장군이 말을 이어갔다.

"진각을 밟아 풍압을 일으켜 일류 고수인 백장들을 쓰러뜨리고 갔다는데, 어느 정도 수준의 고수인 것 같소?"

그 물음에 설백이라 짐작되는 그녀가 미간을 찡그리며 답했다.

"…그 정도라면 천하십이절 정도에 이르는 역량의 고수가 아니라면 힘들 것 같군요."

"역시 본장과 같은 의견이구려. 일단 폐하께 아뢰러 갈 참인데, 귀공께서도 함께 가시겠소?"

"저는 그 전에 잠깐 볼 일이 있습니다."

그녀의 그 말에 대장군의 한쪽 눈썹이 치켜 올라갔다. 왜 그러나 싶었는데 그녀의 시선이 내게로 향해 있었다. 아니, 이 녀석 정말 저 여자와 알고 지내는 사이인가. 그런 거라면 사람을 잘못 택했다.

'젠장.'

이거 어쩌지? 난감해하고 있는데 대장군이 말했다.

"폐하께 아뢰고 나면 강 천인장을 부를지도 모르는데, 적당히 하 길 바라오."

"…"

그 말에 그녀가 아무 대답도 하지 않았다.

이에 대장군이 심통이 난 얼굴로 기침을 내뱉더니 이내 염 장군 과 함께 중앙의 천막으로 향했다. 염 장군이 입구 쪽에 남고 대장군 은 천막 안으로 들어갔다. 나는 어떻게 해야 하는 거지? 같이 기다 려야 하나 싶은데 그녀가 나를 불렀다.

"강… 천인장."

어떤 사이인지는 모르겠지만 군의 총사령관이라 할 수 있는 대장 군이 예를 갖춰 대한 것을 보니 나도 그렇게 해야 할 것 같았다. 나 는 두 손을 모아 고개를 숙이며 그녀에게 답했다.

"네. 부르셨습니까?"

그러자 그녀의 눈이 이채를 띠었다. 그러더니 무표정한 얼굴로 따 라오라는 손짓을 했다.

―왜 따라오라는 거야?

나도 모르겠다. 대장군이 황제를 배알하러 들어갔다면 곧 나를 부를지도 모른다. 한데 어딜 따라오라는 거지? 내가 움직이지 않고서 망설이자 그녀가 내게 말했다.

"특별군 부총독인 제 명이 우습게 들리나요?"

'특별군 부총독?'

그런 직위는 들어본 적이 없었다. 하나 부총독이라 불릴 정도면 제법 높은 관직을 부여받은 것 같다. 괜히 긁어 부스럼을 만들 수는 없었다. 나는 다급히 그녀에게 말했다.

"아닙니다. 어찌 제가 그럴 수 있겠습니까?"

그러자 그녀가 입꼬리를 올리더니 말했다.

"그럼 따라와요."

"…알겠습니다."

대체 왜 따라오라는 거지? 그녀가 앞서가는 곳은 자신이 나왔던 좌측 천막이었다. 황제의 천막으로 짐작되는 가운데 천막을 지나가자 염 장군이 나를 바라보며 혀를 차고 있었다. 왜 저런 반응을 보이는 건지 알 수 없었다. 일단 그녀를 따라서 좌측 천막 안으로 들어갔다.

착! 안으로 들어가자 진기의 유동이 느껴지며 천막의 입구가 닫혔다.

"안 들어오고 뭐 해요."

그녀의 말에 나는 떨떠름해하며 안으로 들어갔다. 천막 안은 거의 스무 평가량이 될 만큼 굉장히 넓었다. 이러니 말 수십 마리가 이끌지 않겠나. 패나 아늑해 보이고 그 안에 여러 사람이 기거할 수 있도록 방을 만들어놓았다.

바로 그때였다. 콱! 갑자기 설백이 내게 달려들었다. 설마 나를 제압하려는 건가 싶어서 당황해하는데, 그녀의 표정이 환하게 웃고 있었다. 무표정해서 감정이 없어 보였는데 그와 완전히 상반되었다. 그녀가 나를 갑자기 끌어안았다.

"강 랑."

'강 랑?'

'랑'은 연인을 부를 때 사용하는 호칭이었다. 이제야 의문이 풀렸다. 그녀가 내게 어째서 관심을 보였는지 말이다.

"부총독… 지금은…."

"그렇게 부르지 마요. 지금은 둘만 있잖아요. 설 매라고 불러줘요."

설백이 내게 배시시 웃으며 말했다. 사마영에 버금가는 미녀가 작정하고 애교 섞인 목소리로 말하니 이걸 어찌해야 할지 모르겠다. 장단을 맞춰줘야 할지 아니면 무슨 핑계를 대서라도 벗어나야 할지 난감했다.

─네가 변장한 녀석… 완전 능력자인데.

소담검이 혀를 내둘렀다. 나도 한편으로 그런 생각이 들었다. 천인장이 군에서 낮은 직위는 아니지만 부총독이라 하면 그 격차가 컸다. 게다가 이 여자는 무림에서 천하십이절로 불리지 않는가. 소담검의 말마따나 능력자였다.

'젠장. 이거 어쩌지?'

그녀가 나한테 찰싹 달라붙어 있었다. 가슴부터 다리까지. 이 정도면 정말 연인 사이가 맞는 것 같았다.

─어쩌긴 어째? 들키지 않으려면 연기해야지.

그래야겠다. 어차피 대장군이 곧 나를 찾을 테니, 그때까지만 버티면 된다. 적당히 맞추다가 빠져나가야겠다.

슥! 그렇게 생각하고 있는데 갑자기 그녀가 한기가 일렁이는 손으로 내 뺨을 만졌다. 그러고는 발꿈치를 들어 올리며 입맞춤하려 들었다.

'…!!'

찰나의 순간 당혹감으로 어찌해야 할지 망설여졌다. 하나 결국 그녀의 입맞춤을 받을 수밖에 없었다. 그녀가 내게 입맞춤을 하자 차가운 한기가 느껴지며 입술이 시려왔다. 물론 이 정도 한기는 내게 아무런 문제가 아니었다.

─좋냐?

아무리 아름다워도 모르는 사람이 입 맞추는데 뭐가 좋아. 게다가 이십 대 중반으로 보여도 벽을 넘은 고수라면 실제 나이는 훨씬 더 들었을 것이다.

바로 그때였다. 그녀의 차갑고 부드러운 혀가 입술을 파고들었다. 긴 첩자 경력에 이런 돌발 상황은 정말 처음 겪는 일이었다.

'아!'

그때 나의 머릿속에 뭔가 좋은 수가 떠올랐다. 향화열락궁의 궁주 주사련의 독문 신공 말이다. 이에 나는 염으로 주사련의 백을 일으키며 구결을 외웠다.

"으음."

그녀의 입에서 신음성이 흘러나왔다. 잠깐 동안 혀와 혀가 닿으며 정신없이 엉키는데, 그녀의 고운 미간에 주름이 생겼다. 탁! 그녀가 살짝 나를 밀쳤다가 이내 내 손목을 붙잡았다. 그리고 물었다.

"당신… 누구야?"

'…!!'

눈치챈 건가? 한데 그녀의 얼굴이 점차 붉어지고 있었다.

"하아."

점차 붉어진 얼굴과 입에서 흘러나오는 뜨거운 입김.

'입김?'

막사 안은 따뜻했지만 설백이 익힌 무공이 한기를 띠다 보니 입김이 도드라졌다. 그렇지 않아도 하늘거리는 얇은 경장을 입고 있어서 속살이 도드라져 보였는데, 상기된 얼굴로 저러니 뭔가 야해 보였다.

그녀가 내게 말했다.

"내게… 무슨 짓을 한 거야?"

"…."

별짓은 하지 않았다. 그저 인간의 본능을 자극하는 향화열락궁의 궁주 주사련의 비술을 썼을 뿐이다. 그녀는 이 비술로 수많은 사람의 감정선에 자극과 혼란을 줘서 정신을 굴복시켜 노예로 만들었다고 했다.

―통한 거야?

모르겠다. 명색이 벽을 넘은 고수였다. 그 정신력이 일반적인 고수들과 같을 리가 없었다. 다만 이 설백이라는 여자는 내가 분장한 천인장에게 강한 애정을 가지고 있기에 가능성이 있는 것 같아 비술을 펼쳤다. 노예로 만드는 것까지는 바라지도 않았다. 그저 혼란스럽게 하여 내게 적대감을 가지지 않게 하기 위해서였다.

―볼이 엄청 빨간데.

지금 그녀의 상태를 본다면 영향을 안 받은 것은 아닌 듯했다. 설백이 내 손목을 붙잡은 채 떨리는 목소리로 말했다.

"정말 강 랑이 맞아?"

여자의 감이란 게 정말 무서운 것 같다. 체화만변술은 일반적인 인피면구나 역용술과는 차원이 다르다. 근육과 골격을 변화시켜 상대와 같은 모습이 된다. 물론 그렇다고 약점이 없을 수는 없다.

'…육체적 접촉을 많이 한 자를 속이기는 어렵겠어.'

설백이 내가 분장한 이 천인장과 육체적 관계를 맺었고 정말 많이 사랑한다면 점 하나부터 일거수일투족을 정확하게 알고 있을 것이다. 그렇기에 주사련의 비술의 영향을 받아서 혼란스러울 때 더 이상의 접촉은 피해야 한다.

"부총… 아니 설 매, 곧 대장군께서 찾으실 거요."

일부러 그것을 강조했다. 어차피 황제가 찾을 수도 있는 상황이란 건 이 여자도 잘 알 것이다. 설백이 홍조를 띤 얼굴로 나를 빤히 쳐다보았다. 그러더니 이내 입을 열었다.

"강 랑은 나와 입맞춤을 오래 할 수 없었어."

"그게 무슨…."

"선천적으로 천음지체이기 때문에 내공이 심후한 고수가 아니면 나와 살갗이 닿는 것만으로 고통스러워했으니까."

'아….'

어쩐지 피부에 닿는 것만으로도 시렸다. 지금도 그녀에게 붙잡힌 손목으로 한기가 밀려왔다. 그러나 차갑기는 해도 이것이 내게 영향을 줄 순 없었다. 나는 음양판을 들고 다니는 조 스승님께 설음화양선무를 전수받았기 때문이다. 스승님께서 내게 이를 전수할 때 한 말이 있다.

"순응이라는 것이 있다."

"그게 무엇입니까?"

"만물은 오행과 음양으로 나뉘어 있다. 보통 상대적인 기운에 대응하기 위해 그와 대립하는 기운으로 맞서야 한다고 알고 있으나, 오히려 같은 기운으로 순응하게 되면 적은 힘으로도 이를 감당할 수 있게 된다."

그것이 바로 순응이다. 그녀가 천음지체이든 북해빙궁의 한기를 다루는 무공을 배웠든, 나는 한없이 선법에 가까운 설음화양선무를 전수받았다. 그래서 한기 역시도 다룰 수 있게 되어, 그녀의 기운에 순응할 수 있다.

설백이 내게 말했다.

"강 랑은 이를 버티지 못하면서도 나를 받아쳤고 내게 다가왔어."

"설 매… 뭔가 오해가 있는 듯한데…."

평계를 대려는데 그녀가 말을 끊었다.

"너와 맞닿고 있는 손이 아무렇지도 않아."

그렇겠지, 한기에 맞춰서 순응하고 있으니 말이다. 차라리 양기로 대응할 걸 그랬나? 그랬다면 오히려 공력 대결로 이어져서 그녀도 고통스러웠을 것이다.

"강 랑은 그렇지 않아."

'칫.'

의심이 더욱 깊어지니 비술의 구결을 외워야겠다. 정신을 지배하진 못하더라도 혼란스럽게 해서 시간을 끌어야겠다.

"아아!"

손목을 잡고 있는 그녀의 입에서 야릇한 소리가 흘러나왔다.

—운휘야, 통하나 봐.

'…이상해. 이거 뭔가 잘못됐어.'

—뭐가?

이 여자 정도의 정신력과 내공 수위라면 이를 억지로 버틸 수 있다. 한데 그것을 그냥 받아들이고 있었다. 아무래도 구결을 외우는 것을 그만둬야 할 것 같다. 오히려 역효과가 날 분위기였다.

"설 매, 아무래도 나는 이만 나가봐야 할 것 같소. 폐하께서 찾으시면 보고를 드려야 하니…."

그때 그녀가 입김을 내뿜으며 내게 부드러워진 목소리로 말했다.

"네가 내가 찾던 남자였어."

'…?!'

그 순간 그녀가 손목을 잡은 채 나를 끌어당겼다. 이를 버틸 수 있지만 찰나에 고민하다 그녀의 장단에 맞춰 가까이로 붙었다. 이렇게 된 이상 방심을 틈타 혈도를 제압해야겠다.

—진짜?

차라리 그녀로 변장하는 편이 나을 것 같다. 그녀의 직위가 특별군 부총독이라면 중앙 천막에 자유로이 들어갈 수 있을 것이다. 파궁귀 초사라는 자도 몇 마디 하고 바로 들어갔으니 말이다. 공력을 순간적으로 끌어올려야 하니 방심하는 틈을 노려야 한다.

그때 그녀가 내게 저돌적으로 입을 맞췄다.

"읍!"

그녀의 혀가 입을 파고들었다. 이 여자 아무래도 내가 강 천인장이든 뭐든 상관없는 모양이다. 자신의 욕구를 해소하는 데만 관심이 있었다. 그렇다면 잘됐다. 조용히 손을 뒤로 가져가 목 쪽에 있는 훈혈을 노리면….

꽉!

"헉!"

순간 나는 놀라서 움찔하고 말았다. 혈도를 제압하는 것에만 집중하느라 그녀의 손이 곧바로 밑으로 향할 거라고는 생각지도 못했다. 전희고 뭐고 없고 욕망에 타올랐다. 홍조로 물든 그녀의 눈빛은 금방이라도 나를 잡아먹을 듯했다.

―뭐 해! 빨리 혈도를 눌러!

그러고 싶은데 그녀의 차가운 손이 그곳을 움켜잡고 있었다. 훈혈이 점해지지 않으면 까딱하다 남자로서의 인생이 망하는 수가 있다. 그때 설백이 붙잡고 있는 내 손목을 자신의 속살이 보이는 얇은 경장의 가슴 쪽으로 끌어당겼다.

'…아.'

나도 어쩔 수 없는 남자인가 보다. 손이 부드럽고 물컹한 그곳에 닿자 그녀에게 잡힌 곳이 반응할 수밖에 없었다. 설백의 입꼬리가 야릇하게 올라갔다. 그녀가 거친 호흡 소리를 내며 내게 속삭였다.

"너도 원하잖아."

촥! 그와 함께 자신의 치마를 찢고서 드러난 하얀 두 다리를 들어 올려 내 허리를 감쌌다. 서로 하반신이 닿는 순간 그녀의 입에서 신음성이 흘러나왔다.

"흐으응."

그 목소리가 너무 자극적이면서 야했다. 그녀는 당장에라도 나와 관계를 맺으려는지, 거친 짐승처럼 바지를 벗기려 했다. 그러나 그 손은 도중에 멈출 수밖에 없었다. 밖에서 철컹거리며 이곳으로 다가오는 갑주 소리가 들렸기 때문이다.

"아아…"

그녀가 아쉬움을 감추지 못했다. 그 순간 나는 그녀의 목 뒤 훈혈을 점했다. 타타탁!

"너!"

순간적이지만 칠성 공력을 가했기에 아무리 그녀라고 해도 버티지 못했다. 눈을 부릅뜨고서 내게 뭔가를 말하려던 그녀가 이내 눈이 스르르 감겨서 축 늘어지고 말았다.

─이 여자로 분장할 거야?

그건 무리일 듯싶다. 밖에서 들려오는 소리로 판단컨대 고작해야 열한두 걸음 내로 도착한다. 설백을 부축하고서 나는 주위를 둘러보았다. 그녀의 방으로 짐작되는 곳에 침상이 놓여 있었다. 나는 설백을 그곳에 눕힌 후에 이불을 덮어주고서 배를 쓰다듬는 척했다.

차르륵! 천막의 입구가 열리며 누군가 안으로 들어왔다. 그는 염 장군이었다. 염 장군이 잠든 것처럼 새근거리며 누워 있는 설백과 나를 보더니 혀를 차며 말했다.

"어지간하군. 쯧쯧, 가세나. 폐하께서 부르시네."

"알겠습니다."

염 장군이 고갯짓으로 그녀를 가리키며 물었다.

"자고 있나?"

"네. 피곤했는지 잠들었습니다."

"나오게."

염 장군은 다른 말 없이 내게 따라오라고 하였다. 다행히 의심하지 않는 것 같았다. 하긴 일개 천인장에 불과한 자가 천하십이절이라 불리는 벽을 넘은 고수를 어찌해볼 거라고 누가 상상이나 하겠는가. 물론 그녀가 방심하지 않았다면 나라고 해도 점혈하기는 쉽지 않왔다. 나는 염 장군을 따라 조심스럽게 천막을 나갔다. 밖으로 나가서 중앙 천막 쪽으로 가면서 염 장군이 짜증 섞인 목소리로 말했다.

"군문에 투신한 지 이십여 년이 되었지만, 무림 출신의 인사들은 하나같이 마음에 들지 않아."

"…."

"본장이라면 천하십이절이고 뭐고 간에 제멋대로인 계집을 기용하지 않았을 걸세. 군에 기강이 떨어지지 않나. 쯧쯧."

어지간히 마음에 들지 않았나 보다.

대놓고 연인 관계일 수도 있는 나 강 천인장에게 이런 말을 하는 것을 보니 말이다. 내가 이야기할 수도 있는데 신경 쓰이지 않나? 그때 염 장군이 묘한 눈초리로 나를 쳐다보았다.

"설마 저 계집에게 빠진 것은 아니겠지?"

"네?"

"자네의 임무는 저 계집의 비위를 맞춰서 호의적인 관계를 유지하는 거지, 정말로 계집에게 빠져드는 것이 아니야."

'아!'

이런 비밀이 있었구나. 정말로 연인 관계는 아닌 모양이다.

―그럼 저 여자도 속고 있는 거네.

글쎄. 그건 모르겠다.

내가 볼 때 설백이라는 여자는 생각보다 감이 좋았다. 정말로 속은 것일지 아니면 속은 척하면서 자신의 감정적 욕구를 채웠을지는 알 길이 없었다. 만약 후자라면 서로가 서로를 이용하는 관계로 변질된다. 하나 그녀의 목소리를 들으면 뭔가 메마른 감정을 채우고 싶어하는 것처럼 보였다.

—어쨌거나 다행이네. 너 당할 뻔했잖아.

소담검이 키득거렸다.

당하기는 뭘 당해. 상황에 맞춰 대응한 거지. 아무튼 간에 황제가 불렀으니 이제 저 천막 안에 숨어 있는 법구의 행방을 확인할 수 있겠다. 나는 품속에 가려 추침판을 살폈다. 중앙 천막을 가리킨 바늘이 격렬하게 떨리고 있었다. 이 안에 확실하게 법구가 있었다.

—그 황제인가 뭐시기랑 파궁귀 초사도 있잖아.

그뿐이겠는가. 설백을 제외한 나머지 천하십이절이라 불리는 고수들도 저 천막 안에 있을 확률이 높았다. 그래도 설백을 기절시킨 것이 다행이었다. 전력을 어느 정도 깎았으니 말이다. 천막 안으로 들어가 틈을 노려서 자경정이 가진 법구를 빼앗고 유인해야겠다.

—그것으로 유인하려는 거지?

그래. 무엇이든 들어가는 복주머니에 뜻밖의 물건이 있었다. 그것은 법구 천둔의 모조품이었다. 아마도 검선 스승님께서 챙겨주신 것이리라. 자경정을 유인하기에 적당한 물건이었다. 가짜라고는 하나 이것으로 대도천둔검법의 뇌검천둔을 펼치기만 해도 놈의 눈이 뒤집힐 것이다.

천막의 대청 판목에 오르며 염 장군이 내게 말했다.

"폐하께서 묻는 말에만 답해야 하는 것 정도는 알고 있겠지?"

"그렇습니다."

나도 금상제와 말을 섞을 생각 따윈 없었다. 염 장군이 먼저 천막의 발을 걷어 올리며 안으로 들어갔다. 뒤따라 들어가니 안쪽에 대장군이 대나무 발이 쳐져 있는 곳 앞에 한쪽 무릎을 꿇고 머리를 조아린 채 있었다.

'안으로 들어갈 수 없는 건가?'

대나무 발로 안쪽을 가려놨을 줄이야. 염 장군이 안으로 들어가 대장군 뒤에 마찬가지로 한쪽 무릎을 꿇고 나서 고개를 숙였다. 그가 내게 눈짓했다. 이에 나 역시 그의 뒤쪽으로 가서 한쪽 무릎을 꿇었다.

'안에 못 들어가면 의미가 없는데.'

이 대나무 발 앞에서 보고를 하고 끝나면 기껏 변장하고 잠입한 게 헛수고가 되어버린다. 그리된다면 조금 무리해야 할지도 모른다. 일단 상황을 지켜봐야겠다. 한데 안에서 목소리가 들려왔다. 진기로 천막 전체를 둘렀으나 안으로 들어오니 소리가 들린 것이다.

"아직까지도 그곳이 코빼기도 보이지 않는데, 짐이 그자의 농간에 넘어간 것은 아니겠지?"

짐? 이 목소리는 금상제의 것인가. 스스로를 짐이라고 표현할 자는 오직 황제뿐이다.

"아직 그자가 말한 곳까지 사 리 정도 남았으니, 그때 가서 벌할지를 결정하시어도 늦지 않을 것이라 사료되옵니다, 폐하."

'…이 목소리.'

들어본 적이 있었다. 매우 공손한 말투라 이질적인데 분명….

그때 머릿속으로 남천철검의 목소리가 울려 퍼졌다.

—운휘! 놈이다!

'뭐?'

—전 주인을 해한 그자의 목소리를 내가 어찌 잊겠나!

두근! 심장이 빠르게 떨려왔다. 그렇다면 이 안에 외눈의 금안의 사내, 존주가 있단 말인가?

'놈이라고?'

—정말?

남천철검의 그 말에 나는 슬며시 고개를 들어 대나무 발을 쳐다보았다. 천막 자체가 워낙 넓어서 대나무 발의 틈으로 희미한 인영들이 보였다.

—놈이다! 놈이 틀림없다, 운휘!

여태껏 남천철검이 이렇게 격앙된 반응을 보인 적은 한 번도 없었다. 방금 대화를 나눈 자는 두 명이었다. 스스로를 짐이라고 칭했던 황제로 짐작되는 자와 이에 대답한 신하로 짐작되는 자였다.

'전자야, 후자야.'

—후자다.

황제의 신하가 외눈의 금안, 존주란 말인가. 지금까지 밝혀지지 않은 비밀이 이제야 드러났다.

—황실 쪽 사람인 거야?

그건 아직 확실히 단정 지을 수 없다. 존주가 얼마나 오랜 세월을 살아왔는지조차 모른다. 만약 그가 지금까지 오랫동안 살아온 자라면 황실에 충성해서가 아니라, 뒤에서 모략을 꾸민 것일 수도 있다.

—앗! 그럼 존주가 계략으로 황제를 움직였을 수도 있겠네.

그럴 수도 있다. 무림의 축이라 할 수 있는 각 세력을 뒤에서 움직이려 했던 자이다. 그 정도 대담함을 갖춘 자가 황실만큼은 절대로 건드리지 않을 거라 장담할 수 없었다. 지금으로서는 변수가 많아 상황을 제대로 파악하기 힘들지만 확실한 것은 남천철검이 들은 목소리가 맞다면 놈이 지금 이 안에 있었다.

안에서 계속 목소리가 들려왔다. 일단 귀를 기울이자.

"신이 봤던 그 허공에 있던 무언가도 그렇고 포로 이송을 습격했던 정체불명의 고수도 그렇고, 분명히 뭔가에 다가가고 있는 것은 확실하옵니다, 폐하."

이번 목소리는 파궁귀 초사였다. 이야기를 들어보면 구체적으로 내 모습을 제대로 보진 못한 것 같았다.

─그건 다행이네.

조용히 해봐. 계속 들어봐야 하니까.

"특수궁병단의 단장인 자네가 그렇다면 그렇겠지."

황제가 맞장구치듯이 답했다. 그런데 이어서 새로운 목소리가 들려왔다.

"한데 초 단장, 정말 제대로 본 것이 맞소? 화살도 그대로 발견하지 않았소이까?"

화살을 낚아채서 날아온 각도를 계산해 밑으로 떨어뜨렸다. 일부러 손상시키지 않고서 말이다. 한데….

'…이 목소리 어디서 많이 들어봤는데.'

저음으로 굵직하게 울리는 목소리인데, 묘하게 귀에 익었다. 처음 듣는 듯하면서도 아닌 것 같았다. 이상했다.

너희들도 들어본 것 같지 않아?

─나도 들어본 것 같다.

─그래? 나는 잘 모르겠는데.

의아해하고 있는데 황제의 목소리가 들려왔다.

"또또또 그러는구먼. 초 단장을 그만 자극하게, 좌시랑. 지금 그가 얼마나 자네를 노려보고 있는 줄 아나?"

쿵!

214

"송구하옵니다, 폐하. 신이 순간 감정을 억제하지 못했나이다."

황제의 말에 무릎 꿇는 소리와 함께 파궁귀 초사가 황망하다는 듯이 말하는 것이 들려왔다. 좌시랑이 누군지는 모르나 초사가 꽤나 싫어하는 자인 모양이었다. 황제 앞에서 대놓고 노려봤으니 말이다.

한데 그걸 굳이 황제가 제 입으로 직접 거론해가며 신하에게 일러주듯이 말하다니, 꽤나 깐깐한 성격의 소유자인 것 같았다.

"사 리면 두세 시진 내로 진위 여부가 가려질 것입니다, 폐하."

—놈이다.

남천철검이 다시 한 번 강조했다.

이자가 존주라니 머릿속으로 기억해둬야겠다. 한데 이 안에 인기척이 꽤 많은데도 자경정의 목소리나 그와 흡사한 기척이 느껴지지 않았다. 놈도 바보가 아닌 이상 자신을 숨길 테지만 뭔가 이상했다. 법구가 분명 이 안에 있는데 말이다. 다시 황제의 목소리가 들렸다.

"기대되는군. 사실이라면 용호금단이 짐의 손에 들어오는 순간이로군."

'용호금단?'

나는 순간 내 귀를 의심했다. 용호금단은 정양 진인이 조제할 수 있는 장생의 묘약이다. 도인들이 그리 오랜 세월 동안 젊은 모습으로 살아갈 수 있는 것도 수양 이외에 용호금단을 복용했기 때문이다.

—그럼 황제가 용호금단을 노리는 거야?

처음에는 설마 했었다. 그런데 이로써 그의 목표가 명확해졌다. 공교롭게도 진군하는 방향이 우연인 게 아니었다. 이들이 향하는 곳은 정말 도화선이었다.

'…뭐지?'

뭔가 내 짐작과 달라졌다. 용호금단과 도화선의 위치를 알렸다는 것은 배신을 넘어섰다. 검선으로부터 들었던 그자의 성품상 민생을 위해 황제를 처리하려고 이곳에 잠입했다고 여겼는데, 이런 정보를 풀었을 줄은 몰랐다.

—황제한테 붙은 거 아냐?

그럴지도 모르겠다. 최악의 폭군에게 장생의 묘약이 있는 위치를 알리다니, 정말 제대로 된 반골이었다. 그나마 다행인 것은 자경정이 도화선이 머무는 시기를 계산하는 데 오차가 있었다. 두세 시진만 빨랐어도 황군은 안개 숲에 도달했을 것이다.

'스승님이 제자를 잘못 받았어.'

그런 짓을 벌였어도 검선 스승님은 그를 참회시키고 싶어했다. 한데 이 정도라면 죽여 마땅했다. 그는 도화선에 해가 될 인간이었다.

—죽일 거야?

'상황에 따라서는.'

녀석에게 불행한 소식이지만 나는 도인이 아니거든. 후환이 될 자라면 죽이는 것이 맞다.

그때 황제의 목소리가 들려왔다.

"대장군을 오래 기다리게 했군. 들라 해라."

"예이."

입구 쪽에서 비음이 섞인 간드러진 목소리가 들려왔다. 아마 내관인 것 같았다. 한데 목소리에 담긴 진기가 보통이 아닌 것을 보면 그 유명한 동창임에 틀림없다.

—동창이 뭐야?

무공을 익힌 내관들이다. 내시라 불리는 자들로, 이들은 황제를 곁에서 모시는 관료이다. 하나 워낙 가까이서 머물다 보니 이들은 황제를 위하여 전부 거세를 했다.

─거길 잘랐다고?

그래. 황제가 기거하는 궁전 안에서는 그를 제외한 누구도 남성이어서는 안 된다. 황궁의 궁녀들은 모두가 황제의 예비 신부이자 여인이기 때문이다. 어쨌거나 동창이라 불리는 저 내관들은 황제 곁에서 호위의 역할도 하기에 무공을 익힌다고 들었다.

─여긴 온통 고수들 천지네.

그러게 말이다.

그때 대나무 발이 위로 걷어졌다. 그 앞에 푸른 관복을 입고 허리를 구부정히 숙이고 있는, 수염의 흔적조차 없는 민얼굴의 중년인이 모습을 드러냈다. 동창 내관으로 짐작되는 그자가 무릎을 꿇고서 고개를 숙이고 있는 우리들에게 말했다.

"폐하의 명입니다. 대장군과 장수들은 안으로 드시지요."

"신 대장군 항무기, 삼가 황제의 명을 받듭니다."

대장군의 대답을 따라 염 장군과 나 역시 답했다.

"명을 받듭니다."

이와 함께 모두가 일어나 위로 걷어 올린 대나무 발을 지나 안으로 들어갔다. 그 순간 나는 빠르게 내부를 탐색했다. 황제의 용안을 보면 안 되기에 고개를 숙인 상태였지만 주위를 둘러보는 것은 그리 어려운 일이 아니었다.

'자경정… 존주…'

놈들은 어디에 있지? 주위를 둘러보던 나는 이채를 띨 수밖에 없었다.

그러고 보니 아무렇지 않게 들여보내서 미처 생각지 못했는데, 천막 안에 있는 모든 사람들이 병장기를 가지고 있었다. 전시 상황이라 치부한다고 해도 황제 곁에선 원래 병장기를 들고 있을 수 없다. 그런데 전부 병장기를 들고 있었다. 하다 못해 좌측에 앉아 있는 초사 역시도 커다란 활과 화살통을 등에 걸치고 있었다.

─중앙에 있는 저 남자가 황제야?

정중앙의 용좌에 금색 용포를 입은 강인한 인상의 중년인이 보였다. 과연 일국을 다스리는 황제다운 모습이었다. 무공과는 상관없이 풍기는 위압감이 평범한 사람들과 달리 매우 비범했다.

'…호위라고?'

황제의 양옆을 지키는 두 호위가 있었다. 검은 면사로 얼굴을 가린 자들이었다. 한데 좌측에 있는 자는 절정의 무위에 이르렀는데, 우측에 있는 자는 달랐다. 그냥 다른 정도가 아니라 격을 달리했다.

─어느 정도길래 그래?

'…벽을 넘어섰어.'

─진짜?

복장도 그렇고 그저 호위에 불과한 자인데 저런 무공을 지녔다니. 어쩌면 저자가 황실의 숨겨진 힘일지도 모르겠다.

'산 넘어 산이로군.'

이 안에 벽을 넘어선 자는 총 네 명이었다. 황제 옆에 있는 예상밖의 저자를 제외한다면 나머지는 천하십이절의 셋일 것이다. 그나마 설백을 기절시킨 것이 신의 한 수였다. 나는 눈알을 오른쪽으로 굴렸다. 회색 경장을 입고 이 추운 날에도 섭선을 가지고 있는 저 노인이 묘월 양명신인가. 이들의 외양을 호종원에게 미리 들어두길 잘했다. 그 왼쪽에 또 다른 벽을 넘어선 자가 그럼 복산서생 뇌장…

응? 내가 들었던 그자의 외양이 아니었다.

'지팡이?'

양명신의 옆에는 관복을 입고 지팡이를 짚은 자가 있었다. 두 눈을 검은 천으로 가린 장님이었다. 수염을 기르고 있었는데, 그의 얼굴을 본 나는 순간 놀라움을 금치 못했다.

'…?!'

—왜 그래?

'…그자야.'

—그자라니?

두 눈이 금안인 그 사내였다.

—뭐? 진짜?

진짜였다. 장님처럼 두 눈을 가리고 수염을 길렀지만 어찌 저 얼굴을 잊겠는가. 봉림곡과 혈마검의 심상 속에서 구야자를 찾아왔던 그자였다. 정말 예상치 못한 만남이었다. 설마 이자가 폭군 금상제의 곁에 있을 거라고는 상상도 하지 못했다.

'아!'

낯익은 목소리는 아무래도 저자였던 것 같다. 뭔가 익숙하면서도 달리 들렸던 것은 저자가 목소리를 굵게 변조해서 그랬던 거였다.

—금안을 감추려고 장님인 척하나 봐.

아무래도 그런 것 같다. 애초에 장님이라 하면 누가 눈을 뜨라고 하겠는가.

—아니, 그 괴물 같던 녀석이 왜 여기 있는 거야?

'…설마?'

그러고 보니 봉림곡에서 만났을 때 저자는 외눈의 금안, 존주를 알고 있는 듯이 말했다. 만약 그게 사실이라면 지금이 그 시절일 수도 있겠다. 하! 하필 그때가 지금이라니. 잠깐만, 그럼 자경정은 대체 어디 있는 거지?

—황제 옆의 저자 아니야?

'저자냐고?'

그렇다고 하기에는 뭔가 기척이나 느낌이 달랐다. 자경정은 도를 수양해서 좀 더 정순한 기운이 강했는데, 저 호위는 무게감이 보통이 아니었다. 최대한 기운을 갈무리해도 무거운 위압감이 절로 풍기고 있었다.

—운휘, 아무래도 우측에 있는 저 황제의 호위가 존주인 것 같다.

'뭐?'

—얼굴이 잘 보이지 않지만 드러난 턱선이 그자와 매우 닮았다.

남천철검의 목소리가 머릿속을 울렸다.

그 말이 사실이라면 그럼 존주가 황실의 숨겨진 힘인 건가? 충분히 그럴 가능성도 있었다. 그렇다면 이제껏 들어왔던 그의 강함이 어느 정도 납득이 갔다.

—그럼 자경정 그 녀석은 대체 어디 있는 거야?

내가 묻고 싶은 말이다. 이 안에 법구가 있는데 정작 자경정의 모습은 보이지 않았다. 게다가 황제 산하로 들어갔다던 천하십이절의 마지막 한 사람인 복산서생 뇌장의 모습 또한 보이지 않았다. 그럼 법구는 대체 누가 들고 있는 거지? 두 가지는 장신구 형태라 숨길수 있지만 다른 두 가지는 병장기 형태를 하고 있어서 숨길 수가 없다. 그때 검은 천으로 눈을 가린 두 눈이 금안인 사내가 내 쪽으로 고개를 돌렸다. 그러고는 미간을 찡그렸다. 대장군과 염 장군을 따라 무릎을 꿇으려던 나는 그 모습에 순간 당혹스러웠다.

'이런!'

눈을 가렸어도 저자는 금안을 가졌다. 기운을 빛으로 읽어내는 금안 앞에서는 기운을 갈무리하는 것이 무의미했다. 천인장과 다른 무위를 가졌음을 눈치챌 수밖에 없었다. 이를 어찌해야 하나 싶었는데, 그때 장님 행세를 하고 있는 두 눈이 금안인 사내가 황제에게 고개를 돌리더니 말했다.

"그자가 말했던 손님이 찾아온 것 같군요, 폐하."

이게 무슨 소리지? 의아해하고 있는데 용좌에 앉아 있는 황제가 입을 열었다.

"호오. 그래?"

황제가 흥미롭다는 얼굴로 나를 똑바로 쳐다보고 있었다. 그러자 대장군 항무기와 염 장군이 갑자기 허리춤에 차고 있던 검과 도를 뽑아, 무릎을 꿇고 있는 내 목에 겨냥했다. 그들만이 아니었다. 챙! 챙! 챙! 천막 안이 병장기들을 뽑는 소리로 울려 퍼졌다. 안을 지키는 동창 내관들 모두가 품속에서 비수를 빼 들었다. 심지어 천하십이절이라 불리는 파궁귀 초사도 활을 빼내서 내게 시위를 겨냥했고, 묘월 양명신도 섭선을 활짝 폈다.

―이게 무슨 영문이래, 운휘야.

나라고 알 도리가 있나. 한 가지 확실한 것은 일이 제대로 꼬였다는 것이다. 나도 모르는 사이 함정에 빠진 것 같다. 그때 용좌에 앉아 있던 황제가 다리를 꼬고 앉으며 입을 열었다.

"도화선에서 보냈느냐?"

'…!!'

그의 입에서 직접적으로 도화선이 거론되었다. 장님 행세를 하는 저자의 말을 듣고 내게 단번에 그 말을 하다니 대체 무슨 영문인지 알 수가 없었다. 잠시 입을 다물고 눈알을 돌리며 주위를 훑어본 나는 조심스레 입을 열었다. 일단 상황을 파악하기 위해 시치미를 떼야겠다.

"폐하, 무슨 말씀을 하시는 건지 모르겠습니다. 저는…."

"초 단장."

파앙! 슉! 황제의 부름이 떨어지기가 무섭게 옆에서 날카롭게 쇄도해오는 뭔가가 느껴졌다. 그것은 찰나라 불러도 과언이 아닐 만큼 쾌속했다. 이에 나는 미동도 하지 않은 채, 고개를 들지도 않고 날아오는 그것을 잡아냈다. 팍! 파궁귀 초사가 쏜 화살이었다.

"보지도 않고 이 거리에서 내 화살을 잡아내다니."

가까운 거리에서 쏜 화살을 잡아낸 것에 놀라워하는 그였다. 황제 또한 천하십이절이라 불리는 파궁귀의 화살을 잡아낸 나의 모습에 꽤나 놀랐는지 눈매가 가늘어져 있었다. 강 천인장을 연기하는 것은 이미 글렀다.

"후우."

한숨을 내쉰 나는 고개를 천천히 들어 올려 황제를 정면으로 쳐다보았다. 그런데 놀라워하던 황제가 이제는 희열이 가득한 얼굴로 입꼬리를 올리며 내게 말했다.

"오기를 기다렸노라, 검선의 후예여."

'…! 검선의 후예?'

그 말을 듣는 순간 나는 당혹스러울 수밖에 없었다. 도화선에서 보냈냐고 물었을 때도 놀랐지만 지금 이 물음은 마치 모든 것을 예측하고 있었다는 듯했다. 나는 희열이 가득한 얼굴로 용좌에 앉아 있는 황제를 바라보았다. 그는 이 순간을 고대했던 것 같았다.

─이게 어떻게 된 일이야? 네 정체를 알고 있어.

그렇네. 이런 상황에선 짐작이고 뭐고 필요가 없다. 도화선부터 검선의 후예까지 이를 알릴 만한 자는 오직 한 사람뿐이었다.

─자경정!

장생의 묘약인 용호금단을 언급할 때부터 어느 정도 짐작은 했다. 그러나 이렇게 배신을 넘어선 변절이 드러날 줄이야. 놈은 검선 스승님께서 생각하던 민생을 생각하고 자신만의 정의를 가지고 있던 그런 자가 아니었다. 황제를 속이기 위해서라고 하기에는 너무 많은 정보를 줬다. 이렇게 방비를 할 수 있게 해줬으니 말이다.

─진짜 짜증나는 놈이네.

나는 주위를 둘러보았다. 역시 놈은 없었다. 짜증은 둘째 치고 굉장히 영악했다. 여태껏 상대했던 자들 중에 무림연맹의 총군사 제갈원명 이후로 계략으로 나를 몰아붙였던 자는 처음인 것 같다.

─계략으로?

애초에 추침판이 이곳을 가리켰던 것은 법구가 있기 때문이었다. 한데 놈이 이 자리에 없다는 것은 천고의 보물이라 할 수 있는 법구를 유인하는 용도로 사용했다는 것을 의미했다. 자신이 법구를 가지고 도화선을 도망쳤기에 추적자가 오리라고 판단했고, 이런 함정을 파놓을 수 있었던 것이다.

─영악하네.

예측만으로 판을 짤 수 있는 능력을 가지고 있었다. 어쨌거나 놈의 입장에서는 법구 하나를 희생해서 추적자를 처리하고 황제에게 자신을 증명할 수 있을 테니 말이다.

그때 대장군이 도 끝을 더욱 가까이 겨냥하며 다그쳤다.

"고얀 놈! 어찌 무례하게 폐하의 용안을 빤히 쳐다보는 것이더냐? 당장 고개를 숙이지 못할까!"

"됐소, 대장군. 상관없소이다."

"하나 폐하⋯."

"자고로 사람의 눈을 봐야 그 속내를 들여다볼 수 있다고 하지 않았소."

"⋯알겠나이다."

그런 황제의 말에 대장군이 탐탁지 못한 얼굴로 입을 다물었다. 황제가 내게 자비를 베푼다는 듯한 얼굴로 말했다.

"황실의 사람들도 아닌 자들 중에 짐의 얼굴을 똑바로 쳐다보게 해준 경우는 다섯 손가락에 꼽힌다."

감사라도 하라는 소리인가. 당대의 황제도 아닌 과거의 폭군에게 이런 말을 듣다니. 내 속내와 상관없이 황제는 자기 할 말을 계속 이어갔다.

"그만큼 네게는 기대하는 바가 크지."

"무엇을 기대한다는 건지 모르겠군요, 폐하."

"어디 감히 폐하께!"

나의 말대답에 이번에는 염 장군이 분노를 금치 못했다. 황제에게 무례한 언사를 보이는 것 자체를 용서할 수 없나 보다. 하나 이 역시 황제의 손짓 한 번으로 조용해졌다.

"여느 도인들과 달리 이리저리 돌려 말하는 것보다 시원해서 좋구나. 짐 역시도 두 번 묻는 것을 좋아하지 않는다."

부드러운 말투와 달리 이것은 경고였다. 자신의 물음에 대답하지 않는다면 각오하라는.

"참 부담스럽군요."

솔직하게 답했다. 그러자 황제가 호탕하게 웃으며 말했다.

"하하하핫. 세간에서는 짐을 피도 눈물도 없다고 하지만 자비로운 사람이지. 그러니 여기 있는 초 단장과 양 부총독도 받아주지 않았느냐."

그 말이 마치 항복하고 자신의 산하로 들어오라는 말처럼 들렸다. 황제가 용좌 옆의 탁자에 놓여 있던 화려한 곰방대를 한 번 빨고서 자욱한 연기를 내쉬며 내게 말했다.

"중원은 혼란스럽기 짝이 없느니라. 소위 무림인이라고 하는 것들부터 수많은 역도의 무리가 나라의 근간을 뒤흔들고 있지. 짐은 이를 바로잡으려 한다."

자신의 포부를 이야기했다. 이것은 이미 역사가 모든 것을 이야기하고 있다. 결국 그는 폭군으로 남았다.

"그간 수많은 황조들과 선대들이 이를 바로잡으려 했으나, 모두가 실패했지. 그 이유가 무엇인지 아느냐?"

"…무엇입니까?"

"이를 유지할 세월이 부족해서였다. 여태껏 선대들이 실패한 것은 나라의 기강을 바로잡을 힘이 없어서가 아니지."

그래서 용호금단을 노린다는 건가. 장생의 묘약을 얻어 평생을 집권하기 위해서? 다른 황제들보다 포부가 컸으나 결국 죽음을 극복하고 싶다는 말과 크게 다를 바가 없었다.

황제가 내게 미소를 지으며 말했다.

"한데 이제 그 해법이 생겼구나. 그자의 말이 모두 사실로 증빙되었으니 말이다."

"증빙이라니 무슨 말씀입니까?"

"스스로를 파계 도인이라 칭한 자가 짐에게 말하더구나. 머지않아 도인들의 낙원인 도화선에서 자신을 잡으러 올 거라고 말이다."

파계 도인이라. 스스로를 그리 소개한 건가. 그래도 염치는 있는지 도인이라고는 하지 않았다. 황제를 빤히 쳐다보던 나는 입술을 뗐다.

"혹 그 파계 도인이 자경정이라는 자입니까?"

그 물음에 황제의 입꼬리가 올라갔다. 부정이 아닌 긍정이었다.

'역시인가.'

이 모든 게 자경정이 파놓은 함정이었다. 그렇다면 어찌 대응해야 할까? 찰나에 머리를 굴리던 나는 공손함을 담은 목소리로 말했다.

"송구하오나 폐하께서 뭔가 오해를 하신 듯합니다."

"오해?"

"말씀하신 도화선이 무엇인지는 모르겠으나, 분명 폐하의 말씀대로 소인은 자경정이라는 자를 만나러 온 것이 맞습니다. 하나 그것은 그가 사문을 배신하고 사형제들을 해하고서 보물을 훔쳐갔기 때문입니다."

상황이 이리 되었으니 특유의 말재간으로 흔들어보자. 이 자리에 존주도 있고 두 눈이 금안인 자도 있지만, 당장의 목적은 자경정이었다. 그를 붙잡아 법구를 회수해야 했다. 어떻게든 그와 삼자대면을 할 수 있도록 유도해야 기회가 생긴다.

"사문을 배신한 자를 잡으러 나온 것이다?"

"그렇습니다. 폐하를 실망시켜드려 송구하오나, 저도 갑자기 이런 상황이 벌어져 참으로 곤욕스럽기 짝이 없습니다."

황제가 나를 빤히 쳐다보다 물었다.

"검선의 후예가 아니라는 건가?"

눈매가 가늘어지는 황제를 바라보며 나는 능청스럽게 말했다.

"검선의 후예라…. 그분은 수백 년 전 사문을 세우신 조사님이십니다. 그런 논지라면 저희 사형제들 모두가 후예이지요."

거짓말이라면 신물이 나도록 했다. 단전이 폐해졌던 시절에도 사존 해악천 스승님 앞에서 거짓말을 했는데, 사방이 적으로 둘러싸였다고 겁을 먹고 진실을 말하겠는가. 나는 아무렇지 않게 말을 이어갔다.

"세 치 혀로 어찌 모든 것을 설명할 수 있겠습니까? 자경정을 데려와 대면하게 해주십시오. 그렇다면 폐하의 의문이 풀리실 겁니다."

"그자가 있으면 의문이 풀린다라."

"자경정이 어떤 말로 폐하를 현혹했는지는 모르겠으나, 그자는 사문의 스승님마저 배신하고 그 사매마저 납치할 만큼 간악한 자입니다. 그런 자를 어찌 믿고 중용하시려는 건지 오히려…."

말이 끝나기도 전에 나는 이를 멈출 수밖에 없었다. 황제의 입이 실룩거리더니 얼굴이 빨개졌다. 그러더니 이내 광소를 터뜨렸다.

"하하하하하핫."

의아해하는데 황제가 웃음을 멈추더니, 고개를 절레절레 흔들며 말했다.

"참으로 재미있구나."

"…무슨 말씀이신지?"

"여느 도인들과 달라. 그 입에서 나오는 족족 거짓으로 일관되었구나."

"폐하, 자경정을 데려오면 모든 것이…"

슥! 황제가 손을 들어 말하지 말라는 시늉을 했다. 그러더니 내게 코웃음을 치며 말했다.

"되었다. 배짱이 제법인 듯하여 짐이 거둬들일까 했는데, 생각이 바뀌었다."

"그게 무슨 말씀이신지?"

황제가 관심이 사라졌다는 듯이 좌중을 향해 말했다.

"이 녀석의 역할은 도화선의 열쇠 정도에 불과하구나. 녀석을 잡아서 단전을 폐한 후에 그곳에 도착할 때까지 가둬두거라."

"명을 받듭니다!"

천막 안에 있는 모든 자들이 대답했다. 말로써 어찌 해보는 것은 이미 틀어진 것 같았다.

—세 치 혀가 안 통할 때가 있네.

그만큼 자경정이 판을 잘 깔아두었다는 말이겠지. 황제가 놈을 신뢰하니 말로 어찌해보는 것은 무리일 듯했다.

—그럼 어쩌려고?

유일한 해법이 바로 앞에 있잖아. 나는 관심이 사라졌다는 듯이 금으로 만들어진 곰방대를 물려고 하는 황제를 빤히 쳐다보았다.

그때 파궁귀 초사가 내게 말했다.

"그 자리에서 손끝 하나라도 움직인다면 쏜다."

어느새 화살을 세 개나 빼 들어 시위를 겨냥하고 있었다. 활 끝에서 피어오르는 강렬한 살기가 당장에라도 쏠 기세였다. 마찬가지로 묘월 양명신도 기수식을 취하며 내게 경고했다.

"검선의 후예라고 해도 이 자리에서 벗어날 수 없다는 것 정도는 인지했겠지? 가만히 투항한다면 목숨은 부지할 수 있을 게다."

천하십이절이라 불리는 두 고수가 기운을 끌어올리자, 주변이 진기로 팽배해졌다. 그런 그들의 경고에 나는 한숨을 내쉬었다.

"후우."

이 모습에 심기가 불편했던 대장군이 내게 도를 더욱 가까이 뻗으며 소리쳤다.

"무엄하다. 네놈의 그 건방진 눈과 혀부터 베어야…."

"폐하."

나는 그의 말을 자르고서 황제를 불렀다. 이에 황제가 한쪽 눈썹을 추켜세우며 나를 쳐다보았다.

"군략에 있어서 적진의 한복판에 갇힌다면 그 해법이 무엇이라 생각하십니까?"

"네놈… 지금 설마…."

"네, 맞습니다. 우두머리를 잡는 것이지요."

'…!!'

이런 나의 말에 화를 참지 못한 대장군과 염 장군이 동시에 검과 도를 휘둘렀다.

"이놈이!"

"감히!"

챙강!

'…?!'

229

그 순간 대장군과 염 장군의 표정이 거의 비슷해졌다. 둘 다 놀란 나머지 두 눈이 휘둥그레졌다. 왜냐하면 그들이 휘두른 도검이 양 손의 검지와 중지에 끼워진 채로 부서졌기 때문이다.

"이런!"

당황했던 것도 잠시였고, 초절정의 고수이자 경험 많은 노장인 대장군은 도병을 손에서 놓고 내 목을 향해 쾌속하게 발차기를 날렸다. 팍! 안타깝지만 내게는 느렸다. 나는 그의 발을 낚아채듯이 잡아냈다.

"헛?"

그리고 발목을 붙잡자마자 그대로 힘을 주어 어딘가로 날려버렸다. 바로 파궁귀 초사가 있는 방향이었다. 파파팍!

"끄아아악!"

대장군의 입에서 비명이 터져 나왔다. 내가 움직이는 순간 파궁귀 초사가 경고했던 대로 활을 쏘았는데, 그 세 발 전부 대장군의 몸에 꽂히고 말았다. 찰나에 이런 식으로 막을 줄은 몰랐는지 초사가 놀라서 소리쳤다.

"대장군!"

그러거나 말거나 나는 놀란 나머지 뒤로 신형을 날리며 나를 피하려고 하는 염 장군의 가슴을 발로 걷어찼다. 우두둑!

"크흑!"

갑주를 입었음에도 뼈가 부서지는 소리와 함께 염 장군의 신형이 뒤로 튕겨 나갔다. 다름 아닌 내게 신형을 날리려던 묘월 양명신이 있는 곳이었다. 아군이나 다름없는 그를 무작정 피하거나 쳐낼 수 없기에 양명신은 어쩔 수 없이 그를 받아 들었다. 그 순간 그의 신형이 뒤로 같이 밀려나고 말았다.

"아닛?"

촤르르르르! 격물전경의 수법이었다. 염 장군에게는 외상을 입혔지만 그 공력의 여파는 양명신에게로 향한 것이다. 아주 찰나의 순간에 불과했지만 내게는 충분했다. 나는 황제를 향해 신형을 뻗어갔다.

"폐하를 지켜라!"

"놈을 막아라!"

그러자 황제의 근방에 있던 동창 내관들이 비수를 휘두르며 신형을 날려왔다. 하나같이 절정의 고수들이었지만, 눈을 슬며시 훑어주자 그들 모두가 일시에 눈이 뒤집히며 쓰러지고 말았다. 털썩! 털썩! 굳이 시간을 낭비할 필요도 없었다.

"이게 어찌?"

손도 대지 않고 그들이 쓰러지자, 황제마저 놀라움을 금치 못했다. 마찬가지로 이 상황에 놀라워하던 검은 천으로 눈을 가린 두 눈이 금안인 자가 다급히 내게 신형을 날렸다.

"폐하께 다가갈 수 없다."

그런 그에게 나는 이죽거리듯이 말했다.

"눈도 멀쩡한 양반이 왜 장님 행세를 하는 거지?"

'…?!'

그 말에 눈을 가린 금안이 순간 당혹스러웠는지 멈칫했다. 이에 나는 전광석화처럼 그의 눈을 가리고 있는 검은 천으로 손을 뻗었다. 그러자 놈이 당황하여 고개를 뒤로 젖혔다.

'지금이다.'

노리는 것은 그게 아니었다. 봉림곡에서 만났을 때의 나는 공력으로 그의 상대가 전혀 되지 못했다. 하나 지금이라면 과연 어떨까? 픽! 천을 벗길 것처럼 뻗었던 나의 손은 어느새 그의 가슴에 일권을 날렸다. 변초를 알아차린 금안이 다급히 두 팔을 교차하려 했지만 나의 일격이 훨씬 빨랐다. 픽!

"크헉!"

가슴에 꽂힌 일권에 금안의 입에서 선혈이 터져 나왔다. 나는 거기서 멈추지 않고 몸을 휘리릭 회전하며 발차기로 그의 오른쪽 어깨에 일격을 날렸다. 이번에는 팔목을 들어 올려 이를 막아냈지만 그의 신형이 튕겨 나가고 말았다.

"아닛!"

묘월 양명신의 입에서 당혹스러운 외침이 터져 나왔다. 염 장군을 내려놓고서 나를 막기 위해 신형을 날렸는데, 또 누군가가 날아들었기 때문이다. 으득!

"이노오오옴!"

두 번은 통하지 않는다는 듯이 양명신이 날아오는 눈을 가린 금안의 사내를 피해버렸다. 그리고 내게 신형을 날리며 섭선으로 화려한 초식을 펼쳤다. 휘휘휘휘획!

그뿐만이 아니었다. 파궁귀 초사가 화살을 쏘지 않고 커다란 궁을 도처럼 휘두르며 내게 쇄도해왔고, 황제의 옆을 지키던 존주로 짐작되는 검은 면사의 호위가 검을 뽑고서 신형을 날려왔다.

"놈의 장단에 맞출 필요 없소. 합공으로 제압합시다!"

"알겠소이다!"

벽을 넘어선 세 고수가 황제를 보호하기 위해 일대일로 겨루는 것을 과감히 포기하고서 동시에 합공의 형태를 취한 것이다.

'일일이 상대하면 시간 낭비다. 하면….'

챙! 그들 셋의 신형이 고작 세 보 정도를 앞두고 있던 시점이었다. 그 순간 나는 남천철검을 뽑고서 위로 들어 올렸다. 파치치치치칙! 남천철검에서 이변이 일어났다. 갑자기 푸른빛의 뇌전이 일어나며 검을 휘어 감았다.

"아니?"

"검에서 번개가?"

신형을 쇄도해오던 세 사람의 두 눈이 휘둥그레졌다.

'뇌검천둔!'

검에 뇌기를 실어 검의 위력을 극대화하는 것. 그것이 바로 뇌검천둔의 진수였다.

'신로성명검법 사초식 회룡승검!'

파치치치치칙! 푸른빛의 뇌전의 검초가 빠르게 회전하면서 회오리바람처럼 전후좌우 할 것 없이 몰아붙이며 위로 솟구쳤다. 이를 세 고수가 절초를 펼치며 막아보려 했으나, 검초의 위력에 뇌기까지 실리니 그 위력은 상상을 불허했다. 채채채챙! 파치치치칙! 어떻게든 초식을 막으려던 그들은 뇌전이 실린 검을 몇 번 받아내다 이내 뒤로 팅겨 나가듯이 밀려나고 말았다.

"허억!"

"큭!"

촤르르르르! 파칙! 파칙! 그렇게 열 보 이상 밀려난 세 고수의 병장기와 몸에서 푸른 뇌전의 불꽃이 연신 튀며, 그들은 큰 충격이라도 받은 듯이 그 자리에서 잠시 동안 움직이질 못했다. 파치치칙! 하나 벽을 넘은 고수들답게 심후한 내공으로 뇌기를 발바닥 용천혈을 통해 빠르게 해소해갔다. 그러나 그들이 이를 해소했을 때는, 나의 검이 황제의 목에 닿아 있었다.

"황제의 목이 날아가는 걸 보고 싶지 않다면 그 자리에서 움직이지 않는 게 좋을 겁니다."

'…!!'

진의

목에 닿아 있는 남천철검의 검날에 황제의 등이 떨려왔다. 오만으로 가득했던 그의 입에서 떨리는 목소리가 흘러나왔다.

"네놈 대체…."

천하십이절이라 불리고, 또 그에 버금가는 벽을 넘은 세 고수가 합공을 하고도 자신의 뒤를 점하는 이런 상황을 어찌 예상했겠는가.

"폐하!"

"이놈!"

파궁귀 초사와 묘월 양명신이 분노를 금치 못했다. 그런 그들에게 나는 재차 경고했다.

"움직이지 말라고 했을 텐데."

그 말과 함께 천천히 검날을 황제의 목에 갖다 댔다. 조금만 힘을 주면 그의 목으로 검날이 파고들 것이다. 검을 갖다 대면서도 기분이 묘했다. 과거 최악의 폭군이라 불리면서 무림의 씨를 말리려고 했던 금상제의 목숨이 내 손에 달린 것이었다.

―어차피 죽이진 못하잖아.

… 그야 그렇지.

그렇게 되면 훗날이 완전히 뒤바뀌게 된다. 더 큰 영향이 생겨버리면 심할 경우 나라는 존재 자체도 없어질지 모른다. 물론 이 세상의 큰 흐름을 일개 한 사람에 불과한 내가 어찌 알겠냐만은 최대한 훗날에 미칠 영향은 없게 해야 했다.

'병사할 때까지 내버려둬야 하니.'

아쉽지만 목적을 달성하는 것으로 끝내야겠다. 우선 자경정이 어디 있는지 알아내고, 이곳에 있는 법구도 회수해야 할 것이다. 아마도 법구는 황제에게 있을 테지. 천고의 기물이라 불리는 것을 다른 자에게 넘겼을 리가 만무했다.

―운휘, 존주는 어찌할 건가?

남천철검의 물음에 검은 면사로 얼굴을 가린 호위를 쳐다보았다. 무림인이 아닌데도 무위는 천하십이절의 고수들과 비교해도 전혀 손색이 없었다. 아니, 오히려 조금 더 우위일지도 모른다.

―왜?

처음 겪는 것일 텐데 뇌검천둔의 뇌기를 가장 빨리 해소했다. 천막의 판목이 갈라진 형태만 봐도 알 수 있다. 수백 년 전인 지금조차 이리 강하다면 후환을 없애기 위해서라도 지금 죽이는 게 답일 텐데…. 그저 정보를 캐내는 데서 끝내야 하는 것이 참 안타까웠다.

그때 등을 떨고 있던 황제가 입을 열었다.

"지금이라도 그만둔다면 네 목숨만은 보존토록 하겠다."

그래도 한 일국의 황제다운 면모를 보였다. 어지간해서는 자신의 목에 검을 들이밀면 진정되지 않을 터인데 말이다.

나는 황제에게 부드러운 어조로 말했다.

"저야말로 폐하께 말씀드리죠. 제가 여쭙는 말에만 대답해주신 다면 아무 일 없이 조용히 넘어가겠습니다."

"감히 이놈이…."

"가만히 있으라고 했을 텐데요. 아까 저보고 손끝 하나 움직이지 말라고 했던가요."

이런 나의 말에 화살통을 향해 손을 움직이던 파궁귀 초사가 이를 멈췄다. 뇌검천둔에 밀리기는 했으나 이들도 명색이 천하십이절이라 불리며 현 무림에서 정점인 자들이다. 조금만 틈을 보이면 어떻게 나올지 알 수 없었다. 그리 시간이 많지 않으니 본론부터 꺼내야겠다.

"폐하, 자경정은 어디에 있습니까?"

"…그걸 알아서 어찌하려는 것이더냐? 놈을 잡으려고?"

"네, 말씀드리지 않았습니까?"

"그 말이 하나같이 거짓으로 들려서 말이지."

대답을 잘하면 죽이지 않는다고 해서일까? 농까지 하면서 담담하게 대답했다. 황제로서의 그릇이기에 이 정도 담대함을 지닌 것일까?

슥! 검날이 피부에 닿자 황제가 살짝 움찔했다. 나는 방금 전과 달리 살기를 머금고는 말했다.

"검날이 유독 차갑게 느껴지실 겁니다. 그것은 폐하의 목숨과도 직결되어 있기 때문이죠."

그 말에 황제가 침을 삼키는 소리가 들려왔다. 이제 좀 긴장이 되나 보다.

"너…."

"세상에 절대로, 라는 말은 존재하지 않습니다. 한마디 한마디에 심사숙고하여 말씀해주시기 바랍니다."

주르륵! 황제의 목에서 피가 흘러내렸다. 이를 지켜보는 묘월 양 명신의 얼굴이 노기로 상기되었다. 하나 황제의 목숨이 달려 있기에 섣불리 움직이진 못했다.

"…."

그들 뒤쪽에 서 있는 두 눈을 검은 천으로 가린 금안의 사내 또 한 마찬가지였다. 그는 눈을 가리고 있으면서도 미간을 찌푸리며 나를 뚫어지게 쳐다보고 있었다. 자신이 장님이 아닌 것을 알아 혼란스러울 것이다.

"자, 이제 이야기하시죠."

"자경정의 행방을 말하라는 것이냐?"

"네."

"…모른다."

황제의 입에서 나온 대답에 나는 인상을 찡그렸다. 자경정이 알려준 정보를 바탕으로 도화선으로 들어가려 하고, 나에 대한 방비마저 한 자가 그의 행방을 모른다는 게 말이 되는가?

"그걸 저더러 믿으라는 것은 아니겠지요?"

"짐이 목을 걸고 거짓을 말할 이유가 있느냐?"

그런 그의 말에 나는 코웃음을 쳤다.

"폐하께서는 제가 보아왔던 어떤 자들보다 욕구가 강하신 것 같더군요. 그런 분이 자신을 솔깃하게 만든 자의 행방을 모른다고 말하면 믿을 수 있겠습니까?"

"의심이 많은 자로구나."

"합리적 의심이죠."

"모르는 것을 안다고 짐이 네게 구구절절 설명하기를…."

푹!

"헛!"

황제가 화들짝 놀랐다. 그의 목으로 검날이 더욱 깊이 파고들었기 때문이다. 나는 빙그레 웃으며 그에게 말했다.

"저로 하여금 역모라는 죄를 범하게 하지 마십시오."

"이, 이게 역모가 아니면…."

"스스로를 보호하고자 하는 자구책일 뿐입니다. 그 자구책이 변질되는 것은 폐하의 대답에 달려 있지요."

그 말과 함께 나는 더욱 검날에 힘을 주었다. 그러자 황제가 다급히 소리쳤다.

"그, 그자는 안개 숲을 붙잡아두기 위하여 간다고 하였다."

'…?!'

그 말에 나는 순간 당혹감을 금치 못했다.

'안개 숲을 붙잡아둬?'

—이게 무슨 소리야?

머릿속이 혼란스러웠다. 도화선은 주기적으로 시간과 공간의 흐름을 타고서 이동한다. 삼십육선천위방경문에 의해 기존의 흐름에서 완전히 벗어나 별개로 움직이기에 한곳에서 오래 머물지 못한다. 지금쯤이면 도화선은 그 자리에서 사라졌을 것이다. 그리 믿었기에 자경정이 도화선의 위치를 예측하는 것에 실패했다고 여겼다. 한데 이를 붙잡아두기 위해 간다고 했다고?

"그게 정말입니까?"

"사실이다. 짐이 이를 확인하기 위해 뇌 총독으로 하여금 자경정에게 따라붙어 감시하게 하였다."

대체 이게 무슨 상황이지? 자경정 이자가 그럼 지금 도화선에 갔다는 건가?

'하….'

민생을 위하느니 뭐니 하면서 도화선을 배신하고 자신의 발로 나갔다. 한데 이 대담한 놈이 황제의 손에 장생의 묘약인 용호금단을 넘기기 위해서 다시 도화선으로 돌아갔다고?

—불가능하지 않아?

소담검의 말이 옳았다. 삼십육선천위방경문에 선적이 올라와 있어야 도화선에 들어갈 수 있다. 내가 어쩌다가 도화선에 진입할 수 있었던 것도 검선 스승님의 백이 있었기에 가능했던 것이다. 놈은 제명되었기에 혼자 힘으로는 도화선에 들어갈 수가 없다. 설마….

—여양선이 있잖아!

소담검의 말대로 여양선은 선적에서 제명되지 않았다. 따라서 언제든지 안으로 들어갈 수 있다. 이렇게 한 것은 그녀가 혹 자경정의 손에서 벗어날 경우를 대비한 검선 스승님의 안배였다.

'빌어먹을 놈. 자신의 사매를 이용한 건가?'

그런 것이라면 충분히 가능성이 있다. 하나 대체 무슨 수로 도화선을 붙잡는다는 거지? 삼십육선천위방경문을 파괴한다면 가능하겠지만, 놈이 벌인 일로 그곳은 정양 진인을 제외한 일곱 스승님들께서 돌아가면서 지키고 있다. 아무리 놈이 강하고 법구까지 지녔다고 해도 도화선 내라면 상황이 달라진다. 선인의 영역에 이른 정양 진인만 나서도 금방 제압될 것이다.

'무슨 배짱인 거지?'

도무지 이해할 수가 없었다. 아무래도 서둘러 돌아가야 할 것 같았다. 놈이 어차피 이곳에 없다면 무슨 수작을 부리기 전에 막아야 했다. 그 전에….

"폐하."

"사, 사실대로 말하지 않았느냐?"

"자경정에게 받은 기물이 있으시지요."

"그건…."

"그건 저희 사문의 보물입니다. 아무리 일국을 다스리는 폐하이시라 해도 매우 위험한 물건입니다. 하니 돌려주시기 바랍니다."

법구만 회수해서 돌아가야겠다.

─운휘.

'걱정하지 마, 남천.'

존주의 얼굴도 확인할 거야.

이런 나의 말에 남천철검도 입을 다물었다. 검날에 다시 힘을 가하자 황제가 경기를 일으키며 말했다.

"주, 주겠다. 주면 되지 않느냐. 이것을 돌려주면 짐을 놓아줄 것이냐?"

"그렇습니다."

곱게 돌려줄 것이지, 뭐하러 피를 보는 것인지. 황제가 천천히 자신의 품속으로 손을 집어넣었다.

"괜한 수작 부리지 마십시오."

혹시나 하는 마음에 경고했다. 무공도 익히지 않은 그가 무엇을 한다고 해서 당할 일은 없겠지만, 괜히 법구라도 사용하려 든다면 상황이 달라진다. 그렇기에 검날에 힘을 계속 가하고 있는 것이었다. 황제가 품속에서 무언가를 빼 들고서 자신의 손바닥에 올려놓았다. 그것은 옥으로 만든 작은 패였다.

'선벽진옥의 패?'

나는 인상을 찡그렸다. 이것이 아니라 양황강명의 석이 있을 줄 알았다. 이게 있었다면 가까이 다가오지 못하게 할 수도 있었는데, 그저 장신구처럼 품에 지니기만 하다니, 뭔가 이상했다. 추침판대로라면 분명 이것을 계속 사용하고 있었다. 나는 품속에 손을 넣어 추침판을 꺼냈다. 지금 황제는 법구를 사용하지 않으니 추침판의 바늘이 움직이지 않아야 하는데, 추침판의 바늘이 엄청난 속도로 흔들리고 있었다. 파르르르르르! 그리고 그 바늘은 황제가 아닌 다른 누군가를 가리키고 있었다. 그곳으로 시선을 돌린 나는 눈살을 찌푸릴 수밖에 없었다.

'존주?'

바늘은 정확하게 검은 면사를 쓰고 있는 황제의 호위에게로 향하고 있었다. 나는 검날을 의식하고 있는 황제를 내려다보았다.

"어, 어서 가져가거라."

지금 나를 속이려고 하는 건가. 저자에게 법구를 맡겨놓고서 말이다.

나는 한숨을 내쉬며 황제에게 말했다.

"허튼수작은 부리지 말라고 하였을 텐데요."

"무슨 소리를 하는 것이냐? 자경정이 준 기물을 달라고 하지 않았느냐? 이것이 바로 그것이다."

"제가 그리 어리석어 보이십니까? 당장 저기 있는 호위더러 얌전히 기물을 달라고 하십시오. 그렇지 않으면 폐하는….”

검날이 황제의 목을 더욱 파고들었다. 황제가 경기를 일으키며 당황해서 호위에게 소리쳤다.

“이, 이자가 원하는 대로 해주어라.”

그런 그의 말에 나는 경고를 덧붙였다.

“기물을 사용하면 황제는 죽는다.”

“….”

이에 검은 면사를 쓰고 있는 황제의 호위가 말없이 품속에서 무언가를 꺼내 들었다. 그것은 황제의 손바닥에 있는 옥패와 완전히 똑같은 것이었다. 다른 점이 있다면 가운데 붉은 보석이 더욱 선명했다. 이를 본 황제가 의아하다는 듯이 중얼거렸다.

“네놈이 어찌 그것을….”

“됐고 옥패를 이리 던지시죠.”

이런 나의 말에 호위가 옥패를 쥐고서 내게 던질 듯이 자세를 취했다. 그러고는 그것을 내게 뻗었다. 바로 그 순간이었다.

우우우웅!

눈앞에서 기이한 일이 벌어졌다. 회색빛의 얇은 막처럼 보이는 벽이 황제와 내가 있는 곳의 앞을 가로막았다. 좌우로 고개를 돌리니 그것은 내 양옆에도 생겨나 있었다.

“이, 이게 대체….”

황제가 영문을 모르겠다는 듯이 중얼거렸다. 이에 나는 그의 목을 붙잡고서 남천철검으로 얇은 막의 벽을 찔러보았다. 파파파파팍! 그러자 강한 반탄력에 의해 검이 뒤로 튕겨 나갔다.

“젠장.”

놈이 선벽진옥의 패를 사용했다. 이 막은 선벽이라 불리는 것으로 누군가를 가두고 스스로를 보호하는 용도로 쓰인다. 요물이나 마물마저 가둘 수 있다고 알려진 이것은 평범한 인간의 힘으로는 부술 수 없다고 한다.

나는 황제의 목을 강하게 움켜쥐고서 말했다.

"황제가 죽는 꼴을 보고 싶은 것입니까?"

그런 나의 말에 검은 면사의 사내가 피식거리며 웃었다. 황제의 목숨이 달려 있는데 웃어? 황당한 것은 나뿐만이 아니라 황제도 마찬가지였는지 노기가 차올라 소리쳤다.

"지금 무슨 짓을 하는 게야! 짐이 어찌 되어도 상관없다는…."

"쉿."

그의 말이 끝나기도 전에 검은 면사의 사내가 검지를 입가에 대고서 말했다. 그러자 황제가 벙어리가 된 것처럼 입을 다물었다. 상기된 얼굴의 황제는 입을 닫고서 영문을 모르겠다는 듯이 혼자 읊조렸다.

'이게 대체….'

그때 검은 면사의 호위가 혀를 차며 말했다.

"짐을 완벽히 흉내 낼 수 있도록 만들라고 하였더니, 제대로 모욕을 주었군."

'…!!'

그의 말에 양옆에 서 있던 파궁귀 초사와 묘월 양명신이 휘둥그레진 눈으로 그를 바라보았다. 황제 또한 이게 무슨 소리냐는 듯이 두 눈이 커졌다. 이에 나는 눈을 가늘게 뜨고서 황제의 호위에게 말했다.

"…당신이 황제였군요."

내가 목을 움켜잡고 있는 이자는 대역이었다. 진짜가 아니었다.

"하찮은 것에게 짐의 용안을 보이게 될 줄은 몰랐구나."

황제의 호위가 검은 면사를 벗었다. 그러자 그 안에서 굵은 점을 찍은 듯이 짧은 눈썹에 훤칠하면서 강인한 인상을 가진 얼굴이 드러났다. 머릿속에서 남천철검의 목소리가 울려 퍼졌다.

―놈이다, 운휘!

하…. 나는 어처구니가 없어 말문이 막혔다. 최악의 폭군이라 불리는 금상제가 바로 존주였던 것이다. 병사했다고 알려진 금상제가 무림을 뒤에서 좌지우지했던 존주라니. 나조차 경악을 금치 않을 수가 없었다. 한데 놈의 눈….

―금안이 아닌데?

두 눈동자 모두 금안이 아닌 평범한 눈동자를 하고 있었다.

'정말 그자가 맞아?'

―맞다. 저 목소리도 그렇고 얼굴도 확실하다. 주인의 팔을 자르고서 오만하게 내려다보던 저 얼굴을 어찌 잊겠나!

남천철검이 분을 이기지 못했다. 황제가 정말 존주라면 아직 시술을 받지 않은 것인가? 그렇지 않고는 저리 멀쩡할 리가 없었다. 그때 스스로가 진정한 황제라 밝힌 금상제가 뒷짐을 지고서 가까이로 걸어왔다.

"설령 대역이라고 할지언정 짐을 해하려 들다니 목숨이 아까운 줄 모르는구나."

위엄, 오만함, 그리고 강함마저 갖추고 있는 자였다. 황제가 정말 존주가 확실한 것 같다.

바로 앞까지 다가온 그가 내게 말했다.

"방자무기한 네놈을 죽이기 전에 진정한 목적을 들어봐야겠구나."

금상제가 한 손에 쥐고 있던 옥패를 앞으로 들이밀었다. 그러자 옥패 한가운데에 있던 붉은 보석이 빛을 내기 시작했다. 역시 선벽진옥의 패가 어떤 힘을 가지고 있는지 정확하게 알고 있었다. 회색 빛을 내던 벽이 물결처럼 일렁였다.

"네 목적이 정말 자경정이라는 자를 잡는 것이냐?"

그의 물음에 나는 이를 악물었다. 그러나 의지와 상관없이 저절로 입이 열어졌다.

"그렇습니다."

선벽진옥의 패. 이것은 진실의 법구라고 불린다. 선벽에 갇힌 자는 법구의 주인이 묻는 것을 사실대로 고하게 된다. 자경정이 가지고 도망친 법구들 중에 꽤나 성가신 축에 속하는 기물이었다.

"거짓은 아니었구나. 후후."

분위기를 보아하니 이 자리에서 내가 알고 있는 것을 전부 내뱉게 할 작정인 듯했다. 나는 남천철검의 검을 움켜잡았다. 여기서 벗어나야 했다. 이를 본 금상제가 피식 웃으며 내게 말했다.

"선벽이라는 이 벽이 절대로 부서지지 않는다는 것은 도화선에서 나온 네놈이 더욱 잘 알고 있을 터인데."

"물론 잘 알고 있지요."

'아아, 이런 식이었나.'

정말 성가셨다. 질문할 때마다 강제로 답변하게 되어 행동에 방해까지 됐다. 그의 말에 답변이 끝날 때마다 조금씩 움직일 수 있었는데, 계속해서 질문을 이어나갔다.

"도화선에서 온 게 확실하겠지?"

"…그렇…습니다."

억지로 참으려고 해도 대답이 나왔다. 이런 내 모습을 비웃기라도 하듯 금상제가 입꼬리를 올리며 말했다.

"이리 고분고분하게 굴었다면 의미 있게 쓰였을 터인데 스스로 화를 자초했구나."

"그보다 진즉에 눈치채지 못해서 안타깝군요."

"기회를 놓쳐서 말이더냐?"

"괜한 시간 낭비를 하는 듯하여서 말입니다."

"죽음을 앞두고 배짱 하나는 두둑하구나. 살아 숨 쉬는 이 짧은 순간조차 최대한 음미하는 것이 좋을 터인데 말이야."

그런 그의 말에 나는 콧방귀를 뀌며 답했다.

"폐하께선 저를 죽일 수 없습니다."

그런 나의 말에 금상제가 어처구니없다는 듯이 실소를 터뜨렸다.

"네놈의 그 번개 다루는 검법을 믿고서 그러는 것이더냐?"

망할 질문.

"그렇다고 해두죠."

운기할 틈을 주지 않았다. 이 정도면 법구를 꽤나 많이 시험해본 것 같았다.

"그렇다고 해두죠? 처음이구나. 선벽 안에 갇혀서 그렇게 모호한 답변이라니. 뭐 아무래도 좋다. 그 번개를 다루는 수법은 검선에게 배운 것이더냐?"

젠장. 입이 계속 나불나불 열렸다.

"그렇습니다. 검선께 배운 뇌검천둔과 성명검법을 합친 것이지요."

"성명검법? 그것도 검선에게 배운 것이냐?"

"검선이 아닙니다."

이러다 놈이 원하는 대로 모든 것을 이야기할지도 모르겠다. 그가 말하기 전에 수를 내야겠다.

"오호라. 검선이 아니라고? 의외로군. 짐이 여태껏 본 적이 없는 절세검법이기에 당연히 검선의 검법이라 여겼는데…."

"불로장생을 하고 싶으십니까?"

그런 나의 뜬금없는 물음에 금상제가 하던 질문을 잠시 멈췄다. 그리고 혀를 차며 말했다.

"조금이라도 틈을 찾고 싶은가 보구나. 네놈의 오른손 수양명경맥이 꿈틀거리는 것이 보이지 않을 것 같으냐?"

내 일거수일투족을 놓치지 않고 있었다. 오만함을 가지고 있으면서도 경계심을 조금도 풀고 있지 않다는 소리였다.

"앞에 있으니 당연히 보이겠죠."

나는 대답과 함께 남천철검으로 찌르는 형태의 기수식을 취했다. 금상제가 이를 보며 고개를 절레절레 흔들더니 말했다.

"헛된 짓을 하려 하는군."

"제 행동이 헛된 짓으로 보입니까?"

"부술 수 없다고 하였을 터인데."

파치치치치칙! 금상제의 말이 끝나기도 전에 검에서 푸른빛의 뇌전이 일렁였다. 이를 본 금상제가 코웃음을 쳤다.

"괜한 짓을 하지 말거라. 내게 이것을 준 자경정이란 녀석이나 복산서생 뇌장조차 이 선벽을 부수지 못했다. 오히려 선벽이 튕겨 낸 힘에 의해 다쳤을 뿐이지. 네놈이 아무리 강하다고 한들…."

"제가 도화선을 나올 수 있었던 최소한의 조건이 무엇이었을 것 같습니까?"

"최소한의 조건?"

그의 반문에 저절로 입에서 대답이 나왔다.

"법구를 맨몸으로 이겨내는 겁니다."

"뭐?"

그 물음에 선벽 너머 금상제의 눈동자가 흔들렸다. 파치치치칙! 검에서 뇌기가 방출되며 선벽이 더욱 심하게 일렁였다.

"선벽이 부서지지 않는다고 장담하실 수 있겠습니까?"

이에 금상제가 경계심을 느꼈는지, 자신도 모르게 반 보 정도 발걸음을 뒤로 물렸다.

쾅! 그와 상관없이 나는 진각을 밟았다.

"뭘 하려는 것이냐?"

놈의 질문에 나는 억지로 견뎌냈다.

'찌른다. 찌른다. 찌른다.'

오직 이 일념에 집중했다. 그러자 심장에서 찢어질 것 같은 고통이 느껴졌다. 법구의 신기를 강제로 버텨내면 이런 부작용이 생기는구나. 속에서 비릿한 핏물이 올라왔다. 좋다. 굳이 숨길 이유가 없으니 뭘 하려는 건지 대답해주지.

"진…"

"네놈… 정말 이걸 부술 수 있다고 믿는 것이냐?"

"축…"

"선벽은 가해진 힘을 배로 튕겨낸다. 그러다 네놈이 죽을 것이다."

"아…"

"제대로 미쳤군."

"회…."

"놈을 막아라. 당장!"

금상제가 뒤로 신형을 날리고서 외쳤다. 그러자 묘월 양명신이 다급히 그의 앞쪽을 가로막았다.

"검!"

뇌검천둔 진축아회검. 검에서 일어난 푸른빛의 뇌전이 회오리를 일으키며 선벽을 강타했다. 강렬하게 회전하는 뇌전의 검격에 의해 선벽에서 엄청난 파공음이 터져 나오며 흔들거렸다. 촤르르르! 그와 동시에 나의 신형이 뒤로 세 보가량 밀려났다. 선벽이 내 일격을 두 배로 받아쳤기 때문이다.

"하!"

이를 본 금상제의 입꼬리가 올라갔다. 그러면 그렇지, 라고 생각하는 것 같았다.

"후우."

이에 나는 천천히 호흡을 가다듬었다. 그리고 하단전에 이어 중단전을 개방했다. 삼 년 하고도 여덟 달 동안의 수련 끝에 나는 정기신(精氣神) 중 정기의 합일에 이르렀다. 콰지지지지직! 정기의 합일을 행하자 내공과 선천진기가 조화를 이루며 공력이 폭증하였다. 그러자 부서지지 않을 것만 같던 선벽이 찌그러져 갔다.

'…!!'

금상제의 두 눈이 커졌다.

"이놈…."

"흐아아아압!"

나는 있는 힘을 다해 앞으로 축아회검을 내뻗었다. 그 순간 선벽이 산산조각으로 부서지며 뇌전의 회오리가 하나의 폭풍이 되어 파죽지세로 앞으로 뻗어 나갔다. 파치치치칙!

"큭!"

묘월 양명신이 섭선으로 초식을 펼치며 풍압을 만들어내 이를 막아내려 했지만 이내 뇌전의 폭풍 속에 빨려들고 말았다. 뇌전의 폭풍은 거기서 그치지 않고 거대한 천막을 찢어버렸다.

"아닛!"

"뭐, 뭐얏? 이게…."

콰콰콰콰콰콰콰콰! 그리고 진군하던 황군의 일부가 그대로 폭풍에 휩쓸리고 말았다.

"후우… 후우…."

입에서 거친 호흡이 흘러나왔다. 인외의 기물이라 할 수 있는 법구의 힘을 부수느라 상당한 힘을 소요했다.

'뇌검천둔에 정기 합일….'

뇌검천둔 역시도 진기 소모가 크다. 거기서 내공과 선천진기까지 합일하면서 공력이 폭증한 만큼 체력의 소모도 여느 초식들과는 비교도 할 수 없을 만큼 높았다.

"끄으으…."

"으으."

"내 다리… 다리가…."

여기저기서 고통의 신음성이 터져 나왔다. 천막을 찢고 쇄도한 뇌검천둔 진축아회검의 위력은 황군을 그야말로 쑥대밭으로 만들었다. 부채꼴 형태로 퍼져 나간 뇌전의 폭풍이 휩쓸고 간 곳은 피로 얼룩져 있었으며 아수라장 그 자체였다. 얼핏 수백 명의 사상자가 생긴 것 같았다.

'……'

처음이었다. 이 손으로 이렇게 많은 자들을 죽인 것은. 그동안 수많은 적들을 상대했지만 개미를 짓밟듯이 죽여본 적은 없었다. 스승님께서 어째서 뇌검천둔과 뇌벽천둔을 함부로 남용하지 말라고 했는지 알 것 같았다. 선벽을 부수기 위해서라고는 하지만 묘하게 씁쓸한 기분이었다.

—자책하는 거야?

아니. 어차피 한 번은 확실하게 보여줘야 했다. 압도적인 강함으로 눌러놔야 기어오르지 않는다. 어설프게 손속에 사정을 둔다면 지금처럼 저들이 공포에 질린 얼굴로 나를 쳐다볼 리가 없었다. 앞으로 한 걸음 걷는데 물컹거리는 것이 밟혔다. 밑을 내려다보니 오장육부의 파편으로 보이는 것들이 널브러져 있었다. 황제의 대역을 맡은 자의 것으로 보였다.

—네가 진축아회검을 펼칠 때 몸이 띵띵 부풀어 오르더니, 갑자기 저리 터져버렸어.

그래? 아무래도 압력에 의해서 그리된 것 같다. 선벽이 튕겨 내는 힘과 내가 끌어낸 힘을 범인의 몸으로 버틸 수 있을 리가 만무했다. 대역으로서 비참한 최후였다.

나는 고개를 들고 앞으로 걸어갔다.

"무사했군."

가장 눈에 띈 자는 파궁귀 초사였다. 온몸이 상흔으로 가득했는데, 가까스로 초식의 여파에서 벗어난 것 같았다. 커다란 궁을 지팡

252

이 삼아 쓰러지지 않고 있는 녀석이었다. 내가 다가가자 전신을 파르르 떨었다.

"괴… 괴물 같은 놈…."

녀석의 말에 대답할 필요를 못 느꼈다. 내 관심은 저것에 있으니까. 손을 뻗자 바닥에 떨어져 있던 선벽진옥의 패가 허공섭물로 빨려 들어왔다. 팍! 뇌전의 폭풍에 휩쓸리며 금상제가 이를 놓친 것 같았다. 만져보니 진짜가 확실했다. 이로써 자경정이 훔쳐간 법구 중 하나를 회수한 셈이었다. 여기서의 볼일은 끝났으니 이제 돌아가야겠다. 금상제는 죽지 않았겠지?

—우측 앞쪽에 있네.

소담검의 말에 그곳을 바라보니 부러진 검을 들고서 비틀거리는 금상제가 보였다. 그의 앞쪽에는 전신이 난도질되고 뇌전에 타들어 간 시신 하나가 서 있었는데, 아무래도 묘월 양명신인 것 같았다. 그의 뒤쪽으로는 땅이 덜 패인 것으로 보아, 황제인 금상제를 지키다가 끝내 숨을 거둔 모양이었다.

—무림인인데도 충성심이 있네.

소담검의 말대로 의외였다. 금상제의 무림 말살 정책에 굴복하였다고만 생각했는데, 이렇게 황제를 위해 목숨을 던져 희생하는 걸 보면 확실하게 충심이 느껴졌다.

나는 부러진 검을 들고 떨리는 눈으로 나를 바라보는 금상제를 쳐다보았다. 그 역시도 나를 괴물처럼 바라보고 있었다.

—목숨도 질기네.

확실히 지금 죽을 운명이 아닌 모양이었다. 그렇게 가까운 거리에서 정기 합일로 증폭된 공력으로 펼친 뇌검천둔 진축아회검을 맞닥뜨렸는데 살아남았다.

—…전 주인의 원수를 앞에 두고 이렇게 가야 하다니. 너무 원통하다, 운휘.

나라고 다르겠는가. 하지만 지금 당장에 저자를 죽이면 앞으로 벌어질 역사가 뒤바뀐다. 비월영종의 탄생도, 내가 남천 너와 만날 일도 사라지게 된다.

—아아아.

남천철검이 안타까움을 금치 못했다. 하나 이대로 그냥 간다면 저자가 무슨 짓을 벌일지 알 수 없는 노릇이지. 나는 걸음을 돌려 금상제에게 다가갔다. 한 걸음씩 다가갈 때마다 금상제의 얼굴에 식은땀이 늘어나는 것 같았다. 한 번도 이런 두려움을 겪어본 적이 없었나 보다. 하긴 만인지상 일인자라 할 수 있는 황제에다 천하십이절에 버금가는 무위마저 지닌 그가 이런 일을 겪어보았겠는가.

'남천.'

나의 말이 떨어지기가 무섭게 손에서 남천철검이 벗어났다. 그러더니 엄청난 속도로 날아가 금상제의 가슴을 꿰뚫으려고 했다. 식은땀을 흘리며 극도로 긴장하고 있던 금상제가 다급히 부러진 검날로 검초를 펼치며 이를 막으려 했다. 그러나 어느새 뒤를 점한 내가 금상제의 머리를 움켜쥐었다. 쫘악!

"이노오오옴!!"

두려움 이상으로 자존심이 강했다. 황제인 자신의 몸에 손을 대자 분노를 금치 못하고 내게 반격하려 들었다.

'뇌검천둔.'

파치치치치치칙!

"끄가가가가각!"

손에서 일어난 푸른빛 뇌기가 금상제의 머리부터 전신을 휘어 감았다. 감전된 놈이 경련을 일으키며 비명을 질렀다. 살갗이 타는 냄새마저 날 만큼 강렬한 뇌전에 금상제의 입에서 거품까지 흘러나왔다. 놈의 동공이 떨리는 게 보였다. 처음으로 겪는 죽음의 공포에 오금이 저릴 것이다.

슈우우우! 뇌검천둔을 멈추자 금상제가 비명을 지르던 것을 멈췄다.

"끄으으으."

그의 목에 남천철검의 검 끝이 닿았다. 녀석이 조금만 힘을 가하면 그대로 검이 목을 뚫고 지나갈 것이다. 금상제가 두려움이 가득한 얼굴로 검 끝을 바라보았다. 그런 그에게 말했다.

"폐하, 불로장생이니 뭐니 하는 헛된 욕망은 버리시죠."

"으으으으…"

"이대로 돌아가 만백성의 어버이로서 그들을 돌보십쇼. 무림 말살이니 뭐니 하는 짓거리를 또 한다면 이번에는 이 정도로 끝내지 않을 겁니다."

목소리에 머금은 살기에 금상제의 등이 파르르 떨렸다. 이 정도면 충분히 경고를 한 것 같다.

'남천.'

—알겠다.

남천철검이 금상제의 목에서 떨어졌다. 그리고 내가 올라탈 수 있도록 내 옆으로 검면이 위로 향하도록 다가왔다. 나는 금상제의 머리에서 손을 떼고서 남천철검 위에 올라탔다. 그리고 어검비행으로 날아가기 전에 재차 경고했다.

"소생은 이만 물러갑니다. 잊지 마십시오. 폐하가 살아 숨 쉬는 동안 저는 계속 지켜볼 것입니다. 제 눈에 띄어서 하나뿐인 목숨을 잃지 않으시기 바랍니다."

슉! 그 말이 끝나기 무섭게 남천철검이 위로 날아올랐다.

* * *

"이럴 수가?"

"검을 타고 날고 있어!"

"어, 어검비행!"

진운휘가 검을 타고 날아가는 모습에 황군의 군사들이 넋을 놓고 바라보았다. 전설로만 들어왔던 어검비행을 직접 보게 되었으니 경악하는 것도 당연했다. 하지만 대놓고 이를 떠들 수는 없었다. 자신들이 모시는 황제 금상제가 크나큰 모욕을 당하는 것을 두 눈으로 지켜봤기 때문이었다. 뇌전으로 화상을 입은 피부에 넝마가 된 옷. 위엄은 무너질 대로 무너졌다.

"무엄하다!"

"엎드려라! 누가 감히 용안을 쳐다보는 것이더냐?"

장군들의 외침에 황군이 고개를 돌리고서 바닥에 넙죽 엎드렸다. 누구도 황제의 굴욕을 빤히 지켜볼 순 없었다. 그때 황제 금상제의 입에서 오열이 섞인 광분이 터져 나왔다.

"끄아아아아아아아아!!"

목소리에 실린 진기에 내공이 약한 자들이 귀를 틀어막았다. 일

256

반 군사들은 심지어 쓰러지기마저 했다. 핏줄이 터져서 붉게 물든 금상제의 두 눈에서 피눈물이 흘러나왔다. 태어나서 처음 겪는 치욕과 두려움이란 감정에 그는 견딜 수가 없었다. 한참 동안 그렇게 광분을 내지르던 금상제가 말했다.

"특별군은 들어라."

"충!"

부서진 천막 주변에 있는 삼천여 명에 이르는 백인장, 천인장의 갑주를 입은 황군들이 부름에 답했다.

"특별군을 제외한 모든 군을 죽여라."

'…!!'

금상제의 입에서 나온 명에 특별군조차 당혹감을 감추지 못했다. 설마 군사들을 전부 죽이라는 명이 나올 줄 누가 알았겠는가. 치욕을 당했다고 하나 황제의 명은 지엄했다. 망설이던 특별군이 이내 병장기를 뽑아 들고 일반군을 향해 달려들었다.

"폐, 폐하아아아!"

"살려주시옵소서!"

"끄아아악!"

또다시 황군에서 아비규환이 터져 나왔다. 훈련을 받았다고 하나 무공을 익힌 특별군을 일반 군사들이 감당할 수 있을 리가 만무했다. 핏줄이 터져 붉게 물든 금상제의 눈동자는 독기로 가득했다. 누구도 이 사실을 알아선 안 됐다. 이 치욕이 다른 누군가에게 퍼지기를 원하지 않았다. 설사 황군에게는 아무런 죄가 없다고 하여도 말이다.

그렇게 살육이 진행되고 있는 가운데 한 장군이 금상제를 불렀다.

"폐, 폐하, 이걸 보시옵소서!"

의아해하던 차에 금상제는 장군이 가리킨 것을 보며 놀라움을 금치 못했다. 잘려 나간 발목에서 근육과 핏줄이 자라나며 다시 원래의 형태를 갖추는 기이한 광경이었다. 이것은 낫는다는 개념과는 완전히 달랐다. 재생의 영역이나 다름없었다. 그렇게 다리가 자라난 자에게로 다가온 금상제가 아래를 내려다보며 중얼거렸다.

"좌시랑."

그는 검은 천을 쓰고 있던 황실의 관료인 좌시랑이었다. 뇌전의 폭풍에 휘말렸었는지, 눈을 가리고 있던 검은 천마저 찢겨 나가 있었다. 누구도 멀쩡한 이가 없었는데 찢기고 반쯤 타버린 옷을 제외하고는 생채기 하나 없는 그였다. 분노로 가득했던 금상제의 입꼬리가 비릿하게 올라갔다.

"멀리서 찾을 것이 아니었구나."

* * *

황군으로부터 사 리 떨어진 곳. 그곳의 숲에서 기이한 일이 벌어지고 있었다. 숲을 뒤덮은 안개가 소용돌이치며 하늘 위로 솟구치고 있었다. 용이 승천하듯이 솟구치는 안개는 금방이라도 흩어질 것처럼 점점 옅어져 갔다.

고오오오. 안개 숲의 내부. 그곳은 바로 도인들의 낙원인 도화선이었다. 복숭아꽃과 선녀의 눈망울처럼 아름다운 호수, 선경으로 가득했던 도화선의 하늘이 누군가 올려친 것처럼 사방에 균열이 가 있었다.

"제압해라!"

"우리를 막을 수는 없다!"

평소라면 수련에 열중하던 도인들이 패가 나뉘어 싸우고 있었다. 그것은 단순히 겨루는 것이 아니었다. 병장기를 들고서 목숨이 위태로울 만큼 상대를 위협하고 있었다. 도인들의 낙원인 도화선이 어쩌다 이 지경이 된 것일까?

콰르르르! 어디선가 들려오는 거대한 굉음 소리. 한참을 싸우던 도인들의 시선이 그곳으로 향했다. 굉음이 터져 나온 곳으로 열화산과 같은 붉은 열기가 위로 뿜어져 올라가고 있었다. 쩌저저저적! 이렇게 치솟은 열기는 도화선의 하늘에 점점 더 커다란 균열을 만들어냈다. 머지않아 하늘이 무너져 내릴 듯했다.

"스승님!"

도인들이 그곳을 바라보며 외쳤다. 다름 아닌 도화선의 중심부이자 삼십육선천위방경문이 있는 곳이었다. 이런 사태가 벌어졌음에도 도화선의 여덟 스승이 모습을 드러내지 않은 것은 그들 모두가 그곳에 있기 때문이었다.

"이놈들! 네놈들이 이런 식으로 스승님들을 배신하는 것이더냐!"

"대의를 위해서다. 우리는 스승님들을 배신하는 것이 아니야!"

"허튼소리!"

"폭군으로 인해 속세의 도인들과 백성들이 위태로워졌는데, 이곳에 처박혀서 도를 닦는 것이 옳다는 것이냐?"

"속세에 그리 관여하고 싶으면 도화선을 나가면 되지 않느냐!"

"대의도 모르는 이기적인 것들!"

갑론을박이 벌어지다 결국 그들은 병장기를 들고 다시 싸움을 이어나갔다. 이렇게 이들이 싸우는 소리는 삼십육선천위방경문이 있는 도화선 중심부 공동에까지 들리고 있었다. 창백한 얼굴에 긴 머리카락의 청년이 공동 입구 쪽을 슬며시 쳐다보고는 말했다.

"들리십니까? 이렇게 많은 사형제가 저와 뜻을 함께합니다."

"자경정 네 이노오오옴!"

청년은 바로 도화선을 배신한 검선의 제자 자경정이었다. 그런 자경정을 다그친 자는 퉁소를 허리춤에 꽂고 있는 도인이었다. 도인은 그렇게 노기를 감추지 못하면서도 두 손을 어딘가로 향한 채 떼지 못하고 있었다. 그것은 공동의 한가운데에서 이글거리고 있는 작은 태양과도 같은 구체였다. 작다고 말했지만 그 크기가 십수 장에 이를 정도였다. 이렇게 작은 태양과도 같은 구체는 당장에라도 터질 것처럼 조금씩 부풀어 올랐고, 그 열기가 위로 치솟고 있었다.

"한 사제, 집중하게."

"큭!"

구체에서 막대한 기운이 흘러나오고 있었다. 조금이라도 이를 막는 데 소홀하면 당장에 폭주하고 말 것이다. 정양 진인을 비롯한 일곱 도인은 이것이 폭발하지 못하도록 모든 원기를 쏟아부으며 막고 있었다. 원기의 소모가 어찌나 큰지 도인들은 점차 머리가 새하얗게 세고 주름이 늘어갔다. 급속하게 노화가 진행되는 듯했다. 이는 검선 또한 마찬가지였다. 회색빛이었던 그의 머리는 점차 백발에 가까워졌다. 그런 그에게 자경정이 다가가며 말했다.

"스승님, 그만 포기하십시오. 대의를 위한 사매의 희생을 이리 무색하게 할 것입니까?"

그런 그의 말에 검선이 허탈하다는 듯이 말했다.

"…어찌 이리 변한 것이더냐? 네 입으로 양선이를 좋아한다고 하지 않았더냐?"

그 물음에 자경정이 씁쓸한 얼굴로 답했다.

"좋아합니다, 누구보다."

이에 검선이 상기된 얼굴로 그를 다그쳤다.

"그런 놈이 제 사매의 배 속에 법구를 넣고서 이를 폭발시켰느냐!"

충격적인 진실이었다. 불과 한 시진 전까지 여양선은 살아 있었다. 스스로 소멸하기 위해 폭발하는 법구에 의해 육신이 날아가기 전까지 말이다. 검선은 그를 도저히 용서할 수가 없었다. 이런 그의 분노에도 자경정은 조금도 흔들림이 없었다.

"스승님들께서는 백성들을 지킬 힘이 있으십니다. 그런데 어찌하여 수많은 사람들이 죽어 나가는데 고작 이곳을 지키는 일에 목숨을 거시는 겁니까?"

"이놈이…."

"도화선은 없어져야 합니다. 그리된다면 스승님들께서 원영신에 대고 한 맹세도 한낱 재에 불과해지겠지요."

"기어코 사달을 일으키려 하는구나."

"사달이 아닙니다. 스승님들의 구속을 풀어드리려는 겁니다."

"네놈이 하는 짓은 세상에 해를 입히는 것이야!"

듣다못해 화가 난 호리병을 차고 있는 도인이 일갈을 내질렀다. 그런 그를 보며 자경정이 콧방귀를 뀌더니 말했다.

"이기적이십니다. 자신들의 도만 우선시하여 속세의 괴로움을 등지는 것이 옳은 일입니까?"

"자경정, 그대가 하는 말은 궤변이에요."

연꽃을 귀에 꽂고 있는 면사의 여도인이 그를 나무랐다. 이에 자경정이 고개를 절레절레 흔들었다.

"도라는 것이 자신만을 위한 것입니까? 폭군을 죽이고 권세를 없애고 모두가 평화롭게 지낼 수 있는 세상을 만드는 것이 진정한 도가 아닙니까?"

그 말에 부서진 음양판을 겨드랑이에 끼고 있는 도인이 외쳤다.

"그게 궤변이라는 것이다."

"궤변?"

"네가 말한 그 평화를 위해 누군가 나서서 더 강한 힘으로 억누른다면 결국 그 또한 억압이 아니고 무엇이란 말이더냐?"

사리가 옳은 말임에도 자경정은 흔들리지 않았다. 오히려 논쟁하듯이 음양판을 가진 도인에게 소리쳤다.

"폭군, 악인, 사마외도의 길을 걷는 자에게 힘이 있다면 그리되겠지만, 스승님들께서는 아니지 않습니까? 여기 있는 도인들이 힘을 합치면 바른 세상을 만들 수 있습니다. 그것이 진리임을 모르시겠습니까?"

"진리라니. 하."

"지금 이곳으로 폭군 금상제와 황군이 진군해오고 있습니다. 머지않아 이곳에 당도할 겁니다."

그 말에 검선이 인상을 찡그리며 말했다.

"대체 무슨 일을 꾸미고 있는 게야?"

"폭군 금상제는 불로장생을 꿈꾸고 있습니다. 그가 이곳에 들어와 정양 진인께서 만드신 용호금단을 취하면 그 꿈을 이루게 되겠지요."

'…!!'

자경정의 그 말에 모두가 당혹감을 감추지 못했다. 폭군이라 불리는 그가 불로장생을 이루게 되면 최악의 상황이 벌어진다. 세월이 해결할 수 있는 일마저 막지 못하게 되는 것이다.

자경정이 빙그레 웃으며 의미심장한 목소리로 말했다.

"선택의 시간입니다. 이깟 도화선이 소멸하는 것을 막느라, 폭군이 불로장생의 꿈을 이루도록 내버려두실 것입니까? 아니면 도화선을 포기하고 저와 함께 폭군과 그의 군대를 저지하시겠습니까?"

여덟 도인의 안색이 어두워졌다. 누구도 자경정이 이런 엄청난 계책을 꾸미고 있으리라고는 상상조차 하지 못했다. 법구를 훔쳐서 달아난 것은 이를 위한 시작에 불과했다. 한쪽 신만 신은 여도인이 탄식을 흘리며 말했다.

"경정아, 경정아, 네가 정녕 이 도화선과 세상에 해악을 가져오는구나."

"이 모든 죄를 물으신다면 달게 받겠나이다. 대의를 위해 목숨을 언제든지 던질 각오는 했습니다."

자경정의 말에 검선이 허망하다는 듯이 중얼거렸다.

"노부가 사람을 잘못 보았구나. 이 모든 것이 노부의 과업이야."

"어찌 그것이 사형의 잘못이겠습니까? 천 길 물속은 알아도 한 길 사람 속은 알 수 없다고 하였는데 말입니다."

이런 그들의 대화에 자경정이 혀를 찼다. 그러고는 어딘가로 손을 뻗었다. 그러자 도인의 허리춤에 꽂혀 있던 통소가 그의 손으로 빨려 들어갔다. 이에 당황한 도인이 소리쳤다.

"멈추어라!"

"법구 세 개가 폭발하는 것까지는 스승님들께서 간신히 막고 계시지만, 과연 하나가 더 늘어났을 때도 가능하시겠습니까?"

"자경정 이놈!"

"당장 멈춰요!"

"멈추거라!"

도인들이 이구동성으로 그를 만류했다. 그러나 자경정은 애초에 멈출 생각 따윈 없었다. 그가 웃으면서 말했다.

"모든 것은 대의를 위함입니다. 누구도 저의 도를 막으실 수 없습니다."

그 말과 함께 자경정이 있는 힘껏 태양처럼 타오르는 구체를 향해 통소를 던졌다. 휙!

"안돼에에에엣!"

여덟 도인들의 얼굴이 사색이 되었다. 여기서 손을 떼는 순간 폭발을 막을 수가 없다. 바로 그 순간이었다. 휙휙휙! 구체를 향해 날아가던 통소가 허공에서 회전하는 상태로 멈춰 섰다. 이 광경에 자경정이 인상을 찡그렸다.

'그럴 리가….'

여덟 도인은 저 구체에서 손을 뗄 여력이 없다. 하면 대체 누가 이를 막았단 말인가?

"흥!"

아무래도 상관없었다. 어차피 여덟 도인을 제외하면 누구도 자신을 막을 수가 없었다. 자경정이 허공에서 회전하고 있는 통소를 향해 손을 뻗었다. 심후한 공력으로 밀어붙일 작정이었다. 그런데 통소가 더욱 빠르게 회전하며 그 자리에서 움직일 생각을 하지 않았다. 휙휙휙휙!

'이게 대체….'

그러더니 이내 회전하던 통소가 어딘가를 향해 날아갔다. 그곳은 중심부인 공동의 입구 쪽이었다. 탁! 마찰음과 함께 통소를 누군가 받아 들었다.

'…?!'

이를 바라본 여덟 도인의 어두웠던 얼굴이 환해져 갔다. 고개를 돌린 자경정의 인상이 무섭게 일그러졌다. 진운휘가 통소를 들고서 안으로 걸어오고 있었다.

자경정이 무섭게 일그러진 얼굴로 나를 노려보았다. 갑자기 내가 나타날 거라고는 전혀 예상하지 못했나 보다.

'후우.'

나는 내 손안으로 들어온 통소를 쳐다보았다. 조금만 늦었어도 큰일이 날 뻔했다. 놈이 어떻게 도화선의 중심부로 들어와 이런 짓을 벌였는지는 모르겠지만, 그 목적에 대해서는 자신의 입으로 나불거리면서 듣게 되었다.

'미친놈.'

어지간히 제정신이 아닌 놈이었다. 대의니 뭐니를 위해서 이런 짓을 벌였다고 하는데, 제대로 위험한 자였다. 진짜 목적이 도화선을 없애 원영신에 대고 맹세한 여덟 스승님을 세상 바깥으로 내보내는 것일 줄 누가 알았겠는가.

―제대로 머리 굴렸네.

스승님들이 밖으로 나갈 수 있다면 금상제와 황군을 막는 것은 어려운 일이 아니었다. 하나 스승님들은 맹세로 인해 이곳을 나갈 수도 속세에 관여할 수도 없다. 자경정은 영악하게도 스승님들이 그렇게 할 수밖에 없는 상황을 강제로 야기했다.

─다들 몇십 년은 늙은 것 같아.

소담검의 말처럼 여덟 스승님의 머리가 전부 하얗게 세었다. 검선 스승님도 그러했는데, 그 모습이 심상에서 보았던 백과 거의 흡사해졌다. 아무래도 저 구체가 터지는 것을 막느라고 원기를 많이 소모한 듯했다.

"녀석을 막아야 한다!"

내가 나타나 약간은 안도하게 된 통소의 주인, 한 스승님이 외쳤다. 일단 한 스승님의 말씀대로 놈을 제압하는 게 급선무인 듯했다.

자경정이 나를 노려보며 말했다.

"네깟 놈이 또 나를 방해하다니."

"방해? 개소리도 진지하게 하는군."

"뭐?"

"스승님을 배신한 것으로도 모자라 이런 멍청한 짓을 벌인 주제에 뭘 잘했다고 당당하게 굴지?"

이죽거리는 나의 말에 놈의 창백한 얼굴이 상기되었다. 나도 그랬지만 자경정 저놈도 어지간히 내가 싫은가 보다. 놈이 내게 어처구니없다는 듯이 말했다.

"멍청한 짓? 만백성들을 위한 대의가 네놈 눈에는 그렇게 보이느냐? 어리석은 것."

"백성들을 위한 대의?"

"네놈같이 하찮은 까마귀가 어찌 고귀한 백로의 뜻을 알겠느냐."

스스로를 백로라 칭한 건가? 혀를 내두르게 만든다. 내가 볼 때 놈은 자신이 잘못을 저지른다는 생각 자체가 없었다. 정말로 옳은 일을 하고 있다고 믿는 것 같았다.

놈이 내게 소리쳤다.

"내 일을 방해하지 마라. 네놈도 속세를 봤다면 알 것 아니냐. 이대로 내버려둔다면 더 큰 참사가 벌어질 것이다."

"그리 막고 싶다면 네놈 혼자서 막으면 될 것이 아니냐?"

"나 하나의 힘으로 바꿀 수 있다면 진즉에 그렇게 했을 거다. 지금이라도 스승님들과 도화선 도인들이 힘을 합친다면 세상을 바꿀 수 있다. 누구도 사심을 가지지 않는 깨끗한 이상향을 만들 수 있다는 거다."

"그래서 설득이 안 되니 도화선을 부수겠다는 거냐?"

내 입장에서는 황당한 놈이었다. 도화선이 소멸되고 나면 나는 원래 있던 곳으로 돌아갈 수가 없다. 왜냐하면 이곳 중심부에 있는 삼십육선천위방경문의 가장 근간이 되는 경문이 정양 진인의 영보필법이기 때문이었다. 나 역시도 후에 알게 된 사실이었다. 시간과 공간의 흐름 속에서 도화선을 지탱할 만한 매개체가 필요했는데, 최고의 법구라 불리는 영보필법을 활용한 것이다. 한데 여기서 저 태양처럼 이글거리는 구체가 터진다면 다시는 도화선이 생겨나지 못하게 된다.

"여기 있는 스승님들을 옥죄이는 쇠사슬을 풀어드리는 거다. 고작 네놈 따위가 고결한 대의를 이해하리라 생각지는 않는다."

그 말에 코웃음이 절로 나왔다.

"하! 이제야 알겠군."

"뭐?"

"미친놈이 신념을 가지면 위험하다고 하더니, 딱 네놈이 그렇군."

빈정거리는 나의 말에 연꽃을 귀에 꽂은 면사의 여도인 하 스승님이 구체를 막는 와중에 풋 하고 웃어댔다. 놈에게 정말로 들어맞는 말을 했기 때문이었다.

"네깟 놈이 감히…."

자경정의 창백한 얼굴이 붉게 상기되었다. 당장에라도 내게 신형을 날릴 듯하더니, 놈이 인상을 찡그리다가 이내 비릿하게 입꼬리를 올렸다.

"하마터면 네놈의 수작에 넘어갈 뻔했군."

"수작?"

"시간을 끌어서 여기 계신 스승님들이 폭발을 막도록 도우려는 것을 모를 것 같으냐."

그 말과 함께 자경정이 뒤로 몸을 돌리더니 구체가 있는 방향으로 손을 뻗었다. 그러자 조 스승님이 겨드랑이에 끼고 있던 음양판이 빠져나왔다.

"이런!"

조 스승님이 그것을 붙잡으려다 이내 손을 거두었다. 손을 떼려는 짧은 찰나, 구체가 더욱 빠르게 커지려고 했기 때문이다. 결국 누구 하나 여기서 손을 떼면 사달이 벌어진다는 소리였다.

우우웅! 하나 조 스승님은 아슬아슬하게 멈춘 음양판을 보고서 안도의 숨을 내쉬었다. 반면 자경정은 인상을 쓴 채 손을 움직였다. 허공섭물로 어떻게든 법구를 저 태양과도 같은 구체 속에 집어넣으려 했다. 그러나 이를 내가 지켜보겠는가.

파르르! 녀석과 이미 통소로 공력 대결을 펼쳐보았다. 첫 번째 대결에서도 이겼는데 두 번째라고 밀리겠는가. 자경정이 입술을 질끈 깨물었다. 아무리 공력을 끌어올려도 멈춰 선 음양판이 꿈쩍하지 않으니 화가 잔뜩 올랐을 것이다.

놈이 내게 소리쳤다.

"멍청한 놈…! 네놈도 밖을 나갔었다면 봤을 것 아니냐? 지금 이곳으로 폭군 금상제가 대규모의 황군을 이끌고 오고 있다."

"…."

"도화선의 입구는 열려 있다. 스승님들이 도화선에 묶여 있게 되면 폭군의 손아귀에 장생의 묘약인 용호금단이 넘어간다. 그리되길 바라는 거냐?"

스승님들에게 했던 협박을 똑같이 하고 있었다. 이것이었다. 선택지를 좁혀서 어쩔 수 없이 그것을 선택하도록 만드는 것이다. 여덟 스승님의 반 이상이 이 선택지를 의식했는지 안색이 어두워졌다. 고민이 되는 모양이었다.

"네놈에게도 똑같이 선택지를 주마. 도화선이 소멸하는 것을 막느라, 폭군이 불로장생의 꿈을 이루도록 내버려둘 것이냐? 아니면 도화선을 포기하고 여기 계신 스승님들이 폭군과 그의 군대를 저지하도록 할 테냐?"

득의양양한 태도를 보이고 있었다. 나라고 해도 스승님들처럼 고민할 수밖에 없으리라 여기는 것 같았다. 한데 놈이 모르는 사실이 있었다.

"아, 혹시 금상제가 여기 올 거라고 생각하는 거냐?"

"반드시 온다."

제 입으로 황제에게 이곳 위치부터 온갖 정보를 나불거렸으니 확신에 차 있었다. 별일이 없었다면 놈의 말대로 지금쯤 거의 다 도착했을 것이다. 한데 그 별일이 생겼다는 게 문제였다. 나는 빙그레 웃으며 놈에게 말했다.

"이를 어쩌지."

"뭐?"

"못 올 것 같은데."

그런 나의 말에 놈이 코웃음을 치며 다그쳤다.

"허튼소리. 황제의 군대는 네놈 혼자의 힘으로…."

"우두머리가 잡힌다면 이야기가 달라지지."

"우두머리?"

놈의 한쪽 눈썹이 치켜 올라갔다. 내 말을 믿지 못하는가 보다.

"설마 네가 황제를 어찌했다는 말을 하는 것은 아니겠지? 네놈의 무공이 제법이라고는 해도 그자와 마주쳤다면 절대로 돌아올 수 없다."

확신에 찬 목소리로 말했다. 이에 나는 품속에서 뭔가를 꺼내 놈이 볼 수 있게 들어 보였다.

'…!!'

놈의 두 눈이 커졌다. 그것은 놈이 훔쳐갔던 법구들 중 하나인 선벽진옥의 패였다. 어찌나 놀랐는지 공력이 흐트러지면서 타오르는 구체 앞에 아슬아슬하게 멈춰 있던 음양판이 내게로 날아왔다.

탁! 내가 그것을 받아 들자 놈이 아뿔싸 싶었는지 나를 노려보더니 말했다.

"네놈이 어찌 그것을?"

"네 녀석이 황제에게 잘 보이기 위해 진상한 것을 되찾아왔는데, 뭐가 잘못되었나?"

'…?!'

그 말에 구체를 막고 있는 여덟 도인이 무섭게 굳은 얼굴로 그를 쳐다보았다. 녀석이 법구마저 갖다 바치고서 황제를 유인한 사실은 몰랐나 보다. 제자였던 그를 그나마 안타깝게 여겼던 검선 스승님이었는데, 이제는 일말의 정도 떨어졌는지 기가 찬 듯했다.

"어리석구나, 어리석어. 세상이 네 손바닥 위에서 놀아나고 있다고 여기는구나. 경정아, 경정아, 너를 데려오는 것이 아니었다."

처음으로 검선 스승님의 입에서 후회의 탄식이 흘러나왔다. 이에 덧붙여 연꽃을 귀에 꽂고 있는 하 스승님이 빈정대듯이 말했다.

"선택할 필요가 없어졌구나."

그런 그들의 말에 자경정의 얼굴이 상기되다 못해 터질 듯이 붉어졌다. 철저하게 세운 계획이 나 한 사람에 의해 무너져 내리니 그 분노를 이겨낼 수가 없었는지, 나를 노려보는 시선에서 엄청난 살기가 느껴졌다. 으득! 이를 갈던 자경정이 고개를 돌렸다. 그리고 태양처럼 이글거리는 구체를 막고 있는 여덟 도인에게 말했다.

"대의를 위하여 저와 같은 길을 걸어가길 바랐습니다."

"뭐라?"

"끝내 저로 하여금 피를 보게 하시는군요."

"설마 네놈…."

"스승님들을 살려둔다면 저를 가두시고 등선하는 그날까지 이 도화선에 꼭꼭 숨어 계시겠지요. 그렇게 내버려둘 것 같습니까?"

팟! 그 말이 끝나기가 무섭게 놈이 여덟 선인을 향해 신형을 날렸다. 미쳐도 단단히 미친놈이었다. 자신의 뜻을 이루기 위해 이젠 여덟 도인을 죽이려 했다. 그러나 놈이 또 하나 간과한 것이 있었다.

우우웅! 그때 놈의 주변으로 회색빛이 일렁이는 선벽이 생겨났다.

"이건?"

선벽에 갇힌 자경정이 뒤돌아보며 나를 노려보았다. 이것은 법구 선벽진옥의 패의 힘이었다. 내 손에 이것이 들려 있다는 것을 간과하다니 어지간히 급했나 보다. 스승님들이 폭발하려 하는 구체를 제어해서 없애는 순간, 그들을 더 이상 어찌해볼 방법이 없다는 것을 알기 때문일 것이다. 나는 선벽에 갇혀 있는 그에게로 다가갔다.

"거기서 얌전히 있어라. 스승님들을 돕고 나면 내 손으로 그 목을 베어주마."

다른 것은 몰라도 이자만큼은 죽일 것이다. 살려둬서는 안 될 자였다. 하지만 그 전에 스승님들을 먼저 도와야겠다. 원기를 더 소모했다가는 등선이 아니라 노화로 어찌 될 것 같았다. 바로 그때였다.

"역시 네놈이 원흉이구나. 네놈만 없었어도 이런 일은 없었겠지."

스릉! 검이 뽑히는 소리에 나는 뒤돌아보았다. 녀석의 손에는 아무것도 없었다. 그런데 품속에서 기다란 검을 뽑고 있는 것이 아닌가.

'…?!'

한데 그것을 본 순간 나는 눈살을 찌푸릴 수밖에 없었다. 녀석이 뽑은 그 검은 다름 아닌 검선 스승님의 법구 천둔이었다.

"천둔?"

눈동자를 돌려 검선 스승님의 허리춤을 보니, 천둔과 검집이 없었다.

'이 기회를 노린 건가?'

스승님이 움직이지 못하는 순간을 노려서 천둔을 빼앗은 것 같았다. 그렇게 법구의 계승자가 되고 싶어하더니, 결국 이런 식으로 비열하게 얻었다.

자경정이 입꼬리를 비릿하게 올리며 내게 말했다.

"법구 선벽진옥의 패도 쓸 만하지만, 여덟 법구 중 무기로서 최고는 단언컨대 천둔이라고 할 수 있지."

놈이 천둔을 치켜올렸다. 파치치치치칙! 천둔에서 뇌전의 기운이 흘러나오며 검이 푸른빛을 띠었다. 그러자 자경정이 선벽을 향해 검을 내리쳤다. 콰드드드드득! 천둔의 검날이 닿는 순간 찢어질 듯한 굉음과 함께 일렁이던 선벽이 이내 갈라지고 말았다.

피어오르는 먼지 속에서 놈이 걸어 나왔다. 놈이 전의가 가득한 목소리로 말했다.

"네놈이 그동안 내공 수련을 부단히 한 것 같다만 그것이 아무짝에도 쓸모없게 되었구나."

스륵! 그 말이 끝남과 동시에 놈의 신형이 내 앞으로 나타났다. 그러고는 나를 일도양단할 기세로 검을 내리쳤다. 이에 나는 재빨리 남천철검을 위로 들어 올렸다. 채애애애앵! 검날과 검날이 부딪치며 철음과 함께 강렬한 풍압이 일어났다. 콰드드득! 마치 태산이 짓누르는 것처럼 검을 타고 흘러들어오는 묵직한 기운에 발바닥이 지면을 파고들었다. 거의 발목까지 박혀 들었다.

'정말이었구나.'

법구 천둔은 천둥 번개를 다루는 힘도 있지만 주인의 공력을 극대화해준다고 들었다. 단 일 검에 불과했지만 확실하게 느껴졌다. 놈의 공력이 거의 세 배가 넘게 치솟았다.

자경정이 이죽거리며 내게 말했다.

"내 목을 베기 전에 네 놈 먼저 죽게 생겼…."

쿠구구구구! 그때 천둔에 밀려났던 남천철검이 조금씩 위로 올라갔다. 치솟은 공력으로 단숨에 밀어붙이려 했던 자경정의 눈동자가 흔들렸다.

"네놈… 공력이?"

정기의 합일을 하는 순간 공력이 폭증한 것이었다. 애초에 놈은 하단전 내공도 그렇고 중단전의 선천진기도 내게 훨씬 밀렸었다. 그당시에 나를 잠시 압도했던 것은 스승님께 배운 정기의 합일로 인한 것이었다. 그러나 그것 역시도 불완전한 것이었다. 진정한 정기의 합일은 벽의 벽을 넘어서야만 가능하다.

"큭!"

부르르르! 조금씩 올라가던 검이 어느새 위치가 대등하게 바뀌어갔다. 당황한 놈이 내게 기습적으로 발차기를 날렸다. 그런 녀석의 발차기를 나는 버드나무처럼 흔들리는 각법으로 막아냈다.

'…?!'

자경정이 가늘어진 눈매로 중얼거렸다.

"이건…."

"채화풍각."

나의 대답에 놈의 눈이 휘둥그레졌다. 그도 그럴 것이 이 각법은 한쪽 신발만 신고 다니는 여도인인 남채화의 독문 무공이었기 때문이다. 나는 놀라는 그의 가슴에다 장초를 날렸다. 파파파파파파파팍! 마치 하늘 위의 구름처럼 떠다니는 듯이 이어지는 아홉 수의 장법에 놈의 신형이 뒤로 다섯 보 가까이 밀려났다. 촤르르르르!

고통도 고통이지만 놈이 어처구니없다는 듯이 중얼거렸다.

"이건 이 소선의 구운만화장?"

"그게 끝인 것 같나?"

스륵! 순식간에 이형환위의 수법으로 놈의 앞으로 파고든 나는 왼손으로 지법을 그리고 오른손으로 권을 펼쳤다. 왼손의 지에서는 차가운 한기를 머금고 있었고, 오른손의 권에서는 뜨거운 화기가 방출되고 있었다. 차차차차창! 놈이 다급히 검초를 펼치며 이를 막아냈다. 자경정은 어처구니없음을 넘어서서 황당하다는 표정으로 여덟 도인에게 소리쳤다.

"설음지에 화양선권! 설마 이자를 공동 전인으로 삼으신 겁니까?"

놈의 물음에 이글거리는 구체를 막고 있는 도인들이 말없이 입꼬리를 올렸다.

'…!!'

부정하지 않는 그들의 모습에 자경정의 눈동자가 심하게 떨려왔다. 놈도 이런 경우는 처음일 것이다. 여태껏 도화선을 지탱하는 여덟 도인이 한 사람을 공동 전인으로 삼아 재주를 전수한 경우는 존재하지 않았다. 그 이례적인 일이 일어난 것이다.

나는 그런 그에게 피식 웃으며 말했다.

"네놈이 자초한 거다."

네놈만 머리를 굴릴 거라 생각했나. 법구를 가져간 네놈을 잡기 위해 여덟 도인이 뜻을 모았다. 그 결정체가 바로 나다.

으득! 자경정이 이를 갈더니 이내 뒤로 신형을 날리며 내게서 거리를 벌렸다. 그러고는 소리쳤다.

"누가 화를 자초한 건지 보거라."

팍! 놈이 법구 천둔을 위로 치켜올렸다. 그 순간 공동의 구멍으로 보이는 하늘에서 천둥소리가 들려왔다. 쿠르르쾅쾅! 천둔의 진정한 힘을 개방하려는 것이었다. 이에 나는 놈을 향해 신형을 날렸다.

"이게 진짜 천둔의 힘이다!"

자경정이 나를 정확히 조준해서 법구 천둔을 휘둘렀다. 그 순간 공동의 구멍을 통해 푸른빛의 번개가 삽시간에 나를 덮쳤다. 콰콰쾅! 놈은 그것으로 만족하지 않았는지 내게 연달아 천둔을 휘둘렀다. 번개를 맞는 내 모습에 속이 시원하다는 듯이 콧바람을 내뿜던 녀석의 표정이 굳어졌다.

파치치치치칙! 저벅저벅! 연달아 번개를 맞고 있는 내가 태연자적하게 놈에게로 걸어가고 있었기 때문이다. 나는 경악하는 놈에게 빙그레 웃으며 말했다.

"많이 익숙해져서 말이야."

콰르르쾅쾅! 파치치치치치! 내려치는 벼락과 몸을 뒤덮은 푸른빛의 뇌전. 이에도 불구하고 아무렇지 않게 걸어가자 자경정은 어처구니없어했다. 안타깝지만 대도천둔검법의 비기인 뇌벽천둔을 익히기 위해 얼마나 많은 벼락을 맞았던가.

—혈관에 피가 아니라 번개가 흐를 거야. 암.

소담검이 키득거리며 말했다.

그 정도는 아니고 전신이 뇌기로 가득하다. 스승님의 말에 의하면 평범한 사람 몸에도 최소한의 뇌기가 존재하는데, 내 몸에는 그것과는 비교도 안 되는 뇌기가 잠재되어 있다고 했다.

경악하던 자경정이 이를 갈며 검선 스승님을 노려보았다.

"저놈에게 대도천둔검법을 전수하신 겁니까?"

놈의 물음에 스승님은 아무 대답도 하지 않았다. 더 이상 그에 대한 미련이 없는 듯했다.

"당신 밑에서 수십 년 동안 있었어도 가르쳐주지 않았던 비기를 나 하나 잡자고 고작 저런 놈에게 전수를 해?"

억하심정이 담긴 외침이었다. 될 성싶은 나무는 떡잎부터 알아본다고 했다. 계속 어긋나는 행동을 하는데, 나라 해도 섣불리 비기를 가르치지 않았을 것이다. 인과응보였다.

"좋아. 더 이상 사제 관계도 아니란 거군."

내게 계속해서 천둔을 휘두르던 자경정이 방향을 틀었다. 그곳은 여덟 도인이 있는 방향이었다. 그렇게 내버려둘 것 같아. 스륵! 이형환위를 일으킬 만큼 빠르게 경신법을 펼친 나는 순식간에 놈에게로 거리를 좁혔다. 그리고 천둔을 내려치려는 팔목을 베어들어갔다.

"흥!"

놈이 천둔의 방향을 틀어 이를 막아냈다. 챙! 나는 그 상태로 채화풍각의 각법으로 놈의 턱을 노렸다. 그러나 놈이 뒤로 고개를 살짝 젖히며 이를 피한 후에 왼손의 검결지로 미간을 노렸다. 이에 검의 방향을 틀어서 막으려고 했는데, 놈이 착(着)의 묘리로 검을 붙게 해서 못 움직이도록 막았다.

'착?'

덕분에 다급히 검병을 손에서 떼고서 몸을 회전하며 놈의 가슴에 구운만화장의 장초를 날렸다. 타타타탁!! 놈이 현란한 보법을 펼치며 뒤로 신형을 물렸다. 그 틈에 나는 착으로 천둔의 검날에 붙어 있던 남천철검을 회수했다.

—강한데?

당연하지. 근 수십 년 동안 검선에게 검을 배웠다. 기본적으로 검술 수련만큼은 나보다 수십 년을 더 해왔다는 소리였다. 여러 기연 덕분에 내공이나 선천진기는 우위일지 모르나 기본 검술 실력만큼은 오히려 놈이 뛰어날 것이다. 그것은 검선 스승님도 인정하는 바였다.

"녀석이 어긋나기는 했으나 그 검재만큼은 수백 년에 한 번 나올까 말까 한 인재였다."

그렇기에 자경정을 제자로 받아들였다고 했다. 놈이 전의를 끌어올리고서 제대로 검을 다룬다면 지금까지와는 다를 것이다.

내게서 신형을 벌린 자경정의 눈동자가 나와 어딘가를 번갈아 보았다. 그 어딘가는 바로 여덟 도인이 있는 곳이었다. 그들을 서둘러 죽이고 싶은가 본데 내가 방해돼서 짜증이 나는 듯했다.

"끝까지 내 발목을 잡는군, 네놈은."

"네놈의 인과응보지."

소담검을 멋대로 가져가지만 않았어도 이런 일은 없었을 것이다. 그랬다면 오히려 제 놈이 원하는 대로 됐을 수도 있었다. 자경정이 코웃음을 치더니 내게 말했다.

"저기 있는 꼰대 같은 작자들과 네놈을 죽이지 못한다면 대의를 이룰 수 없겠구나."

"그놈의 대의."

나는 혀를 찼다. 끝까지 자신의 신념이 옳다고 여기는 놈이었다.

자경정이 법구 천둔의 검병을 꽉 쥐고서 전의를 가다듬었는지 기수식을 취했다. 그리고 큰 소리로 모두가 들으라는 듯이 말했다.

"당신들이 저지른 모든 짓들이 무의미하다는 것을 알려주겠다. 특히 순양자, 당신 눈앞에서 저놈을 오체분시하여 당신이 틀렸다는 것을…."

그때 내가 놈의 말을 끊었다.

"스승님, 죽여도 되겠습니까?"

그 말에 놈이 기가 찼는지 죽일 듯이 노려보며 소리쳤다.

"나를 죽여? 하!"

하지만 나는 그 말에 신경 쓰지 않았다. 검선 스승님만을 바라보고 있었다. 태양처럼 이글거리는 구체를 막고 있는 스승님이 탄식을 내뱉더니, 두 눈을 감고서 고개를 끄덕였다.

자경정이 그 모습에 분노를 금치 못했다.

"그렇게 나온다는 거지. 좋아. 누가 먼저 죽게 되는지 당신 눈앞에서…."

바로 그 순간이었다. 파치치치치치치칙! 분노를 토해내던 놈의 두 눈이 휘둥그레졌다. 전신이 푸른빛의 뇌전으로 뒤덮인 내 모습에 놀란 듯했다. 이것은 대도천둔검법의 최종 비기인 뇌벽천둔을 펼치기 위한 전조 뇌기의 순응이었다.

놈이 떨리는 목소리로 입을 열었다.

"뇌벽천…."

팟! 그 말이 미처 끝나기도 전에 나는 번개처럼 놈에게로 파고들었다. 뇌기의 순응 상태로 움직이게 되면 그 속도는 한쪽 신발만 신고 다니는 남 스승님이 개량해주신 신풍영보를 능가한다. 놈의 바로 앞으로 파고든 나는 놈을 향해 검을 찔렀다.

"큭!"

놈이 다급히 법구 천둔을 들었다. 천둔에서 뇌기가 치솟으며 검이 푸른빛의 뇌전으로 물들었다. 차아아아아앙! 천둔과 남천철검이 부딪치자 강렬한 풍압과 함께 사방으로 뇌전의 푸른 빛줄기가 나무뿌리처럼 사방으로 퍼져 나갔다. 한데 놈의 신형이 뒤로 밀려나기는 했으나 뇌전에 타격이 없었다. 놈이 비릿하게 웃으며 말했다.

"어리석은 놈, 천둔의 주인은 뇌기에 아무런 영향을 받지 않는다. 네놈이 뇌벽천둔을 익혔다고 한들 내게 천둔이 있는 한…."

"알고 있어."

"뭐?"

스승님과 같이 수련을 했는데 그것도 모를 것 같나.

"이제 제대로 할 거니까 이 꽉 깨무는 게 좋을 거야."

"네놈 지금…?!"

슈우우우우! 그 순간 나의 몸에서 뿌연 수증기가 흘러나왔다. 피의 순환을 빠르게 하는 진혈금체였다. 뇌기의 순응 상태에서 진혈금체까지 펼치게 되면 외공의 극한까지 더해지게 된다.

"이건… 헛!"

촤르르르! 검과 검이 부딪친 상태로 놈의 신형이 뒤로 밀려났다. 법구 천둔으로 공력이 세 배 이상 치솟아서 동등하다고 여긴 모양인데… 아직 나는 제대로 전력을 다하지 않았거든.

"이놈!"

놈이 이를 악물고 공력을 끌어올려 버텨내려 했지만 소용없었다. 나는 그대로 놈을 밀어붙였다. 발바닥을 지탱하고 있는 지면이 진흙이라도 된 것처럼 뭉개지며 놈의 신형이 뒤로 계속해서 밀려났다. 촤르르르르르! 계속해서 공동의 벽면까지 밀려나자 놈이 방법을 바꿨다. 공력 싸움으로는 도저히 되지 않기에 변초를 써서 맞부딪치는 상황에서 벗어나려 했다. 그런데 나는 놓아줄 생각이 없거든. 채애앵! 놈이 법구 천둔에 가하던 힘을 흘려보내서 검의 방향을 틀려는 순간, 나는 천둔의 검날을 움켜잡았다. 팍! 그리고 놈을 그대로 공동의 벽면으로 밀어붙였다.

"흐헉!"

쾅! 놈의 몸이 벽면을 파고들었다. 천둔을 놓게 하려고 검을 비틀려고 했지만 소용없었다.

"이놈이…."

"일단 나가보실까."

콰콰콰콰쾅! 놈의 몸이 공동 벽을 부수며 더욱 안쪽으로 파고들었다. 나는 그 상태로 계속해서 놈을 밀어붙였다.

"끄으으으!"

끝도 없이 밀려나자 놈의 입에서 비명이 터져 나왔다. 등이 벽면을 파고들 때마다 파편들이 박혀서 그 고통이 장난이 아닐 것이다. 그렇게 한참 동안 벽을 파고들던 끝에, 결국 공동의 벽을 뚫고서 반대편으로 나오게 되었다. 쾅! 도화선의 서북쪽, 수풀로 둘러싸여 아무도 없는 곳이었다. 나는 잡고 있던 천둔의 검날을 놓고서 놈을 반탄력으로 튕겨냈다.

뿌드드득! 뿌드드득! 놈의 신형이 날아가면서 나무 몇 그루를 부러뜨렸다. 굵은 고목나무를 다섯 그루 정도 부러뜨리고 나서야 겨우 멈출 수 있었다. 놈이 비틀거리며 천둔을 지팡이처럼 바닥에 꽂았다. 푹!

"하아… 하아… 이놈…."

놈이 거친 호흡을 내뱉으며 고개를 들어 나를 노려보았다. 나는 그런 놈을 향해 걸어갔다. 스스스스스! 놈의 상처가 빠르게 회복되어가는 것이 보였다. 장생의 묘약인 용호금단을 먹어서 그런지 엄청난 회복력을 가졌다. 역시 이런 존재는 머리와 몸을 떼어놔야 죽일 수 있다.

놈이 이를 악물고서 내게 말했다.

"빌어먹을 놈. 그 혈액을 빨리 돌리는 수법을 얼마나 길게 유지할 수 있을 것 같으냐."

"네놈을 죽일 수 있을 만큼."

그런 나의 말에 놈이 갑자기 미친 듯이 광소를 터뜨렸다.

"하하하하하핫!"

나는 녀석을 빤히 쳐다보며 말했다.

"미치기라도 한 거냐?"

그러자 놈이 고개를 절레절레 흔들며 답했다.

"기어코 도를 수행했던 나로 하여금 마지막 선을 넘게 하는군."

"마지막 선?"

"후우."

놈이 천천히 몸을 일으켜 세웠다. 그런데 그런 놈의 몸에서 어두운 아지랑이가 스멀거리며 피어올랐다. 그것은 도를 수양하는 도인들의 정순한 기운과는 완전히 궤를 달리했다. 완전히 상반된다고 해도 과언이 아니었다. 두둑두둑! 놈의 얼굴의 핏줄이 부풀어 오르며 점차 검게 물들었다.

"해가 있으면 달이 있고, 빛이 있으면 어둠이 있는 법이다. 선(仙)으로는 넘을 수 없는 마(魔)가 가진 파괴적인 힘을 보여…."

퍽!

"끄헉!"

놈의 말이 끝나기도 전에 나의 주먹이 놈의 복부에 꽂혔다. 기습적으로 복부를 가격당한 놈의 두 눈이 튀어나올 것처럼 커졌다.

"안 보여줘도 된다."

"끄으으… 이놈이…."

불길한 그 기운을 제대로 드러내기도 전에 공격할 줄은 몰랐겠지. 놈이 비겁하다는 듯이 나를 노려보았다. 그런데 내가 굳이 구구절절 알려주는 척하면서 기운을 변이시킬 시간을 버는 걸 기다릴 이유가 없다. 놈이 복부로 박힌 내 손목을 금나수의 수법으로 덥석 잡고는 소리쳤다.

"네놈만큼은 반드시 죽인다."

놈에게서 흑색 아지랑이와 함께 불길한 기운이 더욱 치솟았다. 이에 나는 코웃음을 치며 말했다.

"내가 왜 아무도 없는 여기로 데려온 것 같나?"

"지금 무슨 소릴…?!"

나를 바라보는 놈의 눈동자가 흔들렸다. 동공에 비추는 나의 머리카락이 피처럼 붉게 물들어가고 있었다. 그런데 그것은 머리카락만이 아니었다. 파치치칙! 파치치치칙! 푸른빛이었던 뇌전이 점차 붉어져 갔다. 정기의 합일, 뇌기의 순응 뇌벽천둔, 진혈금체, 염의 개방을 통한 혈마화. 폭증을 넘어서 나조차 이 힘이 어느 정도 수준인지 도저히 가늠되지 않았다.

경악한 놈이 떨리는 목소리로 입을 열었다.

"네, 네놈 대체…."

"힘 조절이 안 될 것 같군."

"뭐?"

콰아아아앙! 말이 미처 끝나기도 전에 우레가 내려치는 듯한 굉음이 울려 퍼졌다.

자경정이 커진 눈으로 천천히 고개를 돌렸다.

'…!!'

놈의 뒤쪽으로 부채꼴 형태로 근 이십여 장이 초토화되어 있었다. 숲의 나무는 사라졌고, 파괴되어 파인 바닥에서 붉은 뇌전의 불꽃이 치칙거리며 튀어 올랐다.

"안 아픈가 보지?"

그런 나의 물음에 놈의 입에서 비명이 터져 나왔다.

"끄아아아아악!"

경악한 나머지 아픔을 잊었던 모양이다. 검으로 내리치면서 왼쪽 어깨부터 몸의 절반이 통째로 날아간 놈이었다. 비명을 지르던 놈이 비틀거리다가 결국 쓰러지고 말았다.

돌아오다

—진짜 인간 같지 않은 강함인데.

소담검이 혀를 내둘렀다.

나 역시도 초토화된 반경 이십여 장의 모습을 보고 내심 스스로의 힘에 감탄했다. 특별한 초식도 아니고 그저 검에 기운을 실어 휘둘렀을 뿐이었다. 검격만으로 이 정도 위력을 낸 것이었다.

"끄으으으."

바닥에 쓰러진 놈이 어처구니없다는 얼굴로 나를 바라보았다. 힘의 격차가 확연하게 느껴졌나 보다. 한데 확실히 용호금단의 효력이 대단하긴 했다. 벌써 피가 멎고 날아간 신체 부위의 핏줄이 돋아나며 재생의 조짐을 보였다. 역시 목을 베어야 한다.

"더 고통스럽게 해주고 싶지만 스승님들을 도우러 가야 해서 말이지."

놈의 목을 내려쳐서 마무리를 지으려고 검을 위로 들어 올리는데, 놈이 입을 열었다.

"하아… 하아… 괴물 같은 놈."

"마지막 유언인가."

"폭군을 몰아내고 만백성들을 위해 세상을 이롭게 해야 한다는 게 그리 잘못되었나?"

내게 자신의 신념을 이야기하고 싶었나 보다. 그런데 나는 네놈과 그런 논쟁으로 말을 섞고 싶지 않거든. 싸늘하게 내려다보다 대답 없이 검을 내려치려 하자 놈이 다급히 내게 소리쳤다.

"항복하겠다!"

"뭐?"

놈의 입에서 갑자기 항복 선언이 나왔다. 고집이 강한 놈이 대뜸 이런 말을 하다니 죽기 싫은 것일까?

"이제 와서 항복을 하겠다?"

"승패는 이미 갈렸다. 네놈은 마음만 먹으면 얼마든지 나를 죽일 수 있지 않나?"

"그래서?"

"전장에서도 항복하면 패자에 대한 예우를 갖추지 않느냐."

"항복한 대우를 해달라는 거냐?"

"…파문당했으나 어떤 의미에서 너와 나는 동문이나 다름없다. 스승님들께 항복하고서 싸울 의사가 없는 자를 죽이라는 가르침을 받진 않았겠지? 그건 도화선의 법도에 어긋날 텐데?"

"하?"

—살려고 용을 쓰는데.

소담검의 말처럼 그런 것 같다. 이렇게 자존심이 강하고 신념을 굽히지 않는 자가 고개를 숙인다는 것은 와신상담의 마음으로 치욕마저 감수하면서 살아남겠다는 의지였다.

놈이 계속 말을 이어갔다.

"나는… 이대로 죽을 수 없다. 대의를 이루지 못하고 이렇게 죽는 다면 먼저 떠난 사매를 볼 낯이 없다."

"…."

"스승님과 소선들께 데려가다오. 그분들의 결정에 따르겠다."

어처구니가 없었다. 내가 볼 때 이놈은 알고 있었다. 검선 스승님 도 그렇고 다른 일곱 도인들도 도를 닦는 이들이라 살생을 삼간다. 자신이 빈다면 죽이진 않을 거라는 사실을 알고 있는 것이다. 차가 운 조소가 절로 나왔다.

"비웃어도 좋다. 내겐 목숨을 연명해야 할 이유가 있으니."

"구질구질하네."

"분풀이를 하고 싶다면 얼마든지 해도 좋다. 그러나 내가 저지른 행동에 대한 대가는 네놈이 아닌 스승님들의 처우에 따라…."

슥! 나는 놈의 목으로 검을 가까이 가져갔다. 그러자 놈이 다급히 외쳤다.

"이게 무슨 짓이지? 방금 전에 이야기하지 않았느냐?"

"그랬지."

"한데 왜 이러는 것이냐? 네놈도 도화선의 제자라면…."

"어이, 자경정."

"어이?"

"착각하는 것 같은데 나는 도인이 아니다."

'…?!'

놈의 눈동자가 흔들렸다. 하긴 여태껏 나를 검선의 숨겨진 제자로

착각했던 놈이다. 게다가 여덟 도인에게 공동 전인처럼 재주를 전수받아서 더욱 도화선의 법도에 얽매여 있으리라 생각했을 것이다.

"한데 어째서 네놈에게 그분들이?"

"네놈의 인과응보지. 그리고 네놈만큼 오래 살진 않았다만, 나름 온갖 풍파를 견디면서 살았더니 한 가지는 알겠더라."

"뭐?"

"너 같은 놈은 그냥 죽이는 게 답이란 거."

"잠깐…."

촥! 데굴데굴! 미처 말이 끝나기도 전에 놈의 목이 갈라지며 머리통이 옆으로 굴렀다. 이런 놈은 죽이는 게 답이었다. 살려두면 어떤 식으로든 후환이 될 것이다.

"…."

참 질긴 생명력이었다. 목이 잘렸는데도 곧바로 죽지 않았다. 놈이 부릅뜬 눈으로 뭔가를 중얼거렸는데, 성대가 없어서 바람 빠지는 듯한 소리 외에는 아무것도 들리지 않았다. 미련이 많이 남은 것일까? 나는 놈의 머리통 위로 발을 들어 올리며 말했다.

"개소리는 지옥에서 해라."

그리고 나를 노려보는 머리통을 짓밟았다. 콰직! 머리가 완전히 으깨졌다. 더 이상 움직임도 재생의 기미도 없었다. 몸 쪽도 마찬가지였다.

"후우."

이놈도 어찌 보면 운이 없었다. 소담검을 건드리지 않았다면 자신이 원하는 대로 모든 것을 이뤘을지도 모른다. 아무튼 이제 스승님들께 돌아가야겠다. 손을 내밀자 땅에 꽂혀 있던 법구 천둔이 손으로 빨려들어 왔다. 탁!

'천둔, 스승님께 돌아가자.'

녀석을 만져보는 건 처음이었다.

—….

말을 걸었는데 녀석은 아무런 대답이 없었다. 삼 년 하고도 여덟 달 동안 늘 의문이었다. 검과 교감하는 스승님조차 법구 이전에 자신의 동반자나 다름없는 검과 아무런 대화를 나누지 않았다. 그때 분명 천둔의 목소리를 들었었다. 한데 어찌하여 녀석은 이렇게 침묵으로 일관하는 것일까?

아무튼 일단 돌아가자. 도화선의 중심부를 향해 신형을 날리려던 나는 문득 죽은 자경정의 시신을 바라보았다.

—왜 그래?

'확실하게 하는 편이 낫겠지?'

나는 놈의 몸으로 다가가 손바닥을 갖다 댔다. 그러고는 불꽃을 일렁이며 녀석의 옷과 몸을 태워 나갔다. 타고 있는 몸에 으깨진 머리통의 조각들도 허공섭물로 옮겼다. 화르르륵! 그것들이 어우러져서 불꽃에 새까맣게 타들어갔다.

—철저하기도 하네.

용호금단을 먹고 도를 수양했던 놈이다. 괜히 찝찝한 것보다 확실하게 해두는 편이 낫다.

이제 돌아가서 스승님들을 도와야겠다. 팟!

* * *

진운휘가 공동의 중심부로 돌아가고 그리 오래되지 않았을 때였다. 검은 인영 하나가 불에 타서 재가 되어가는 시신으로 조심스레 다가왔다. 인영이 까맣게 된 재를 보며 탄식을 내뱉었다.

"독한 놈…."

잠시 동안 그러던 검은 인영이 품속에서 뭔가를 꺼내 들었다. 그 것은 노란 서지였다. 서지를 펴든 검은 인영이 불타고 있는 시신을 향해 주술을 외우듯이 무언가를 중얼거렸다. 그러자 얼마 있지 않아 불꽃의 연기가 종이로 스며들었다. 기이한 현상이었다. 노란 서지에 먹으로 세심하게 그림을 그리는 것처럼 연기의 형태가 새겨져 갔다. 서지 전체가 가득 채워지자 연기는 더 이상 스며들지 않았다.

검은 인영이 그것을 곱게 접어서 작은 주머니에 집어넣고는, 불꽃에 흩날리는 재를 바라보며 중얼거렸다.

"경정, 자네의 유지(遺志)는 이 뇌장이 받들겠다."

스륵! 그 말이 끝남과 동시에 검은 인영이 그림자 속으로 스며들었다.

* * *

태양처럼 이글거리는 구체. 그것이 회색빛 선벽에 갇혀 있었다. 법구 선벽진옥의 패로 가둬두고 있는데, 구체가 일렁이는 벽에 부딪힐 때마다 점점 그 크기가 커져갔다.

'아직인가?'

나는 식은땀을 흘리며 여덟 도인을 바라보았다. 하나같이 원기를 거의 소진하여 노인이 되어버린 그들이 선벽을 둘러싸고서 주술 같은 것을 외우고 있었다.

—이러다 터질 것 같은데.

선벽은 이 엄청난 힘을 감당할 수 없다. 오히려 벽에 부딪히는 힘은 이를 더욱 강하게 만들어준다. 이러다 이글거리는 구체가 폭발하여 도화선이 통째로 날아갈까 두려웠다.

콰드드드! 역시 선벽이 버티질 못했다. 사실 이 선벽은 그냥 선벽진옥의 힘만이 아니었다. 내 선천진기를 붉은 보석에 주입하여 일시적으로 패의 힘을 증폭했다. 이 방법을 알려준 것이 패의 주인인 하스승님이었다. 선벽진옥의 패에 선천진기를 퍼붓다시피 했는데, 고작 열다섯을 셀 정도밖에 되지 않았는데 금이 갔다.

"스승님들, 더는 버틸 수가 없습니다."

바로 그 순간이었다. 정양 진인이 손을 위로 들어 올리자 바닥이 부서지며 무언가가 솟아올랐다. 그것은 긴 경문 같은 것이었다. 바닥에도 이런 경문이 들어 있는 줄은 몰랐다.

"선벽을 풀거라!"

정양 진인의 외침에 나는 선벽진옥의 패를 손에서 놓았다. 손바닥이 불에 지진 것처럼 화상 자국이 나 있었다. 치이이!

"큭!"

나는 선벽진옥의 패를 집어던지다시피 했다. 그러자 구체를 가두고 있던 선벽이 사라졌다. 바닥을 부수고 튀어나온 긴 경문의 종이에서 영롱한 빛이 흘러나오더니, 이내 이글거리며 폭발하려는 구체를 감쌌다.

'종이가 저 뜨거움을 감당할 수 있나?'

우려하고 있는데, 주술을 외우는 스승님들의 목소리가 커지자 경문의 종이가 더욱 밝은 빛을 내뿜었다.

"아!"

놀랍게도 경문 종이에 뒤덮인 구체가 점차 줄어들기 시작했다. 마치 경문이 저 구체의 열기와 힘을 흡수하는 듯했다. 거의 반경 육장만큼 커졌던 구체가 조금씩 줄어들더니 얼마 지나지 않아 완전히 경문에 스며들고 말았다. 펄럭거리며 영롱한 빛을 내던 경문이 이내 그 빛을 잃었다. 그리고 정양 진인의 손짓에 따라 뚫고 나왔던 바닥으로 파고들었다. 쿠쿠쿠쿠! 그것이 완전히 들어가자, 주술을 외우던 여덟 도인이 바닥에 주저앉았다. 털썩! 털썩!

수십 년의 세월을 직격으로 맞은 듯이 노쇠해버린 그들의 모습에 나는 말문을 잃었다.

"스승님들 괜찮으십니까?"

나의 물음에 그들이 거친 호흡만을 내뱉었다. 도화선을 보호하기 위해 너무 많은 원기를 소모해버린 그들이었다.

쿠르르르르! 그때 공동의 구멍 쪽에서 기이한 소리가 들려왔다. 뭔가 싶어 남천철검을 타고 위로 날아올라 구멍 위를 보았더니, 놀라운 광경이 보였다.

─원래대로 돌아가고 있어.

소담검의 말처럼 금으로 가득했던 하늘이 점점 원상 복구 되어갔다. 다시 도화선이 제 형태로 돌아가는 것이었다. 폭발하려는 구체로 인해 도화선이 흐름을 벗어나 인세에 묶였었는데, 이제 곧 그 역시도 원상태로 돌아올 것 같았다.

나는 다시 밑으로 내려왔다. 지쳐서 주저앉았던 도인들이 하나둘씩 일어나고 있었다. 자경정의 계략으로부터 도화선을 지켰는데, 그

들의 표정이 하나같이 어둡기만 했다. 왜 그러나 싶어 물어보려 하
는데….

"진인, 법구 영보필법에 얼마나 손상이 갔습니까?"

"후우."

누더기를 입고 있는 호리병의 도인 스승님의 물음에 정양 진인이
깊은 탄식을 내뱉었다. 의아해하는데 검선 스승님이 내게 다가오며
말했다.

"참으로 어렵게 되었구나."

"…그게 무슨 말씀입니까?"

"방금 전에 법구의 폭발을 막은 것이 바로 진인의 법구인 영보필
법이다."

"아… 그게?"

바닥을 뚫고 나왔던 그 경문의 종이가 도화선에 있는 여덟 법구
중에 최고라 칭해지는 영보필법이었다. 이 법구가 설마 도화선의 중
심부에 있을 줄은 몰랐다. 당연히 정양 진인이 가지고 있으리라 생
각했었다.

검선 스승님이 미안하다는 듯이 말했다.

"원래는 네가 대리인으로서의 역할을 마치고 돌아온다면, 방금
전처럼 우리의 원기를 소진하여 영보필법의 힘으로 흐름을 변화시
켜 네가 있던 때로 돌려보내려고 했다. 하나 그게 어려워졌구나."

"그 말씀은…."

"영보필법의 손상이 회복될 때까지는 힘들 것 같구나."

그 말에 나는 입술을 질끈 깨물었다. 굳이 영보필법이 아니더라
도 스승님들의 상태를 보면 당장에 나를 돌려보내는 것은 힘들어

293

보였다. 적어도 어느 정도 원기를 회복해야 가능할 듯싶었다. 과연 얼마나 걸릴까? 나는 탄식을 내뱉고 있는 정양 진인에게 다가가 물었다.

"정양 진인, 영보필법이 회복되는 데 어느 정도 기간이 걸릴 것 같습니까?"

정양 진인이 나를 물끄러미 쳐다보았다. 이에 나는 말했다.

"솔직하게 말씀해주십쇼. 법구가 아니더라도 스승님들께서 소진한 원기를 보면 그리 짧은 시간이 걸릴 것 같지 않습니다."

하나같이 노쇠한 도인들이었다. 그들에게서 느껴지는 기운이 너무도 쇠약해져 있었다. 이 원기를 회복하는 기간도 고려해야 할 것이다.

"법구가 자연 회복되려면 적어도 일 년이 걸릴 테고, 우리들이 원기를 어느 정도 회복하려면 적어도 삼사 년 정도는 정양해야 할 것 같구나."

'…아.'

차마 대놓고 실망감이 담긴 탄식을 내뱉지 못했다. 스승님들이 무리해서 도화선을 지키지 못했다면 나는 돌아가지도 못했을 것이다. 그렇다고 밖으로 나가 수백 년을 버틸 수는 없지 않은가. 금상지체의 시술을 받았다고 해도 그만큼의 시간을 버틴다면 과연 내가 온전히 이 정신과 감정을 유지할 수 있을지 모르겠다.

'삼사 년이라….'

또다시 지내는 기간이 늘어났다. 이것도 확정 지을 수 없었다. 스승님들이 법구 영보필법을 다룰 수 있을 만큼 원기를 회복해야 했다. 결국 기다리는 것 이외에는 답이 없었다.

그때 머리가 하얗게 세서 노인이 된 장 스승님이 내게 다가왔다.

"이참에 잘됐구나."

"네?"

"그렇지 않아도 어설프게 창술을 익힌 듯하여 부족하다 싶었는데, 네가 머무는 동안 금창진경의 극의를 전수해주마."

그것은 장 스승님만이 아니었다. 귓가에 꽂고 있던 연꽃을 빼든 하 스승님도 말했다.

"이왕 더 머물게 되었으니, 정기신의 균형이 맞도록 네 염(念)을 단련시켜주도록 하마."

"사형, 사저의 말씀이 맞군요. 안 그래도 설음화양선무의 기본은 가르쳤지만 제대로 된 극의를 가르치지 못했는데 그것을 전수하면 되겠군요."

"그거 재밌겠군. 하면 나 역시…"

하나둘씩 내게 뭔가를 가르치겠다고 앞다퉈 말하는 일곱 도인들. 그들의 모습에 나도 모르게 허탈한 웃음이 나왔다. 이걸 좋아해야 하는 걸까? 조삼모사 같은 기분도 들고 참으로 묘했다.

그런 내게 소담검이 말했다.

―이왕 이렇게 된 거 제대로 단련해봐. 그 금상제인가 하는 놈은 그 오랜 세월 동안 너를 꺾으려고 얼마나 연마했겠어.

'…그렇네.'

그러고 보니 존주가 두려워한 검선의 후예는 바로 나였다. 놈의 정체를 알고서야 그 사실을 깨달았다.

'내가 과거로 온 것도 운명인 건가.'

참으로 공교롭지 않을 수가 없었다. 그렇다면 소담검의 말대로 존주, 아니 금상제는 나를 찾아 죽이기 위해 수백 년의 세월 동안 만반의 준비를 했을 것이다. 그렇게 치면 삼사 년은 그리 긴 세월이 아니었다. 오히려 짧은 대비 기간일지도 모른다.

'단련이라…'

곧바로 돌아가지 못한다는 실망감을 정리한 나는 이내 여덟 도인들에게 포권을 취했다.

"그럼 한 번 더 부탁드리겠습니다."

* * *

숲속에 어설프게 지은 초가집이 있었다. 그곳에 엄청난 양의 장작이 담긴 지게를 등지고 걸어오는 허름한 옷차림의 사내가 있었다. 초가집 앞에 지게를 내려놓은 사내가 이마를 손등으로 닦았다. 그러고는 중얼거렸다.

"땀도 안 나는데 버릇인가, 안 고쳐지네."

'그날' 이후로 그는 평범한 사람들과 달라졌다. 몸에서 땀이 나지 않았고 음식을 먹지 않아도 버틸 수 있었다. 심지어 생리적인 현상조차 없었다. 사실 이렇게 땔감을 떼서 불을 쬐고 음식을 해먹는 행위가 무의미했으나, 이렇게라도 하지 않으면 살아 있다는 사실을 체감할 수 없었다.

"하아, 도련님."

그날 이후로 꽤 시간이 많이 흘렀다. 마지막까지 같이 기다렸던 사마영 소저도 부친이 큰 부상을 당했다는 전갈을 받고 사라진 후에 소식이 없었다. 아직도 의문이었다. 어째서 도련님은 사라진 것일까? 안개 숲으로 들어가고 나서 얼마 있지 않아 안개 숲이 사라졌다. 그런데 그 후로 도련님은 영영 나타나지 않았다.

"도련님… 정말로 돌아가신 겁니까?"

정말 그런 것이라면 너무 슬펐다. 고작 그 짧은 만남 후로 다시 사라지다니. 허탈해하던 사내는 마루에 놓여 있던 호리병을 들었다. 술이 담겨 있었다. 마개를 따고서 이를 마시려고 하는데….

"언제부터 술을 마시기 시작했지, 아송?"

'…?!'

사내는 자신의 귀를 의심했다. 헛것을 들었나 싶어 호리병을 내려놓고서 고개를 돌렸는데, 그곳에 행방불명되었던 도련님 진운휘가 서 있었다.

"도, 도련님!"

참 길디긴 시간이었다.

도화선을 나온 나는 곧장 어검비행으로 날아올라 위치를 파악했다. 시공간의 흐름을 벗어난 도화선은 끊임없이 움직이기 때문에 계속해서 시기와 장소가 바뀌게 된다. 안개 숲을 벗어난 순간 나는 이곳이 어디인지 알 수 있었다.

'아!'

내가 처음 도화선에 들어가게 되었던 그 숲에서 십 리 정도 떨어진 곳이었다. 천운이라고 할 수 있었다. 혹시나 거리가 너무 멀어져 다른 성이나 현으로 떨어진다면 사마영이나 일행들을 찾기 어려워진다.

'거리가 가깝다는 것은 시간의 오차가 그리 크지 않은 건가.'

어쩌면 그럴지도 모른다고 여겼다. 하지만 그 기대는 헛된 바람에 불과했다. 도화선이 있었던 숲에는 한 번도 본 적이 없는 초가 한 채가 자리하고 있었다. 없어야 할 것이 있고 그조차 지어진 지 꽤 되었다는 것이 무엇을 의미하겠는가? 확실하게 시간이 흘렀다. 부디 너무 많은 시간이 흐르지 않았기를 바랄 뿐이었다. 그러나….

"뭐?"

순간 나는 말문이 막히고 말았다. 아무리 길어도 한두 달 정도의 오차가 있을 거라 알고 있던 나였다. 그런데 아송의 입에서 나온 말은 그 예상을 뛰어넘었다.

"…내가 사라진 지 일곱 달이 지났다고?"

"도련님, 대체 어디 계시다가 이제 나타나신 겁니까? 쇤네 도련님께서 변고로 돌아가신 줄 알고 얼마나 마음 졸였는지 아십니까?"

"하아."

"도련님?"

"잠깐만 있어봐."

지금 머리가 생각보다 복잡하다. 예상보다 너무 많은 시간이 지났다. 일곱 달이면 다섯 달만 있으면 한 해가 된다. 하루 이틀도 아니고 일곱 달이면 그사이에 수많은 일이 벌어졌을 것이다. 워낙 많은 일을 겪어서 지금 이 현실이 큰 충격까진 아니지만 절로 한숨이 나왔다.

—어떡해?

추진 중이던 일들도 꼬였을 확률이 지극히 높았다. 계획했던 일들도 의지와 상관없이 무산되었다고 봐도 과언이 아니었다. 일곱 달 사이에 무슨 일들이 있었는지부터 알아야겠다. 가장 먼저….

"아송, 사마 소저와 송좌백, 송우현, 귀살권마 장문량은 어디에 있어?"

"아니, 도련님, 저는 왜 빼는 겁니까요?"

"…넌 지금 내 앞에 무사히 있잖아."

"…."

그 말에 아송이 머쓱했는지 머리를 긁적였다.

"실없이 굴지 말고 이야기해봐."

그런 나의 말에 아송이 그동안 있었던 일들을 이야기했다.

"도련님께서 사라지고 나서 저희들은 한 달이 넘게 이곳에 머물면서 기다렸습니다요. 한데…."

그러던 어느 날 그들이 있는 곳에 교주 호위대와 좌호법 하종일이 나타났다.

"하 호법이?"

하종일은 나의 명을 받고서 세 가지 임무를 행하던 중이었다. 그가 우리를 찾아온 것이라면 내가 명했던 임무 대부분을 완수했음을 의미했다. 그런데 기대했던 것과 달리, 처음 좌호법이 보내왔던 소식과 달라졌다.

"하종일 호법이 그 뭐라 하더라… 아! 녹림과의 협상이 결렬되었다고 전했습니다요."

"뭐?"

서신을 주고받을 때만 하더라도 녹림투왕 광신군이 우호적으로 나왔다고 했다. 그런데 그사이에 결렬되었다니?

"왜 결렬되었는지 알아?"

"녹림투왕 광신군이 갑자기 무림의 법도에 따라 실력으로 자웅을 가리지 않으면 혈교 산하로 들어갈 일은 없을 거라고 공언했다던 데요."

"무림의 법도?"

서신으로는 우호적이었는데 갑자기 무림의 법도라니. 뭔가 이상했다. 어쨌거나 강자존을 빌미로 본교의 산하로 들어오는 것을 거절했다는 거네. 이미 팔대 고수에 필적하는 무공 실력을 지닌 것으로 그 명성이 널리 알려진 녹림투왕 광신군이었다. 좌호법 하종일도 초절정의 고수였으나 그의 상대로는 역부족이었나 보다.

"그래서 어떻게 했는데?"

내가 행방불명되었으니 결정권자가 없는 상황이었다. 보고를 하러 왔다고 해도 그에게 추후 명령을 내릴 수 없으니, 다시 본교로 복귀시키거나 대기시키는 것이 맞았다. 그런데….

"그게 사마 소저랑 좌백 도련님이 아직 어찌 된 영문인지도 모르는데, 섣불리 공자님이 행방불명되었다고 알릴 수는 없다고…."

아… 내가 사라졌다고 하면 생겨날 혼란 때문인가. 하긴 한 달이 넘게 사라졌으니 여태까지와는 상황이 완전히 달랐다. 두 사람의 판단이 옳았을 수도 있다.

"하면 좌호법더러는 어떻게 하라고 했어?"

"도련님께서 녹림을 산하로 거두지 않으면 혈교가 장차 무림연맹과의 전쟁에 불리해질 수 있다고 했다던데 맞습니까요?"

"…그랬지."

그렇게 말했던 것 같다. 내게는 꽤나 오래된 일이라 가물가물하지만, 그리 말했었다. 사파를 통합해야 세력 면에서 어느 정도 구색을 갖출 수 있기 때문이었다.

"그것 때문에 도련님이 계셨다면 어떻게 해서든 그들을 산하로 거둬들였을 거라면서 좌백 도련님이랑 우현 도련님, 그리고 장문량 노사가 좌호법과 함께 녹림으로 떠났습니다요."

그랬구나. 그들이 대신해서 간 건가. 한데 그게 다섯 달 전이면 왜 이곳에 없는 거지?

"결과가 어찌 되었는지는 몰라?"

"이곳에서 계속 기다렸는데 깜깜무소식입니다요."

"깜깜무소식…."

무슨 변고라도 생긴 것일까?

녹림투왕 광신군과 자웅을 겨뤄서 이겼다면 혈교 산하로 들어왔을 것이다. 그런데 아직까지 돌아오지 않았다는 것은….

'젠장.'

우려되었다.

"하면 사마 소저는 어디에 있어? 그들과 함께 가지는 않았을 거 아냐?"

사마영의 성정이라면 끝까지 나를 기다렸을 것이다. 그런데 그녀의 모습이 보이지 않는 이유가 무엇일까? 그런 나의 물음에 아송이 내 어두워진 표정을 살피다 조심스럽게 말했다.

"사마 소저는 석 달 전까지 저와 함께 있었습니다요. 저 방이 소저의 방입니다. 한데 가까운 현 내에 다녀오시더니, 갑자기 아버님께 변고가 생겨 큰 부상을 당하셨다며…."

"장인어른이?"

그 말에 나는 놀라움을 금치 못했다. 장인어른이 누구시던가. 오대 악인의 일인이자 벽의 벽을 넘어 중원에서 다섯 손가락에 꼽히는 절대강자였다. 마지막으로 보았을 때만 하더라도 악심파파와 일전을 벌일 만큼 정정하셨다. 그런 그가 부상이라니 믿기지가 않았다.

"누가 그랬는지는 들었어?"

"그건 사마 소저께서도 모른다고 하셨습니다요. 다만 소저의 아버님의 오장육부와 골수까지 한기가 가득 차서 무슨 사인가 하는 절에서 구양 뭐시기인가 하는 양강의 내가 고수에게 치료를 받고 있다고 들었습니다."

"오장육부와 골수까지 한기가 가득 찼다고?"

순간 머릿속에 누군가가 스쳐 지나갔다.

―설마 그 여자 아냐?

현 중원 무림의 문파들 중에서는 정사를 통틀어 한기를 다루는 무공을 가진 자들이 없다. 하나 지금은 행방이 묘연하다고 알려진 새외 문파 북해빙궁은 한기를 다루는 무공으로 명성을 떨쳤었다. 그 북해빙궁 출신이 바로 설백이다.

'설마…'

그녀는 무림 박해 시절 존주, 즉 금상제의 산하로 들어갔다. 그렇다면 그녀 역시도 수백 년 동안 존주의 수하로 있었던 걸까? 확신할 수는 없지만 지금은 존주라 불리는 금상제 밑에는 수명이 늘어난 전대 고수들이 꽤나 존재했었다. 그 가능성을 무시할 수 없었다.

―그럼 금상제가 네 장인어른을 노렸던 걸까?

설백이 맞다면 그럴 수도 있다. 하지만 어떤 식으로든 아송이 해준 이야기만으로 모든 것을 단정 지을 수는 없었다. 어쨌거나 아송의 말대로라면 장인어른은 오장육부에 침투한 한기를 몰아내기 위해 어떤 절에서 치료를 받고 있다는 건데, 구양 뭐시기라? 구양…

어디서 들어봤는데….

'구양진경?!'

순간 나는 놀라서 아송에게 물었다.

"…혹시 그 절이 소림사라고 했어?"

아송이 두 손바닥을 부딪치며 답했다.

"맞습니다요! 틀림없이 소림사라고 했습니다."

'하!'

소림사라니.

—거기 정파의 구대 문파 중 한 곳 아냐?

맞다. 중원 무림의 근원지라 불리는 곳이자 정파의 상징이다.

—아니, 네 장인어른은 악인이라 불리는데, 대체 무슨 수로 거기서 치료를 받고 있다는 거야? 정파라면 오히려 옳다구나 싶어서 네 장인을 죽이는 거 아냐?

아냐. 다르다. 소림사는 정파의 상징이지만 무림의 일에 관여하지 않는다.

—그게 무슨 소리야?

다른 문파들과 다르게 소림사는 무림의 일조차 속세의 일이라 하여 관여치 않기로 유명하다. 소림사는 무림 문파로서보다는 불가로서의 역할을 더욱 충실히 해왔다. 그렇기에 뛰어난 고수들을 배출하면서도 무림연맹의 일에는 전혀 관여하지 않는다. 그들이 속세의 일에 나서는 것은 오직 민생을 위해서라고 들었다.

—그럼 네 장인어른은 안전하다는 거야?

모르겠다. 안전한 건지 아닌지.

—응?

아까 내가 이야기했잖아. 소림사는 민생을 위해서 나선다고. 그들은 민생에 해악을 주는 것이라고 판단되면 나선다고 하는데, 장인어른은 무림에서 수많은 사람들을 죽인 학살자라고도 불린다. 소림사의 기준에서는 해악에 포함될 것이다.

—그런 자들을 소림사에서는 어떻게 하는데?

소림사는 정말 최악의 사태가 아니면 살생을 금한다고 들었다. 그렇기에 그들은 민생에 해악이라 불린 자들을 회금동(悔禁洞)이라는 곳에 가둬두고 불경으로 교화한다고 했던 것 같다.

—그럼 네 장인어른은 소림사에서 치료받고 갇혀 있다는 거야?

소림사의 역근경과 구양진경은 내가 정종 중의 최고봉이라 불린다고 들었다. 특히 역근경에는 심각한 내상을 치료할 수 있는 효능이 있고, 양강의 내가 무공이라 불리는 구양진경은 한기를 몰아낼 수 있다. 아송이 구양 뭐시기라 한 것이 바로 구양진경인 것 같다. 생명을 경시하지 않는 소림사라면 아무리 장인어른이 악인이라도 부상을 등한시하지 않았을 것이다.

—그런데 가둬둔 거라면 약 주고 병 준 거 아냐?

…우리 입장에서는 그렇지. 하나 소림사의 입장에서는 자신들의 소임을 다한 것이다. 생명을 살리고 그릇된 악인을 가둬두는 셈이니 말이다.

—그럼 사마영이 지금까지 돌아오지 않은 건 아버지를 구하기 위해서일 수도 있겠네.

그런 것 같다. 사마영에게 유일한 혈육이니까. 그런 아버지를 내버려둘 리가 없었다. 어쩌면 그녀는 장인어른을 구하기 위해 고군분투하다가 같이 갇혔을 수도 있다.

─당장 해야 할 일이 정해졌네.

사마영과 장인어른을 구해야겠다.

* * *

하남성의 등봉현 숭산. 그곳에는 무림 정종이라 불리는 소림사가 있다. 무학의 근원이라 불리는 곳이지만 소림사의 내부는 여느 절들과 다를 바가 없다. 산문과 종루, 고루, 천주전, 그리고 본전, 대웅전이 있다. 암자 안에는 그간의 역사를 자랑하듯 죽간부터 서지로 만들어진 불경으로 가득했고, 정교한 벽화로 이루어진 천불 등이 자리하고 있었다. 여기까지는 소림사를 방문하는 민간인들에게 허락되는 장소이다.

소림사의 진면목이라 할 수 있는 백팔기예의 무학을 보관하는 역근경전과 여러 목적을 가진 삼십육동이라 불리는 서른여섯 개의 동굴은 소림사의 승려들 외에는 출입이 불가하다. 그런 삼십육동의 동굴 중 회금동이라 불리는 곳이 있다.

회금동 안에서 경을 외우는 소리가 바깥까지 울려 퍼졌다.

"관자재보살 행심반야바라밀다시 조견오온개공 도일체고액 사리자 색불이공 공불이색 색즉시공 공즉시색 수상행식 역부여시…"

경을 외우는 소리에서는 정기가 넘쳐흘렀다. 그런 경소리가 나는 회금동 앞에서 입술을 질끈 깨물고 있는 절세미녀가 있었다. 그녀는 다름 아닌 사마영이었다.

'아버지…'

그녀가 이 입구에서 서성이는 것은 저 안에 아버지인 월악검 사마착이 있기 때문이었다. 그녀는 석 달 전에 충격적인 소식을 들었다. 소림사에서 자신의 아버지를 회금동이라는 곳에 구금하고 있다는 것이었다. 처음에는 그 사실을 믿기 힘들었다. 무림에서 다섯 손가락에 꼽히는 아버지가 소림사에 갇힌다는 게 말이 되는가.

…싶었는데 그것은 사실이었다. 큰 부상을 입은 사마착이 제 발로 소림사에 들어왔다는 것이다. 그녀는 이곳에 와서 딱 한 번 아버지의 얼굴을 볼 수 있었다.

으득! 사마영은 이를 갈며 회금동 앞을 지키고 있는 흰 수염이 지긋한 승려를 노려보았다. 회금동주라 불리는 저 승려는 이곳을 지키는 책임자였다. 회금동주가 그녀를 보며 말했다.

"아미타불. 보살님은 이만 물러가시지요."

"…제 아비가 이곳에 갇혀 있는데 어찌 마음 편히 물러갈 수 있단 말입니까, 스님?"

그런 그녀의 말에 회금동주가 두 손을 모아 합장하며 답했다.

"매일 말씀드리오나 보살님께서 집착하면 할수록 사마 시주의 교화에 방해가 될 뿐입니다."

"아아!"

늘 이런 식이었다. 그녀는 아버지인 사마착이 이곳에 있다는 사실을 확인한 후에 그를 구하기 위해 온갖 수단과 방법을 가리지 않았다. 처음에는 무력으로 시도했으나, 소림사의 무력은 여느 정파와는 차원이 달랐다. 눈앞에 있는 회금동주만 하더라도 차기 방장 후보라 불리는 초절정의 고수로 그녀의 무위로는 도저히 감당할 재간이 없었다. 이에 인피면구로 변장하여 잠입, 승려들의 식자재에 약을 타보는 등 수많은 방법을 시도해보았으나 하나같이 실패로 돌아갔다.

'아버지의 몸에 박힌 금경침들만 빼내면 되는데.'

사마착은 금경침이라 불리는 것에 의해 칠대 기문이 봉해졌다. 기문이 막혀 무공이 봉해지지 않았다면 벽의 벽을 넘은 고수인 사마착이 어찌 이곳에 붙잡혀 있을 수 있겠는가.

"이만 물러가시지요, 보살님. 계속 이리 집착하시면 빈승은 조치를 취할 수밖에 없습니다. 아미타불."

상기된 얼굴로 회금동주를 노려보던 사마영이 홱 하고 몸을 돌렸다. 그렇게 돌아가는 것같이 발걸음을 옮기던 사마영이 이내 바닥을 박차며, 전광석화와 같은 속도로 회금동주에게 신형을 날렸다.

"아미타불."

회금동주가 탄식과 함께 기수식을 취했다. 그것은 소림 백팔기예 중 하나인 용조수라는 조법이었다. 사마영이 장법을 펼치자 회금동주가 이를 방어 초식으로 막아냈다. 파파파파팍! 그녀의 초식을 막아내는 회금동주의 눈에 이채가 띠었다. 석 달 동안 그녀는 무수히 그를 공격해왔다. 그때마다 그녀를 상대했는데, 이렇게 무재가 뛰어난 여인은 처음이었다.

'또 늘었구나.'

내공 수위를 조절하고 있다지만 이제는 용조수의 초식을 수월하게 막아내고 있었다. 이런 식으로 계속 겨룬다면 사마영이 깨달음을 얻어 초절정의 경지에 이를지도 모른다는 생각마저 들었다.

'피가 무섭구나.'

과연 월악검 사마착의 여식이었다. 그러나 이제는 그녀를 봐줄 수가 없었다. 방장 스님으로부터 명이 떨어졌다.

"사마 시주의 여식이 계속해서 난동을 피운다면 그녀도 기문을 봉하여 번뇌동에 백 일간 가두도록 하여라."

"보살님, 빈승을 용서하시구려."

용조수를 펼치던 회금동주가 조법에서 권법으로 기수식을 바꾸었다. 그것은 소림이 자랑하는 삼십육 상승 무예 중 하나인 백보신권의 기수식이었다. 팟! 회금동주가 앞으로 주먹을 내질렀다. 그러자 파공음과 함께 권격이 앞으로 뻗어 나왔다.

"칫!"

사마영이 다급하게 뒤로 공중제비를 돌며 회금동주의 권격을 피했다.

"훌륭하오, 하나…!"

그러나 백보신권의 진수는 이제 시작에 불과했다. 회금동주가 진각을 밟으며 연거푸 주먹을 내뻗자, 권격이 수많은 권영을 만들어내며 사마영을 뒤덮었다.

'검만 가지고 왔어도.'

권영에 사마영이 낭패를 금치 못했다. 소림사 내에서는 병장기를 가지고 있을 수 없기에 그녀는 오직 아버지 사마착에게 배운 월영화옥장(月影華玉掌)에 의지할 수밖에 없었다.

'버텨야 해.'

사마영은 이를 악물었다. 살을 내어주고 뼈를 취하는 수법을 생각했다. 다행스러운 것은 소림사의 승려들은 하나같이 살수를 쓰지 않는다는 점이었다. 그녀는 권영을 향해 정면으로 몸을 날렸다.

"그렇게 나올 줄 알고 있었소이다."

"앗!"

회금동주가 물 흘러가듯이 보법을 펼치며 그녀의 뒤를 점하더니, 이내 금나수의 수법으로 팔목을 움켜잡으려 했다.

흠칫! 순간 회금동주는 화들짝 놀라서 뒤로 물러섰다. 제압당할 위기에서 벗어난 사마영이 그에게서 신형을 벌리며 의아함을 감추지 못했다.

'갑자기 왜 그러는 거지?'

바로 그 순간이었다. 푹! 하늘에서 회금동주와 사마영 사이로 뭔가가 바닥에 박혔다. 그것을 본 사마영이 눈시울이 붉어지며 중얼거렸다.

"혈마검!"

그녀의 목소리를 들은 회금동주가 화들짝 놀라서 반문했다.

"혈마검이라니 그게 무슨 소리요? 시⋯."

그러나 회금동주는 끝까지 말을 잇지 못했다. 어느새 자신의 뒤에 나타나 있는 강렬한 위압감을 보이는 존재 때문이었다. 조금이라도 움직이면 그 자리에서 전신이 잘려 나갈 것만 같았다. 회금동주가 침을 꿀꺽 삼키며 입을 열었다.

"⋯누구시오?"

"그 여인의 남편 될 사람이오."

"남편 될 사람?"

반문하는 노승려의 등이 떨려왔다. 혈마검을 먼저 날렸을 때부터 내 정체가 무엇인지는 가늠했을 것이다. 다만 공개적으로 사마영의 약혼자라고 말한 셈이니, 놀라는 것도 당연한 일이었다.

"그대로 움직이지 않는 걸 추천하오, 스님."

나는 강렬한 위압감으로 그를 압박했다. 예기로 휘어 감았으니 선불리 움직일 생각은 하지 못할 것이다.

"공자님…."

사마영이 붉어진 눈시울로 울먹거리며 나를 바라보았다. 그녀가 얼마나 마음고생을 했는지 느껴졌다. 약혼자라 할 수 있는 내가 일곱 달이 넘게 사라졌고, 유일한 혈육인 아버지 월악검 사마착이 소림사에 갇혔으니 얼마나 힘들었겠는가. 그러나 이것도 잠시였다. 사마영이 눈물을 소매로 훔치며 내게 전음을 보냈다.

[대체 어디에 있었던 거예요?]

원망과 그리움이 섞인 목소리에 나는 입술을 질끈 깨물었다. 그녀가 그동안 겪었을 외로움과 그리움을 향한 고통이 어찌 말 한마디로 보상되겠는가.

[미안해요.]

하나 사과하지 않을 수가 없었다. 빨리 돌아오기 위해 노력했으나, 당장에 이를 설명할 길이 없으니 진심을 담아서 그녀를 위로하는 것만이 답이었다. 그런 나의 말에 사마영이 금방이라도 울 것처럼 입술을 실룩이다 말했다.

[그 안개 때문에 그런 건가요?]

[… 그래요.]

[안개와 함께 사라지셨잖아요. 왠지 그럴 것 같았어요.]

[기다리느라 마음고생 많았지요?]

그런 나의 말에 그녀가 눈시울이 붉어졌으면서도 입꼬리를 씨익 하고 올렸다.

[알긴 아네요. 몸과 마음을 다 바쳤는데, 만약 날 버리고 도망갔다면 처녀… 아, 그건 아니구나. 아무튼 과부 귀신이 돼서라도 쫓아

가서 괴롭히려 했거든요.]

장난스러운 말투에 나 역시 피식 웃었다. 역시 내가 아는 어떤 여인들보다도 강인하고 배려심이 깊었다.

—귀신이 뭔 수로 과거까지 와?

소담검이 키득거리며 말했다.

내가 만약 안개 숲으로 들어가 과거로 갔었다는 이야기를 듣는다면 그녀는 깜짝 놀랄 것이다. 이런 기이한 경험을 한 이들이 세상에 몇이나 될까?

—몇은 무슨. 너 하나뿐이지.

그러게.

그때 사마영이 아차 싶었는지 내게 전음을 보냈다.

[한데 어째서 혈마로 온 거예요?]

그녀의 말대로 나는 악귀 가면을 쓰고 혈마화를 한 상태로 소림사로 들어왔다. 사실 이것 때문에 꽤 많이 고민했었다. 승려로 분장해서 내부로 잠입할까도 고려했다. 하나 체화만변술로도 유일하게 극복할 수 없는 단 하나의 약점이 있었다.

—변장 한번 하려고 대머리가 될 순 없지.

그래, 그게 문제였다. 머리카락이나 체모는 만변술로 조절이 불가능했다. 이를 전수해주신 신발 한쪽만 신고 다니는 남 스승님 역시도 장난스럽게 승려로 변장하지만 않는다면 어지간해서는 누구도 눈치챌 일이 없을 거라 하셨다.

나는 사마영에게 전음을 보냈다.

[정파인으로 오면 명분이 없어서요.]

[명분이요?]

[소검선으로 장인어른을 구할 수는 없지 않습니까.]

월악검 사마착은 명실 공히 오대 악인의 일인이다. 그런 그를 정파의 영웅이라 불리는 소검선으로 구할 수는 없는 노릇이지 않나.

나의 말에 사마영이 우려스럽다는 듯이 말했다.

[괜찮겠어요? 소림사를 적으로 만드는 게 아닌지….]

[그걸 의도한 거니까요.]

[네?]

사실 이렇게 나타난 것도 의도한 바였다. 정체를 숨기고 장인어른과 사마영을 구출한다면 소림사에서 추적을 보낼 수도 있다. 아무리 소림사가 속세에 관여하지 않는다고 해도 가둬놨던 죄수를 놓치는 불명예를 감수하려고는 하지 않을 것이다. 그리된다면 사마외도의 악인들이 소림사를 우습게 여길 테니 말이다. 그래서 나는 대놓고 혈마로 나타난 것이었다. 월악검 사마착이 내 장인이라는 사실을 밝힘으로써 혈교라는 거대한 힘이 연관되어 있음을 알리기 위해서다.

[이래야 소림사도 경각심을 가질 테니까요.]

[경각심….]

[장인어른이 아무리 강하다고 해도 혼자라면 소림사가 어떻게 해서든 다시 붙잡으려고 할 겁니다.]

[아아! 그래서 일부러 혈마로 오신 거군요. 하면 혈교인들도 같이 온 건가요?]

사마영의 물음에 나는 고개를 저었다. 이에 그녀가 내심 당혹감을 감추지 못했다.

[…설마 혼자 온 거예요?]

그녀가 저런 반응을 보이는 것도 이해가 됐다. 소림사는 중원 무림의 발상지이자 근원이라 불릴 만큼 그 무공의 역사가 깊다. 만약 이들이 대놓고 속세에 관여했다면 무림의 판도가 달라졌다고 해도 과언이 아닐 만큼 기인들이 많다. 들리는 속설로는 소림사의 방장 진각대사가 속세로 나와 그 깊은 수양을 떨쳤다면 팔대 고수가 구 대 고수라 불렸을지도 모른다는 말이 있다고 한다. 게다가 금강불괴 라는 어원을 낳은 소림십팔동인부터 백팔나한진, 역근 백팔기예 등 어느 것 하나 가벼이 여길 것이 없었다. 그만큼 소림의 저력은 여느 문파들과 차원이 달랐다.

[아! 날아서 가려는 거죠?]

사마영이 손바닥을 치며 알겠다는 듯이 내게 전음을 보냈다. 물론 그런 방법도 있지만, 그런 식으로 장인어른을 데리고 도망칠 것이었다면 정체를 공개하지 않았겠지. 고개를 젓자 그녀가 인상을 찡그렸다.

[그럼 설마 정면 돌파를 하려고요?]

그 설마를 하려고 한다. 내가 부정하지 않자 그녀가 우려스러운 얼굴로 나를 바라보았다. 그러다 이내 내게 전음을 보냈다.

[그럼 아버지부터 얼른 구해야겠어요. 아버지께서도 합류하시면 아무리 소림사의 무승들이 강하다 해도 섣불리 오대 악인 중 두 명을 상대할 생각은 하지 못할 테니까요.]

영민한 그녀였다. 그 와중에 나름의 활로를 생각해냈다.

그때 노승이 입을 열었다.

"아미타불. 본사가 지어진 이래, 사마외도를 걸으시는 단체의 수장이 이리 본사의 한복판에 들어온 것은 처음 있는 일이구려."

"스님들께 위해를 가하려고 온 것은 아니오."

"하나 이리 들어오신 것만으로도 위협이 되는 행위이지요."

예기로 위압감을 주고 있는데도 이리 대범하게 입을 열다니, 보통 사람은 아니었다. 그만큼 수양이 깊은 승려겠지.

"아버지를 가둬둔 회금동을 지키는 승려분이세요."

고개를 돌려보니 동굴 위에 회금동이라 적혀 있었다. 하면 회금동주라고 불리는 책임자인 것 같다. 소림사에서는 어느 한 공간을 책임지는 역할을 하는 자들을 배분이 높은 승려들로 배치한다고 들었는데, 어쩐지 초절정의 경지에 이른 이유가 있었다.

회금동주가 진지한 어조로 내게 말했다.

"시주, 시주가 정말로 사마 시주와 장인, 사위 관계라고 한다면 이리 불쑥 들어온 것이 이해가 되나 이쯤에서 멈추시오."

"스님께서야 속세를 떠나서 그렇다지만 우리 같은 범인들이 가족을 두고 떠날 수 있을 것 같소?"

그런 나의 말에 회금동주가 탄식을 내뱉었다. 그리고 내게 경고하듯이 말했다.

"시주, 본사에서 회금동에 가뒀다는 것은 그자를 끝까지 교화하여 부처님 곁으로 갈 수 있게 하기 위함이오. 시주의 장인어른께서 그간에 지은 죄로 무간지옥에 떨어지길 바라오?"

"스님과 이런 논쟁은 하고 싶지 않소."

그런 식으로 치면 무림인들 중에 부처님 곁으로 갈 수 있는 자가 몇이나 있겠는가. 이런 논쟁은 지금 상황에서는 무의미할 뿐이다.

"그것이 열쇠인가 보오?"

나는 회금동주의 허리춤에 차고 있는 열쇠를 발견했다. 둥근 쇠

고랑에 커다란 열쇠들이 여러 개 달린 것을 보아, 회금동 안에는 금옥이 하나만 있는 것이 아닌가 보다.

"맞아요! 저것으로 금옥을 열었…"

그녀의 말이 미처 끝나기도 전이었다.

"합!"

쾅! 회금동주가 진각을 밟았다. 그러자 지면의 모래가 위로 튀어올랐다. 파파파파팍! 아주 찰나에 틈이 생기기만을 기다리고 있었던 모양이다. 이와 함께 팽이처럼 신형을 회전하며 내게 백보신권을 펼치려고 하는 회금동주였다. 그러나….

탁!

"아닛?"

붙잡힌 주먹에 회금동주의 표정이 굳었다. 설마 진각으로 내공이 실린 모래 알갱이들을 피하지 않을 거라고는 상상하지 못했나 보다. 나는 놀란 회금동주의 혈도를 전광석화처럼 점했다. 타타타탁! 마혈과 훈혈이 동시에 점해진 회금동주는 그 자리에서 몸이 뻣뻣하게 굳어 기절해버렸다. 사마영이 어안이 벙벙해서 나를 쳐다보았다.

"공자님?"

회금동주는 초절정의 무위를 지닌 고수였다. 벽을 넘어서 초인의 영역에 이른 고수라고 해도 절초를 사용하지 않는 이상 가벼운 한 수만으로 제압할 수 있는 상대가 아니었다. 그런 그를 가볍게 제압하자 그녀는 많이 놀라워했다.

"더… 강해졌네요?"

그건 내가 하고 싶은 말이다. 불과 일곱 달 사이에 그녀도 많은 일들을 겪었는지 기운이 상승했다. 깨달음만 있다면 언제든지 초절정의 영역에 이를 수 있을 만큼 말이다.

"갑시다."

나는 회금동주의 허리춤에서 금옥 열쇠를 챙기고서 말했다. 그렇게 동굴로 향하려고 하는데, 사마영이 멈칫하더니 동굴을 가리키며 말했다.

"아아…."

"왜 그래요?"

"공자님, 조금 기다려야 할 것 같아요."

"기다리다니요?"

"회금동 안에는 승려들이 열 명씩 하루에 아침, 점심, 저녁으로 세 번 경을 외우러 와요. 보통 경을 외우면 한 시진이 넘는 것은 기본이에요."

사마영이 왜 이런 말을 하는지 알 것 같았다. 승려들이 경을 외우는 것이 멈춰진다면 소림사 내부에 있는 자들이 의아해하며 몰려들 테고, 침입자가 들어온 것을 눈치챌 수 있다는 뜻이었다. 이에 나는 그녀에게 빙그레 웃으며 말했다.

"상관없어요. 들어갑시다."

"네?"

정면으로 돌파해서 나갈 거라고 하지 않았는가. 나는 성큼성큼 동굴 안으로 들어갔다. 그녀가 이를 불안하게 쳐다보다 이내 뒤따라왔다. 동굴 안은 횃불들로 환했고, 벽면 전체에 불경의 경문으로 보이는 글씨들이 빼곡하게 새겨져 있었다.

"삼세제불 의반야바라밀다고 득아뇩다라삼먁삼보리 고지 반야바라밀다 시대신주 시대명주 시무상주 시무등등주 능제일체고 진실불허…."

동굴 안쪽에서부터 경을 외우는 근엄한 소리가 울려왔다. 확실히 불경이 들려오니 혈마화를 한 상태라서 그런지 사기가 억눌리는 듯했다. 부처님의 가르침이라서 그런 것 같다. 하나 내게는 사기로 가득한 기운만 있는 것이 아니었다. 선천진기를 끌어올려 몸을 보호하니 오히려 불경 소리에 마음이 차분해졌다.

—빌어먹을 소리 때문에 미치겠군.

혈마검은 이를 못 견디는 듯했다. 원념을 담아서 만든 요검인 녀석에게는 이 소리가 쥐약이었다.

'조금만 견뎌.'

경을 외우는 소리가 곧 그칠 테니까. 나는 뒤따라오는 사마영을 힐끔 쳐다보았다. 그녀 역시도 불경 소리에 아무런 영향을 받지 않았다. 애초에 그녀가 익힌 심법은 정종의 것에 가까웠기에 당연한 일이었다.

[아버지는 회금동 맨 끝에 있어요.]

사마영이 내게 전음을 보내왔다. 일부러 소리를 내지 않으려는 모양이었다.

[가는 길에 벽면마다 다른 죄수들이 갇혀 있는데, 그들이 저희를 발견하고서 소란을 피울까 봐 걱정이네요.]

사마영의 말을 들어보면 이곳에 한 번 들어왔던 듯했다. 확실히 소림사는 다른 정종의 문파들에 비해서 자비로운 성향을 지닌 것 같다. 자식이라고 해도 끝까지 막을 수도 있었을 텐데 말이다.

"걱정하지 마요."

안심시키는 말에 그녀가 의아해했지만 나는 멈추지 않고 안으로 들어갔다. 그런데 곧 그녀의 눈이 휘둥그레졌다. 벽면의 금옥에 갇혀 있는 죄수들이 하나같이 잠든 것처럼 쓰러져 있었기 때문이다.

"아! 이들이 어째서?"

"글쎄요. 많이 졸렸나 보네요."

농담조로 말했지만 발걸음 소리마다 정요환의청의 진수를 심었다. 발소리를 들은 죄수들은 일곱 기문이 봉해져서 내공조차 다룰 수 없기에 이를 견딜 수가 없다. 어쨌거나 이들을 재웠으니 소란을 피울 일은 없을 것이다. 나는 계속해서 동굴 안으로 들어갔다. 소리가 점점 가까워지더니 이내 동굴 끝쪽에 상당한 크기의 공동이 모습을 드러냈다.

탁! 탁! 탁!

"무안계 내지 무의식계 무무명 역무무명진 내지무노사 역무노사진 무고집멸도 무지역무득 이무소득고 보리살타 의반야바라밀다…"

그곳에서 열 명의 스님들이 목탁을 두드리며 경을 외우고 있었다. 그들 한가운데에 유독 검은빛이 나는 철로 만들어진 금옥이 있었는데, 그 안에 정좌를 하고서 눈을 감고 있는 한 중년인이 보였다. 그는 바로 월악검 사마착이었다.

'장인어른…'

안색이 창백하고 회색빛을 띠는 것으로 보아, 기문을 막은 영향인지 내상이 완전히 치유되지 않은 건지 알 수가 없었다. 그런 그를 바라보는 사마영의 눈시울이 붉어졌다. 부녀간의 관계는 천륜인 것 같다.

"엇!"

그때 불경을 외우던 승려들 중에 입구 쪽을 바라보고 앉아 있던 한 젊은 승려가 우리를 발견하고서 화들짝 놀랐다. 이에 다른 승려들도 다급히 자리에서 일어났다. 승려들 중에 가장 연륜이 있어 보이는 중년의 승려가 소리쳤다.

"보살님, 대체 어찌 들어온 것이오? 그대는…."

승려의 시선이 자연스럽게 가면을 쓰고 있는 내 얼굴로 향했다. 그러더니 횃불에 일렁이는 붉은 머리카락을 보고서 당혹감을 감추지 못했다.

"혈마?"

역시 단번에 나를 알아보았다.

그때 금옥 안에서 정좌를 하고 있던 장인어른 사마착이 눈을 떴다. 나는 그런 그에게 포권을 취하며 인사를 올렸다.

"사위가 장인어른을 뵙습니다."

'…!!'

그 말에 승려들이 휘둥그레진 눈으로 나와 장인어른을 번갈아 쳐다보았다. 월악검 사마착이 혈마의 장인이라고 하는데 놀라지 않을 자가 누가 있겠는가? 중년의 승려가 내게 소리쳤다.

"장인어른이라니? 하면 사마 시주를 빼내기 위해 본사에 침입한 것이오?"

그런 그에게 나는 아무렇지 않게 말했다.

"누가 들으면 장인어른께서 이 절의 소유물인 줄 알겠군."

"썩 물러나…."

그의 말이 끝나기도 전이었다.

"어엇?"

손을 휘감듯이 잡아당기자 중년의 승려 몸이 들썩거리더니, 이내 허공으로 떠올라 내가 있는 곳으로 부웅 날아왔다. 승려의 무공은 그리 높지 않기에 허공섭물에 버틸 재간이 없었다. 꽉! 날아온 승려의 멱살을 잡아 올린 내가 말했다.

"불가의 영역에서 살생을 저지를 마음은 없으니, 당장 꺼져라."

그 말과 함께 나는 그를 패대기치듯이 뒤로 던졌다. 바닥에 내동 댕이친 중년의 승려가 몇 바퀴를 구르더니, 까진 자신의 얼굴을 붙 잡고서 어쩔 줄 몰라 했다.

"여기서 꺼지라고 했을 텐데."

이런 나의 말에 사마영이 동굴 입구를 가로막고서 말했다.

"이들을 보내주면 소림사의 무승들이 몰려들 거예요."

"괜찮으니 보내줘요."

"네?"

그녀는 도통 이해할 수 없다는 표정이었다. 이에 나는 머뭇거리고 있는 승려들에게 말했다.

"혈교의 교주이자 당대 혈마가 소림사의 방장 스님을 뵙고 싶다 고 전해라."

'…?!'

승려들이 하나같이 경악을 금치 못했다.

"방장 스님을?"

"두 번 말하게 하지 마라."

고압적인 나의 목소리에 겁에 질린 승려들이 이내 밖으로 뛰쳐나 갔다. 그런 그들을 보며 사마영이 말했다.

"방장 스님이라니요? 공자님 혼자 왔다면서요?"

그런 그녀에게 나는 아무렇지 않게 말했다.

"날 믿고 지켜봐 줘요."

그런 나의 얼굴을 물끄러미 쳐다보던 사마영이 고개를 끄덕였다. 그리고 이내 내게서 받아 든 금옥의 열쇠 꾸러미를 들고는 장인어른인 월악검 사마착에게로 뛰어갔다.

"아버지!"

사마착이 그녀를 보며 입을 열었다.

"기어코 일을 저질렀구나. 오지 말라고 하지 않았느냐."

"아버지가 여기 갇혀 있는데 어떻게 모른 체하고 있어요!"

사마영의 그 말에 장인어른이 고개를 절레절레 흔들었다. 그녀가 열쇠 꾸러미에서 열쇠를 찾는 사이, 장인어른이 나를 바라보며 말했다.

"갑자기 사라졌다고 하더니, 용케 딸아이 곁으로 돌아왔구나."

사마영에게서 내 소식을 전해 들었던 모양이다. 이에 나는 죄송스럽다는 듯이 답했다.

"송구스럽습니다."

이런 나의 말에 장인어른이 퉁명스럽게 말했다.

"됐다."

무사히 돌아왔으니 그것으로 됐다는 의미로 들렸다.

찰캉! 금옥의 문이 열리자 사마영이 안으로 뛰어 들어가 울면서 장인어른을 끌어안았다.

"아버지. 엉엉."

"다 큰 숙녀가 어찌 이리 쉽게 눈물을 보이느냐. 울지 말거라."

말은 그리하면서도 장인어른은 따뜻한 손길로 그녀를 토닥였다.

아무리 악명을 떨쳐도 부녀는 부녀였다. 사마영을 토닥이던 장인어른이 나를 쳐다보며 말했다.

"이것으로 됐다. 돌아가거라."

그런 그의 말에 사마영이 놀라서 품에서 빠져나와 소리쳤다.

"무슨 소리예요, 아버지?"

"소림사의 승려들이 바보인 것 같으냐?"

"네?"

"오장육부와 골수로 침투한 한기를 몰아내려면 구양진경을 대성한 장경각주의 내가 치료가 필요하다."

"치료를 다 받은 게 아니에요?"

사마영의 물음에 장인어른이 고개를 저으며 답했다.

"장경각주는 내가 내상이 치료되면 기문을 막더라도 위험하다고 판단하여, 골수에 미친 한기를 완전히 몰아내지 않았다."

소림사에서도 나름 머리를 썼다. 장인어른은 벽의 벽을 넘어선 절세고수였다. 그런 자라면 조금이라도 솟아날 구멍이 있으면 벗어날 수 있다고 여겨, 장인어른의 내상을 완전히 치유하지 않은 것 같다.

"승려들이 머리를 굴렸군요."

"한기를 완전히 몰아내지 않으면, 빠르든 늦든 간에 발작할 수밖에 없다."

"아버지!"

"한기를 몰아낼 수 있게 되면 어떻게 해서든 돌아가겠다. 그때까진 이곳에…."

"사마 소저, 잠시만 비켜주겠어요?"

나는 사마영을 지나쳐 금옥 안으로 들어갔다. 장인어른이 인상

322

을 찡그리며 말했다.

"어쩌자고 그런 짓을 벌였는지 모르겠다만 소림의 방장과 나한무승들이라도 온다면 아무리 어검비행을 펼칠 줄 알더라도 쉽게 빠져나가기 어려울 게다. 그러니….'

"한기만 몰아내면 됩니까?"

그 말과 함께 나는 장인어른의 등 뒤에 섰다. 장인어른이 한숨을 내쉬며 말했다.

"소용없다. 구양진경이 아니면 한기를 몰아낼 수 없다. 내력만으로 골수에 침투한 한기를 몰아낼 수 있었다면 이미…?!"

그때 장인어른이 가늘어진 눈매로 고개를 돌렸다. 그가 이런 반응을 보이는 것은 당연했다. 손바닥을 갖다 대고 양강의 기운을 주입하고 있었기 때문이다. 고오오오오!

장인어른이 놀란 목소리로 중얼거렸다.

"네가 어찌 이런 양강의 내공을?"

"연이 닿아 배웠습니다. 아무튼 장인어른의 골수에까지 미친 한기만 몰아내면 되겠습니까?"

"뭐?"

아무렇지 않게 하는 나의 말에 장인어른이 처음으로 어처구니없어했다.

90화

방장의 조건

"양강의 내공을 익히다니?"

장인어른인 월악검 사마착이 놀라움을 감추지 못했다. 양강의 내공을 익히는 것은 쉬운 일이 아니다. 그것은 체내에 자리하고 있는 음양의 균형을 흐트러뜨리기 때문이다. 음양의 균형이 무너진다는 것은 체내의 불균형을 초래하게 되고 결국 단명의 지름길이 된다. 그 대표적인 체질이 바로 구음절맥(九陰絶脈)과 태양절맥(太陽絶脈)이다. 수만 중에 한 명꼴로 나타나는 이런 체질의 소유자들은 음양의 불균형으로 인해 단명하는데, 이를 극복한 기인들이 있다. 그들은 음양의 불균형을 극복하기 위해 무공을 창시하였고 그중 하나가 바로 구양진경이다. 하나 내가 익힌 설음화양선무는 다르다. 처음부터 음양의 균형을 맞춰가며 그 기운을 키웠기에 음양 어느 하나에만 치우친 무공에 비해 훨씬 안정적이라 할 수 있었다.

"…도가 계열의 운기법이구나."

기운만으로 운기 계통을 단번에 알아맞히는 장인어른이었다. 만박자와 더불어 무림에서 가장 박식하다고 불릴 만했다.

"대체 어디서 이런 고명한…"

"집중하셔야 할 테니, 말씀을 삼가십시오."

고오오오오! 화양선권의 양강의 기운이 장인어른의 경맥들로 스며들었다. 조금이라도 남아 있는 한기가 있다면 이를 몰아내기 위해서였다.

'목숨을 부지할 수 있을 만큼 남겨놨군.'

구양진경으로 한기를 몰아낸 고수가 누구인지는 모르겠지만, 정말 세밀할 정도로 공력을 다루는 데 능한 자였다. 소림이 괜히 정종의 근원이라 불리는 게 아니었다. 골수까지 미친 한기를 완전히 몰아내자 그다음부터는 일사천리였다. 꿈틀! 장인어른의 여러 경맥이 기다렸다는 듯이 요동을 쳤다.

'과연.'

역시 장인어른이었다. 기문이 봉해지고 한기가 골수에 미쳤는데, 조금씩 기운을 갈무리하고 있었다. 한기를 몰아내게 된다면 돌아온다고 했던 말이 허언이 아니었다. 티끌 모아 태산이라고 했던가. 모여진 기운들을 장인어른이 한 점에 집중하자, 장인어른의 기문에 박혀 있던 금경침 중 하나가 뽑혀 나왔다. 팍!

기문 하나가 열리자 기운의 흐름이 완만해졌다. 그러자 장인어른은 기다렸다는 듯이 기운을 나누어 기문을 막고 있는 금경침들에 보냈다. 파파파파파파! 동시에 여섯 개의 침이 뽑혀 나왔다. 정말 대단했다. 칠대 기문을 막아둔 것을 이리 쉽게 풀어내다니. 금경침들을 해결한 장인어른은 내공을 주천시키며 운기를 통해 기운을 회복해갔다.

"공자님!"

사마영이 감격스러운 표정으로 나를 불렀다. 이대로 또다시 아버지를 남겨놓고 떠나야 하나 불안해했던 그녀였다.

"지켜봅시다."

장인어른이 곧바로 운기에 들어간 것은 빠르게 내공을 회복하기 위함이었다. 아마도 우리와 함께 탈출하기 위해서는 전력을 서둘러 회복하는 것이 옳다고 판단했기 때문일 것이다. 나는 동굴 입구 쪽을 쳐다보았다.

"왜 그러세요?"

"역시 소림이군."

"네?"

벌써 수많은 인영이 몰려들고 있었다. 아마도 근방에 있는 무승들을 부른 것 같았다. 장인어른이 내공을 회복할 시간을 벌어야 할 터이니, 호법을 위해서 나가봐야겠다.

"장인어른을 지키고 있어요."

무슨 말을 하는지 알아들은 그녀가 고개를 끄덕였다. 그리고 뭉클한 목소리로 내게 말했다.

"고마워요."

"당연한 일을."

가족이 될 장인어른을 지키는 일이다. 어찌 고마움을 바라겠는가. 그들을 남겨두고서 나는 동굴 바깥으로 걸어 나왔다. 벌써 쉰여 명에 이르는 무승들이 몰려와 회금동 앞에 진을 치고 있었다. 동굴에서 나오는 내 모습에 무승들이 당혹감을 금치 못했다.

"정말 혈마야."

"혈마가 본사에 침입하다니."

"어찌 이런 일이…."

"아미타불."

사파의 수장 격이라 할 수 있는 혈교의 교주였다. 그런 내가 불가의 중심이자 정파의 상징이라 할 수 있는 소림사 한복판에 나타난 것은 저들에게 있어서 최악의 사태나 다름없었다. 무승들 중에 연배가 있어 보이는 중년의 무승이 앞으로 나섰다.

"아미타불. 이곳은 불가의 성지이자 정종의 중심이요. 정식으로 출입을 요청해도 들어올 수 있을까 말까 한 곳에 어찌 이리 함부로 침입한 것이오!"

노기를 감추지 못하고 있었다. 이에 나는 목소리에 힘을 주어 말했다.

"소림에서 본 교주의 장인어른을 금옥에 가둬두고 있는데, 이를 어찌 내버려둔단 말인가."

"장인어른?"

"설마 월악검?"

그런 나의 말에 무승들이 웅성거리며 난리가 났다. 회금동에서 경을 외우던 승려들에게 자세한 사정을 듣지 못한 모양이었다. 하긴 그들은 내가 소림에 침입한 것에만 신경을 썼을 것이다. 혼란스럽기는 마찬가지인 것 같지만 이내 중년의 무승이 소리쳤다.

"설사 그렇다고 하여도 모든 일에는 절차라는 것이 있소이다. 한 단체의 수장이라는 분이 어찌 이런 경거망동을 저지를 수 있단 말이오!"

절로 코웃음이 나왔다. 소림은 속세와 연을 끊었다. 그렇기에 어떠한 단체들보다도 폐쇄적이다. 그들은 외압에조차도 소신을 굽히지 않기로 유명한데, 자신들과 대립 관계라 할 수 있는 혈교의 수장인 내가 요청한다고 듣기나 하겠는가.

"이 일은 일개 무승들과 나눌 사안이 아닌 것 같군. 하니 소림의 방장 대사께서 오기를 기다리겠다."

그런 나의 말에 무승들이 공분하여 소리쳤다.

"이런 오만무도한 자를 보았나!"

"방장 대사께서 사마외도를 걷는 자와 말을 섞는다는 게 가당키나 한 것 같소."

"썩 물러나지 않는다면 경을 치르게 될 것이오!"

그래도 스님들이라 그런지 항의하는 말조차 격조가 있었다. 하나 여기서 물러날 것이라면 오지도 않았지. 나는 앞으로 나서며 검결지를 들었다. 한 발짝 걸어 나섰을 뿐인데, 일부 무승들이 움찔하며 경계심을 늦추지 않았다.

착! 가볍게 검결지를 긋자 날카로운 예기에 의해 바닥에 선이 생겨났다. 대뜸 선을 긋자 무승들이 의아함을 감추지 못했다. 이에 나는 소리 높여 말했다.

"경고하겠다. 방장 대사가 오기 전까지 이 선을 넘는 자가 있다면 응당 부처님의 곁으로 가고 싶다는 뜻으로 알아듣겠다."

"아니, 이자가 정녕!"

팟! 중년의 무승이 분개했는지 내게 신형을 날렸다. 아무리 속세와 연을 끊었다고 해도 오대 악인이라 불릴 정도면 어느 정도 무위를 지녔는지 짐작할 수 있을 터인데 용기가 가상했다. 중년의 무승이 마치 용과 같은 기상으로 권초를 펼쳐왔다. 이게 소림사의 유명한 권법 중 하나인 용왕유권(龍王柔拳)인가 보다.

"하압!"

권세가 패도적이고 훌륭하나 상대가 나빴다. 나는 뒷짐을 진 상태로 선을 넘으려고 하는 중년의 무승을 향해 바닥에 있던 돌멩이를 가볍게 걷어찼다. 퍽!

"으헉!"

포탄처럼 날아간 돌멩이에 가슴을 맞은 중년의 무승이 비명과 함께 뒤로 튕겨 나갔다. 그렇게 무승은 바닥을 몇 번 뒹굴더니 그대로 기절하고 말았다.

'…!!'

그 광경에 무승들의 눈이 휘둥그레졌다. 설마 손도 대지 않고 돌멩이를 날려 쓰러뜨릴 줄은 몰랐나 보다.

"분명 경고했다. 이 선을 넘지 말라고."

나는 강렬한 기세를 보이며 그들에게 말했다. 이에 기가 질렸는지 무승들의 안색이 어두워져 갔다. 확실하게 무위의 격차를 보이니 섣불리 덤빌 생각은 하지 못했다.

그때 우렁찬 함성 소리가 들렸다.

"합!"

함성의 진원지는 무승들 너머 나한당이 있는 방향이었다. 그곳에서 봉을 들고 있는 백팔 명의 주황색 승복을 입은 무승들이 오열을 맞춰 걸어오고 있었다.

"나한 무승들이다!"

"와아아아아아!!"

그들의 등장에 무승들이 환호성을 질렀다. 지금 나타난 무승들 대부분은 일류 고수들이었고 개중에는 절정의 고수도 있었다. 비율로 치면 팔 할과 이 할인 것 같다.

'백팔나한무승.'

저들이 그 유명한 백팔나한무승인 듯했다. 모든 합격진을 통틀어 가장 완벽하다고 불리는 백팔나한진(百八羅漢陣)을 연마한 무승들이다. 알려진 바로는 백팔나한진에 갇혀서 무사히 빠져나온 자가 아무도 없다고 할 만큼 그 위력은 그야말로 최고로 일컬어진다. 그런데 몰려온 것은 그들만이 아니었다.

ㅡ저게 뭐야? 온몸에 황동칠을 한 것 같은데?

소담검의 말처럼 하의만 입고 전신이 황동빛으로 된 승려들도 오고 있었다. 감정이 없는 인형처럼 무표정한 얼굴을 하고 있었는데, 그들의 등장에 무승들이 또다시 환호성을 질렀다.

"십팔동인이다!"

십팔동인? 들어본 적이 있었다. 금강불괴의 어원은 소림의 금강불형권에서 비롯되었다고 한다. 금강불형권에 대성한 자는 도검불침의 금강지체에 이른다고 하는데, 이 경지에 이르기 위해선 보름에 한 번씩 특수한 약물에 들어가 찢어지고 탈 것만 같은 고통을 견뎌내는 수련을 십 년 이상 해야 한다고 들었다. 그렇게 금강불형권을 대성하게 되면 피부가 저렇게 철처럼 단단해지고 전신이 황동빛을 띤다고 한다.

ㅡ오랜만에 보는군.

혈마검의 목소리가 머릿속을 울렸다.

'왜, 상대한 적이 있어?'

ㅡ사대 혈마 때 저놈들과 겨룬 적이 있다. 십팔동인진이라고 했

던가. 단단한 것도 그렇고 상대하기 정말 까다롭기 짝이 없다.

그런 자들까지 불렀다라…. 확실하게 보내줄 생각이 없다는 것이다. 그때 전각을 통해 한 무리의 승려들이 걸어오고 있었다. 지금까지와는 다르게 전부 연배가 되는 중년의 승려들이었는데, 하나같이 그 기세들이 보통이 아니었다. 열 명은 회색 가사를 입고 있었는데, 저들이 계율원을 담당하는 열 명의 승려들인가 보다.

'십계십승.'

승려들이 지켜야 할 열 가지 계율인 살계, 투계, 망어계, 기어계, 주계, 악구계, 음계, 진욕계, 탐계, 치계를 관리하는 승려들로 절 안에서 전주 다음으로 높은 위치였다.

―저기도 오는데.

남서쪽 전각으로 들어오는 노란색 가사를 입은 중년의 여덟 승려들이 있었다.

"아미타불. 팔대호원을 뵙습니다!"

"팔대호원을 뵙습니다!"

그들을 보자 승려들이 이구동성으로 합장하며 인사를 올렸다. 소림의 방장을 호위하는 여덟 승려가 나타난 것으로, 방장도 곧 나타날 것 같았다. 그때 뒤에서 누군가의 목소리가 들렸다.

"일을 제대로 키웠구나."

목소리의 주인은 다름 아닌 장인어른 월악검 사마착이었다. 좀 더 공력을 회복해도 될 터인데, 생각보다 빨리 나온 그였다.

"괜찮으십니까, 장인어른?"

그런 나의 물음에 장인어른이 그저 콧방귀를 뀌었다. 장인어른은 벽의 벽을 넘어섰기에 기를 완전히 갈무리할 수 있어서 어느 정도까지 회복했는지는 가늠하기 어려웠다. 그래도 안색에 붉은빛이 감도는 것으로 보아 아까보단 훨씬 나았다.

"공자님… 정말 무슨 수가 있는 거죠?"

장인어른의 뒤를 따라 나온 사마영이 내게 물었다. 몰려드는 수많은 승려들의 모습에 우려되나 보았다. 그 물음에 답한 것은 내가 아닌 장인어른이었다.

"방안이 없다면 이목을 살 이유가 없을 테지. 외부에 복병을 둔 것이냐?"

"…혼자 왔다고 하던데요."

사마영의 그 말에 장인어른이 눈살을 찌푸렸다. 내가 뭔가 커다란 계책을 마련했다고 여겼던 모양이다.

"그게 정말이냐?"

"그렇습니다."

나의 대답에 장인어른이 머리가 지끈거렸는지 이마를 손으로 짚으며 말했다.

"그럼 무슨 배짱으로 소림을 자극한 게야?"

"그건…."

"설마 정면 돌파라도 해서 저들이 쫓아오지 못하도록 전의를 꺾으려고 한 것이냐?"

내 의도를 단번에 알아맞히는 장인어른이었다. 하나 장인어른은 고개를 절레절레 흔들며 말했다.

"소림의 저력을 가벼이 보았구나. 소림에는 백팔나한진과 진각대사만 있는 것이 아니다. 정말 무서운 자는 장경각…."

미처 말이 끝나기도 전이었다. 몰려들어서 포위하고 있던 모든 승려들이 합장하며 예를 갖췄다. 인파의 한가운데가 파도처럼 열리더니 승려들 사이로 붉은 가사에 금색 법구로 보이는 지팡이를 들고 있는 범상치 않은 노승이 나타났다.

"늦었구나."

장인어른이 노승을 보며 중얼거렸다. 저자가 바로 소림사의 수장이라 할 수 있는 방장 진각대사였다.

'…소문이 사실이었네.'

소림의 진각대사가 나서면 팔대 고수의 판도가 바뀐다는 말이 있었다. 그런데 그게 정말이었다. 진각대사는 벽을 넘어선 고수였다. 한데 나를 놀라게 한 것은 정작 그가 아니었다. 방장 진각대사 뒤에 서 있는 주홍 가사를 입은 두 노승이 있었는데, 좌측 편에 서 있는 자는 벽의 벽을 앞둔 절세고수였다. 즉, 방장인 진각대사보다 훨씬 강하다는 것이었다.

장인어른이 내게 작은 목소리로 말했다.

"저자가 장경각주인 경종대사다. 차기 방장으로 소림의 창시 이래 두 번째로 구양진경과 역근경, 세수경을 동시에 대성하여 내공만으로는 나와 필적한다."

그리 말하지 않아도 느껴졌다. 벽의 벽을 넘어서지 않았는데 저런 엄청난 내공을 지니다니. 속세와 연을 끊었다며 무림과 단절된 소림사에 저런 엄청난 괴물이 숨어 있으리라고 누가 알았겠는가. 한숨을 내쉬던 장인어른이 내게 말했다.

"…내가 막을 터이니, 어검비행으로 영이를 데리고 이곳에서 벗어나거라."

"아버지!"

"둘이서 감당할 수 있는 전력이 아니다. 두공까지 있었다면 그럭저럭 해볼 만하겠지만…."

"장인어른."

"어허."

"이번 일은 제게 맡겨주십시오."

그런 나의 말에 장인어른이 다그쳤다.

"그럴 상황이 아니다. 영이를 데리고 당장 가래…."

장인어른이 미처 말을 끝내기도 전이었다. 나는 갈무리하고 있던 하단전의 공력을 완전히 개방하였다. 그러자 장인어른이 하던 말을 멈추고서 놀란 눈으로 나를 쳐다보았다.

"…벽의 벽을 넘어선 게냐?"

이에 나는 빙그레 웃으며 고개를 끄덕였다. 장인어른이 어처구니없다는 듯이 중얼거렸다.

"고작 일곱 달 사이에 무슨 일이 있었던 게야?"

"…많은 일들이 있었죠."

제게는 일곱 달이 아니었으니까요.

나는 놀라워하는 장인어른을 뒤로한 채 앞으로 걸어 나가 공력을 실어 쩌렁쩌렁한 목소리로 외쳤다.

"소림은 들어라!"

"큭!"

"이게 무슨!"

메아리처럼 울려 퍼지는 사자후에 일반 무승들이 일제히 귀를 틀어막았다. 심지어 나한무승들조차 공력이 실린 외침에 인상을 찡그릴 정도였다.

"혀… 혈마의 공력이 이리 강하다니."

"과연 오대 악인이다."

소림의 전력이 몰려들면서 전의가 올랐던 무승들의 얼굴에 경계심이 피어났다. 목소리에 공력을 실은 것은 어느 정도 저들의 사기를 꺾기 위함이었는데, 충분히 효과가 있었던 것 같다. 이제 공력을 가하는 것은 조절해야겠다.

나는 다시 입을 열었다.

"본좌는 혈교의 교주이자 당대 혈마다."

광장 전체로 메아리가 되어 퍼져 나가는 목소리. 하나 무승들 중에는 누구 하나 미동이 없었다. 이미 내 정체에 관하여 보고를 받아서 큰 반응이 없는 것 같았다.

—실망이야?

뭘 이런 것으로 실망해. 내가 주목받는 걸 좋아하는 것도 아닌데.

어쨌거나 소림의 책임자인 방장 진각대사가 나타났으니 본론으로 들어가야겠다.

"월악검 사마착 어른은 본좌의 장인어른이시다. 그런 분을 금옥에 가둬두고 있다는 것은 곧 본좌를 가벼이 여기는 것이나 마찬가지인 터."

웅성웅성! 장인어른이라는 말이 나오자 장내가 소란스러워졌다. 그것은 팔대호원, 십계십승, 나한무승 할 것 없이 똑같았다. 급한 마음에 내가 소림에 침입했다는 것만 알린 모양이다. 방장 진각대사역시도 지금에야 이 사실을 알았는지 옆에 있는 장경각주 경종대사와 또 다른 노승과 뭔가 대화를 주고받고 있었다. 입술 모양을 보면….

'사마 시주와 당대 혈마가 그런 연이 있었단 말이오?'

'허허허, 이것 참으로 보기 드문 일입니다, 방장 대사.'

'아미타불. 그보다 어쩐지 혈마가 단신으로 본사에 침입했다고 하여 의아했는데, 나름 인간적인 면모를 가졌구려.'

생각했던 것보다 반응들이 침착했다. 수양 깊은 노승들이라서 그런지, 오히려 사파의 우두머리 격이라 할 수 있는 내가 소림에 침입한 것이 나름의 이유가 있었구나 하고 헤아리는 분위기였다.

―원만하게 넘어가는 거 아냐?

그리된다면 서로 기운을 소진할 일은 없겠지만 과연 그럴까? 속세에 관여하지 않더라도 정종의 중심이라는 자부심을 가지고 있는 소림이다. 어쨌거나 본론을 꺼내야겠다.

"그것만으로도 본교가 소림을 징벌해야 마땅하나, 본디 은원은 확실하게 해야 하는 법. 장인어른의 상세가 위중할 때 소림에서 도움을 주었다고 들었다. 이에 이것으로 서로 간의 불미스러운 일은 없던 것으로 하고자 한다."

말인즉 너희들이 붙잡아둔 것과 목숨을 연명시켜준 것을 대신하자는 소리였다. 좀 더 교섭의 느낌으로 할 수도 있으나 이쪽도 혈교라는 단체를 이끌어가는 수장이라는 입장이 있었다. 소림에 굴복한다는 느낌을 줄 수는 없었다.

이런 나의 말에 소림의 승려들이 노기를 감추지 못했다.

"저자가 정녕!"

"아니, 본사에 멋대로 침입해놓고 이를 없었던 일로 하자고?"

"소림을 우습게 보는 것인가!"

역시나 반응은 격하기 짝이 없었다. 어차피 이들과 아무런 격돌

없이 끝내리란 생각은 하지 않았다. 오히려 이 자리에서 확실하게 소림에게 우위를 점해야만 다시는 장인어른과 사마영을 건드리지 못할 것이다. 그때 방장 진각대사의 좌측에 있는 노승이 입을 열었다.

"아미타불. 소승은 역근경전주 경오라고 하오."

저자가 역근경전주로구나. 소림사의 세 방장 후보 중 한 사람이다. 장경각과 더불어 무공서를 관리하는 책임자답게 그 무공 또한 보통이 아니었다. 얼핏 느껴지는 기운으로는 초절정의 경지에 이르렀다. 경오 대사가 말을 이어갔다.

"거기 계신 사마 시주가 장인이라면 마땅히 본사에 정식으로 요청하는 것이 옳은 처사였소. 한데 이리 함부로 침입한 것은 불가의 성지인 본사를 무시하는 처사가 아니오."

그 말에 가만히 지켜보고 있던 사마영이 불같이 성을 냈다.

"내 아버지를 멋대로 가둬둔 것은 잘하는 처사란 말인가요!"

사마영의 화에 경오 대사가 탄식을 흘리며 답했다.

"아미타불. 보살님께는 전에도 타이르지 않았소. 보살님의 아버님께서는 죄 없는 사람들을 많이 해하였소. 그 업이 여식인 보살님과 그 후대에까지 미칠 터인데 어찌 그리…."

"경오 대사."

그런 경오 대사의 말을 장인어른이 끊었다. 표정이 좋지 않았다. 보아하니 사마영에게 경오 대사가 이런 말을 한 사실을 몰랐던 모양이다.

"내 여식에게 불가의 가르침으로 겁을 준 것이오?"

"허어. 시주, 어찌 그것을 그리 받아들인단 말이오. 시주께서 참회하고 쌓은 겁을 닦아내지 못한다면…."

"그만하시오!"

장인어른이 그를 다그쳤다. 이렇게 소리 높여 화를 내는 모습은 처음 봤다. 여식인 사마영을 생각하는 마음이 이렇게나 깊을 줄이야. 장인어른이 앞으로 나서며 말했다.

"나 사마착, 비록 손에 수많은 피를 묻혔다고 하나, 하나뿐인 자식에게 한 점 부끄럼이 없도록 어긋남 없는 삶을 살려고 하였다. 한데 어느 누가 나의 인생을 폄하하고 내 여식에게 수치를 주려 한단 말인가!"

고오오오오! 장인어른이 진기를 개방하자 강렬한 풍압이 일어났다. 살기가 진득하게 묻어나는 패도적인 기세에 승려들이 당혹감을 감추지 못하고 경을 외워댔다.

"아미타불!"

그 짧은 시간 동안 이만큼의 내공을 회복하다니. 대단하긴 정말 대단했다. 하나 장인어른은 오랫동안 칠대 기문이 봉해져 있었기에 원래의 역량에서 절반 이상을 내기 힘들 것이다.

─네 괴물 장인, 자부심이 대단하네.

그럴 만도 하지. 나도 사마영에게 들었다. 아버지 사마착은 수많은 사람들을 해하였으나, 이유 없이 누군가를 죽인 적은 없다고 했다. 장인어른이 죽인 대부분은 악인으로 알려지거나 사마외도의 무리였다고 했다. 이런 기준이 있는데 당연히 평범한 백성들을 건드릴 리도 없었다. 그런 부친이기에 사마영은 조금도 장인어른을 부끄러워하거나 수치스럽게 여긴 적이 없었다. 그러던 차였다.

"허허허. 사마 시주."

시원한 웃음소리와 함께 정기 넘치는 목소리가 장내를 울렸다.

그 목소리의 주인은 장경각주인 경종대사였다. 어느새 경종대사는 장내를 거슬러 장인어른 앞으로 다가오고 있었다.

"경종대사."

구양진경으로 장인어른을 구해준 당사자였다. 물론 골수에까지 이른 한기를 완전히 제거하지 않고 남겨뒀지만 말이다. 그가 나오자 장인어른의 살기가 한풀 꺾여들었다.

"시주께서 소승에게 한 말을 기억하시겠소?"

"못 할 리가 있겠소."

"시주께서는 체내로 파고든 한기를 몰아주는 대가로 부처님의 가르침을 받기로 하였소이다. 한데 이를 어길 참이오?"

경종대사의 말에 나는 인상을 찡그렸다. 장인어른이 자신의 입으로 저런 말을 했다고? 의아해하는데 장인어른이 말했다.

"내가 기억하는 바와 다르구려."

"다르다?"

"대사께서는 소림에서 치료를 받게 된다면 불가의 제자로서 수많은 살업을 쌓은 나를 놓아줄 수 없다고 하지 않았소이까? 하여 이를 받아들인다고 하지 않았소."

서로가 의도했던 바가 묘하게 달랐던 것 같다. 경종대사가 아미타불 하며 경을 외우더니 말했다.

"불가에서 저지른 죄악 중에 가장 큰 것은 당연히 살생이오. 사마 시주께서는 그 악행을 너무도 많이 저질렀소이다. 한데 어찌 그냥 보내줄 수 있겠소."

"그래도 반드시 가야겠다면 어찌시려고 하오?"

"불가의 제자로서 도리를 다할 것이오."

고오오오오! 그 말이 끝나기가 무섭게 경종대사의 몸에서 뜨거운 열기가 흘러나왔다. 구양진경이 양강의 무공이라고 하더니 과연 명불허전이었다. 경종대사의 눈빛에 담긴 전의를 보면 승려 이전에 무인으로서의 호승심이 발동한 모양이다. 속세와 단절되어 있는 소림사였다. 무림에서도 다섯 손가락에 꼽히는 절세고수와 겨룰 기회가 얼마나 되겠는가. 다만 지금 장인어른은 완전히 회복된 몸이 아니었다. 설사 경지에 있어서 더 높다고 하더라도 상대는 소림사 최고의 내가 무공인 역근경과 세수경, 구양진경을 대성한 최고의 고수였다.

"목숨을 구해준 대사께는 감사하나 나는 소림을 나가야겠소."

"하면 무슨 말이 필요하겠소."

팟! 경종대사가 먼저 장인어른께 신형을 날렸다. 주홍빛으로 달아오른 그의 두 손에서 아지랑이가 피어오르는 게, 구양진경의 무공을 펼치려는 모양이었다.

"흥!"

장인어른이 콧방귀를 뀌더니 마찬가지로 신형을 날렸다. 날카로운 예기가 검지와 중지를 모은 검결지에 휘어 감기는 것이 내공이 회복되지 않았으니 처음부터 전력을 다해 상대하려는 듯했다.

바로 그때였다. 스륵! 어느새 내 신형이 흐릿해졌다가, 맞부딪치기 직전의 두 고수 사이에서 나타났다.

"아닛!"

"너!"

갑자기 내가 끼어들 줄은 몰랐는지 두 사람 모두가 당혹스러워하면서도 초식을 멈추지 못했다. 너무 찰나의 순간이었다. 그러나 나는 그 자리에 서서 왼손에는 설음지, 오른손에는 화양선권으로 양 대 고수의 초식을 동시에 막아냈다. 파파파파팍! 구양진경의 양강의 장법을 차가운 한기가 실려 있는 지법으로 막아내자, 경종대사가 놀라움을 감추지 못했다.

"한기를 다루다니?"

타타타탁! 두 초식가량을 부딪친 경종대사가 보법을 펼치며 거리를 벌렸다. 반면 장인어른은 기세를 멈출 수 없던 한 수만 부딪친 후에 단번에 신형을 물렸다. 평소라면 내게 왜 끼어든 것이냐고 다그칠 장인어른이었지만 한기와 양강의 기운이 담긴 무공을 동시에 펼친 것에 놀랐는지, 가늘어진 눈매로 빤히 쳐다보았다. 그러다 이내 말했다.

"이게 무슨 짓이냐?"

"장인어른께선 이제 막 일곱 기문이 풀려나 아직 몸이 성치 않으신데, 괜히 무리하셔서 원기를 상하실까 두려워 노파심에 끼어들었습니다."

"너…."

자존심이 강한 장인어른이라 조심스럽게 이야기한 것인데 괜찮으려나.

나를 빤히 쳐다보던 장인어른이 한숨을 내쉬더니 이내 말없이 사마영에게로 발걸음을 옮겼다. 내게 완전히 일임한 것이다. 이에 나는 가볍게 고개를 숙이고서 경종대사에게로 고개를 돌렸다. 그러자 그가 탄성 섞인 목소리로 말했다.

"아미타불. 소문으로 혈교의 당대 교주께서 높은 경지에 올랐다는 이야기는 들었지만, 소문이 과장된 것이 아니라 오히려 축소된 것 같소이다."

"과찬의 말씀이오. 소림에 이런 잠룡이 숨어 있다는 사실을 누구 하나 몰랐다는 것이 오히려 새삼 놀라운 일이오."

"출가인이 어찌 명예를 탐하겠소이까."

치이이이이! 그렇게 말하는 경종대사의 손바닥에서 새하얀 아지 랑이가 피어올랐다. 설음지의 한기를 구양진경의 양강의 기운으로 몰아낸 것이다. 경종대사가 기수식을 취하며 내게 말했다.

"소승이 목숨을 걸어야 할지도 모르겠소이다. 하나 무인으로서는 영광스러운 자리가 될 것 같소이다."

한 초식을 부딪치고서 내가 자신보다 높은 경지임을 단번에 알아 차린 경종대사였다. 그런데도 호승심이 가라앉지 않은 걸 보면 천상 무인이었다. 소림사 최고의 고수를 제압한다면 그들의 기세를 한층 꺾을 수 있을 것이다. 그때 누군가의 외침 소리가 들렸다.

"멈추시오."

그 목소리의 진원은 다름 아닌 소림의 방장 진각대사였다. 그가 앞으로 걸어 나오고 있었다. 경종대사 혼자서는 승산이 없다고 여 겨서 합공이라도 하기 위한 것일까? 그런데 그의 입에서 예상 밖의 말이 나왔다.

"장경각주는 물러나시오."

"방장 대사!"

"불도를 닦는 이가 호승심을 이기지 못해서야 어찌하겠나."

그런 그의 다그침에 경종대사가 부끄럽다는 듯이 고개를 숙이며 합장했다.

"아미타불."

경종대사가 뒷걸음질하여 몇 발짝 물러나자, 방장 진각대사가 법장을 끌고서 걸어오며 내게 말했다.

"아미타불. 소개가 늦었소이다. 빈승은 부족하지만 이곳 소림을 맡고 있는 방장 진각이라고 하오."

합장을 하며 고개 숙여 인사하는 방장 진각대사였다. 그 모습에는 조금의 무례함도 없었다. 여든을 훌쩍 넘긴 노승이 이런 정중함을 갖춰 인사를 하니, 일부러 기세를 억누르기 위해 오만하게 굴 수는 없을 듯했다.

"혈교의 당대 교주요."

나 역시 포권을 취하며 고개 숙여 인사했다. 그러자 방장 진각대사가 말했다.

"당대 혈교의 교주께서는 노부가 알고 있던 혈마와 다른 것 같소이다."

"…그게 무슨 말씀이시오?"

"본사의 제자들 누구에게도 살수를 펼치지 않은 것을 알고 있소이다."

"부처님의 땅에서 피를 보고 싶지 않았을 뿐이오."

그런 나의 말에 방장 진각대사가 인자하게 웃으며 말했다.

"귀교의 교주들 중에는 그 쉬운 일조차 가벼이 생각하는 자들이 많았소. 하나 교주께서는 그것을 지키는 것도 모자라 본사의 모든 승려를 이곳으로 불러 모으지 않았소이까?"

"대사께서는 큰일도 아닌 것에 의미를 두시는구려."

내가 의도한 것과 다른 것에서 의미를 부여하는 것 같았다. 무슨 속셈인지 읽기 힘들었다. 그때 방장 진각대사가 나지막한 목소리로 말했다.

"이리 모두를 불러 모았다는 것은 교주께서 일신의 무공으로 이 난관을 헤쳐 나갈 자신이 있기에 그런 것이 아니오?"

'…?!'

나는 내심 놀라움을 금치 못했다. 설마 내 본심을 꿰뚫어보리라고는 예상치 못했다. 이것은 지략이 뛰어나거나 그런 개념이 아니라, 방장 진각대사의 혜안이 내가 생각한 것보다 뛰어난 것이었다. 그를 물끄러미 쳐다보다 나는 말했다.

"내 의도를 아셨으니 방장 대사께서는 어찌하실 것이오?"

"대쪽과 같이 강해도 부러진다는 말이 있고, 얇은 가지들도 하나로 모으면 부러뜨리기 힘들다는 말이 있소. 설령 교주께서 무공이 천하제일의 경지에 이르렀다고 해도 본사의 승려들이 합심한다면 어떠한 위기라도 이겨내지 못하리라 여기진 않소."

방장 진각대사의 말에는 조금의 자만심도 상대를 경시하는 느낌도 없었다. 그럼에도 조금의 굽힘도 없었다. 이것이 진정한 정종이라는 것을 몸소 느끼게 했다. 어쨌거나 양보할 수 없다는 의지는 내게 피력한 셈이었다. 그렇다면 결론은 정해졌다.

"하면 끝까지 부딪칠 수밖에 없겠구려. 이쪽은 장인어른을 모시고 나가야 하는 입장이니 말이오."

"서로를 해하는 것만이 능사는 아니오."

"그럼 길을 열면 되오."

"본사에도 정해진 법도가 있고, 교화 중이던 시주를 외압에 의해 쉽게 포기한다면 어느 누가 본사의 가르침을 받으려 하겠소이까? 하나 교주께서 동의한다면 빈승이 좀 더 평화적인 방법을 제안하고 싶소."

평화적인 방법이라…. 대체 어떤 방법을 제안하려고 그러는 거지? 방장 진각대사의 눈을 바라보니 어떠한 사심도 없어 보였다.

"그 평화적인 방법이 무엇이오?"

"교주께서 빈승이 제안한 방법으로 사마 시주를 데려간다면 본사의 승려들도 그렇고 속세의 사람들 누구도 이의를 제기하지 못할 것이오."

그를 빤히 쳐다보던 나는 이내 흔쾌히 말했다.

"좋소. 나 역시 소림과 원만하게 일을 해결하고 싶소."

"아미타불. 역시 빈승의 눈이 틀리지 않았나 보오."

"의례적인 칭찬은 삼가도 되니, 어서 조건을 이야기해주시오."

그 말이 끝나기가 무섭게 방장 진각대사가 바닥에 법장을 찍었다. 쿵!

"나한무승들은 백팔나한진을 펼쳐라."

"합!"

대사의 명이 떨어지자 나한무승들이 힘찬 기합과 함께 이내 일사불란하게 몰려와 백팔나한진의 진식을 펼쳤다. 그 광경에 사마영이 황당하다는 듯이 소리쳤다.

"이게 뭐가 평화적인 방법이란 거예요?"

그녀와 같은 생각이었는지 장인어른 역시도 눈살을 찌푸리고 있었다.

이에 나는 물었다.

"이러면 별반 차이가 없소만…."

"다르오."

"무엇이 말이오?"

"혈교의 교주께선 백팔나한진을 상대로 일각 안에 누구에게도 경미한 부상을 입히지 않고 모두를 제압하면 되오."

그 말에 장인어른이 버럭 소리쳤다.

"말도 안 되는 소리!"

모두의 시선이 그에게로 향했다. 장인어른이 어처구니없다는 듯이 방장 진각대사에게 말했다.

"벽을 넘은 절세고수를 상대하기 위해 만들어진 것이 소림의 백팔나한진이 아닌가. 한데 조금의 상처도 없이 일각 안에 모두를 제압하라니 불가능한 일을 행하라는 것이 아니오!"

그런 장인어른의 말에 방장 진각대사가 말했다.

"한 번의 기회만 드리는 것이 아니오."

"그게 무슨 말이오?"

"본사 역시도 시주를 내보내려면 그럴 만한 명분이 필요한데, 피를 보지 않고서 그만큼의 무위를 증명하는 일에 어찌 가벼운 시험을 제시할 수 있겠소이까? 본사에서는 혈교의 교주께 납득할 만큼의 기회를 제공할 것이오. 하나 이것을 통과하지 못한다면 당연히 시주를 데리고 나갈 수는 없소."

그런 방장 진각대사의 말에 장인어른이 노기에 차서 나를 향해 소리쳤다.

"됐다. 이런 말도 안 되는 제안을 받아들일 필요 없다. 나 역시도 손을 거들 터이니…."

"아닙니다. 받아들이겠습니다."

"뭐?"

나의 말에 장인어른이 기막혀했다. 아무리 생각해도 결코 불가능한 일이라고 판단한 모양이었다. 그런 장인어른을 뒤로한 채 나는 진각대사에게 말했다.

"방장 대사가 내건 조건이 얼마나 터무니없는지는 본인이 잘 아실 거라 생각하오."

"소림의 전력 전체와 목숨을 걸고 겨루는 것보다는 훨씬 낫지 않겠소이까?"

혜안만 뛰어난 게 아니라 늙은 너구리였다. 이에 나는 옅은 미소를 지으며 말했다.

"불리한 조건을 받아들이는 것이니 이쪽의 요청도 받아주는 것이 어떻겠소?"

"조건이라 함은?"

"만약 백팔나한진을 아무런 상처 없이 반 각 내로 제압한다면 어쩌시겠소?"

"…반 각?"

그런 나의 말에 방장 진각대사가 자신도 모르게 헛웃음을 지었다. 일각조차도 터무니없는 일인데, 반 각이라 하면 절대로 불가능하다고 여겼기 때문일 것이다. 헛웃음을 짓던 진각대사가 이내 내게 말했다.

"좋소이다. 교주께서 그리할 수 있다면 사마 시주를 놓아주는 것뿐만이 아니라 본사의 보물이라 할 수 있는 대환단을 내어드리겠소이다."

웅성웅성! 진각대사의 말에 이번엔 승려들 쪽이 소란스러워졌다. 대환단이라 하면 소림사에서 제조한 영약이었다. 구할 수 있는 약

초가 워낙 희박한 데다 제조 기간만 삼십여 년이나 걸려, 소림사에도 몇 알이 없다고 알려진 최고의 영약이었다.

"이 정도면 되겠소이까?"

소림사의 보물을 걸면서도 방장 진각대사의 얼굴에는 여유가 있었다. 절대로 가져가지 못할 조건이라 확신하는 듯했다.

"약조 꼭 지키기 바라오."

"아미타불."

방장 진각대사가 합장하고서 고개를 숙인 후에 진 안에서 물러났다. 그러자 나한승들이 짚고 있던 봉을 들어 내게 겨냥했다.

"합!!"

그 기세가 보통이 아니었다. 이 광경을 지켜보며 장인어른이 혀를 찼다. 진 밖으로 나간 방장 진각대사가 일반 무승들에게 명했다.

"가서 일각짜리 향을 들고 오거라."

"네, 방장 대사."

이에 몇몇 무승들이 합장하고서 뛰어가려 하는데….

"그럴 필요 없소."

그 말과 함께 나는 뒷짐을 지고서 가볍게 진각을 밟았다. 쿵!

털썩! 털썩! 털썩! 그 순간 내게 봉을 겨냥하고 있던 백팔 명의 나한승들이 일제히 눈이 뒤집히며 바닥에 쓰러지고 말았다.

'…!!'

누구도 예상하지 못한 일이었다. 방장 진각대사의 두 눈이 튀어나올 듯이 커졌다. 장내가 순식간에 침묵으로 물들었다. 소림을 상징하는 수많은 것들 중 하나가 바로 이 나한무승들이 펼치는 백팔나한진이다. 수많은 고수들이 무위를 증명하기 위해 도전했지만 누구 하나 이러한 결과를 낸 적이 없었다. 손도 대지 않고 진각만으로 눈 깜짝할 사이에 나한무승들이 쓰러질 거라 누가 상상이나 했겠는가.

"고작 발 구름 한 번에 이렇게 되다니…."

"이런 일이 있을 수 있단 말인가."

발걸음 하나에, 혹은 행보 하나에 모든 것을 굴복시킨다는 말이 있다. 이를 두고 군림보(君臨步)라고 한다. 이때 소림사 무승들의 머릿속에는 같은 말이 스치고 지나갔다.

'…혈마군림보!'

누구도 이것이 당대 혈마를 상징하는 말이 될 거라고는 당장에는 알 수 없었다. 워낙 경악할 일이라 어안이 벙벙했던 역근경전주 경오 대사가 정신을 차리고서 무승들에게 소리쳤다.

"무, 무승들은 나한승들을 살펴라!"

"네넵!"

무승들이 부리나케 쓰러진 나한승들에게로 달려갔다. 혹 무슨 일이 일어났는지 살피기 위해서였는데, 신기하게도 나한승들은 한 사람도 남김없이 잠들어 있었다. 흔들어서 깨우자 그들은 영문을 알 수 없어 했다.

"이게 대체 무슨?"

"소승이 쓰러졌었단 말입니까?"

"갑자기 눈앞이 캄캄해진 것 외에는 아무것도…."

나한무승들의 반응은 누구 할 것 없이 거의 같았다. 그런 그들을 보면서 놀라워하는 것은 소림사의 무승들뿐만이 아니었다. 사마영이 호들갑을 떨면서 아버지인 월악검 사마착에게 말했다.

"아버지 보셨어요? 공자님의 진각 한 번에 소림이 자랑하는 백팔나한진이 무너졌어요."

어릴 적부터 은거를 해와서 무림의 경험이 일천한 그녀였지만, 적어도 소림사의 백팔나한진이 얼마나 대단한지 정도는 알고 있었다. 그렇기에 그녀 역시도 진운휘의 도전에 우려했었다. 한데 고작 한 번의 진각에 저들이 속수무책으로 무너지자 감탄이 나올 수밖에 없었다. 그런 딸의 호들갑에도 사마착은 굳은 인상으로 입을 꾹 다물고 있었다.

'진각을 할 때 원기가 실렸다.'

벽의 벽을 넘어선 그는 짧은 찰나에 그 기운이 무엇인지 단번에 알아차렸다. 소리에 하단전의 공력을 싣게 되면 음파공이나 사자후 같이 충격을 가할 수 있다. 그런데 이런 결과는 도저히 이해하기 어려웠다.

'사술…이라고 하기에는 기운에 조금의 사이함도 없었다. 설사 사술이라고 한들 이 많은 나한승들을 쓰러뜨리는 것은….'

상식을 넘어서는 일이었다. 사술에 속수무책으로 넘어갈 만큼 나한승들이 약한 자들도 아니었다. 소림의 젊은 무승들 중에 가장 뛰어난 자질과 정신력을 가지지 않았던가. 그런 자들이 찰나에 전부 정신을 잃었다.

'한기와 양강의 기운을 동시에 익힌 것도 그렇고, 대체 그 짧은 사이에 무슨 일이 있었던 것이냐?'

그만큼 이는 놀라운 일이었다. 가까이서 지켜봐 왔던 사마착도 이러할진대, 이 조건을 내건 소림의 방장 진각대사는 어떻겠는가.

'대체 이게 무슨 수법이란 말인가?'

사술이나 술법이라고 하기에는 사이함을 느낄 수 없었다. 오히려 순도가 높은 정순함마저 느껴졌다. 그렇기에 더욱 황당하기만 했다.

'…낭패로다. 허어.'

순간 눈이 튀어나올 듯이 경악했던 방장 진각대사는 허탈함을 감출 수가 없었다. 남다른 혈마의 성정과 자존심을 자극한 묘책이라 여겼었다. 한데 이런 결과가 벌어질 줄 누가 알았겠는가.

[아미타불. 방장 대사, 이를 어찌하실 겁니까?]

진각대사의 귓가로 역근경전주 경오 대사의 전음이 울렸다.

[정녕 사마 시주를 풀어주고 본사의 보물인 대환단을 내어주실 겁니까? 두 알 중 한 알은 천축국의 법사에게 새로운 경문을 대가로 헌납하기로 되어 있는데, 어쩌자고 그런 약조를 하셔서…]

입이 열 개라도 할 말이 없었다. 대환단까지 걸었던 것은 혈교의 교주를 묘책에 끌어들이기 위해서였다. 어느 정도 달콤한 보상이 있어야 누구도 다치지 않으면서 어지간해서는 깰 수 없는 이 어려운 조건을 받아들일 거라 여겼는데, 이리될 줄이야.

[빈승의 입이 방정이었네. 아미타불.]

위치를 막론하고 미안하기 그지없었다.

그런 방장 진각대사의 귀로 이번엔 장경각주 경종대사의 전음이 울렸다.

[…방장 대사, 약조는 약조입니다.]

[알고 있네.]

진각대사 역시 이를 어길 생각은 추호도 없었다. 터무니없는 조건을 건 것은 순전히 서로 간에 피를 보지 않기 위함이었다. 오대 악인 중에 둘을 상대한다면 설령 소림이 전력 면에서 우위더라도 수

많은 희생이 생겨날 것이 자명했다. 절은 부처님의 영역. 그런 불상
사가 벌어지게 할 수는 없었다.

'충분히 교화할 수 있을 만큼의 세월은 확보했다고 여겼건만… 이
리 수월하게 해냈다는 것은 결국 사마 시주의 운이 아직 다하지 않
음이다. 모든 것은 부처님의 뜻이겠지.'

하면 붙잡아둬서 어찌하겠는가. 방장의 입으로 공언한 것인데 소
림의 명예를 위해서라도 약조를 지켜야 했다. 경거망동으로 소림의
보물 대환단을 건 것이 매우 쓰라렸으나, 내색하지 않고 근엄한 얼
굴로 합장하며 진운휘를 향해 입을 열었다.

"아미타불. 참으로 대단한… 재주를 지니셨소이다, 교주."

차마 입에서 무공이라는 말이 나오지 않나 보다. 아마 머릿속이
복잡할 것이다. 무공이 아니라고 하기에도 그렇고, 이걸 무조건 부
정하자니 나한승들이 무공도 아닌 술법에 제압되었다는 불명예를
가질 테니 결과를 불복하기도 힘들었다.

"약조는 약조. 사마 시주를 데려가도록 하시오."

내색하지 않고 근엄하게 말했지만 어딘가 모르게 씁쓸해 보였다.

나는 빙그레 웃으며 방장 진각대사에게 말했다.

"대환단을 잊으셨소이다."

"크흠."

그 말에 오히려 십계십승들과 팔대호원들이 심기가 불편해했다.
이 점은 충분히 이해할 수 있었다. 만들기도 힘들뿐더러 삼십여 년
에 걸쳐서 고작 한두 알밖에 만들지 못하는 소림 최고의 영약을 내
게 넘겨줄 생각을 하니 복장이 터질 것이다. 물욕이 없는 스님들이

라고 해도 소림의 보물 대환단을 받는다는 것은 그들에게 있어서도 최고의 영예일 테니 말이다.

"감원은 지금 당장 보리원으로 가서 대환단을⋯."

"아미타불. 방장 대사, 잠시만 기다려주십시오."

"장경각주?"

그를 만류한 자는 다름 아닌 장경각주 경종대사였다.

—왜 또 저래?

글쎄.

방장 진각대사가 의아해하다 이내 인상을 찡그리며 뭔가에 귀를 기울였다. 경종대사의 목젖이 떨리는 것으로 보아 전음을 받고 있는 모양이었다. 그러더니 신음성을 내며 고민하는 기색을 보이더니 이 내 마지못해 고개를 끄덕였다. 나는 그런 그들에게 나지막한 목소리로 말했다.

"왜 갑자기 대환단이 아까워졌소?"

그런 나의 말에 방장 진각대사가 고개를 저었다.

"약조를 하였는데, 어찌 한 입으로 두말을 하겠소."

"두 분 대사께서 꽤 심각하게 대화를 나누시는 듯하여, 혹 언짢은 가 싶어 물어본 것이오."

아깝다고 한들 대환단은 약조한 대로 이미 내 것이었다. 그때 장경각주 경종대사가 앞으로 다가오더니 내게 합장을 하며 말했다.

"아미타불. 대환단 한 알은 이미 시주의 것으로 생각하고 있으니 언짢고 그럴 문제는 아니라고 보오."

"한데 내게 볼일이라도 있으신지?"

"방금 전 시주의 놀라운 재주를 보고서 소승 역시 감탄을 금치 못했소이다. 하늘 위에 또 다른 하늘이 무슨 말인지 새삼 알게 되었소이다."

과하게 호의가 담겨 있는 칭찬에는 반드시 이유가 있는 법. 어떤 의도를 가지고 이런 말을 하는 것일까? 말없이 쳐다보자 경종대사가 뒤에 있는 팔대호원들 중 가장 선임자로 보이는 승려를 쳐다보며 말했다.

"감원께서는 보리원에 들러 대환단 한 알과 소환단 두 알을 가져오시오."

"소환단 두 알? 아미타불…. 장경각주, 소승이 방금 잘못 들은 것인지?"

"들은 그대로요."

"그것을 어찌?"

"방장 대사의 허락을 받았으니, 가져와 주시기 바라오."

경종대사의 그 말에 머뭇거리던 감원(팔대호원의 선임) 승려가 합장을 하고서 어딘가로 신형을 날렸다. 나는 의아함을 감추지 않고 물었다.

"소환단은 어찌 가져오라고 하시오?"

그런 나의 물음에 경종대사가 빙그레 웃으며 말했다.

"아까 전에 소승이 시주와 제대로 겨뤄보지 못한 것이 못내 아쉬워 방장 대사께 긴히 작은 청을 드렸소이다."

"청이 소환단이오?"

"소환단은 그저 부가적인 것이지요."

"부가적인 것?"

"소승, 시주께서 허락해주신다면 한 가지 제안을 하고 싶소."

역시 의도를 가진 호의였다. 마냥 대환단을 빼앗기기 싫다는 것이겠지. 소환단 두 알을 걸고 뭔가를 제안하려는 건가?

"소림과의 관계는 원만히 정리되었는데, 군이 대사의 제안을 받아들일 수고로움을 자청할 필요가 있을지."

"시주께 그리 나쁜 제안은 아니오. 잘만 하면 소환단 두 알을 더 얻어 가실 수 있을 것이고, 운이 없다 해도 대환단 대신 소환단 두 알을 얻어 가실 수 있으니까 말이오."

그런 그의 말에 나는 웃음을 터뜨렸다.

"하하하하하하하. 결국 대환단이 아까워서 그러는 것이 아니오?"

온갖 미사여구를 갖다 붙여도 목적은 대환단의 회수였다. 다른 영약들과 달리 오랜 세월 동안 제련되어 정순한 대환단은 그 약효가 십 할의 효과를 낸다고 알려져 있다. 평범한 사람이 먹는다면 무병장수하게 되고 무림인이 먹는다면 온전히 한 갑자의 내공을 얻게 된다고 하여 최고의 영약이라 불린다. 그런 대환단이 안 그래도 강한 혈교의 교주 손에 들어간다 하니 어떻게든 막고 싶겠지.

"부정하지 않겠소이다. 하나 소환단 역시 대환단만큼은 아니더라도 그 가치가 여느 영약들보다 뛰어나다는 건 알 거라고 생각하오."

물론 들어서 알고 있었다. 한 알을 먹으면 십 년의 내공을 얻을 수 있다고 들었다. 이 역시도 대환단 못지않게 만들기가 어려워 개수가 많지 않다고 들었다. 그러나 대환단에 비할 바는 아니었다.

"대사께는 미안한 이야기이지만 이미 장인어른도 모셔갈 수 있게 되었고, 운이 좋아 대환단을 얻게 되었으니 더 큰 욕심은 없소. 이만 가도록 하겠소."

그 말과 함께 몸을 돌려 장인어른과 사마영에게 가려 하자 경종대사가 다급히 소리 높여 말했다.

"아미타불. 원하지 않는다면 당연히 거절하시는 게 응당 옳은 일이오. 하나 이것은 꼭 대환단 때문만이 아니오."

"그럼 무엇이오?"

"본사는 정종 무학의 근원이자 상징이라 불리오. 한데 시주의 진각 한 번에 백팔나한진이 손 한 번 쓰지 못하고 무너졌소이다."

"소림의 명예를 회복하고 싶다는 것이오?"

"그렇소이다."

"솔직하시구려."

명예도 회복하고 대환단도 회수한다면 소림에게 있어서는 금상첨화일 것이다. 게다가 이기고 지는 것에 상관없이 소환단까지 선뜻 내놓는다고 했으니 충분히 대인배적인 면모도 보인 것이고 말이다. 이에 나는 고개를 절레절레 흔들며 말했다.

"기어코 이 사람이 거절하지 못하도록 하시는구려."

"하면 소승의 제안을 받아주시겠소?"

"대사께서 내 제안도 받아주신다면 말이오."

"제안이라 하면?"

"뭐 그저 아까처럼 제안에 하나를 덧붙이는 정도에 불과하오."

그 말에 경종대사가 눈살을 찌푸리다 이내 조심스럽게 물었다.

"…말씀해보시오."

"두 알은 적소. 세 알로 합시다."

'…?!'

그런 나의 말에 경종대사가 어처구니없어했다. 소환단 두 알도 아마 겨우 허락을 받았을 것이다. 한데 내가 그것이 적다며 세 알을 달라고 하니 당혹스러울 것이다.

"시주, 소환단 두 알이면 이십 년의 내공을 얻을 수 있소. 그것이 어찌…."

"대환단은 한 갑자, 육십 년의 내공이오."

"그러나…."

"사실 대환단을 걸고서 겨루길 바란다면 적어도 그에 상응하게 소환단 여섯 알을 걸어야 이치가 맞지 않소. 하나 그건 소림으로서도 힘든 일이라 보오."

"허어…."

"하니 세 알로 합시다."

이런 나의 말에, 지켜보던 방장 진각대사가 나섰다.

"교주, 아무리 그래도 세 알은 과하오. 교주께서 이긴다면 대환단에 소환단 두 알을 더해서 가져갈 수 있을 터인데."

"육십 년이 이십 년이 될 수도 있는 일이 아니오."

"허어. 그걸 어찌 그리 계산하시오."

"세 알이오. 그리한다면 경종대사의 제안을 받겠소."

단호한 나의 말에 경종대사가 방장 진각대사의 눈치를 보다 난처한 기색으로 말했다.

"시주, 소환단이오. 그냥 영약이 아니란 말이오."

"세 알이오."

"시주…."

"세 알."

끝까지 세 알을 관철하자, 방장 진각대사가 심기 불편한 얼굴로 경종대사를 쳐다보았다. 경종대사는 가시방석에 앉은 사람마냥 아무 말도 하지 못했다. 잠시 고민하던 방장 진각대사가 이내 떨떠름한 목소리로 내게 말했다.

"…좋소."

마지못해 받아들이자 소담검이 자지러져라 웃어댔다.

─마귀 같은 녀석. 기어코 세 개로 올리냐?

굳이 겨루지 않아도 되는데 제안을 받아들이는 거면 이 정도 요구는 할 수 있지. 그나저나 소환단 세 알에 대환단 한 알이면 구십 년을 수련한 내공의 값어치를 지닌 건가. 웃음이 절로 나는 걸 참았다. 그리고 아무렇지 않게 말했다.

"하면 무엇을 겨루자는 거요?"

이런 나의 물음에 경종대사가 전의가 잔뜩 올라 말했다.

"소승이 아직은 부족하나 내공으로는 누구에게도 지지 않는다고 자부하오."

역시 자신의 최고 강점으로 제안하는 그였다. 세수경, 역근경, 구양진경을 완성하여 벽의 벽을 넘어선 장인어른 월악검 사마착에 맞먹는 괴물 같은 내공을 가지게 된 경종대사였다. 이런 자부심을 보이는 것은 당연한 일이었다.

"내공이라… 좋소."

흔쾌히 이를 받아들인 나는 그의 앞으로 두 손바닥을 내밀었다. 그러자 경종대사가 내게 고개를 젓고서 합장하며 말했다.

"아미타불. 방금 전에 백팔나한진과 겨루면서 그래도 상당한 원기를 소진하였을 터인데, 회복할 시간을 드리겠소."

"그럴 필요 없소."

"지금 겨루게 되면 더는 물릴 수 없소."

"이를 말이겠소."

이에 경종대사가 혀를 차며 양 손바닥을 내밀었다. 그의 눈빛에선 이 대결로 모든 것을 되갚아주겠다는 결의가 보였다. 그렇게 나와 경종대사의 내력 대결이 시작되었다.

* * *

불과 반 시진 후, 소림사의 정문 전각을 유유히 나서는 세 인영의 뒷모습을 보며 소림사의 방장 진각대사가 승려들에게 속이 들끓는 목소리로 명했다.

"사내에 저들이 밟았던 곳은 어디 하나 빠짐없이 소금을 뿌려라."

월악검의 과거

일렁이는 모닥불. 그림자가 나풀거리듯이 춤을 추는 듯했다. 검게 타들어가는 나무 조각 사이로 불똥이 타닥거리는 소리를 냈다. 소림을 벗어나 남서쪽으로 쉬지 않고 내려가길 이틀째. 인적 드문 산골짜기에 숨겨진 비어 있는 암자에 와서야 가던 길을 멈추고 이렇게 휴식을 취할 수 있었다.

해체한 꿩고기를 나무 꼬챙이에 꽂아 굽고 있는데, 한동안 식사를 하지 못해 배가 많이 고팠는지 사마영이 지글지글 타들어가는 살에서 눈을 떼지 못했다.

"고생이 많구나."

이틀 동안 말이 없던 장인어른이 처음으로 입을 열었다. 소림을 벗어나며 장인은 어딘가로 급히 향해야 한다고 말했고, 그곳이 바로 이 암자였다. 사실 평범한 암자로 보이는 이곳을 찾기 위해선 여러 방위에 설치되어 있는 진을 통과해야 했는데, 장인어른은 이것을 지도 보듯이 꿰고 있었다. 그렇게 이곳에 도착한 장인어른은 암자에 아무도 없는 것을 보고서 실망을 금치 못했다. 왜 그런지 의아해하던 참이었다.

"이곳은 두공과 내가 숨겨둔 안가다."

"두공?"

두공이라 함은 팔대 고수의 일인인 만박자를 말했다. 그러고 보니 장인어른은 악인의 칭호를 가졌음에도 그와 교분을 맺고 있다고 하였다.

"한데 어찌 이곳에?"

"두공과 이곳에서 만나기로 했다."

"만박자 어른과 말입니까?"

"그래."

장인어른이 옅은 탄식과 함께 타들어가는 모닥불을 쳐다보았다. 그러고는 고개를 돌려서 사마영을 바라보았다. 그 눈빛이 자못 씁쓸하기 그지없었다. 어째서 만박자 어른과 만나기로 했다는 이야기를 하고서 자신의 딸인 그녀를 저렇게 바라보는 것일까?

한참 동안 물끄러미 그녀를 바라보고 있던 장인어른이 다시 입을 열었다.

"드디어 그자를 찾았다."

그 말에 사마영이 화들짝 놀라서 장인어른을 쳐다보았다. 그녀의 두 동공이 지진이라도 난 것처럼 흔들렸다.

"그, 그게 정말이에요?"

"그래."

그자라니? 누구를 말하는 거지? 의아해하는데, 장인어른이 내게 시선을 돌리며 말했다.

"…모든 것을 해결하고서 밝히려 했으나, 나로 인하여 영이와 너도 위험해질 수 있으니 여기서 이야기해야겠구나."

"장인어른…."

그렇지 않아도 부상을 당해 소림사로 오게 된 장인어른이었다. 무림을 통틀어 다섯 손가락 안에 꼽히는 장인어른에게 부상을 입힐 정도로 강력한 존재라면 경계심을 가지지 않을 자가 누가 있겠는가.

"말씀하시기 힘든 것이라면 후에…."

"내 사위가 되었으니 너도 우리 집안 사람이나 마찬가지다."

이제는 완전히 나를 인정해줬구나. 뭔가 뭉클했다.

장인어른이 모닥불에 마른 나뭇가지를 더 집어넣으며 말했다.

"…영이가 첫 돌을 맞이할 무렵, 나는 사마 세가에서 촉망받던 차기 가주였다."

이건 꽤 유명한 일화였다. 장인어른이 지금은 오대 악인이라 불리지만 당시 사대 악인이라 불리게 된 사건. 사마 세가의 태상가주의 팔순 잔치가 그 원인이었다. 그날 사마 세가를 방문했던 수백에 달하는 명문 정파의 사람들이 살해당했다. 몇 안 되는 살아남은 사람들은 하나같이 그 흉수로 사마 세가의 차기 가주 사마착을 지목했다. 이에 분노한 정파 무림인들은 사마 세가에 책임을 물었다. 사마 세가의 당대 가주였던 사마종은 소가주의 목숨으로 이를 갚겠다며 공식적으로 가문의 호적에서 장인어른을 내쳤다.

"…그렇게 나는 사마 세가를 비롯한 수많은 무림인들의 추격을 받았다."

여기까지는 내가 알고 있던 것과 동일했다. 이후에 벌어진 일은,

내가 알고 있는 바에 의하면 장인어른이 추격해온 사마 세가와 명문 정파의 무림인들마저 몰살하며 악인의 칭호를 받게 된다. 과연이 일에 어떤 사연이 있었을까? 그때 사마영이 입술을 질끈 깨물며 상기된 얼굴로 말했다.

"애초에 아버지께서는 제가 심한 고뿔에 걸려 팔순 잔칫날 용한 의원을 찾아갔었잖아요."

"…그래."

그 자리에 없었다고? 그렇다면 진범이 있었단 말인가?

장인어른이 계속 말을 이어갔다.

"천라지망까지 펼쳐가며 지쳐가는 아내와 영이의 모습에 나는 결심했다. 부친이셨던 당대 가주를 기다렸다."

사마 세가는 자신들에게 씌워진 오명을 벗기 위해 가장 앞장서서 추적에 나섰다. 그렇기에 누구보다 빠르게 도착할 수 있었다.

"나는 부친인 당대 가주와 담판을 지었다. 보름 안에 진범을 찾지 못한다면 나 스스로 자결하여 가문의 오명을 씻어주기로 말이다."

"아…"

끝까지 책임지려고 했던 장인어른이었다.

"그리고 약조를 받았다. 아내와 영이만큼은 결과가 어찌 되든 가문에서 내치지 말아달라고 말이다."

그런 장인어른의 말에 사마영의 뺨으로 눈물이 흘러내렸다. 자신을 희생해가며 어머니와 자신을 보호하려 했던 것에 울컥했나 보다.

"나는 사건의 진원지였던 한정호 만월장으로 가서 현장을 살폈다. 그리고 그곳에서 벌어졌던 모든 일을 역추적하고 죽은 자들의 상흔을 살펴 진범을 찾아내려 했다."

그러나 장인어른의 이런 노고에도 불구하고 범인은 용의주도했다. 이미 만월장과 관련되거나 조금이라도 접촉했던 자들은 모두 살해당했고, 심지어 그날 사건에 희생된 모든 자들의 시신이 이미 화장되었다. 조금의 증거도 남아 있지 않았던 것이다.

"결국… 나는 아내와 영이를 위해 내 목숨을 바치려 했다."

그렇게 보름 동안 아무런 성과도 없이 천라지망을 펼치던 추적단으로 돌아간 장인어른은 충격적인 광경을 보고 말았다. 추적단의 모든 무림인들이 살해당한 상태였기 때문이다. 게다가 사마 세가의 당대 가주이자 부친이었던 사마종도 사지가 절단되어 목숨을 잃고 말았다. 친부의 죽음에 장인어른은 오열했다고 한다. 그러나 그렇게 우는 와중에 장인어른의 머릿속에 떠오른 것은 오직 두 사람뿐이었다.

"…영이와 아내를 찾아야 한다고 생각했다."

장인어른은 수백여 명이나 되는 무림인들의 시신을 뒤졌다. 시신들 대부분이 훼손이 심해 하나하나 일일이 살필 수밖에 없었다. 그렇게 시신을 살피던 장인어른은 뒤늦게 도착한 추적단의 후발대와 마주쳤고, 그들의 오해를 사고 말았다.

"아무리 부정해도 그들은 믿지 않았다."

시신들에 남겨진 상흔은 하나같이 사마 세가의 검초에 의한 상처들이었다. 그것도 사마 세가 역사상 최고의 검수라 불리는 자신에게 버금갈 만큼 완벽한 검흔이었다. 무림인들은 장인어른을 추포하려 했다.

"하나 나는 잡힐 수 없었다. 영이와 아내의 죽음을 확인하기 전까지 내 목숨을 던질 수 없었다."

장인어른은 이틀 밤낮으로 추적단과 싸웠다고 한다. 하나 절대로 그들을 죽이지는 않았다. 이들을 죽이게 되면 누군지 모르겠으나 자신에게 누명을 씌운 자의 뜻대로 될 것이라 여겼기 때문이다. 장인어른은 그들을 기절시켜가며 추적단의 주둔지를 중심으로 산골짜기를 헤매면서 어떻게든 아내와 영이의 흔적을 찾으려 했다고 한다. 하늘이 돕기라도 했을까, 장인어른은 그곳에서 삼 리 정도 떨어진 계곡 하류에서 여인의 비명 소리를 듣게 되었다.

으득! 이야기하다 말고 장인어른이 이를 갈았다. 상기되다 못해 붉어진 눈시울에서 슬픔과 분노가 묻어나왔다. 한참을 그렇게 가만히 있던 장인어른이 이야기를 이어갔다.

"하류 계곡으로 내려간 나는… 물가에서 한 무리의 무림 문파인들을 발견했다."

그곳에서 장인어른은 평생 지울 수 없는 광경을 목격했다. 그 한 무리의 무림인들이 아내를 욕보이고 있었던 것이다. 이를 본 장인어른은 분노를 금치 못했고, 그 자리에서 무림인들을 전부 도살해버리고 말았다.

뚝뚝! 주먹을 쥐고 있는 장인어른의 손바닥에서 피가 흘러내렸다. 사마영은 흐느끼면서 울고 있었다. 쿵! 쿵! 그녀 역시도 슬픔과 더불어 분노에 젖었는지 연신 바닥을 주먹으로 내리쳤다. 이들의 깊은 원한과 슬픔에 감화되었는지 나 역시 마음이 무거워지다 못해 코끝이 찡했다.

"치욕을… 당한 아내의 몸은 너무도 차가웠다."

그리고 온몸이 퉁퉁 붓고 손바닥이 쭈글쭈글했다고 한다. 계곡 하류에는 물길이 동굴로 이어지는 샛길이 있었는데, 장모님께서는 아기였던 사마영을 보호하기 위해 이틀 밤낮 아이를 위로 올린 채 물속에 있었다고 한다. 내공으로 사마영의 심맥을 보호했지만, 원기마저 얼마 남지 않아 그조차 힘들어져 지친 몸을 이끌고 나온 그녀는 하필 추적단과 마주쳤던 것이다.

"흑… 어머니…."

결국 오열을 금치 못하는 사마영이었다. 그런 그녀의 손을 꽉 쥐자 품으로 파고들어 엉엉 울어댔다. 그런 사마영의 모습에 장인어른의 뺨으로 눈물 한 방울이 흘러내렸다.

'아….'

그것은 피눈물이었다. 분노한 자의 눈에서 피눈물이 흘렀다는 이야기를 속설로만 들어왔다. 한데 정말로 흘러내리는 것은 처음 본다. 피눈물을 한 방울 흘린 장인어른이 말을 이어갔다.

"영이를 살리기 위해 원기마저 소모한 아내는 죽어가고 있었다. 내 모든 진기를 소진해서라도 그녀를 구하려 했다."

그러나 이미 늦었다. 차가운 계곡 동굴의 물속에서 이틀 밤낮을 버틴 그녀였다. 원기마저 소진했으니 가망이 있을 리가 만무했다.

"끝내… 아내는 숨을 거뒀다."

아내를 잃은 장인어른은 세상이 떠나가라 울었다. 부친에 이어 아내마저 잃은 그는 더 이상 살아갈 의욕마저 잃었다고 한다.

"그 자리에서 목숨을 끊고 싶었다."

그때 아기였던 사마영이 울기 시작했다. 응애 하며 우는 그 모습을 본 장인어른은 아이를 부둥켜안고서 같이 울었다. 울지라도 않으면 정신줄을 놓을 것만 같았을 것이다. 그렇게 울고 있는데 그 소리를 듣고 정파 무림인들이 나타났다. 그들은 울고 있는 장인어른과 아이를 보면서 그것을 기회라고 여겨 합공으로 공격했다.

"그때 생각했다. 이들이 그렇게 원한다면 악인이 되어주리라고 말이다."

장인어른은 그들을 전부 죽였다. 그리고 추적자들도 남김없이 찾아내서 목숨을 취했다. 그런 후에 장인어른은 그들의 문파를 하나하나 찾아가 멸문시켰다고 한다.

'아아아…….'

이것이 장인어른이 악인이 된 계기였다. 듣는 내내 마음이 무거웠다. 나라고 해도 장인어른과 같은 처지에 놓였었다면 세상 모든 것을 뒤엎어버리고 싶었을 것이다. 과연 이런 장인어른을 세상은 악인이라고 할 수 있겠는가.

"아버지……."

내 품에 있던 사마영이 장인어른에게로 가서 그를 끌어안았다. 장인어른이 그녀의 머리를 쓰다듬으며 말했다.

"네게 이야기하지 못한 것이 있단다."

"네?"

"네 어미는 숨을 거두기 전에 내게 말했다. 한쪽 눈이 금안인 자가 혼자서 주둔지를 습격해왔다고 말이다."

'……!!'

한쪽 눈이 금안인 자. 존주였다.

'……또 그자인가.'

이자는 대체 얼마나 많은 일을 벌인 것인가. 결국 장인어른이 악인으로 불리게 된 것은 전부 그자가 원인이었다는 말이 아닌가. 장인어른이 사마영에게 말을 이어갔다.

"네 할아버지께선 네 어미와 너를 풀어주고서 도망치게 했다. 그때는 네 어미가 어찌 살아남았는지 몰랐으나 지금은 알 것 같구나."

"그게 무슨 말인가요?"

"어떤 연유인지 모르겠으나 그자는 물을 꺼리는 듯했다."

'아!'

역시 장인어른은 그자를 만났던 것 같다. 그렇지 않고는 금상지체의 시술을 받은 존주의 약점을 알 리가 없다. 나는 장인어른에게 물었다.

"그럼 여태껏 장인어른께서는 진범을 찾으시려 한 겁니까?"

"…그래."

그자로 인해 모든 것을 잃은 장인어른이었다. 당연히 존주를 잡고 싶었을 것이다.

'금상제…'

처음으로 후회가 됐다. 차라리 훗날이 어떻게 되든 상관없이 놈을 죽이는 게 답이었을까? 그랬다면 사마영이 어머니를 잃지 않았을까? 하나 확신할 수는 없다. 작은 일 하나라도 많은 것이 훗날 수많은 변화를 일으키는 것을 직접 체감하고 있었다.

"대체 그자는 어찌 찾으신 겁니까?"

존주 그자는 매사에 신중하다. 그렇기에 확실한 일이 아니면 모습을 잘 드러내지 않는다. 그런 그를 끌어낼 만한 무언가가 있지 않고서는….

"그자처럼 한쪽 눈만이 아닌 두 눈동자가 금안인 자를 발견했다. 그자가 필시 놈과 관련 있을 거라 여겼다."

"아! 봉림곡에서 나타났던 그자로군요."

사마영이 그를 기억하고서 말했다.

그러고 보니 장인어른이 그자를 보고 놀라서 쫓아갔었다고 했다. 하면 이때까지 계속 자리를 비웠던 것도 그자의 흔적을 쫓았던 거였구나. 두 눈이 금안인 자, 그자의 진짜 정체가 뭘까? 금상제의 곁에서 관직까지 하고 있었는데, 대체 무슨 목적을 가졌던 건지 알 수가 없었다.

"두공은 그자를 서복이라고 부르더구나."

"서복?"

나는 인상을 찡그렸다. 혹시 내가 아는 그 서복을 말하는 건가?

―그게 누군데?

역사를 저술한 몇몇 사기에서 한 번씩 거론되는 자였다. 지나가는 식으로 말이다. 자는 군방(君房). 당시에 유명했던 방사였다. 진나라 시황제의 명을 받고 불로불사의 방법을 찾기 위해 수천 명의 동남동녀를 데리고 떠난 후 행방이 묘연해졌다고 알려진 자이다.

"정말 서복이라고 하였습니까?"

"그자도 그리 부르는 것으로 보아 진짜 서복일 수도 있겠지."

장인어른은 반신반의하는 말투였다. 하나 나는 아니었다. 정말 서복이라면 이자는 멸망한 진나라 시절부터 살아왔다는 말이 된다. 혈마검을 통해 보았던 천기의 심상 속에서 그자는 명장 구야자에게 다섯 요검의 주조를 부탁했었다. 구야자는 전국 시대에서 진으로 통일되기까지 살았던 자였다. 시기적으로 거의 동일했다. 그 말인즉, 서복이 정말로 불로불사의 방법을 찾았다는 건가?

'불로불사… 아!'

그러고 보면 금상제 또한 불로불사를 원했었다. 나와 마주쳤던 그 시기에는 강하기는 했으나 금상지체의 시술을 받지 않았던 것 같다. 두 눈이 멀쩡했으니까 말이다. 그렇다면 서복이 금상제에게 그 시술을 해준 것인가?

—그런 거라면 대단하네. 기어코 원하는 바를 얻어낸 셈이잖아.

소담검의 말대로다.

금상제와 관련되었던 자들이 평균수명을 뛰어넘어 장수한 것을 보면, 서복에게서 그 방법을 알아낸 것 같다. 그런데 어째서 서복을 봉림곡에 가뒀던 거지? 자신에게 영생을 갖다준 자인데 말이다. 그게 의문이었다.

"혹시 그 서복이라는 자가 한쪽 눈이 금안인 자에 대해서 뭔가 말한 게 없습니까?"

"없다. 그저 계곡물 속으로 도망치라는 말뿐이었다."

장인어른에게 그렇게 말했다면 서복은 금상지체 시술의 약점을 알고 있었다는 게 된다. 그것 때문에 봉림곡에 갇혀 있었던 것일까? 그때 보았을 때 서복은 황제였던 금상제를 모셨다. 관직까지 한 것도 모자라 그렇게 바라던 영생을 주었는데 왜 그런 상황에 처한 건지 의문이 풀리지 않았다. 일단 장인어른이 겪은 일을 들어봐야 할 것 같다.

"하면 장인어른께서는 그자와 겨루다가 부상을 당하신 겁니까?"

그런 나의 물음에 장인어른의 인상이 무섭게 굳었다. 벽의 벽을 넘어선 장인어른이다. 그런 만큼 누구보다 정확하게 지금의 금상제가 어느 정도 수준에 이르렀는지 판단할 수 있을 것이다.

"그래."

"그자가 아버지께 부상을 입혔다고요?"

사마영이 이해할 수 없다는 듯이 반문했다.

그녀에게 있어서 장인어른은 천하제일이나 다름없었다. 그런 장인어른이 누군가에게 패했다는 사실이 잘 와닿지 않을 것이다. 그런데 장인어른의 입에서 놀라운 말이 나왔다.

"놈은 나보다 강했다. 두공과 서복이란 자가 도와서 겨우 상대할 수 있을 만큼 괴물 같은 무위를 지녔다."

장인어른마저 상대가 되지 못했다라…. 역시 놈은 세월을 허투루 보내지 않았다. 아마도 내게 당했던 수모를 갚기 위해 강해졌을 것이다. 그런 자를 상대로 살아남다니 그래도 운이 좋았다.

"놈은 마치 세상의 모든 무공을 아는 듯이 꿰고 있었고, 상식을 벗어나는 말도 안 되는 내공을 지니고 있었다."

그렇겠지요.

그 시절에도 벽을 넘어선 초인이었으니 말이다. 그렇게 강한 데다 오랜 세월의 경험과 영생의 능력이 더해졌다. 게다가 금안으로 상대의 기운마저 읽을 수 있으니 그런 괴물도 없을 것이다.

"…하면 아버지, 그자와 싸우다가 계곡물에 뛰어들어 도망치신 거예요?"

그 물음에 장인어른이 탄식을 흘리며 말했다.

"아니다. 서복이란 자가 어떻게든 저자를 계곡물로 끌어들이면 죽일 수 있을지도 모른다고 하더구나. 그래서 놈을 계곡 쪽으로 유인하였다."

도망치기 위해 계곡물에 뛰어든 것이 아니었다. 하긴 평생을 기다려왔던 원수였다. 그런 자를 두고서 아무리 강하다고 한들 도망치고 싶겠는가.

"그래서 어떻게 되었는데요?"

"그렇게 놈을 계곡 앞 절벽까지 유인하였는데, 놈은 마치 알고도 이곳까지 왔다는 듯이 말하더구나."

"알고도요?"

"그래. 오히려 나를 도발했다."

"뭐라고요?"

장인어른이 심기 불편한 모습으로 회상하듯이 놈이 했던 말을 그대로 이야기했다.

"…월악검이여, 네놈은 본좌로 인해 최고의 악인으로 거듭날 수 있었다. 너를 이렇게 만든 무림에 복수하고 싶지 않느냐? 원한다면 본좌의 손을 잡아라. 그럼 네게 피의 복수와 더불어 영생을 주마…, 라고 하더구나."

"하!"

그 말에 사마영이 어처구니없어했다. 어머니를 죽게 만든 원흉이 그런 소리까지 했다니 분노할 수밖에 없을 것이다.

"놈을 죽이기 위해 나는 절벽을 무너뜨렸다. 놈이 이를 가볍게 피해서 벗어나려 하자 서복이 몸이 반 토막이 되어서도 놈을 붙들더구나."

―어우….

그자의 상식을 초월하는 재생 능력이라면 가능한 일이었다. 없던 팔마저도 순식간에 나지 않았던가.

"이 기회를 놓치면 안 된다고 생각한 나와 두공은 서복과 더불어 놈을 붙들고서 계곡으로 뛰어내렸다."

"그래서요?"

사마영이 궁금했는지 보챘다. 장인어른이 탄식을 내뱉듯이 콧바람을 길게 쉬었다.

"뭐가 잘못된 건가요?"

"그때…."

장인어른이 대답하기도 전에 내가 먼저 말했다.

"은발의 여자가 나타나지 않았습니까?"

그 말에 장인어른이 인상을 찡그리며 놀란 눈으로 나를 쳐다보았다.

"그걸 어찌 알았느냐?"

"장인어른의 골수까지 침투한 한기 때문입니다."

역시 그녀도 살아 있었다. 당시 천하십이절로 불리던 북해빙궁의 설백. 지금 무렵에는 그 정도 한기를 다루는 무공은 존재하지 않는다. 내가 이 사실을 아는 것이 의아했는지 나를 빤히 쳐다보던 장인어른이 말을 이어갔다.

"계곡의 격류에 휩쓸리기 전에 그 여자가 나타나 등에 일장을 날렸다. 곧바로 반격해서 은발의 여자를 밀어냈지만 체내로 파고드는 한기로 물에 빠진 순간 나는 금안의 남자를 놓치고 말았다."

"다른 사람들은요?"

사마영의 물음에 장인어른이 씁쓸하게 고개를 저었다.

"급류에 휩쓸렸다가 겨우 벗어나 모두를 찾아보려 했지만, 놈과 싸우면서 내상을 입은 데다 체내로 침투하는 한기로 인해 운기조식을 할 수밖에 없었다."

그렇게 장인어른은 어떻게든 서둘러 회복하려고 했다. 그러나 이미 한기는 오장육부를 비롯해 골수까지 파고들었다. 그런 와중에 그자의 수하들로 짐작되는 복면인들이 습격하면서 장인어른은 도망칠 수밖에 없었다고 한다.

"놈들을 겨우 처리했지만 갈수록 원기를 소진해갔기에 나는 고심 끝에…."

"소림사로 간 거로군요."

"그래."

소림사는 정파라고는 하나 속세와는 단절된 곳이다. 그리고 유일하게 악인이라고 해도 장인어른을 치료해줄 수 있는 곳이다. 장인어른은 목숨을 부지하기 위해 그런 선택을 한 것이었다.

사마영이 눈물을 흘리며 말했다.

"아버지가 그렇게 혼자서 고생하시는데 저는 그것도 모르고…."

"네가 무사한 것만으로 이 아비는 짐을 한시름 덜 수 있었다."

"하지만…."

"괜찮다고 하지 않았느냐."

장인어른이 그런 사마영의 눈물을 소매로 닦아주었다. 그러다 장인어른이 내게 시선을 돌리며 말했다.

"이야기를 마치느라 묻지 않았다만, 그 여자 고수는 내 평생 한 번도 보지 못했던 자이다. 그 여자를 어찌 알고 있느냐?"

그 물음에 사마영도 의아해하며 쳐다보았다.

이에 나는 숨을 깊게 들이켰다 내쉬었다. 장인어른까지 이렇게 깊이 관여되어 있다면 어느 정도 사실을 알려주는 게 맞았다.

"…그 여자의 이름은 설백. 삼백여 년 전 지금의 팔대 고수나 사대 악인의 칭호나 다름없는 천하십이절의 일인입니다."

그 말에 장인어른의 눈매가 가늘어졌다. 나는 계속해서 말을 이어갔다.

"그 여자는 북해빙궁 출신으로 장인어른이 붙잡으려 했던 그 외눈의 금안을 모시는 자입니다. 솔직히 지금까지 살아 있을 줄은 저도 몰랐습니다."

"…삼백여 년 전의 고수와 꼭 만나본 것처럼 말하는구나."

장인어른의 물음에 나는 사실대로 답했다.

"만났었습니다."

"뭐?"

만나서 어떤 일이 있었는지는 차마 말하지 못하겠다. 그래서 말을 돌렸다.

"장인어른께서 원수를 갚으시려 하는 외눈의 금안. 그자는 존주라 불리는 자이며 삼백여 년 전에는 무림 박해와 무림 말살을 행하려 했던 자입니다."

"설마…."

"네. 최악의 폭군 금상제입니다."

'…!!'

그의 정체를 들은 장인어른과 사마영이 동시에 놀라움을 감추지 못했다. 누가 상상이나 했겠는가. 금안의 남자가 삼백여 년 전의 황제였을 거라고 말이다.

놀라워하던 장인어른이 잠시 후 이해할 수 없다는 듯이 내게 물었다.

"…대체 그것을 네가 어찌 아느냐?"

나는 잠시 고민하다 이내 사실을 답해줬다.

"삼백여 년 전 제가 그자를 쓰러뜨렸었습니다."

'…?!'

그 말에 장인어른과 사마영이 당최 무슨 소리냐는 표정이 되었다.

"삼백 년 전이라니… 공자님 그게 대체 무슨 말씀이에요?"

나의 말에 어안이 벙벙해져 있던 사마영이 물었다. 이런 반응은 당연히 예상했던 바였다. 삼백 년 전 최악의 폭군이라 불렸던 금상제를 쓰러뜨렸다고 하는데, 오히려 터무니없는 농담처럼 들릴 것이다.

"헙!"

사마영이 자신의 입술을 손바닥으로 가리고서 중얼거렸다.

"설마 공자님, 아버지보다 연배가 엄청…"

"…아니에요."

이렇게도 오해할 수 있구나. 그녀는 내가 삼백 년이 넘게 살아왔다고 생각한 모양이다. 말만 들으면 충분히 그렇게 생각할 수도 있겠다.

"그때 안개 숲 기억하죠?"

"아! 맞아요. 그때 대체 어찌 된 거예요? 나중에 알려준다고 했잖아요."

사마영의 말에 사마착 또한 관심이 가는지 의아하게 나를 쳐다보았다.

—정말 이야기하려고?

소담검이 내게 물었다.

모든 것은 아니더라도 어느 정도는 알려줘야 할 것 같다. 더 이상 남의 일이 아니었다. 장인어른과 사마영도 이 일의 중심에 있다고 봐도 과언이 아니었다. 이들도 그자에 관해 어느 정도 알아야 한다.

"무한시로 향하던 중이었습니다. 갑작스럽게 저희 앞에 안개 숲이 나타났습니다."

"그건 영이한테 들었다."

"그렇다면 이야기가 빠르겠군요. 안개 숲으로 들어간 저는 옛 도인들의 낙원이라 불리는 도화선에 들어갈 수 있었습니다."

"도화선?"

두 사람이 의아해했다. 그도 그럴 것이 이 명칭이 속세에 알려졌을 리가 만무했다. 역시 그분을 직접 거론하는 것이 나을 듯했다.

"그곳은 검선 스승님을 비롯해 여러 도를 깨우친 스승님들이 속세에서 벗어나기 위해 시공간을 초월하여 만든 곳입니다."

"검선?"

그 말이 떨어지기가 무섭게 장인어른의 두 눈이 커졌다. 검을 다루는, 아니 무림인들 중에 검선의 위명을 모르는 이가 있는가. 사마영 또한 놀라서 내게 물었다.

"설마 제가 알고 있는 그 검선은 아니죠?"

"맞아요. 그 검선이에요."

"마, 말도 안 돼! 검선은 오래전에 우화등선했다고 알려졌잖아요. 그런 분이 그 안개 숲 안에 있었다고요?"

정확하게 말하면 다른 도인들과 함께 속세를 떠났을 뿐이다. 그것이 와전되어 내려오며 우화등선했다고 알려졌다. 물론 스승님들의 마지막 목적은 등선이었다. 이를 위해서 도화선에서 도를 수양하고 있다.

"…네 말을 도통 믿기 힘들구나. 금상제도 그렇고 검선도 그렇고."

"그러실 거라 생각합니다."

누구라도 믿지 못할 것이다. 말로 백날 설명하는 것보다 이게 나을지도 모르겠다. 검선 스승님께서 아신다면 나를 나무라겠지만 어찌하겠는가.

나는 남천철검을 검집에서 뽑았다. 스릉!

"백문이 불여일견이라 하였으니 보여드리겠습니다."

"무엇을 말이더냐?"

"검선 스승님께 전수받은 천둔검법의 일부를 말입니다."

'…?!'

천둔검법이라는 말에 장인어른의 눈에 이채가 띠었다. 세간에는 우화등선하며 후인을 두지 않아 그 대가 끊겼다고 알려진 것이 바로 검선의 천둔검법이었다. 뇌기를 끌어올려 검에 집중하자, 남천철검의 검신에 푸른빛의 뇌전이 휘어 감겼다. 파치치치칙!

그 광경에 장인어른의 가늘어졌던 눈이 휘둥그레졌다. 장인어른 정도의 절세고수라면 검에서 느껴지는 이 기운이 범상치 않다는 것을 단번에 알아차렸을 것이다.

"이게…."

"천둔검법의 뇌검천둔입니다."

"공자님… 정말… 검선에게 검법을 전수받은 거예요?"

사마영이 떨리는 목소리로 물었다. 이에 나는 아무렇지 않게 고개를 끄덕였다. 사마영이 연신 탄성을 터뜨리며 말도 안 돼, 라는 말만 중얼거렸다. 이것을 영영이가 보았다면 꽤 볼 만한 반응이 나왔을지도 모르겠다.

—그렇겠네.

소담검이 키득거렸다.

잠시 동안 푸른빛의 뇌전을 물끄러미 바라보던 장인어른이 입을 열었다.

"천하제일검 검선이 검을 휘두르면 흡사 하늘에서 번개가 내려치는 듯하였다…, 라는 전설이 그저 떠도는 말이 아니었구나."

나 역시도 그 전설을 들어본 적이 있다. 하나 그것은 사실이었다.

"…천고의 기연을 얻었구나."

장인어른이 다소 떨리는 목소리로 내게 말했다. 그 목소리에서 묘한 부러움이 느껴졌다. 다른 사람도 아닌 천하제일검이라 불렸던 검선의 진전을 이었다는데 부럽지 않을 검객이 어디 있겠는가.

"운이 좋았습니다."

이렇게 백문이 불여일견이라고 직접 천둔검법의 뇌검천둔을 보여주고 나니, 장인어른이나 사마영의 반응이 조금 전과는 확연하게 달라졌다.

타탁! 이에 나는 뇌검천둔을 거두고서 자리에 앉아 모닥불에 마른 나뭇가지를 집어넣으며 말했다.

"지금부터 들려드릴 이야기는 전부 진실입니다."

나는 안개 숲에서 있었던 일들을 천천히 이야기했다. 도화선에서 검선의 첫째 제자 자경정과의 악연으로부터 비롯되어, 그 시간대에 갇혀서 금상제와 만나기까지의 모든 과정을 말이다.

"허어."

이야기하는 내내 두 부녀는 놀라움을 금치 못했다. 물론 모든 것을 이야기한 것은 아니었다. 검의 소리를 들을 수 있는 칠성현문에 관한 이야기나, 이렇게 시간을 거슬러 올라간 것이 이번이 처음이 아니라는 사실 등등 몇몇 중요한 것들은 밝히지 않았다. 하지만 내가 어떤 상황에 처했었는지는 전부 이야기했다. 이야기를 전부 들은 사마영의 눈에 눈물이 글썽했다.

"여기서의 일곱 달이 공자님께는 그렇게 긴 시간이었는 줄도 모르고…."

"괜찮아요. 그래도 무사히 돌아왔잖아요."

사마영도 여자는 여자구나. 그녀가 이렇게 눈물을 많이 보인 날은 처음인 것 같다. 모든 이야기를 듣고 난 장인어른은 내 안위도 그렇지만 이 상황을 심각하게 여기는지 표정이 그리 좋지 않았다.

"하면 그 금상제라는 자는 그때의 너를 두려워하여 지금까지 모습을 제대로 드러내지 않았을 확률이 높아 보이는구나."

역시 장인어른의 통찰력은 뛰어났다. 지금까지 내가 겪었던 일들을 듣고서 정황을 비슷하게 추론해나갔다. 사마영이 그런 장인어른의 말에 걱정된다는 듯이 말했다.

"그럼 그자가 정말로 노리는 건 공자님일 수도 있겠네요."

"확신할 수는 없지만 그럴지도요."

유일하게 그에게 공포를 심어준 당사자가 나였다. 그 공포를 이겨 내고 싶어할 것이다.

"당시에도 벽을 넘어섰다는 고수가 근 삼백 년이 넘게 이면에 숨어 기다렸다는 것은 그만큼 신중하고 조심성이 많다는 것을 의미할 수도 있다."

"저도 장인어른과 생각이 같습니다."

"흐음."

나는 금상제가 이면에서 양지로 올라온다면 둘 중 하나일 거라 생각한다. 검선의 후예인 나를 확실히 뛰어넘었다고 확신하거나, 혹은 나란 존재가 더 이상 자신을 노리지 않는다고 확신했을 때일 것이다.

콧수염을 쓰다듬던 장인어른이 내게 말했다.

"어쩌면 그자가 노리는 게 무엇인지 알 것 같구나."

"네?"

"금상제가 완전한 영생을 얻은 것 같으냐?"

그 물음에 나는 고개를 저었다. 역시 장인어른이었다. 나와 같은 생각을 하고 있었다. 여태껏 나는 두 눈의 금안과 한쪽 눈이 금안인 것의 차이를 고민했다. 그리고 내린 결론은 하나였다.

"금상제의 영생은 불완전합니다. 물에 젖으면 회복이 더뎌지는 것부터 목을 베면 죽는 것까지 완전한 불로불사를 이뤘다고 하기에는 부족합니다."

"나 또한 그리 생각한다. 진정한 불로불사라면 약점이 존재할 수 없지."

이렇게 된다면 또 한 가지를 추론할 수 있다. 그것은 두 눈의 금안, 서복의 존재다. 분명 금상제는 그를 통해 나와 같은 금상지체의 시술을 받고서 반쪽짜리 불로불사에 이른 게 틀림없었다. 반면 서복은 완전한 불로불사의 존재이다. 그런 자를 금상제는 가둬두었고, 다시 잡으려 들었다. 지금까지는 금상제나 서복의 정체를 몰랐기에 그자가 원하는 것을 예상하기 힘들었다. 그러나 지금은 다르다. 놈이 서복을 통해 원하는 것은….

"금상제 그자는 완전한 불로불사를 이루려는 것 같습니다."

나의 말에 장인어른도 동의하는지 고개를 끄덕였다.

"그자가 지금까지 모습을 드러내지 않은 것은 네가 다른 도인들과 마찬가지로 불로장생의 묘약인 용호금단이라는 것을 복용했다고 여겨서일 수도 있다. 네가 마지막으로 했던 경고 때문일 게다."

참으로 공교로운 일이다. 마지막으로 했던 나의 말이 놈을 속박

한 것이다.

"잊지 마십시오. 폐하가 살아 숨 쉬는 동안 저는 계속 지켜볼 겁니다. 제 눈에 띄어서 하나뿐인 목숨을 잃지 않으시기 바랍니다."

놈은 나와 겨룰 수 있는 최소한의 조건을 불로불사라 여겼을 것이다. 그래야 자웅을 겨룰 수 있을 거라고 말이다. 장인어른이 심각한 목소리로 탄식을 흘리며 말했다.

"아아… 그때 어떻게든 목숨을 걸고 놈을 잡았어야 했다. 어쩌면 지금쯤 그자는 완전한 영생을 이뤘을 수도 있겠구나."

장인어른은 금상제의 손에 서복이 들어갔다고 여겼다.

"그건 아직 모릅니다."

"아직 모른다?"

"서복은 원래 금상제를 도왔었습니다. 한데 연유는 알 수 없지만 금상제에 의해 오랜 세월 동안 봉림곡에 갇혀 있었습니다."

내 말을 들은 장인어른이 옳다구나 하며 말했다.

"서복이 그자에게 불복하여 그럴 수도 있겠구나."

"네. 서복이 그리 쉽게 영생의 비법을 누군가에게 알려줄 자였다면 진시황 또한 지금까지 중원대륙을 지배하고 있었을 겁니다."

한데 서복은 《사기》에서 말하듯이 사라졌다. 그랬던 자가 진시황에 버금가는 폭군에게 완전한 불로장생의 비법을 알려줬을 리가 없다. 그렇기에 두 사람의 관계가 틀어졌고 지금껏 봉림곡에 갇혀 있었을 수도 있었다.

"아!"

그때 나의 머릿속에 문득 그것이 떠올랐다. 서복이 다섯 요검을 만들어서 지도를 나눠 숨겨둔 보물을 말이다.

'평왕의 능!'

—그게 어쨌는데?

'그곳에 숨겨둔 거야.'

—엥?

서복은 명장 구야자에게 검이 한곳에 모이지 않게 해달라고 했다. 그리고 이 요검들을 평범한 자들이 가질 수 없게 만들었다. 그 정도로 모으기 어렵게 만들 만큼 숨겨야 할 것이 무엇이라 생각해?

—엇?

제대로 된 영생의 비법이다. 서복이 숨긴 보물은 그것일 것이다. 그러니 금상제가 어떻게든 다섯 요검을 얻기 위해 갖은 수를 썼을 것이고.

—맞네! 잠깐 운휘야. 그럼 큰일 아냐?

'큰일?'

—서복이라는 녀석이 금상제의 손에 들어갔다면 그자를 고문해서라도 알아내려 할 거 아냐?

그게 관건이다. 내가 서복이라면 확실하게 영생의 비법을 숨기기 위해 명장 구야자에게 자신조차 그 지도를 모르게 제작해달라고 했을 것이다.

—서복이 직접 숨겼을 텐데 모를 리가 있어?

그게 문제라는 것이다. 지도는 그렇다 쳐도 영생의 비법을 다른 자에게 맡겨서 숨기게는 못 했을 것이다. 그렇다면 서복 본인이 그 위치를 알고 있을 수도 있다. 결국 서복이 끝내 금상제에게 굴복한다면 그의 손에 영생의 비법이 들어갔을 수도 있다.

'이러고 있을 시간이 없다.'

그의 손에 영생의 비법이 들어왔는지 아닌지의 여부를 알아내야 한다. 간단한 방법이 있다. 평왕의 능으로 가서 보물이 있는지 없는지 살펴보면 된다. 그래야 놈의 손에 그것이 들어갔는지 알 수 있다. 만약 놈이 완전한 불로장생을 이뤘다면 최악의 적을 맞이해야 할 수도 있다.

나는 조심스럽게 장인어른에게 말했다.

"장인어른, 한 가지 부탁을 드려도 괜찮겠습니까?"

"부탁?"

의아해하던 장인어른이 고개를 끄덕였다.

이에 나는 품속에서 복주머니 하나를 꺼내 그 안에서 두 알의 환약을 꺼냈다.

"그건?"

"소환단입니다."

소림사에서 얻은 세 알의 소환단 중 두 알이었다. 나는 그것을 장인어른과 사마영에게 하나씩 넘겼다.

"장인어른께 더 이상의 내공은 큰 의미가 없겠지만 소환단을 드시면 더욱 빠르게 원기를 회복하실 수 있을 겁니다."

"한데 이 귀한 걸 저는 왜?"

사마영이 자신에게 준 소환단을 보고서 의아해했다.

나는 빙그레 웃으며 말했다.

"소저에게 도움이 될 겁니다."

마음 같아서는 사마영에게 대환단을 주고 싶지만, 이것은 만약의 사태를 대비해 남겨둬야 할 것 같았다. 십 년의 내공만 얻어도 그녀에게 큰 도움이 될 것이다.

"헷."

사마영이 내가 준 소환단을 소중히 꼭 쥐었다. 그때 장인어른이 내게 물었다.

"무슨 부탁을 하려고 소환단까지 내게 준 것이냐?"

"원래는 제가 직접 가려 했는데 아무래도 시간이 많이 촉박할 것 같습니다."

"그게 무슨 소리지?"

"장인어른께서 영이와 함께 녹림으로 가주셨으면 합니다."

"녹림?"

반문하는 장인어른과 달리 사마영은 내가 무슨 말을 하는지 곧바로 알아들었다. 녹림에서 좌백을 비롯한 이들이 돌아오지 않았다. 내가 나서려 했으나, 금상제의 손에 서복이 들어간 지금 상황에서는 그럴 여유가 없어 보였다.

"아직 돌아오지 못했나요?"

"아송의 말이 사실이라면 그들에게 무슨 일이 생긴 것 같아요. 장인어른께는 송구스럽지만 제 지인들과 수하들을 구해주셨으면 합니다."

장인어른의 무위라면 금상제가 아닌 이상 녹림을 상대하는 데 어려움이 없을 것이다. 나의 부탁에 장인어른이 인상을 찡그리다 물었다.

"그건 어렵지 않다만 너는 어찌하려는 것이냐?"

"저는 이 길로 곧장 어검비행을 하여 서복이 보물을 숨긴 장소라 짐작되는 곳으로 갈 겁니다."

"뭐? 그것을 네가 어찌?"

장인어른이 또다시 놀라워했다. 요검에 관한 것을 일일이 설명하자니 길어질 게 뻔해 나는 간단히 설명했다.

"서복이 오래전에 남긴 지도의 일부를 우연히 입수했습니다. 사실 무한시로 향했던 것도 그곳에 무엇이 있는지 확인하기 위해서였습니다."

"…그게 영생의 비법이라고 확신한 게로구나."

"지금으로선 그럴 거라고 여기고 있습니다."

이런 나의 말에 사마영이 내게 말했다.

"잠깐만요, 공자님. 혼자 가는 것보다 차라리 아버지와…."

"아니다. 녀석의 말이 맞다."

"네? 아버지, 하지만…."

"혼자 어검비행으로 움직인다면 금방 그곳에 도착하겠지만, 너와 내가 같이 움직인다면 더욱 시간을 지체하게 될 게다."

"아…."

사마영이 탄식을 흘리며 나를 바라보았다. 나 혼자 그곳으로 보낼 생각을 하니 걱정되나 보다.

"걱정 마요."

아기 고양이처럼 동그란 눈으로 올려다보는 그녀의 머리를 쓰다듬어주었다. 사마영이 이마를 내밀고서 기대감에 찬 눈으로 쳐다보았지만 그건 아니라며 슬쩍 고개를 저었다. 장인어른의 눈치가 보여서 이마에 입맞춤은 못 해주겠다.

아쉬워하는 그녀에게 다시 만날 장소를 이야기해준 후, 나는 장인어른께 부탁한다는 말과 함께 남천철검을 타고서 어검비행으로 날아올랐다.

　　　　　　　　　　* * *

　어검비행으로 날아가는 진운휘의 모습을 바라보며 사마영이 한
숨을 내쉬고는 아버지 월악검 사마착에게 말했다.

　"공자님 혼자 감당하려는 것 같아서 걱정이에요."

　그런 그녀의 말에 사마착이 고개를 절레절레 흔들며 말했다.

　"차라리 이 아비를 걱정하는 게 어떻겠느냐?"

　"아버지는 부상을 입어서 그렇지, 아직 공자님보다 강하시잖아요."

　그 말에 사마착이 피식 웃었다. 사마영이 의아해하자 사마착이
콧방귀를 뀌며 말했다.

　"네 남편 될 녀석이 나보다 약할 것 같으냐?"

　"네?"

　반문하는 그녀에게 사마착이 헛기침과 함께 더 이상 대답하기 싫
다는 듯이 그녀의 머리카락을 헝클어뜨렸다.

　"악! 뭐 하시는 거예요?"

　"네 어미를 닮아서 제법 남자 보는 눈은 있구나."

　'…?!'

　아버지 사마착의 입에서 흘러가듯이 나온 칭찬에 헝클어진 머리
카락을 매만지고 있던 사마영의 입꼬리가 배시시 올라갔다.

92
화

평왕의 능

　어검비행으로 밤낮으로 쉬지 않고 날아가며 나는 이틀 만에 무한시에 도착할 수 있었다. 정확하게는 무한시 서북쪽 평왕의 능이 있는 곳에 도달했다. 오는 내내 운기조식을 통해 체력을 안배했지만 소림사를 벗어난 후로 나흘 동안 잠을 통 자지 않아서 그런지 눈꺼풀이 무겁고 피곤했다. 평왕의 능에 숨겨진 보물의 유무만 확인하면 수면을 취해야 할 것 같다.

　ㅡ그런데 능을 무슨 수로 뒤질 거야?

　무슨 수로라…. 어두운 밤을 노려야 하지 않을까? 연나라 황조의 무덤은 아니지만 옛 왕조의 무덤은 국가에서 관리하는 것으로 알고 있다.

　ㅡ왜?

　그 안에는 수많은 보물이 내장되어 있기 때문이다.

　ㅡ보물이?

　왕의 능은 보통 사람들의 무덤과 규모부터가 다르다. 거의 하나의 요새 수준에 버금갈 만한 크기로 지어진다고 들었다. 그러다 보니 생전에 왕이 아끼던 보물 재화를 함께 묻는다. 심지어 살아 있는 충복이나 가신, 후궁들마저 매장하는 경우도 있다고 한다.

—살아 있는 사람을 매장해? 별 희한한 장례 의식이네. 아무튼 운휘 네 말대로면 거길 파서 안으로 들어가는 데만도 시간이 꽤 소요되겠는걸.

글쎄, 꼭 그런 것만도 아닐걸. 안으로 들어가면 내부는 여러 공동 형태로 방을 이루고 있을 것이다. 다만 평왕의 능이 제작된 시기가 자그마치 육백 년을 훌쩍 넘겼으니, 공동이 무너져 네 말마따나 흙으로 가득 찼을 수도 있다.

—흙을 팔 만할 만한 삽이라도 준비해라. 설마 맨손으로는 안 할 거고 나나 남천철검으로 파겠다는 건 아니겠지?

'그거 좋은 방법인데.'

—뭐야!

소담검이 삐쳤는지 구시렁대며 난리도 아니었다. 그러던 차에 머릿속에 남천철검의 목소리가 울렸다.

—운휘… 저기가 네가 말했던 그 평왕의 능이 맞나?

남천철검의 말에 왜 그러나 싶어 아래쪽을 내려다보았는데….

'이게 대체….'

초나라의 옛 도읍 영(郢). 영의 북서쪽 노감현에서 그리 멀지 않은 곳에 평왕의 능이 있다. 국가에서 관리하고 있다고는 하나, 많아 봐야 오십에서 백여 명 정도의 관군이 지킬 거라 여겼던 차였다. 한데 예상 밖의 광경이 보였다. 밤중인데도 횃불로 밝혀놓은 거대한 능 주변에 거의 오천여 명에 이르는 관군들이 주둔지를 형성하고 있었다. 게다가 능에는 수백여 명에 이르는 인부들이 바삐 움직이며 한 창 발굴 작업에 열을 올리고 있었다.

'하….'

이게 대체 무슨 영문인지 알 수가 없다. 관군이 어째서 선수를 쳐 서 평왕의 능을 발굴하고 있는 것일까?

—이거 어쩌나?

늦은 밤중에도 저렇게 횃불로 사방을 밝히고서 능을 발굴하고 있다는 건 밤낮으로 작업이 이뤄지고 있다는 소리였다. 이래서야 평 범한 방법으로 조용히 왕릉을 살피는 게 힘들어졌다. 관군들부터 인부들까지 너무 많았다.

'어째서지?'

명장 구야자가 만든 요검 다섯 자루에 숨겨진 비밀을 풀거나, 혹 은 이를 숨긴 서복의 입을 열게 하지 않고는 평왕의 능에 특별한 무 언가가 숨겨져 있다는 사실을 알 수 있을 리가 만무했다. 그렇게 의 아해하고 있던 차에 나의 눈에 뭔가가 띄었다. 그것은 관군의 주둔 지 한복판에 있는 화려한 막사에 걸린 깃발이었다.

'경왕?'

깃발에는 황자를 상징하는 깃발이 걸려 있었고, '경(景)'이라는 글 자가 새겨져 있었다. 그것은 저곳이 경왕의 막사임을 알려주는 것이 었다. 경왕은 황자들 중에 훗날 차기 황제가 될 운명을 가지고 있는 자였다.

—저 관군을 이끌고 능을 발굴하고 있는 게 경왕이야?

그런 것 같다.

황자이자 왕인 그가 직접 발굴에 나서다니….

'설마?'

그러고 보니 경왕 또한 다섯 요검을 찾고 있었다. 그렇다면 그 역시도 다섯 요검이 가리키는 보물을 찾고 있었다는 것을 의미한다. 한데 경왕은 고작해야 단 한 자루, 사련검의 탁본을 지니고 있었다. 나머지 요검들 중에 한 자루인 겁살검은 오대 악인의 일인인 절심의 손에 있고, 호작검은 금상제의 손에 있다.

—혈마검은 복주머니에 있지.

그래. 무엇이든 들어가는 복주머니 안에 사련검과 같이 있다.

설사 유일하게 행방이 묘연한 악즉검을 운이 좋아 얻었다고 한들, 고작 두 가지 단서로는 일모도원의 비밀을 푸는 것이 요원할 터인데 무슨 수로 평왕의 능을 알아낸 거지?

—어쩔 거야?

소담검의 물음에 나는 경왕의 막사를 물끄러미 내려다보았다.

* * *

경왕의 막사 안.

그곳에서 경왕은 누군가와 독대하고 있었다. 흡족해 보이는 얼굴을 한 경왕이 현령의 관복을 입은 콧수염을 기른 한 중년인에게 친히 술을 따라주었다.

"노강연이라고 하였나?"

"네, 전하."

"이 일은 본 왕이 절대 잊지 않겠다."

"아니옵니다, 전하. 신은 그저 전하께서 용좌에 앉으시기를 간절히 바랄 뿐이옵니다."

노강연이라 불린 현령의 말에 경왕이 호탕하게 웃어댔다. 평소라면 속내를 잘 드러내지 않는 경왕이지만, 이곳에 있는 자들은 자신의 수족과도 다름없는 사람들이었다. 그렇기에 굳이 기쁨을 감추지 않았다.

"참으로 마음에 드는 자로구나. 하하하하하핫."

"그리 봐주셔서 황공할 따름이옵니다."

"본 왕이 약조하마. 내 용좌에 앉는 그날, 네 공을 높이 사서 상서의 자리를 주도록 하겠다."

"성은이 망극하옵니다."

현령 노강연은 마치 경왕이 황제에 등극하기라도 한 것처럼 그를 대우했다. 아첨하는 자를 가까이하지 않는 경왕이지만 그의 이런 행동을 어여삐 대하는 것에는 그가 세운 공이 있기 때문이었다. 경왕의 탁자 위에는 세 장의 탁본이 있었다. 그리고 한 장의 서지로 탁본의 문양들이 겹쳐져서 네 가지 글자가 적혀 있었다.

일모 원 왕(日暮 遠 王)

중간중간 비어 있는 곳 밑으로 '도(途)'라는 글자와 '능(陵)'이 적혀 있다. 그랬다. 경왕은 일모도원의 비밀을 풀어낸 것이었다. 이 비밀을 풀어내는 데 큰 공을 세운 것이 바로 앞에 앉아 있는 현령 노강연이었다.

경왕이 기분 좋게 술잔을 비우며 말했다.

"노 현령 그대는 본 왕에게 있어서 장자방이나 범증과도 다름없구나."

"신이 어찌 그분들의 위명에 비견될 수 있겠습니까?"

"겸손이 지나치구나. 황실의 재고를 채운다는 빌미로 각지의 모든 능을 발굴하는 지휘권을 얻으라 한 것도 전부 그대가 알려준 것이 아니더냐?"

경왕은 이 발굴 작업의 총책임자로 임명되었다. 그래서 평왕의 능뿐만이 아니라 여러 능을 동시에 발굴 중이었다.

"덕분에 능이나 파헤치며 쓸모없는 짓거리를 한다는 오명을 얻긴했어도 다른 황자들의 이목도 피하고 그들의 견제도 막게 되었다."

그 말 그대로였다. 누구도 경왕을 의심하지 않았다. 오히려 한창 공을 세워 병약해진 황제의 눈에 들기에도 모자랄 판국에 쓸데없는 짓을 한다며 기뻐하고 있었다. 덕분에 아무런 방해를 받지 않고 이렇게 발굴 작업에 집중할 수 있었다.

경왕이 잔에 술을 따라주며 말했다.

"너 같은 자를 진즉에 알아보지 못한 것이 한탄스럽다."

"황송하옵니다."

"이제 발굴도 막바지라고 하니 기쁘기 그지없구나. 노 현령은 오늘 집에 들어갈 생각은 버리거라. 짐과 밤새도록 어울려줘야겠다."

"이를 말이겠습니까, 전하."

비위를 잘 맞춰주는 현령 노강연 덕분에 기분이 좋아진 경왕이 명했다.

"여봐라. 밖에 누구 없느냐?"

"네, 전하."

"막사로 기생들을 들이거라."

"명대로 하겠나이다."

얼마 있지 않아 기다렸다는 듯이 안으로 화려하게 치장한 기생들이 들어왔다. 어여쁜 기생들의 등장에 현령 노강연의 입꼬리가 귓가까지 찢어졌다.

"자! 그럼 한껏 취해보자꾸나."

기생들이 들어오고 한바탕 술잔치가 시작되었다. 옆에 기생들을 끼고서 그녀들의 악기 연주까지 들어가며 한참 술을 거하게 마시고 취기가 오를 무렵이었다. 잔도 모자라 병을 나발로 불던 경왕이 흥에 겨워 한 기생에게 말했다.

"연생이 네가 이리 퉁소를 잘 부는 줄 알았더라면 진즉에 계속 연주하게 할 걸 그랬구나."

"황공하옵니다, 전하."

"한 곡조 더 뽑아보거라. 봐서 본 왕을 더 즐겁게 해준다면 오늘은 너와…."

경왕의 말이 미처 끝나기도 전이었다. 누군가 막사 앞으로 뛰어오는 소리가 들렸다.

"전하!"

밖에서 들리는 소리에 경왕이 소리쳤다.

"별일 아니라면 방해하지 말거라. 오늘은 노 현령과…."

"발굴단의 단주가 막 왕릉의 중앙 공동을 발견했습니다!"

"뭐야!"

그 말에 화들짝 놀란 경왕이 자리에서 벌떡 일어났다. 드디어 기다려왔던 소식이 당도한 것이었다. 실룩거리던 경왕의 입꼬리가 올라가더니 웃음이 터져 나왔다.

"하하하하하하하핫!"

그런 경왕을 향해 노 현령을 비롯한 기생들이 고개를 숙이며 축하했다.

"경하드리옵니다, 전하."

* * *

저벅저벅! 동굴처럼 이어지는 이곳은 무덤 안이었다. 왕의 능이라 그런지 동굴의 통로는 황궁의 복도를 연상케 할 만큼 넓었다. 이러하다 보니 발굴에 상당한 시간이 소요될 수밖에 없었다. 호위 관군으로 보이는 자들이 앞장서서 들어갔고, 그 뒤로 경왕이 양옆에 기생들을 끼고서 걸어가고 있었다. 그런 그를 보며 현령 노강연이 조심스럽게 말했다.

"한데 전하, 굳이 능 안까지 기생들을 데려가실 필요가 있을지…"

그의 입장에선 도무지 이해되지 않았다. 경왕에게 있어서 매우 중요한 일일 텐데, 그 자리에 기생을 다섯이나 데려간다라. 처음에는 그저 연기를 하기 위해서 그러나 싶었는데, 이렇게 여인들을 데려가니 정말 주색을 즐긴다는 생각밖에 안 들었다. 그런 현령 노강연에게 경왕이 빙그레 웃으며 말했다.

"이 아이들이 그저 평범한 기생인 줄 아느냐?"

"네?"

반문하는 현령 노강연에게 한 기생이 배시시 웃더니 치맛자락을 슬쩍 들어 올렸다. 그 속으로 보이는 날카로운 병장기의 모습. 이를 본 현령 노강연의 눈에 이채가 띠었다.

'그냥 기생이 아니로구나.'

경왕의 기생들은 전부 훈련받은 호위무사들이었다. 겉보기와 다르게 그녀들의 무술 실력은 금군 백인장들 수준에 버금갈 정도였다.

"한데 자네가 데려온 친구의 활이 참으로 비범하기 짝이 없구나."

경왕이 현령 노강연의 뒤에 있는 자를 눈짓으로 가리키며 말했다. 어지간한 사람들은 들기 힘들 만큼 커다란 궁과 화살통, 도집을 등에 멘 한 중년인이 뒤따르고 있었다.

"가히 신궁이라 부를 수 있는 자이옵니다."

"호오. 그래?"

"차후에 솜씨를 보일 기회를 마련해주신다면 그 궁술 실력을 보실 수 있을 겁니다."

"자네가 그리 칭찬하니 궁금해지는군."

말은 이렇게 했지만 경왕의 관심은 딱 거기까지였다. 그의 모든 신경은 오직 평왕의 능 안에 집중되어 있었다. 그곳에 그렇게 기다려왔던 것이 있었다.

'…수많은 황제들이 이루지 못한 단 한 가지를 오늘 이룰 수 있겠구나.'

경왕은 자신이 그 보물에 다가가게 된 것이 매우 기뻤다. 그렇게 한참 동안 통로를 따라 지하로 내려갔다. 미로처럼 얽혀 있는 통로에는 수많은 핏자국이 보였다.

"흠."

경왕이 옅은 신음성을 흘렸다. 이에 관군들보다 앞서 걸어가며 안내하고 있던 발굴단의 단주가 조용한 목소리로 말했다.

"신경 쓰지 마시옵소서. 통로 안에 있는 기관진식들은 전부 해제

되었습니다."

이곳을 발굴하는 과정에서 서른일곱 명의 발굴자들이 목숨을 잃었다. 그 안에 숨겨진 함정들과 기관진식 때문이었다. 그래도 기관진식의 전문가나 다름없는 자들이 동원되었기에 그나마 이 정도로 끝난 것이었다.

"밑으로 내려갈수록 오히려 따뜻해지는구나."

경왕의 말에 발굴단의 단주가 답했다.

"왕릉을 만들 때 관이 있는 중심부에 가까워질수록 수맥과 차가운 기운이 닿지 않도록 설계가 되어서 그렇습니다."

"그것참 신기하구나."

새로운 것을 알았다는 듯이 경왕이 고개를 끄덕거렸다. 그렇게 계속 내려가던 차에 안쪽에서 환한 빛이 보였다.

"오오오!"

통로를 따라 들어가자 관군을 비롯한 경왕, 현령 노강연의 입에서 탄성이 흘러나왔다. 온통 황금으로 가득한 커다란 공동이 모습을 드러냈기 때문이다. 그곳에는 갖은 재화들이 한가득 쌓여 있었다. 왕릉의 중심부에 도달한 것이다.

"이곳이구나."

"맞사옵니다."

발굴단의 단주가 공동의 북쪽 벽면으로 다가가, 막아놓은 문처럼 보이는 석벽을 가리키며 말했다.

"이 안에 초왕의 관이 있습니다."

굳이 그가 아니더라도 충분히 짐작할 만한 것이, 석벽문에 '평왕(平王)'이라는 글자가 커다랗게 새겨져 있었다. 공동에는 이 같은 석벽문이 네 개 더 있었다. 평왕의 관이 있다는 석벽 우측 편에는 '충(忠)'이라는 글자가 새겨져 있었는데, 발굴 단주는 그곳에 평왕을 모시던 가신들이 매장되어 있다고 했다. 그리고 좌측 편에는 '비빈(妃嬪)'이라는 글자가 새겨져 있었다. 남은 두 석벽 중 한 곳에는 '축(畜)'이라고 적혀 있었고, 유일하게 아무것도 적혀 있지 않은 석벽이 존재했다.

'이곳이구나.'

경왕은 본능적으로 그곳으로 다가갔다. 이 안에 자신이 찾던 보물이 있을 거라고 확신하였다. 흥분을 감추지 못하며 경왕이 명했다.

"이곳을 열도록 하여…."

바로 그때였다. 푹!

"컥!"

뒤에서 들린 비명 소리에 경왕이 고개를 돌렸다. 후미에 서 있던 관군들이 가슴이 관통되어 피를 흘리며 쓰러져 있었다. 관군들을 찌른 자들은 또 다른 관군들이었다. 이에 놀란 기생들이 소리쳤다.

"전하를 보호해라!"

챙! 그러자 기생들이 치맛자락에서 병장기를 뽑고서 경왕의 주위를 둘러쌌다.

"전하를 지켜라!"

그 앞으로 아군인 관군들도 막아섰다. 상황이 묘하게 돌아갔다. 관군과 배신한 관군들이 대치하는 형태가 되었으니 말이다. 경왕은 대체 이게 무슨 영문인지 알 수가 없었다.

"이게 무슨 짓들이냐!"

그의 다그침에 누군가 앞으로 걸어 나왔다. 그는 현령 노강연이

신궁이라 할 만한 자라고 했던 중년의 호위였다.

"치워라."

중년의 호위가 명하자, 그의 뒤편에서 다른 관군들을 찔렀던 관군들이 경왕을 보호하고 있는 관군들을 향해 달려들었다. 그들은 놀라운 무위를 지닌 자들이었다. 경왕의 관군들 중에는 일부 무공을 익힌 자들도 있었는데, 그들을 순식간에 도살해버렸다. 촥!

"끄악!"

관군이 제압되기까지 고작 열을 셀 시간이 걸렸을 뿐이다. 남은 자들은 경왕을 둘러싸고 있는 기생들뿐이었다. 배신한 관군들이 그들에게 다가가자, 커다란 궁을 메고 있는 중년의 호위가 그들을 멈추게 하였다.

"멈춰라."

그리고 앞으로 걸어 나오며 말했다.

"계집들이 아무 쓸모가 없다는 것은 전하께서도 잘 아시리라 생각합니다만."

그런 그의 말에 경왕이 일그러진 얼굴로 입을 열었다.

"네놈은 누구냐?"

"누군지는 중요하지 않습니다, 전하."

"무엄하다!"

경왕의 다그침에 중년의 호위가 피식 웃었다. 그러고는 천천히 아무것도 새겨지지 않은 석벽으로 걸어갔다. 놀란 경왕이 그런 그에게 소리쳤다.

"당장 멈추지 못할까!"

그런 경왕의 외침에도 들리지 않는다는 듯이 중년의 호위는 석벽 앞에 섰다. 그러더니 이내 석벽을 향해 주먹을 뻗었다. 쾅! 전광석화와도 같은 주먹에 커다란 굉음이 퍼져 나왔다. 그런데 놀랍게도 석벽은 조금의 흠도 없이 멀쩡하기 그지없었다. 경왕과 기생들 또한 놀라움을 감추지 못했다.

"어찌⋯."

"역시로군요."

중년의 호위는 짐작했다는 듯이 고개를 끄덕거렸다. 그러고는 다시 한 번 석벽을 향해 주먹을 내지르려고 하는데, 경왕이 그를 다그쳤다.

"당장 멈추지 못할까!"

이에 중년의 호위가 고개를 돌리며 말했다.

"무엇을 멈추라는 것입니까?"

"네놈은 대체 누구이기에 감히 본 왕의 것을 탐내는 것이냐?"

그런 경왕의 말에 중년의 호위가 큰 소리로 웃었다.

"하하하하하핫."

그 웃음에 심기가 불편해진 경왕이 무섭게 그를 노려보더니 소리쳤다.

"어찌 감히!"

"분수에 맞지 않는 힘을 탐하지 마십시오, 전하."

"뭐라?"

"발굴을 지휘하느라 고생하셨지만 이곳에서 전하의 역할은 딱 여기까지입니다."

그 말에 경왕이 어처구니없어했다. 대연제국의 황자이자 왕인 자신에게 역할을 운운한 것에 분노를 참을 수가 없었다. 이곳을 찾기 위해 얼마나 많은 공을 들였던가.

그러거나 말거나 중년의 호위는 이죽거리며 경왕에게 말했다.

"화가 나십니까?"

그런 그의 도발에 경왕이 겨우 화를 가라앉히고서 냉정한 목소리로 말했다.

"…진왕이 보냈느냐? 아니면 영왕이 보낸 거냐?"

"호오."

경왕은 그의 배후에 그들 중 한 사람이 있다고 확신했다. 그런 그의 물음에 흥미롭다는 듯이 경왕을 바라보던 중년의 호위가 입을 열었다.

"확실히 다른 전하들보다 영민해 보이시는군요. 감정 조절에도 능숙하시고요."

"뭐?"

"진왕 전하처럼 올바른 신념을 가지셨다면 그분께서도 어여삐 보셨을 텐데, 참 안타깝습니다."

그 말과 함께 중년의 호위가 배신한 관군들에게 눈짓했다. 눈짓이 가리킨 곳은 다름 아닌 경왕이었다. 스릉! 배신한 관군들이 검날을 치켜올리고서 경왕과 그를 호위하는 기생들을 향해 살기를 흘리며 걸어왔다. 마치 사냥감을 앞에 둔 늑대처럼 즐기고 있었다. 그때 기생들 중에 녹색 경장을 입은 여인이 걸어 나왔다.

"연생아!"

기생들이 그녀의 이름을 외쳤다. 그런데 여인은 개의치 않고 관군들을 향해 앞으로 걸어 나갔다. 관군들 중 한 사람이 피식 웃으며 말했다.

"먼저 죽고 싶은 모양…."

딱! 그때 연생이라 불린 기생이 손가락을 튕겼다. 그 순간 믿기지 않는 일이 벌어졌다.

"크헉!"

"컥!"

"끄으으으."

경왕과 기생들을 향해 걸어오던 배신한 관군들이 갑자기 뭔가에 찔린 것처럼 몸을 부여잡더니 피를 토하며 바닥에 쓰러졌다. 몸을 부르르 떨던 관군들은 그대로 숨을 거두고 말았다.

'…!?'

경왕을 비롯한 기생들의 어안이 벙벙해졌다.

"연생아… 너 도대체…."

자신들이 알고 있는 그 연생이 맞는지 알 수 없었다. 그때 그들에게 경왕을 죽이라 명했던 중년의 호위가 다급히 등에 메고 있던 궁으로 손을 가져갔다.

그 순간이었다. 콰직!

"끄악!"

그의 손목이 비틀리며 부러져서 뼈가 튀어나왔다. 그런데 그것이 끝이 아니었다. 그의 손목을 부러뜨린 것으로도 모자라 목을 움켜잡고서 벽에 강하게 밀어붙였다. 쾅! 석벽이 갈라지며 뒤로 함몰되다시피 했다. 중년의 호위가 믿을 수 없다는 표정으로 자신의 목을 움켜쥔 여인을 쳐다보았다. 가녀린 팔목에서 어떻게 이런 힘이 나오는 건지 알 수 없었다.

"네, 네년 대체 뭐야?"

그런 그의 물음에 여인이 입을 열었다.

"잘린 팔을 버리고서 도망쳤다고 들었는데, 용케 멀쩡해졌네?"

'…!!'

그 말에 중년의 호위의 눈동자가 터질 듯이 커졌다.

"네년… 정체가 뭐야?"

중년의 호위가 내게 경악을 금치 못하고 말했다.

"정체라… 그건 네놈부터 드러내지 그래?"

그런 녀석의 반응에 나는 전광석화처럼 놈의 귀밑 부분을 잡고서 뜯어냈다. 그러자 녀석이 감춰왔던 원래 얼굴이 모습을 드러냈다. 인피면구 속에 숨겨져 있던 얼굴은 다름 아닌 파궁귀 초사였다.

"인피면구?"

이를 지켜보던 경왕과 기생들이 놀라움을 금치 못했다. 그런 그들과 달리, 나는 그의 팔이 멀쩡한 게 더 신기했다. 장인어른인 월악검 사마착이 내게 말했었다. 기습적으로 놈의 팔을 자르고서 죽이려 했는데, 굉장한 속도로 경공을 펼치며 도망쳤다고 말이다.

—치마에 가려서 안 보여.

소담검이 내게 투덜거리며 말했다. 체화만변술로 연생이라는 기생으로 변장하면서 남천철검은 복주머니 속에 넣고, 소담검은 치마 속에 숨겨뒀기 때문이다.

그보다 잘린 팔도 시간이 흐르면 재생할 수 있는 걸까? 그렇지 않고서야 이렇게 멀쩡할 리가 없었다. 의아해하고 있는데 놈이 목을 붙잡고 있는 손을 풀어내려고 했다. 이에 나는 놈의 복부로 일장을 날렸다. 퍽!

"크헉!"

제법 공력을 가했기에 고통스러워하는 놈의 입에서 선혈이 흘러나왔다. 도망치게 내버려둘 것 같은가. 초사가 도저히 믿기지 않는다는 표정을 지었다. 나라도 그럴 것 같다. 그저 경왕의 기생들 중한 사람이라 여겼을 텐데, 가녀린 손목으로 벽을 넘어서 초인의 영역에 이른 자신을 이리 밀어붙이니 얼마나 당혹스럽겠는가.

"대체 그대는 누구인가?"

놀라서 지켜보던 경왕조차 궁금했는지 내게 물었다.

일단 파궁귀 초사 놈과 대화를 해야 하니 경왕을 재워둬야겠다. 딱! 나는 정요환의경의 수법으로 손가락을 튕겼다. 그러자 경왕을 에워싸고서 그를 호위하던 기생들이 일제히 잠들고 말았다. 털썩! 털썩! 당연히 모두 잠들 거라 여겼는데, 정작 경왕은 잠들지 않았다.

"이게 무슨 짓이냐?"

오히려 자신의 호위 기생들을 잠재운 내게 호통을 쳤다.

—뭐야, 멀쩡해?

이상하다.

경왕이 내공을 익히기는 했으나, 정요환의안을 발전시킨 최종 완성형이라 할 수 있는 환의경은 적어도 절정의 고수급이 아니고는 정신력으로 버티기가 힘들다. 고작 일류 고수 수준에 불과한 내공을 지닌 경왕이 이를 버틴다는 게 이상한 일이었다. 경왕이 몸을 숙여기생들의 목의 맥을 짚고서 안도의 숨을 내쉬었다. 그들을 죽이지 않아서 다행으로 여기는 듯했다.

"어째서 이들을 잠재운 것이냐?"

"전하도 재우려고 했습니다만."

"뭐?"

그가 어째서 잠들지 않았는지 궁금했지만, 지금은 이자가 우선이었다.

두드드드둑! 놈의 부러진 손목뼈가 뒤틀리며 원상 복구되려 했다. 금상제의 여느 수하들과는 비교도 안 될 정도로 빠른 속도의 회복력을 지녔다. 하긴 삼백여 년이 넘게 살아왔는데 이 정도 수준은 되겠지.

"흐아아아압!"

초사가 공력을 급격히 끌어올렸다. 그리고 내 목을 향해 발차기를 날렸다. 고개를 살짝 뒤로 젖혀서 이를 가볍게 피하자, 놈의 발차기가 방향을 틀어 자신의 목을 움켜쥐고 있는 내 팔을 내리치려 했다. 이에 나는 왼손으로 놈의 발목을 잡아냈다. 탁! 그리고 그대로 공력을 가해 놈의 발목을 붙잡았다. 그 순간 놈이 재빨리 자신의 허리춤에 있던 도를 뽑아서 단번에 위로 쳐올리며 자신의 발목을 부러뜨리려 하는 내 손목과 목을 잡고 있는 팔을 동시에 베려 했다.

별수 없군. 두드드둑!

"으걱!"

나는 움켜잡고 있던 손으로 놈의 목을 부러뜨렸다. 놈의 손에서 힘이 빠지면서 도가 밑으로 떨어졌다. 챙그랑! 보통 사람이라면 목을 부러뜨리면 그대로 죽겠지만, 금상지체의 시술을 받은 자들은 목이 잘리지 않고는 죽지 않으니 이 정도로도 괜찮겠지? 어차피 금방 회복할 테고 말이다.

"히익!"

그때 이를 지켜보고 있던 현령 노강연이 사색이 되어 도망치려고 했다.

"어딜 도망가느냐!"

경왕이 대노하여 소리치며 놈을 쫓아가려 했다. 자신의 뒤통수를 친 자를 응당 잡고 싶겠지. 이에 나는 공동의 출구를 향해 달려가려 하는 현령 노강연을 향해 끌어당기는 시늉을 했다.

"헉!"

그러자 놈이 허공섭물에 의해 강제로 끌려오고 말았다. 내게 보내지 않고 경왕 앞으로 친절히 배송시켰다. 자기 앞으로 부웅 날아온 현령 노강연의 모습에 경왕이 놀란 눈으로 나를 한번 쳐다보더니, 이내 허리춤에서 검을 뽑아 놈의 목에 겨냥했다.

"네놈이 감히 본 왕의 뒤통수를 쳐?"

"저, 전하 살려주시옵소서."

현령 노강연이 바닥에 납작 엎드려서 머리를 조아렸다. 그런다고 경왕의 분노가 쉽게 가라앉을 리가 만무했다. 경왕이 그를 다그쳤다.

"네놈이 살기를 바라느냐?"

"저, 저는 그저 시키는 대로 했을 뿐입니다."

"시키는 대로 해? 네놈 뒤에 누가 있느냐? 당장 말하지 못할까!"

푹! 경왕이 현령 노강연의 등을 검으로 찔렀다. 놈이 화들짝 놀라 다급히 소리쳤다.

"모릅니다. 저는 그저 저기 저자가 시킨 대로 했을 뿐입니다. 정말입니다."

놈이 가리킨 자는 파궁귀 초사였다. 만약 그렇다면 당연히 그 배후는 금상제일 것이다.

"전하, 살려주십시오."

"네놈을 믿었건만!"

촥! 경왕은 살려달라고 애원하는 놈의 목을 내리쳐 베어버리고 말았다. 현령 노강연은 비명조차 지르지 못하고 그대로 몸과 목이 나뉘어 죽음을 맞이했다. 놈의 피를 뒤집어쓴 경왕이 노기 서린 얼굴로 나를 쳐다보았다.

"그놈을 죽이지 않았다면 좋았을 뻔했구나."

경왕이 말하는 그놈은 바로 초사였다. 목이 부러져 덜렁거리듯이 옆으로 넘어간 모습이 누가 봐도 죽은 것처럼 보였다. 이에 나는 아무렇지 않게 말했다.

"아직 안 죽었습니다."

"뭐라?"

두드드드욱! 경왕의 말이 끝나기가 무섭게 초사의 목에서 뼈 소리가 들려왔다. 부러진 뼈가 저절로 맞춰지며 회복되어갔다. 옆으로 넘어갔던 고개가 바로잡히며 초사가 눈을 번뜩 떴다. 놈이 당혹스럽다는 듯이 내게 말했다.

"네년 대체 정체가 무엇이냐? 너 같은 계집이 있다는 소리는…"

"진왕이 보낸 것이냐!"

초사의 말이 끝나기도 전에 경왕이 끼어들어서 소리쳤다. 이래서 잠을 재우려고 했다. 아무래도 혈도를 점해서 재워야 할 것 같다. 그 전에 한 번 더 초사를 기절시키고….

바로 그때였다. 파팡! 갑자기 초사에게서 엄청난 반탄력이 일어나며 놈의 목을 잡고 있던 신형이 여덟 보 넘게 밀려나고 말았다.

─왜 그래?

'공력이 갑자기 폭증했어.'

거의 두 배가 넘게 올랐다. 놈을 쳐다보니 몸에서 검은 아지랑이가 피어오르고 있었다. 이 불길한 기운을 본 적이 있었다. 놈이 다급히 화살을 뽑아 내게 시위를 당겼다. 파아아아앙! 공기가 찢겨 나가며 엄청난 속도로 커다란 화살이 내게 쇄도해왔다. 삼백여 년 전에 봤을 때의 그 화살과는 비교도 되지 않았다.

고작 열 보 거리였기에 나는 이를 피하지 않고 그대로 날아오는 화살을 잡아냈다. 촤르르르! 화살에 실린 공력에 몸이 세 보 가까이 밀려났다. 화살이 회전하는 것 때문에 손바닥에 마찰이 일어 연기마저 피어올랐다.

"연생아!"

경왕이 밀려나는 내 모습에 놀라서 소리쳤다. 아직도 내가 자신의 기생이라고 착각하는 건가? 한데 문제는 이것이 아니었다. 그 외침이 놈의 시선을 끌었다는 거였다. 파파파팡! 파궁귀 초사가 화살네 개를 빼 들더니 내게 연거푸 세 발을 쏘고서 한 발은 경왕에게로 쏴버렸다. 놀라운 연사 솜씨였다. 삼백 년이라는 세월이 지났는데실력이 그대로일 리가 만무했다. 팟! 이번에는 쏘려고 하는 것을 미리 봤으니, 피하지 못할 것도 없었다. 그러나 경왕은 절대로 저것을혼자 힘으로 막을 수 없다. 나는 경왕을 향해 신형을 날렸다.

'빠르다.'

화살이 날아가는 속도를 따라잡기 힘들었다. 나는 검결지로 예기를 일으켜 경왕의 바로 앞으로 날렸다. 공기를 가르며 날아간 예기가 아슬아슬하게 경왕을 꿰뚫으려고 하는 화살을 튕겨냈다. 그런데 피한 줄 알았던 화살 세 발이 휘어지며 내게로 날아왔다. 슈슈슉!

'이기어시?'

휘리리리릭! 옆으로 날아오는 화살은 그대로 내 머리와 허리, 다리를 동시에 꿰뚫으려고 했다. 이에 나는 발을 박차고서 몸을 회전했다. 그리고 화살 두 발을 잡아내며 다른 한 발의 화살을 각법으로 쳐냈다. 그와 동시에 놈을 향해 잡아낸 화살을 날렸다. 슈슉! 초사가 커다란 궁을 휘둘러 날아오는 화살을 가볍게 막아냈다. 놈의 몸을 뒤덮은 검은 아지랑이가 더욱 선명해지고 얼굴에도 불룩불룩 검은 핏줄이 튀어나와 있었다. 그 틈에 나는 경왕의 앞을 가로막았다.

"나서지 마십쇼."

놈의 목적은 저 석벽 안에 있는 것만이 아니었다. 경왕을 죽이는 것 또한 목적이었다. 파궁귀 초사가 이번에는 화살 다섯 개를 동시에 궁의 시위에 꽂고서 말했다.

"검선의 후예도 아닌 듣도 보도 못한 계집 따위에게 이 힘을 쓰게 되다니."

굴욕이라는 듯이 말하며 시위를 잡아당겼다. 그러자 풍압이 일어나며 검은 아지랑이가 화살 끝으로 모여들었다. 그 광경에 경왕이 떨리는 목소리로 내게 말했다.

"마, 막을 수 있겠느냐?"

"마(魔)의 기운을 담은 비기 파멸궁시(破滅弓矢)다. 설령 검선의 후예가 온다 한들 막을 수 없다!"

놈이 광오하게 소리치며 시위에서 손을 뗐다. 그러자 검은 아지랑이를 머금은 화살들이 각자 살아 있는 뱀처럼 휘어지며 모든 것을 꿰뚫을 기세로 뻗어왔다. 파아아아앙! 콰콰콰콰콰! 화살이 날아가는 것만으로 풍압에 의해 공동의 바닥과 천장에 금이 갈 정도였다. 엄청난 위력에 놀란 경왕이 움찔하며 몸을 웅크렸다. 적당히 하려고 했는데, 어쩔 수 없겠다.

"후우."

나는 한숨을 내쉬며 손을 앞으로 내밀었다. 그 순간 모든 것을 꿰뚫을 기세로 날아오던 다섯 발의 화살들이 뭔가에 막힌 것처럼 허공에서 멈춰 섰다. 촤르르르르! 화살의 회전력에 공기가 일렁였다. 그런 위력을 지녔음에도 화살은 더 이상 앞으로 나아가지 못했다.

"이…게 대체…."

파궁귀 초사가 믿을 수 없다는 듯이 중얼거렸다. 자신의 전력을 다한 비기가 가로막힌 것에 경악한 모양이었다. 나는 그런 그에게 말했다.

"삼백 년 전보다 많이 늘었네?"

'…!!'

그 말에 초사의 두 눈동자가 미친 듯이 흔들렸다. 그러거나 말거나 나는 손을 움켜쥐는 시늉을 했다. 콰드드득! 그러자 회전하던 화살에서 기괴한 소리가 나더니, 이내 다섯 발의 화살들이 모두 부러지고 말았다. 화살 조각들이 바닥에 떨어지자 나는 놈을 향해 걸어갔다.

"빌어먹을!"

당황한 놈이 화살을 빼 들어 내게 쏘았다. 파파파파파파팡! 한 발은 무조건 맞을 거라는 듯이 연사를 날렸다. 그러나 내가 가볍게 손을 휘저을 때마다 날아오던 화살이 휘어지며 튕겨 나가 공동의 벽면을 비롯한 천장과 바닥에 꽂혀버렸다. 휙! 패애애앵! 쾅! 화살이 박힌 부위가 금이 가는 것만 봐도 그가 얼마나 전력을 다했는지 짐작할 수 있었다. 다만 내게 이것은 통하지 않는다.

"세상에…."

경왕이 이 광경에 탄성을 내뱉었다. 반면 파궁귀 초사는 사색이된 얼굴로 미친 듯이 화살을 쏘았다. 어떻게든 내게 화살을 맞추기위해 애를 쓰고 있었다. 그러나 그럴수록 나는 녀석이 날리는 화살의 경로가 점점 정확하게 보였다. 이렇게도 할 수 있을 것 같다.

휙! 나는 날아오는 화살의 경로를 비틀었다. 그 순간 경로가 바뀐화살이 엄청난 속도로 놈의 복부를 꿰뚫고 지나갔다. 푹!

"크헉!"

복부가 꿰뚫리며 화살을 쏘던 놈의 신형이 흔들렸다. 그 찰나 나는 순식간에 놈에게로 신형을 좁히며, 동시에 허공섭물로 빨아들인놈의 도를 휘둘렀다. 신형을 뒤로 날리려던 초사의 두 팔이 잘려 나갔다.

"끄아아아아악!"

비명을 지르며 쓰러지는 놈의 가슴을 나는 발로 밟았다. 고통스러운지 놈이 발밑에서 옴짝달싹하다가 이내 믿을 수 없다는 듯이중얼거렸다.

"네년이 검선의 후예라고? 그럴 리가 없다. 놈은 계집이 아닌데…."

여자의 모습이라 당혹스러운 모양이었다. 놈이 삼백여 년 전에 나를 보았을 때는 특별군 천인장의 모습이었다. 오해하지 않도록 말해줄 수도 있겠지만 굳이 내가 남자인지 여자인지를 밝힐 필요는 없겠지. 오히려 모르는 것이 더 혼란스러울 테니까.

나는 빙그레 웃으며 일부러 약 올리듯이 백혜향처럼 혀를 날름거리며 말했다.

"왜 여자라서 실망했나?"

"끄으으으."

놈이 이에 수치스럽다는 듯이 분노를 금치 못했다. 그런 와중에 뒤에서 탄성이 섞인 경왕의 목소리가 들려왔다.

"…반할 것 같구나, 연생아."

'…?!'

이건 또 무슨 소리야. 경왕의 그 말에 순간 나는 귀를 의심했다. 방금 전까지만 해도 파궁귀 초사의 기세에 억눌려 당혹스러워하던 자가 맞나?

소담검이 배꼽을 잡고 깔깔 웃어대며 말했다.

—황자가 여자 모습을 한 네가 마음에 들었나 보다.

'….'

만약 그런 거라면 참 대단한 작자였다. 여색을 밝히는 척하는 것이 아니라, 어떤 상황에서든 마음에 드는 여자가 있으면 들이댄다는 것이 되니까 말이다. 하나 내가 겪어본 경왕은 그리 가벼운 자가 아니었다. 나는 애써 경왕이 했던 말을 무시하고 파궁귀 초사의 가슴을 발로 짓누르며 말했다.

"그자는 어디에 있지?"

"하아… 하아…."

그런 나의 물음에 놈이 고통스러워하면서도 입을 꾹 다물었다.

그래, 그렇게 나오시겠지. 자그마치 삼백 년간이나 금상제를 모셔왔는데, 고작 한 번의 물음에 술술 불 리가 없었다. 그때 경왕이 내 뒤로 다가오며 말했다.

"배후에 어떤 자가 있는지 알아내려는 것이냐?"

"…그렇습니다."

"놈의 배후는 진왕과도 밀접한 관계가 있을 것이다."

또 이상한 소리를 하려나 싶었는데, 다시 이성을 되찾았나 보다. 오랫동안 주색에 빠진 연기를 해가며 모두를 속인 작자이니 무공의 고하를 떠나서 어느 정도 상황에 대한 판단을 했을 것이다.

"아까 이자가 했던 말을 기억하느냐?"

"무엇을 말입니까?"

"진왕 전하처럼 올바른 신념을 가졌다면 그분께서도 어여삐 보셨을 텐데, 참 안타깝다고 내게 말했다. 적어도 나를 죽이기 전에 한 말이니 허튼소리는 아닐 게다."

"…영민하시군요."

역시 통찰력이 있었다. 초사가 한 말을 듣고 어느 정도 정황을 추측해냈다. 나도 어쩌면 금상제가 진왕과 밀접한 관련이 있을지도 모른다고 여겼었다. 경왕이 가볍게 웃으며 내게 말했다.

"네 무위만 하겠느냐? 하늘거리는 녹색 경장을 휘날리며 그런 대단한 무위를 보이다니, 참으로 아름답기 그지없었다. 그 가녀린 팔에서 어찌 그런 힘이…."

"잠시 송구하겠습니다."

"뭐?"

타타탁!

"윽!"

나는 예고도 없이 기습적으로 경왕의 혈도를 점했다. 경왕이 단말마의 소리와 함께 그대로 바닥에 쓰러졌다.

"후우."

역시 재우는 편이 나을 것 같다. 여자의 모습을 하고 있어서인지, 아니면 여자의 모습으로 그런 무위를 보인 것에 흥미가 생겨서인지 경왕이 상당한 관심을 보이는 것이 말투에서 확연하게 느껴졌다.

─너 허벅지에 닭살 돋았다.

치마 속에 있어서 곧바로 알아차린 소담검이었다. 어찌 되었든 중요한 건 경왕이 아니라 파궁귀 초사였다. 놈의 얼굴에 불룩불룩 튀어나왔던 핏줄이 다시 가라앉으며 전신에서 흘러나오던 검은 아지랑이가 사라져갔다.

"하아… 하아…."

불길한 기운이 가시자 놈이 식은땀까지 흘리며 호흡이 거칠어졌다. 공력이 폭증했지만 급격하게 지친 걸 보면 피를 빠르게 순환시키는 진혈금체처럼 후유증이 있는 듯했다. 한데 나는 이것을 본 적이 있다. 검선 스승님을 배신한 파문제자 자경정이 비장의 수법이라며 내게 보이려 했었다. 어둠에 잠식되는 듯한 기운이었다.

─방심하다 죽었지.

그래. 정작 제대로 발휘해보지도 못하고 죽었다. 힘을 끌어내기까지 허점이 많았다. 한데 파궁귀 초사는 자경정과 흡사한 그 불길한 기운을 훨씬 빠르고 능숙하게 다뤘다. 삼백여 년이라는 긴 세월 동안 개량했을 수도 있다. 나는 파궁귀 초사에게 물었다.

"자경정한테서 배웠나?"

그런 나의 물음에 놈이 찰나에 인상을 찡그렸다가 의식했는지 표정 조절을 했다.

뭐지, 이 반응은? 자경정에게 배운 것이 아닌 건가? 그를 빤히 쳐다보다 나는 질문을 바꿨다.

"금상제는 어디 있지?"

단도직입적인 나의 물음에 놈이 이를 갈며 나를 노려보았다. 무림인 출신인데도 오랫동안 그를 모셨다고 충성심이 보통이 아니었다. 놈이 분에 겨운 목소리로 말했다.

"내 입을 열 수 있으리라 생각하나? 괜히 욕보이지 말고 죽여라."

"몸을 하나씩 자른다면 입을 열까?"

방법을 바꿔 협박을 섞었다. 그러자 놈이 콧방귀를 뀌며 내게 말했다.

"마음대로 해라. 그런다고 내가 입을 열 것 같으냐? 어리석은 년."

쫘아아악! 두드욱!

"끄읍!"

놈의 가슴을 세게 짓눌렀다. 뼈가 부러지는 소리가 날 정도이니 얼마나 세게 밟았겠는가. 나는 살기 어린 목소리로 놈에게 말했다.

"오래 살고도 입이 거치네."

"…흥! 그분을 위해 네년을 죽이지 못하는 것이 한이다."

기가 죽지 않고 할 말을 했다. 삼백 년이나 살았다고 죽음에 대해 초탈한 건지 아니면 나를 어찌해볼 방법이 없어서 체념한 건지는 알 수 없었다. 좀 더 고문을 해서 입을 열어보고 싶었지만, 삼백 년 간의 충심이 고통으로 무너져 내릴 것 같진 않았다. 그렇다면 금상제의 전력을 줄이는 것이 답이겠지.

"좋다. 어차피 중요한 건 알게 되었으니까."

나는 그 말과 함께 눈짓으로 아무것도 새겨지지 않은 석벽문을 가리켰다. 저 문이 저리 굳건히 닫혀 있다는 건 금상제의 손에 서복이 숨겨놓은 보물이 들어가지 않았다는 것을 의미한다. 그것만으로

도 큰 성과였다. 놈이 아직 완전한 불로불사가 아님을 알게 되었으니 말이다.

나는 도를 들고서 마지막으로 물었다.

"기대는 하지 않지만 마지막으로 묻는다. 지금이라도 입을 열면 목숨은 보장해줄 수 있다만."

"살아남은 치욕은 한 번이면 족하다."

삼백 년 전의 일을 아직도 잊지 않았다. 주인이나 수하나 닮았네. 나는 놈의 목을 망설임 없이 그대로 내리쳤다. 촤! 데구르르르! 놈의 머리통이 바닥을 뒹굴었다. 화르륵! 그런 녀석의 몸통에 삼매진화를 일으켜 불이 붙게 만들었다. 살이 타들어가는 소리가 매섭기 그지없었다. 회복 능력을 가진 자이니, 아무리 목을 잘랐어도 확실하게 후환이 없도록 하기 위해 몸을 전부 태우는 편이 나았다. 그의 머리통까지 불 속에 집어넣은 나는 발걸음을 옮겼다.

공동에 있는 다섯 개의 석실 중에서 유일하게 아무것도 새겨지지 않은 곳. 이 안에 완전한 불로불사의 비밀이 있을 테지. 일단 석면을 부숴볼까. 나는 주먹을 꽉 쥐고서 석면을 향해 뻗었다. 파궁귀 초사는 이것을 일격에 부수지 못했지만, 나의 일격에 부딪힌 곳을 중심으로 석면 전체가 산산조각 나고 말았다. 콰아아아앙! 확실히 벽이 단단하기는 했다. 이 정도라면 누구도 침입하지 못하게 만들겠다는 생각으로 제작된 것 같다. 손을 휘젓자 석면이 부서지면서 앞을 가리고 있던 먼지가 가셨다.

―있어?

소담검의 물음에 나는 인상을 찡그렸다.

* * *

한쪽 눈동자가 금빛으로 빛나는 사내가 어두운 금옥으로 들어왔다. 그와 동시에 안에서 뭔가를 하고 있던 복면을 쓴 자들이 자리에서 일어나 예를 갖췄다. 그들 뒤편에는 벽면에 흑철로 만들어진 구속구로 팔다리를 비롯해 전신을 봉해놓은 누군가가 고개가 밑으로 떨구고 힘겹게 숨을 내뱉고 있었다. 그런 그를 바라보며 한쪽 눈이 금안인 자가 물었다.

"여전히 그렇나?"

그 물음에 복면인들 중 한 사람이 답했다.

"회복이 너무 빨라서 그런지 환마독과 여러 암시를 계속 반복해도 그리 오래가지 않습니다."

"환마독의 투여량을 늘려라."

그 말에 복면인이 화들짝 놀라서 말했다.

"지금 투여량도 과한데 여기서 더 늘리면 회복 능력이 문제가 아니라 뇌가 완전히 녹아내릴 수도 있습니다."

"상관없다. 더 이상 놈에게 들을 말은 없다."

"…알겠습니다."

그렇게 복면인이 탁자에서 뭔가를 챙겨 고개가 축 늘어진 누군가에게로 다가가려 할 때였다. 그자가 힘겹게 고개를 들어 올렸다. 얼굴을 가리고 있는 긴 머리카락 사이로 보이는 두 눈동자의 금빛 광채. 지쳐 보였지만 여전히 눈빛은 살아 있었다.

"크흐흐흐."

구속되어 있는 금안의 사내가 한쪽 눈이 금안인 사내를 발견하고는 갑자기 웃음을 터뜨렸다.

"이놈이!"

그 모습에 복면인들이 다급히 그에게 고통을 가하려 했다. 그때 한쪽 눈이 금안인 자가 이를 제지시켰다.

"멈춰라."

"하나 존주…."

"물러나라."

그 말에 복면인들이 양옆으로 물러섰다. 한쪽 눈이 금안인 자가 앞으로 걸어가 구속되어 있는 금안의 사내와 마주 보며 말했다.

"왜 웃었지?"

"…아…쉽…습니다… 폐하."

"…아쉬워?"

"직접… 가실… 줄… 알았는데… 조심성 하나만큼은… 여전하시 군요."

"뭐?"

그 말에 한쪽 눈이 금안인 자의 굵은 점 같은 눈썹이 꿈틀거렸다.

그런 그를 보며 금안의 사내가 웃으며 말했다.

"세상에… 쉬운… 일은… 없습니다. 고작… 몇… 자루로… 예측이… 가능할… 것 같다면… 뭐 하러… 다섯… 자루를… 만들었을… 것 같습니까?"

"…네놈!"

콰직! 한쪽 눈이 금안인 사내가 분노를 금치 못하고 그의 머리를 내리쳤다. 으깨진 머리를 쳐다보던 금안의 사내가 다급히 금옥 밖으로 나가며 어두운 복도에 서 있는 누군가에게 명했다.

"초사에게 섣불리 무덤 안으로 들어가지 말라고 전해라."
"충!"

* * *

석실 내부는 오각 형태로 이루어져 있었고, 그 오각의 벽면에는 관 정도 크기의 돌로 만들어진 석함 다섯 개가 떡하니 놓여 있었다. 석실 가운데는 텅 비어 있었다.

—관 같은 것만 있다고?

그래.

배치 구도가 특이했다. 왜 가운데는 비워놓고 저렇게 석함을 비치했는지 모르겠다. 일단 석함 안에 불로불사의 비밀을 숨겨뒀을 수도 있으니 한번 살펴봐야겠다. 그렇게 석실 안으로 들어가려는 순간이었다. 나는 고개를 돌렸다.

—안 들어가?

잠깐만. 나는 다시 뒤돌아서 누군가에게 다가갔다. 혈도가 점해져서 죽은 듯이 기절해 있는 경왕이었다. 나는 바닥에 쓰러진 경왕을 내려다보며 말했다.

"어떻게 혈도가 점해지지 않은 겁니까?"

—그게 무슨 소리야?

무슨 소리냐고?

그때 기절해 있던 경왕이 슬며시 눈을 떴다. 그리고 나를 쳐다보며 말했다.

"어찌 알았느냐?"

'하!'

나는 경왕의 능청스러운 물음에 어처구니가 없었다. 정요환의 경이 통하지 않았던 것도 그렇고, 이제는 직접 혈도를 점했는데 그것이 통하지 않을 줄은 몰랐다. 설마 실력을 숨긴 것일까 싶었는데, 기감에 느껴지는 것은 고작 일류 수준이었다. 이 정도 내공으로는 자의로 나의 점혈을 풀 수 없다. 대체 어떻게 푼 거지?

경왕이 아무렇지 않게 몸을 일으켜 세우며 내게 다시 물었다.

"짐을 기절시키려 했던 것은 책망하지 않겠다. 어찌 알아차린 것이냐?"

내가 두렵지 않은 건가? 적어도 자신이 알고 있던 진짜 연생이 아니라는 것 정도는 알았을 텐데. 빤히 쳐다보는 경왕에게 나는 말했다.

"호흡이 달라졌습니다."

"호흡?"

"기절한 자의 호흡은 일정한데, 문이 부서지는 순간 전하는 숨 쉬는 것을 한순간 멈추더군요."

"그 작은 소리를 들었단 말이냐?"

경왕이 놀랍다는 듯이 반문했다.

"그리 작은 소리도 아닙니다."

내가 아니더라도 어느 정도 수준에 이른 고수들은 알아차릴 것이다. 그보다 그가 어떻게 깨어났는지 그 의문을 풀어야겠다. 가장 좋은 방법은 기감이 아니라 직접 그의 몸 상태를 확인해보는 것이다.

"전하, 잠시 무례를 범하겠습니다."

팟! 나는 금나수로 경왕의 손목을 낚아챘다. 무공을 숨긴 것이라면 이를 피할 수 있을 정도로 속도를 조절했다. 그런데 경왕은 손목이 잡히는 것조차 후에 알아차렸다. 경왕이 어처구니없다는 투로 말했다.

"벌써 두 번째로구나. 내게 일방적으로 통보한 후에 무엄하게 행동하는 건."

"아무 통보 없이 무례를 범할 수 있다는 것도 잘 아시리라 생각합니다만."

그 말에 경왕이 코웃음을 치며 말했다.

"그래. 네가 마음만 먹는다면 언제든 나를 죽일 수 있겠지?"

"잘 아시는군요."

"하나 죽일 마음이 있다면 애초에 저 재가 되어가고 있는 놈이 나를 죽이려 했을 때 그냥 내버려뒀을 테지. 안 그러느냐?"

경왕은 내가 자신을 죽이지 않을 거라고 확신하고 있었다.

"세상에 절대라는 말은 존재하지 않습니다, 전하."

나는 그 말과 함께 경왕의 맥으로 내공을 불어넣었다. 그의 몸 상태를 살피기 위해서였다. 그런데 맥으로 내공을 집어넣은 순간 나는 눈살을 찌푸릴 수밖에 없었다.

―왜 그래?

모든 맥의 흐름이 정상적이지 않았다. 원래 사람의 맥은 무림인이나 의원 들이 아는 것보다도 훨씬 많이 존재한다. 그런데 그런 맥들이 주요한 맥들의 흐름과 교차하면서 얽히고설킨 실타래처럼 복잡하게 구성되어 있었다. 게다가 기본이 되는 주요 경맥들이 막혀 있었다. 그곳에는 뜨거운 양강의 기운이 혈맥을 틀어막고서 원활한 흐름을 방해하고 있었다.

나는 이해할 수 없다는 듯이 말했다.

"…대체 이 고통을 어찌 견딘 겁니까?"

이 정도 몸 상태라면 하루하루가 지옥 같았을 것이다. 이렇게 멀쩡하게 걸어 다니는 것이 오히려 기적이라 할 수 있었다. 경왕이 아무렇지 않게 피식 웃으며 답했다.

"이를 태양절맥이라고 하더구나."

"태양절맥!"

모든 맥이 전부 꼬이고 주요 맥들이 양강의 기운에 틀어막히는 증상이다. 구음절맥이 음기로 생기는 병이라 한다면, 태양절맥은 양기에 의한 불치병이라 할 수 있다. 오히려 구음절맥보다도 더 희귀한 병이라고 들었다. 이 병에 걸린 자들은 평생을 시름시름 앓다가 단명한다고 한다.

"다른 자들은 알고 있습니까?"

"폐하나 다른 왕들은 모른다. 사실 몇 되지 않는데, 오늘로서 네가 그중 하나가 되었구나."

같은 황실 사람들에게 알렸을 리가 만무하긴 했다. 그리된다면 자연스럽게 황위 계승자의 지위가 박탈될 터이니 말이다. 참으로 대단한 자였다.

"그래서 불로불사의 비밀을 찾아다닌 겁니까?"

경왕이 나의 물음에 부정하지 않았다.

"만사신의라는 건방진 의원 놈이 내게 말하더구나. 애초에 약으로 폭주하는 양기를 제어하더라도 완치할 수 없을뿐더러, 서른에서 마흔을 넘기기 힘들 거라고 말이다."

'만사신의?'

경왕이 품속에서 무언가를 꺼냈다. 가죽으로 된 주머니였는데, 그것을 열자 차가운 한기가 흘러나왔다. 이를 보아 음기를 집약시킨 약인 듯했다. 경왕은 이것으로 폭주하는 양기를 계속 제어해왔던 것 같다. 죽은 자가 아니라면 모든 병을 치유할 수 있다고 알려진 만사신의조차 고작 수명을 늘리는 데 그칠 정도라면 최악의 불치병임은 틀림없었다.

경왕이 내게 진지하게 말했다.

"약을 먹고 술을 마시며 고통을 참아내고, 매일같이 수많은 여인에게서 채음(采陰)을 해가며 목숨을 늘려가는 것도 본 왕은 지쳤다."

그러한 행위들이 그저 다른 사람의 눈을 속이기 위한 연기만은 아닌 셈이었다.

"무엇을 말씀하시고 싶은 겁니까?"

"본 왕과 거래를 하자꾸나."

"거래?"

"나는 그저 이 고통 속에서 벗어나고 싶을 뿐이다. 그리고 네 뒤에 있는 저 불로불사의 비밀이 유일한 희망이자 탈출구이다."

"…."

"나 혼자 불로불사가 되지 않아도 좋다. 네가 누군지는 모르겠다만 나와 그 비밀을 공유해다오. 하면 네가 원하는 것은 무엇이든 들어주마."

당당하게 말했지만 경왕의 눈빛에서 절박함이 보였다. 그가 불로불사의 야심 때문에 그 비밀을 알고 싶어하는 줄 알았더니, 이것 참 의외의 상황이었다. 그를 빤히 쳐다보던 나는 입을 열었다.

"송구하오나 그건 어려울 것 같군요."

"뭐라?"

"솔직히 말씀드리겠습니다. 장차 황위를 계승할 전하께서 몸이 낫는 것은 둘째치고 불로불사의 몸이 되신다면 앞으로 벌어질 일들이 걱정되는군요."

"무엇이 말이냐?"

"전하께서 만약 소위 말하는 폭군이 되신다면 그 뒷감당은 온전히 백성들이 지게 됩니다. 저는 그런 불상사를 만들고 싶지 않습니다만."

그런 나의 말에 경왕이 갑자기 웃어댔다.

"폭군이 돼? 하하하하하하하핫."

미치기라도 한 걸까? 아니면 자신을 모욕한 게 어처구니없어서 그런 것일까? 의아해하고 있는데, 경왕이 웃던 것을 멈추고는 내게 말했다.

"본 왕에게 이런 직언을 한 여인은 네가 처음이다."

"…."

당연히 그렇겠지. 누가 차기 황위 계승자 중 한 사람인 경왕에게 함부로 직언을 하겠는가.

경왕이 내게 미소 지으며 말했다.

"네 진짜 이름을 모르니 연생이라고 일단 부르마."

"마음대로 하십시오."

"하면 연생아, 이것은 어떻겠느냐?"

"무엇을 말입니까?"

"본 왕이 네게 약조하마. 설령 불로불사의 몸이 된다고 해도 본 왕이 용좌에 오른다면 삼십여 년의 통치를 끝으로 물러나겠다."

그 말에 나는 인상을 찡그릴 수밖에 없었다. 경왕이 진심으로 말하는 것인지는 알 수 없으나, 황제의 자리에 스스로 기간을 정해두겠다고 이야기할 줄은 몰랐다. 하지만 이 말에는 허점이 많았다.

"단순히 말로 약조한다면 그게 진짜로 이루어질지 어찌 장담할 수 있겠습니까?"

그런 나의 말에 경왕이 말했다.

"하면 네가 내 옆에서 지켜보며 판단해다오."

"제가 말입니까? 송구하오나 저는….."

"수하가 되어달라는 것이 아니다."

"…그게 무슨 말씀입니까?"

나의 물음에 경왕이 빙그레 웃으며 말했다.

"본 왕이 황제가 된다면 네가 황후가 되어다오."

'…!!'

순간 나는 황당함에 말문이 막히고 말았다. 경왕의 입에서 설마 이런 말이 나올 거라고 누가 알았겠는가. 소담검이 미친 듯이 웃어대는 것이 머릿속을 울렸다.

—황후라니. 푸하하하하하핫.

얼토당토않아 입이 떼어지지 않는데 경왕이 계속 말을 이어갔다.

"네가 황후가 되어 내 곁에서 폭군이 되지 않도록 직언해주고 약조를 어기지 않게 지켜보면 되지 않겠느냐?"

"…."

정말 기가 막혔다.

경왕은 그러거나 말거나 자신의 할 말을 했다.

"너같이 나를 두려워하지 않고, 직언을 할 줄 알고, 나를 지켜줄

만큼 강한 여인이라면 천군만마를 얻은 것이나 다름없지 않겠느냐?"

"…굉장히 당혹스럽게 하시는군요."

"진심으로 하는 말이다."

그런 경왕에게 나는 한숨을 내쉬며 말했다.

"제가 여자로 보이십니까?"

"얼굴이야 인피면구로 바꿀 수 있다지만 그 몸과 목소리는 여자가 아니라면 어찌…"

두드드드둑! 나는 체화만변술로 몸에 변화를 일으켰다. 그 광경에 경왕이 당황해하며 뒤로 한 걸음 물러섰다.

'…!!'

내가 변화시킨 모습은 다름 아닌 경왕 그 자신이었다. 그것뿐이라면 그나마 나았겠지만, 하늘거리는 여인들의 경장을 입고 있는 자신의 모습을 거울처럼 마주하게 된 경왕이었다. 이에 경왕은 차마 못 볼 꼴을 봤다는 듯이 오만상을 찌푸리더니 내게 말했다.

"…본 왕을 능멸하는 것이더냐?"

"백문이 불여일견이지요."

심지어 경왕과 목소리가 똑같았다. 이에 소름이 끼쳤는지 경왕이 경기를 일으키더니 매우 실망스럽다는 목소리로 말했다.

"…여자의 모습으로 돌아올 수 있느냐?"

"가능합니다."

"하면 당장 연생이로 돌아와라."

어차피 원래대로 돌아오려고 했다. 경왕의 몸으로 있으니 여성 경장이 찢어질 것만 같았다. 두드드드둑! 체화만변술로 다시 연생이라는 기생의 모습으로 돌아온 나를 바라보며 경왕이 혀를 내둘렀다. 그러다가 내게 의심스럽다는 듯이 물었다.

"혹 본 왕을 속이기 위해 그러는 것은 아니겠지?"

"안타깝지만 저는 남자입니다."

"아아…."

경왕의 표정을 보니 진심으로 실망스러운가 보다. 살면서 황후가 되어달라는 소리까지 듣게 되다니 나의 황당함만 하겠는가. 어찌 되었든 그의 제안은 무산되었다.

"전하의 제안은 성립될 수가 없겠군요."

안타깝다는 표정으로 입맛을 다시던 경왕이 내게 말했다.

"…네 말대로 황후는 무리일 듯싶구나. 하면 그 모습으로 내 호위가 되어줄 수는 없느냐? 그렇게 하여도 폭군이 되는지 지켜볼 수 있지 않느냐?"

불로불사의 비밀을 얻기 위해 포기하지 않는 경왕이었다. 엄밀히 말하자면 태양절맥의 고통에서 벗어나고 싶은 절실함이겠지만.

나는 경왕에게 포권을 취하며 정중히 사양했다.

"송구하오나 그건 무리일 듯싶군요."

"…하면 네가 원하는 것을 전부 들어주도록 하겠다. 그래도 안 되겠느냐?"

경왕은 진심으로 살고 싶어했다. 그것이 불로불사의 욕망이 아니기에 참 안쓰럽기는 했다. 그를 물끄러미 쳐다보던 나는 물었다.

"전부라 하셨는데 무엇이든 가능합니까?"

"그래. 무엇이든 말해보거라. 본 왕이 들어줄 수 있는 것이라면 무엇이든 들어주마."

"그럼 황제의 자리를 포기하실 수 있겠습니까?"

'…!?'

그런 나의 물음에 경왕의 표정이 굳었다. 설마 황제의 자리를 포기하라고 이야기할 줄은 몰랐나 보다. 삶에 대한 집착 외에도 그는 주색에 빠진 망나니 연기를 해가며 힘을 키울 만큼 황위에도 욕심을 가졌다. 나는 그런 그의 바람 중 하나를 포기하라 말한 것이다.

고민에 빠진 듯이 잠시 망설이던 경왕이 내게 안타깝다는 듯이 중얼거렸다.

"…아무래도 본 왕의 운명은 바꿀 수 없나 보구나."

의외의 반응이 나왔다. 설마 용좌를 위해 목숨을 포기할 줄은 몰랐다. 고통과 죽음에 대한 두려움마저 감내할 만큼 권력에 대한 야망이 더 강한 건가? 의아하게 쳐다보자 경왕이 탄식을 내뱉으며 말했다.

"그렇게 보지 말거라. 평생을 고통스럽게 살아왔던 본 왕이 평안한 장수보다 권력을 더 강하게 탐내겠느냐?"

"한데 어찌하여 이를 포기하는 것입니까?"

평생을 괴롭혀왔던 병마에서 벗어날 수 있고 불로장생할 수 있다. 오히려 짧은 권세보다 훨씬 나은 선택지였다. 게다가 막말로 죽지 않는 삶을 일단 얻고 나서, 나와의 약조를 어겨가면서 권력을 노려볼 수도 있지 않겠나.

"본 왕은 돌아가신 어마마마와 약조했다. 황제가 되어 어마마마의 꿈을 이뤄드리기로 말이다."

어마마마라면 황제 빈인 향정 빈을 말하는 건가?

경왕이 내게 피식 웃으며 말했다.

"태평성대니 뭐니 그런 거창한 꿈은 아니다. 어마마마께서는 궁녀 출신이기에 고작 빈에서 그치셨다."

아… 어머니를 위해서 그런 건가.

─그게 왜 어머니를 위해서라는 거야?

황제의 정실부인을 황후라고 한다. 후(后) 다음 지위가 바로 비(妃)이고 그 바로 밑이 빈(嬪)이다. 궁녀 출신인 데다 낳은 아들도 적장자가 아닐 테니, 경왕의 모친인 향정 빈이 그 위로 올라갈 일은 없었을 것이다. 하나 유일하게 지위가 올라갈 수 있는 한 가지 방법이 있다.

─그게 뭔데?

경왕이 황제가 되는 것이다. 황제의 모친이 되면 지위를 '빈'으로 둘 수 없기에 '후'로 격상시킨다. 어찌 보면 권력의 야욕보다 죽은 어머니의 꿈을 이뤄주고 싶은 소소한 이유로 경왕은 황제가 되려 하는 것이었다.

"왜, 용좌의 자격이 없어 보이느냐?"

그런 경왕의 물음에 나는 고개를 저었다. 그리고 말했다.

"솔직하시군요. 돌아가신 마마의 바람조차 소중히 여기시는 분이라면 오히려 용좌에 앉으셔도 정도를 벗어나지 않을 것 같군요."

그런 나의 말에 경왕이 미소를 지었다. 뭔가 기분이 좋은가 보다. 경왕이 깨끗하게 털어냈다는 듯이 내게 물었다.

"더는 이곳에 있어봐야 미련만 남을 터이니, 본 왕은 저 아이들을 깨워서 돌아가고 싶다만, 네가 저것을 가져갈 때까지 기다려야 하느냐?"

정말 미련을 버린 것 같았다. 내가 생각했던 것보다 훨씬 그릇이 더 컸다. 그런 그를 물끄러미 쳐다보다 나는 말했다.

"그래 주신다면 저야 감사할 따름이지만 그 전에 한 가지 확인하고 싶은 게 있습니다."

"확인?"

"전하께서는 좀 더 고통을 감내하실 수 있겠습니까?"

그런 나의 물음에 경왕이 고개를 절레절레 흔들며 답했다.

"평생이 고통이었다. 이 이상의 고통이 있을 것 같으냐?"

"그럼 다행이군요. 하면 잠시 송구하겠습니다."

"뭐?"

반문하는 경왕을 붙잡고서 나는 몸을 뒤로 돌렸다. 그러고는 그의 명문혈을 향해 손가락을 짚었다.

'설음지.'

손가락에서 차가운 한기가 흘러나오며 그 기운이 이내 경왕의 명문혈을 통해 안으로 스며들었다.

"허억!"

차가운 기운이 혈로 파고들자 경왕이 당혹감을 감추지 못했다. 그런 그에게 경고했다.

"지금부터 고통을 견디지 못하시면 이 자리에서 목숨을 잃으실 수도 있습니다."

"대, 대체 뭘 하려는…."

"막혔던 맥을 뚫을 겁니다."

"뭐라?"

"전하께서 얼마나 참을 수 있느냐에 따라 호전되는 정도가 달라질 겁니다."

"호전된다니 그게…."

"말을 삼가시고 이를 악물고라도 참으십시오."

그 말이 끝남과 동시에 나는 설음지로 일으킨 한기를 명문혈을 따라 순차적으로 그의 주요 열두 경맥을 향해 보냈다. 이 열두 경맥은 서로 연계되는 하나의 순환 체계를 이루고 있다. 경락들은 손끝과 발끝에서 연계되고 양경들은 눈 부위에서, 음경들은 가슴속에서 연계되며 하나의 고리를 이루어 순환한다. 이런 순환 체계를 강한 양기가 틀어막고 있었다. 쏴아아아아!

"끄헉!"

한기가 양기로 막혀 있는 곳에 도달하자 경왕이 고통을 참지 못했다. 그러다 내가 했던 말이 생각났는지 이를 악물었다. 과연 이게 통할지 모르겠지만 내게도 모험이나 다름없었다.

'양기로 막혀 있는 부위를 음기인 한기로 뚫어서 흐름을 원활하게 한다.'

이것은 침이나 약물, 영약으로 해결할 수 없는 근본적인 문제를 정면 돌파하는 방법이었다. 구음절맥은 양강의 기가 강한 내가고수가 막힌 부위를 타통시켜주면 그 증상이 완화되거나 치유될 수 있다는 말을 들어본 적이 있다. 하나 그 정도로 세밀하게 내공을 다룰 수 있을 정도의 고수는 세상에 많지 않다. 하물며 한기나 음기를 다루는 자들 중에서 그 정도 경지에 이른 고수는 전무하다시피 했다.

치이이이이! 점차 경왕의 몸에서 수증기가 피어올랐다. 마치 뜨거운 것과 차가운 것이 마주하면 벌어지는 현상처럼 말이다. 그렇게 반 시진가량을 소요했다. 양기로 막혔던 맥을 뚫는 과정이었기에 경왕은 전신이 땀범벅으로 젖어 들었고, 내내 타통될 때마다 고통으로 몸을 바르르 떨었다. 놀라운 것은 처음을 제외하고는 그 고통을 신음조차 내지 않고서 견뎌냈다.

'절반을 뚫었다.'

그런데 나머지 절반을 뚫는 동안 경왕이 버틸 수 있을지 모르겠다. 체력의 한계가 왔는지 고개가 꾸벅거렸다. 태양절맥에 의한 양기와 한기가 부딪칠 때마다 생겨나는 고통은 아마 상상을 초월할 것이다. 그것을 반 시진 가까이 버텼으니 어찌 멀쩡하겠는가.

"전하, 조금만 견디십쇼. 한기를 회수하겠습니다."

나는 다른 한 손을 경왕의 백회혈로 올려 선천진기를 불어넣었다. 그가 혹여 정신을 잃게 되면 한기를 전부 회수하는 데 영향을 끼치기 때문이다.

"아아… 기분이 이상하구나. 신의가 준 약을 먹었을 때보다 손발의 통증이 많이 가시는 것 같다."

막혔던 주요 맥을 뚫었으니 당연한 현상이다. 다만 이것만으로는 부족할 듯싶다. 지금 뚫어놓았던 혈들에서 한기를 회수하는데, 아주 조금씩 양기가 다시 차오르고 있었다. 그 말인즉 전부 뚫더라도 관리가 필요하단 의미였다.

"아직 멀었느냐?"

"조금만 하면 끝납…!?"

순간 나는 고개를 공동의 입구 쪽으로 돌렸다. 그곳에서 꽤 많은 인기척이 느껴졌다. 아니나 다를까, 관군으로 보이는 자들 스무 명가량이 안으로 몰려들었다. 그들 중 가장 앞서 들어온 셋은 절정의 고수였고, 나머지는 일류 고수에 이를 만큼 무위가 뛰어난 집단이었다. 경왕은 그들이 자기 산하의 관군인 줄 알고 힘겹게 말했다.

"오해하지 말거라. 짐을 치유하고 있는 중이다."

그런 경왕의 말에도 그들의 태도가 뭔가 이상했다. 들어온 관군들이 주위를 둘러보고는 뭔가 난처하다는 듯이 인상을 찡그렸다. 그러다 그들 중 가장 무위가 뛰어난 사내가 오각 석실을 가리키며 다른 관군들에게 명했다.

"안에 있는 것들을 전부 회수해라."

그 말에 경왕이 당혹스러워하며 말했다.

"…너희들은 누구냐?"

"그건 아실 필요 없습니다. 치료 중이시라니 마침 잘됐군요."

스릉! 절정의 무위에 이른 관군이 허리춤에서 유엽도를 뽑았다. 살기가 피어오르는 것을 보니 역시 경왕 산하의 관군이 아니라 금상제의 수하가 틀림없었다.

―어떡해?

이제 얼마 남지 않았다. 여기서 손을 떼면 경왕은 내상은 물론이거니와 주화입마를 입는다. 태양절맥까지 있는 상태에서 주화입마를 입게 되면 무조건 죽는다. 최악의 순간에 놈들이 나타난 것이다. 나머지 관군들이 석실로 들어갔다.

―그냥 포기해. 이러다 놈들에게 불로불사의 비밀을 빼앗길 수도 있어.

얼마 안 남았다. 이걸 포기하면 훗날의 황제가 바뀐다. 저들이 석관들을 밖으로 빼내는 시간보다 더 빨리 끝내는 것이 관건이다.

그때 절정의 무위에 이른 관군이 유엽도를 빼 들고서 걸어오며 살기 어린 목소리로 경왕에게 말했다.

"저 궁의 주인은 누가 저리 만든 것입니까?"

"모른다."

경왕이 놈의 물음에 잡아뗐다. 그래도 자신을 살리려는 것을 알기에 그런지 의리를 지켰다. 절정의 무위에 이른 관군이 코웃음을 치며 말했다.

"이곳에서 나가신 적이 없다는데 모른다는 게 말이 됩니까?"

그 말과 함께 내게 시선을 돌렸다. 그러고는 미심쩍은 표정을 짓다가 내게 유엽도를 치켜올리며 말했다.

"네년 지금 무얼 하고 있느냐?"

"…."

나는 아무 대답도 하지 않았다.

"계집이 죽고 싶어 환장했구나."

놈이 내 목을 향해 유엽도를 갖다 대려고 했다. 나는 정신을 집중하여 옥형의 기운을 개방하려 했다. 움직일 수 없는 상황이지만 옥형의 능력을 발휘하지 못하는 것은 아니니까. 바로 그때였다.

"이, 이게 뭐야?"

어디선가 들려오는 외침 소리에 모두의 시선이 그곳으로 향했다. 불로불사의 비밀이 있는 오각 석실 쪽이었다. 그때 비명 소리들이 연달아 터져 나왔다.

"끄아아악!"

"커억!"

입구에서 보이는 광경에 내게 유엽도를 겨냥하려던 절정의 무위를 가진 관군이 이게 무슨 영문이냐는 표정이 되었다. 그도 그럴 것이 석관에서 튀어나온 뭔가가 관군들을 학살하고 있었다. 그 괴이한 존재는 붉은 안광을 가졌고 근육질의 나신이었는데, 전신이 은

빛과 구릿빛을 띠어서 매우 단단해 보였다.

"저, 저게 대체…."

'저게'라고 표현했지만 그것들은 하나가 아니었다. 총 다섯이었다. 아무래도 석관들 속에 저것들이 들어 있었던 것 같다. 기감상으로는 살아 있는 어떠한 것도 느낄 수 없었는데 저런 것이 튀어나왔다면 정상적으로 살아 있는 자들이 아니었다.

"저게 대체 뭡니까?"

한 관군의 물음에 내게 유엽도를 겨냥하려던 관군이 중얼거렸다.

"저것 때문에 그분께서 들어가지 말라고 한 것 같다. 설마 강시의 일종인가?"

"하면 어찌합니까?"

"당장 철수하자."

"하나 저들은…."

관군들이 무참히 저 괴이한 존재들에게 살해당하고 있었다. 하나 그들을 철수시키면 자신들이 도망갈 시간을 벌지 못할 거라 여겼는지, 유엽도를 겨냥하고 있는 관군이 말했다.

"이미 늦었다."

그 말과 함께 놈이 그래도 나와 경왕은 죽이고 가려는지 유엽도를 휘둘렀다. 그 순간이었다. 팍! 놈의 유엽도가 도중에 막혔다. 그것을 막은 것은 다름 아닌 내 손바닥이었다.

"이, 이게…."

날카로운 도신을 맨손바닥으로 막아내자 놈이 당혹감을 감추지 못했다. 석관에서 튀어나온 저 괴이한 존재들 때문에 아슬아슬하게 경왕의 몸에서 한기를 전부 회수할 수 있었다. 도가 막히자 놈은 그제야 알았다는 듯이 소리쳤다.

"설마 네년이 초 노사를…."

"그래."

알아도 이미 늦었다. 나는 놈이 도를 막은 손바닥을 움켜쥐었다.

챙그랑!

"헉!"

그러자 도신이 그대로 부러지고 말았다. 그 상태로 부러진 도신 조각들에 손가락을 튕기자, 공력이 실린 조각들이 이내 놈의 몸을 관통했다. 푸푸푸푹!

"컥!"

목과 가슴을 관통당하며 놈이 절명하고 말았다. 바로 뒤에 있던 한 사람도 처리하려는데 그자가 다급히 소리쳤다.

"겨, 경왕 전하! 저희들은 진왕 전하께서 보냈습니다. 저희를 죽이면 진왕 전하께서 노하실 겁니다."

"진왕 형님이 보냈다고?"

비틀거리며 겨우 서 있던 경왕이 진왕이라는 말에 나를 쳐다보았다. 나와 같은 생각을 했나 보다.

"잘됐군요."

타타타탁!

"어엇!"

나는 그 자리에서 놈의 혈도를 점했다. 혈도가 점해진 놈은 그대로 기절했다. 죽은 파궁귀 초사와 달리 이들은 아직까지 내가 검선의 후예라는 사실을 모르고 있었다. 경왕의 사람이라 생각했기에 진왕을 팔면서 목숨을 부지하려 했던 것이다. 그렇다면 이 기회를 놓칠 수야 있나.

─운휘야, 비명 소리가 그쳤어.

소담검의 말대로 오각 석실 안에서 더 이상 비명 소리가 들리지 않았다. 그 이유는 이미 안으로 들어갔던 관군들이 저 괴이한 존재들에 의해 하나도 남김없이 살해당했기 때문이었다.

저벅! 저벅! 관군을 전부 죽이고서 피범벅이 된 놈들이 밖으로 나오고 있었다. 경왕이 내게 그곳을 가리키며 다급히 말했다.

"연생아, 아무래도 저 괴물들은 인간이 아닌 것 같다. 막을 수 있겠… 헛!"

타타타탁! 경왕의 말이 미처 끝나기도 전에 괴이한 존재들이 우리를 향해 달려들었다. 눈 전체에 붉은 안광을 보이며 무감정한 얼굴로 달려드는 모습이 매우 불길하기 짝이 없었다. 그렇게 한 괴인이 경왕 앞에 있는 내게 달려들었는데….

팍! 나는 괴인의 머리통을 움켜잡았다. 거의 금강불괴 수준에 육박할 만큼 단단했다.

'조절할 필요가 없겠군.'

어차피 인간도 아닌 것 같으니 공력을 아끼지 않아야겠다. 우드드득! 괴인의 머리통이 손아귀의 힘에 의해 으깨져버렸다. 나는 그상태로 괴인의 어깨를 잡고서 머리통을 그대로 뜯어냈다. 콰드득! 그러자 썩은 냄새와 함께 검은 피가 쏟아졌다. 시체에서나 맡을 법한 그런 악취였다.

팟! 나는 연이어 달려드는 괴인의 목을 향해 각법으로 위로 걷어차 올렸다. 픽! 콰앙! 각법에 턱을 가격당한 괴인의 몸이 부웅 하고 떠올라, 그 머리가 그대로 천장에 처박히고 말았다. 천장에 대롱대

롱 매달린 채 움직임이 없는 것이 머리가 부서져 죽은 것 같았다.

'…!!'

순식간에 당한 두 괴인의 모습에 감정조차 없을 것만 같던 나머지 세 괴인이 움찔거리며 달려들던 것을 멈췄다.

"안 와?"

그럼 내가 가야지. 나는 그런 괴인들을 향해 먼저 달려들었다. 두려움이 없을 것 같던 괴인들이 내가 달려들자, 갑자기 뒤로 몸을 돌리더니 일제히 도망치려 했다. 그 광경에 경왕이 혀를 내둘렀다.

"…진짜 괴물은 너로구나."

〈9권에 계속〉

절대 검감 8

초판 1쇄 인쇄일 2022년 7월 4일
초판 1쇄 발행일 2022년 7월 11일

지은이 한중월야

발행인 윤호권
사업총괄 정유한

편집 김지연 **디자인** 김지연 **마케팅** 명인수 **일러스트** 스튜디오이너스
발행처 ㈜시공사 **주소** 서울시 성동구 상원1길 22, 6-8층(우편번호 04779)
대표전화 02-3486-6877 **팩스(주문)** 02-585-1755
홈페이지 www.sigongsa.com / www.sigongjunior.com

글 ⓒ 한중월야, 2022

ISBN 979-11-6925-033-7 04810
     979-11-6925-025-2 (SET)

*시공사는 시공간을 넘는 무한한 콘텐츠 세상을 만듭니다.
*시공사는 더 나은 내일을 함께 만들 여러분의 소중한 의견을 기다립니다.
*잘못 만들어진 책은 구입하신 곳에서 바꾸어 드립니다.